整形医生

PLASTIC SURGEON

梅子黄时雨 著

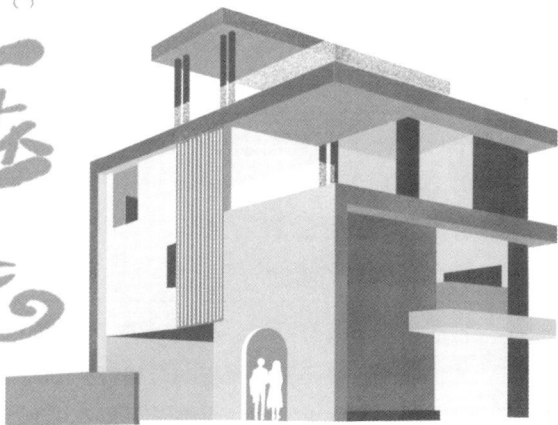

北京联合出版公司

Beijing United Publishing Co.,Ltd.

图书在版编目（CIP）数据

整形科医生 / 梅子黄时雨著 . -- 北京 ： 北京联合
出版公司，2021.4
　ISBN 978-7-5596-5025-2

　Ⅰ．①整… Ⅱ．①梅… Ⅲ．①长篇小说－中国－当代
Ⅳ．① I247.5

　中国版本图书馆 CIP 数据核字（2021）第 015335 号

整形科医生

作　　者：梅子黄时雨
出 品 人：赵红仕
责任编辑：管　文
封面设计：李雅楠

北京联合出版公司出版
（北京市西城区德外大街83号楼9层 100088）
北京新华先锋出版科技有限公司发行
涿州汇美亿浓印刷有限公司印刷　新华书店经销
字数346千字　620毫米×889毫米　1/16　26印张
2021年4月第1版　2021年4月第1次印刷
ISBN 978-7-5596-5025-2

定价：49.00元

目录

整形外科医生

/第1章/　久别重逢

这是一家毫不起眼的早餐店。

招牌简陋，店面狭小。

李长信加了一个通宵的班，喝了一晚上的咖啡，在回家路上路过这家店铺看到"现包馄饨烧卖"这几个字的时候，突然生出了想吃早餐的念头，便停了车。

这家店的营业时间比较早。此时不过是凌晨四点五十分，整个洛海城还处于将醒未醒的状态。李长信一路行驶过来，这是他看到的第一家营业的早餐店。

小小的店铺分了里外两间，中间用一道绿白色的印花布相分隔。外间不过是摆了四张普普通通的原木小桌。与简陋招牌形成鲜明对比的是，店内的墙壁倒是刷得洁白，上面挂了数张清新唯美的简笔画，为了与桌子配套，这些画还用了原木画框装裱。让人一跨入，便会有种很舒服的感觉。

最重要的是这里很干净，连地砖缝隙和屋角都没有一丝污垢。这个发现让有些洁癖的李长信瞬间放心起来。若是口味还不错的话，他觉得以后可以经常来光顾。

一个中年妇女围着条蓝印花布围裙，正手脚利落地擦拭桌面，看见李长信推门进来，便含笑招呼："先生，早上好。想吃点什么？"

"你们这里的招牌是什么？"

"这个季节，笋尖鲜肉烧卖是卖得最好的。一般的食客都会再配上一碗牛肉粉丝汤。"那妇女笑吟吟地为他推荐。

"那就帮我来一份笋尖鲜肉烧卖和一碗牛肉粉丝汤。"

"好。"那妇女转头朝里间喊道，"繁枝，一份笋尖鲜肉烧卖。"

这个名字让李长信的动作骤然停顿。他倏地抬起头，目光尖锐地盯着那道花布。

"好。"里头的应声是很微弱的，听不出本来的音色。

应该不是那个人吧。那个人从来都是刁蛮任性，肆意妄为，想要的东西会用尽一切办法得到。就算如今叶家落魄了，她也断然到不了如此委屈自己的地步。

想到这里，李长信便收回了目光，静等他那份早餐的到来。

曾经，他很无奈地告诉她："叶小姐，我并不喜欢你。"

闻言，她只是微微一笑，自信满满地对他说："可是，叶医生，我喜欢你。"

"叶小姐，以你的条件，你根本不必委屈自己。我实在是不知道你瞧上我哪一点？在医院，比我业务能力强、长相好的医生太多了。"

"可是我都不喜欢。我只喜欢你，李长信。"

后来，她又告诉他："李长信，我们离婚吧。"

"先生，你的笋尖鲜肉烧卖好了。刚出锅的，小心烫。"那妇人小心翼翼地把热气腾腾的蒸笼搁到了他面前，打断了李长信的回忆。

烧卖并不大，却做得颇精致，每个褶子大小均匀。蒸熟后，皮子晶莹剔透，可见里头饱满的肉馅和流动的汤汁。李长信盯着瞧了许久后，取了筷子，夹起了一个，品尝了起来。

笋尖鲜嫩多汁，肉馅肥瘦相宜，一口咬下去，便有馅汁流出来，满口的鲜香美味。

李长信细嚼慢咽地吃了一个又一个。

咽下了最后一个后，他再度抬头，说："再给我来一份鲜虾的。"

那妇女夸赞道："先生，你可真是个会吃的。这鲜虾烧卖啊，可是我们店铺的招牌，因为来不及做，所以每天限量供应 100 份。别看我们家店小，我们的回头客可多了。你这是来得早，晚一些到我们店里啊，根本就没座位。"说罢，她再度转头冲里面喊道："繁枝，再来一份鲜虾烧卖。"

"好。"里面应了一声后，再无任何声音传来。

可是这一回，李长信听得清楚分明，这人喊的名字确确实实是"繁枝"两个字。

不多时，鲜虾烧卖端了上来。粉嫩的虾仁裹在薄如蝉翼的皮子里头，李长信慢慢地咬了一口，熟悉的姜味瞬间在口腔里弥漫开来。

犹记得奶奶手把手教她手艺的时候，他也在旁边，曾听见奶奶再三叮嘱她："繁枝，这可是咱们老李家的秘方，奶奶可从不外传的。咱们老李家啊，在鲜虾烧卖和鲜虾馄饨里放一些剁碎老姜做调料，去腥提鲜，口感和味道都特别好。以前奶奶出早摊的时候，鲜虾口味卖得那叫一个火啊。"

李长信忽觉吞咽困难。

李长信在车里找了半天，终于在储物箱底部摸出了打火机和半包烟。这还是乔家轩留在他车里的。

乔家轩并不抽烟。那回，他也是心情烦闷到了极点，才会用抽烟来宣泄。

而此刻的李长信，也很想这样发泄一次。

他靠在车门上，点了许久，才终于点燃了一支烟。

拆封了许久的烟，味道有几分怪异。

初春的洛海清晨，森冷刺骨。耳边不时传来一阵阵低沉的风声，像极了当年离开前在机场与她通话时，她那急促的呼吸声。

李长信知道是自己思绪起伏的缘故，他掐灭了烟，扔进了垃圾箱。

天色大亮，行人渐多，对面的早餐店已经进入了最忙碌的时间段。

李长信坐在车里，一直等到十点多，终于看到了一个熟悉的身影弯着腰提着两大袋垃圾从早餐店里出来。

足足三年多没见面。但只一眼，李长信便确认了，真的是她。

他的前妻——叶繁枝。

如今的她，脸形消瘦，神色憔悴。往日精心打理的长卷发被她随意地在头顶扎成一个乱蓬蓬的球，身上那件臃肿的黑色棉服外还套了一条绿白印花围裙，脚上则是一双廉价又难看的黑色雪地靴。这番滑稽可笑的模样，再瞧不出半分当年那个叶家公主高冷美艳的影子了。

当年是她踮着脚凑过来吻他的，对他表白说："李长信，我喜欢你。"

后来，她又强迫他结婚。

"徐碧婷，你听好了。李长信是我的，我叶繁枝的。"犹记得她当年甩徐碧婷耳光，把整瓶红酒往徐碧婷头上浇的时候，气势凌人，好像一头暴怒中的小豹子。要不是他拦腰将她抱起，估计她真会扑上去咬人。

她把他的人生颠覆得完全不成样子。

看到她这样邋遢不堪，李长信明明应该觉得无限快慰的。

但是，他居然没有。

他怔怔地望着她，不敢置信，无法动弹。

李长信觉得应该是自己的脑子出问题了。

这就跟当年心心念念地想要摆脱她，可后来真的摆脱了，与她再不见面了，他却又会时不时地想起她一样的古怪。

他一再告诉自己：李长信，你真是疯了。被强逼着结婚生活了两年，竟然都成了习惯。

想起当初被迫与她结婚的屈辱，李长信又一次握紧了拳头。

在国外很长一段时日后，他才摆脱了那种莫名其妙的情绪。

毕竟，那时候背井离乡，每天又有那么多台手术，他哪里有空闲时间悲春伤秋呢。

可此时此刻此地，乍然相见，那种烦躁感再度浮了上来。

一惊之下，李长信骤然醒来，尴尬又火大地发现自己竟然做春梦了。

一把年纪还做春梦。而且还是与叶繁枝的春梦。

李长信开始鄙视自己，生气地将身上的睡衣脱下后，随手往地上一扔，而后进入了浴室冲洗。

当年与叶繁枝结婚后，但凡有精神不济的时候，乔家轩便会挑着眉毛揶揄他："哎哟喂，又被榨干了？"

李长信素来冷静，但在这种情况下，每每都忍不住爆粗口："滚！是医院工作太忙。打工的人最是苦命。谁让你们这些资本家吃人从不吐骨头呢。"

"放心，不用解释。我懂得。"乔家轩一副"我是过来人"的欠扁表情，回回都叫李长信无言以对。

从浴室出来，李长信看到了被他扔在地上的睡衣，心头蓦地一动。终于找到了罪魁祸首。肯定是这件她买的睡衣，令他如此。

李长信弯腰捡了起来，扔进垃圾桶，然后还恶狠狠地踩上两脚以做泄愤后，这才头也不回地进了衣帽间。

衣帽间里的衣服是职场人士的标配——清一色白衬衫、西服和西裤。

曾经的她，总会为他采购所有物品。每天睡前都会把他第二天要穿的衣服搭配好并且熨烫得整整齐齐的。一来二去，他便养成了她搭配什么他便穿什么的习惯。虽然她每天不是逛街买东西就是吃东西，但品位着实不错，每回穿出去，科室里的人都会跟他打趣："哎哟喂，李医生今天穿得这么英俊有型，是跟太太晚上有约会吧？"

想起过往，李长信不觉又失神了片刻。回过神后，他便随手拿起一件白衬衫，慢慢地扣上扣子。

李长信出了门，上了电梯直达地下车库。他发动了车子，突然想到一件事，猛地踩下了刹车。

他把车子熄了，想了片刻，终于还是匆匆折返。

进了屋子，直奔卧室，从垃圾桶里取出了那件睡衣。

他把睡衣浸泡在了水里，用肥皂仔仔细细地搓洗，搓了一遍又一遍，所有步骤都很认真仔细，不亚于一台手术。

犹记得婚后她第一次洗衣服，笨拙地把内衣袜子等全部扔进了洗衣机。那时候，他看她做什么都不顺眼，心里总是窝了一团火。那天，他远远瞧见，顿时便气不打一处来，大声地喝住了她："有你这样洗衣服的吗？"

他怒气冲冲地把袜子和内衣从洗衣机里拿出来，自己动手洗。她手足无措地站在一旁，几次想要插手，都被他冷着脸拒绝了："你给我站在一旁，好好看着。"

他示范了一遍，问她："记住了吗？"

她咬着唇，点点头。之后倒是再没有放一起洗过。

好好地又想起叶繁枝了！李长信骤然回过神，又把睡衣冲洗了几遍，确定已经洗干净。

最后，他把睡衣晾在了浴室。

　　因为家政阿姨之前帮他清洗这件睡衣的时候，曾对他说过一句话：真丝的衣物不能在太阳底下曝晒，会晒坏的。放在阴凉处让它自然晾干就好。

　　可哪怕每回都挂在浴室里自然晾干，穿了五年多的睡衣，如今也已陈旧不堪了。

　　但，李长信一直没有扔掉。

　　他只是穿习惯了而已。他这样告诉自己。

　　李长信拉平了睡衣上的褶皱，确认睡衣的每一个地方都干干净净整整齐齐的，才放心地去上班了。

　　星期天是他们医院的休息日。但李长信不休息，甚至每个休息日他都比往常更为忙碌。

　　一些不想让人知道自己做微调整形的人都会约在这一天，并且会从后门进入医院。比如今天的顾客章小姐。

　　助理许诺见他过来，忙起身："李院，章小姐已经到了。"

　　李长信一推开会客室的门，便看见仪态万千坐着的章小姐。章小姐慢慢摘下墨镜，高傲地转过头来。她看到李长信的一瞬间，脸上就像变戏法似的露出笑容来："李医生。"

　　这绝对是众人皆知且叫人过目不忘的一张脸。

　　这位章小姐就是活跃在一二线的明星章心蕾。

　　今天她来咨询的是颧骨内推的问题。不愧是一等一的大美人，每个字从她嘴里说出来都是娇滴滴的，分外好听："李医生，你看看我这里啦。很高是不是？我们圈子里有些人很坏的啦，嫉妒我红，就到处说我长得尖酸刻薄，说我是克夫相……我也嫌上镜难看。你给我设计一个整容方案。看看怎么能够帮我把颧骨这里弄小了，使脸部线条柔和一点，显得年轻一点，最重要的是要自然好看，不影响微表情。"

　　李长信一边检查她的面部情况，一边问道："章小姐，你对颧骨内推的手术有多少了解？"

　　"我了解得不多。我只是想达到年轻、上镜好看的效果，还有特别不能让那些嫉妒我的人说我克夫。要是让这个难听的名头传出去，我以后怎么找豪门男友？"

　　"章小姐，那我先给你介绍一下颧骨内推手术。这个手术需要将颧骨附近的一些肌肉组织和颧骨的骨膜剥离开，而且需要剥离的范围比较大。软组织等会因为剥离而向下移动，很有可能会出现面部肌肉下垂的现象，进而形成鼻唇沟和泪沟，从而出现疲惫和衰老的状态，这对面部外观的影响更大。而且这项手术难度很大，风险因素又多。我个人建议你再多考虑一下，谨慎决定，别盲目跟风。其实还有很多方法可以改善你这个问题的。"

　　章心蕾犹豫地说："存在这么多风险吗？"

　　"对。比如切除骨质过多会导致脸部垮塌，也有可能出现两侧颧骨内推程度不等，左右颧骨不对称的情况。若是出现这几个问题，修复起来难度极大……还有，也可能会出现面部神经损伤，以后会出现表情不自然、张口受限等问题。"

　　随着国家经济的繁荣，人们生活水平的日益提高，这些年来整形产业的数量呈几何数暴增，有资质的医生、专业的管理人员和从业人员跟不上整个行业的发展速度，导致很多非专业的医生和从业人员进入了这个行业，因此整形水平参差不齐。

　　有些整形医生只为了赚钱，把给客户整形当作一桩生意，没有一点对生命的尊重和敬畏感。甚至有很多不正规的机构和医院唯利是图，为了吸引客户，大量投放虚假广告，对所谓的专家进行过度包装，对整形美容项目的效果过度渲染，对仪器设备的功效进行夸大宣传，常常隐瞒手术风险，对消费者宣称美容整形没有一点危险，甚至说不痛不肿。但实际上，任何一项手术都存在风险。

对于这些情况，大多客户都是不了解的。

而李长信本着对每个客户负责，每次都会跟客户把风险详细地交代清楚，让他们谨慎决定。

章心蕾怔了怔："有这么严重？！"

"章小姐，任何手术都存在风险。"

章心蕾想了想，说："李医生，我不怕的啦。我来找你也是朋友介绍过来的啦。我不去韩国日本做就是因为相信你的医术啊。你帮那个周乔乔做得那么自然，就像纯天然一样，上镜那么美，又一点不影响她面部的细微表情。你看她现在啊，戏多得接不完。还有啊，今年听说演西施的那个演员也是在你这里做的，她做完后才接了那个角色，结果现在一剧爆红。李医生，我要不相信你，我就不来你的医院了啦。"

周乔乔是李长信今年从美国回来后，合作成立这家整形医院后的第一位客人。因为打响了这一炮，所以如今医院里慕名而来的演艺圈人士众多。

"如果章小姐一定要做这个手术的话，那我先做一个整容方案给你。章小姐确认无误后，我们再安排具体手术时间。你看怎么样？"

章心蕾欣然同意，而后告辞。

下午，除了一个面诊外，另有一台肋软骨隆鼻手术。

面诊的是社交圈的名媛郭小姐。她觉得自己曾经做过的鼻子过高，整形痕迹太重，希望降低高度，得到完美自然的修复。

郭小姐香风细细地推门而入，一进来便说："钱不是问题啦。只要李院长能帮我修复好。"

而那台肋软骨隆鼻手术对于李长信而言是属于难度系数并不高的一个手术。但他不敢大意，每一场手术都全力以赴，务求做到最好。

李长信这辈子收到最好的职业建议，是来自叶半农的。叶半农曾对他说："长信，你们年轻人从学校出来做事情，最重要的就是要建立自己的好名声。这里的名声并不是叫你去做一些弄虚作假、沽名钓誉的事情。而是把自己手上的事情一件件做好。每一次出诊，每一台手术，每一个病人，每一份交接给同事的工作，都要在能力范围内尽力做到最好。一次出诊，一台手术，一个病人，只要你尽力，他们都可以感受到。这所有的一切慢慢地累积起来，大家就会觉得你是个靠谱的人，会做靠谱的事情，就会造就你一辈子的好名声。不要耍小聪明，去走什么捷径。这世上聪明的人太多了。但很多人的聪明其实都是小聪明。而靠谱，是能让你走得更远更好的最重要的品质。这年头啊，就是聪明的人太多，而靠谱的人太少了。"

这几句话李长信受用至今。所以这些年兢兢业业，在行业内树立了自己的好口碑。

然而，当年对他谆谆教诲的叶半农却早已离开了人世。

忙碌了一天，到工作结束的时候已经是夜幕初降。当李长信驾着车从医院出来的时候，整个洛海城华灯初上。

他不经意地转头瞧了一眼，看到了门诊大楼上几个明亮硕大的字：信安整形美容医院。

事实上，他是被乔家轩忽悠回来的。乔家轩说什么国内现在医疗美容行业大热，阿猫阿狗都想着来分一杯羹。像李长信这种专家级别的，在国外为老外打工有什么意思，不如回来与他合作开一家美容医院。乔家轩甚至让手下做了一份计划书，内容还涵盖了医院上市等内容。上市这件事李长信目前是不考虑的。但拥有一家自己的整形医院，应该是每个整形医生的终极梦想吧。李长信也不例外。

另外，或许是过了两年的缘故，身在异国他乡，思乡情切。他考虑了不过两个星期，便答应了乔家轩。

回来后，乔家轩又引荐了简贤同。简贤同作为洛海简氏家族的掌权人，行事低调，不愿让家族的人和外人知晓这家医院与他的关联。他投资这家医院，不过是为了自己的小儿子简余彦。而乔家轩坐拥英氏，这家整形医院亦不过是他私人的一个小投资。所以自打合作以来，李长信占股百分之五十，在医院一人独大。

音乐频道播放的是班得瑞的 *The Sounds of Silence*（《沉默的声音》），舒缓熟悉的音乐如冬日里温暖的蜂蜜水，潺潺地润泽心头，叫人情绪放松。

忽然，李长信想起了一件事，他的手蓦地握紧了方向盘。

这首歌曾经也是叶繁枝喜欢的。有好几回，他推门回家的时候，便会听见这音乐。而她在这舒展放松的音乐里看书，插花，做瑜伽，做饭。在外人面前，她总是一副高冷、让人难以接近的模样。但在他面前，她则又是另外的模样。

路过早餐店铺那条街的时候，李长信刻意放缓了速度。然而，这一排简陋的店铺几乎都已经关门了。

如今的李长信有些痛恨自己，为什么昨天一早要走进那家早餐店。这几年来，他明明已经忘记她了。

然而这么猝不及防地遇见后，他的脑袋仿佛被黑客植入了病毒，一再重复与她有关的影像片段，都快乱了套。

李长信在路边停了车，打开车窗，让冰冷的空气涌入，也让自己整理一下思绪。

不多时，电话响起，他看了一眼显示屏，是乔家轩的来电。

"要不要出来喝一杯？"

"不去了。刚完成一台手术，累。"

"又不等着买米下锅，把自己弄得这么累干吗？"

"乔先生，医院所赚的每一分钱你都可以分四分之一。有我这样认真负责的合伙人你应该偷着乐了。居然还嫌弃医院生意好？！"

"不嫌弃，不嫌弃。李院，我知错了。下次聚会我埋单赔罪。"乔家轩笑着回答。

李长信哼了一声，表示同意。

"简余彦最近怎么样？"乔家轩问道。

"你转告简先生，简医生各方面能力都很强，与同事们相处得也都很好。"

"你帮简先生多多照看他。"

"简医生很能干的，不用我照看。事实上，他对自己的工作很重视，也非常负责，是个很有责任心的人。你让简先生放心吧。"

"简先生明面上说不管这个儿子，可私底下还是很疼他的。"

虽然彼此算是合作伙伴，但简贤同先生贵人事忙，自然不会像好友乔家轩一样经常与他联系。从乔家轩偶尔透露的只言片语中，李长信知道这父子两人关系并不好，但他从不探究。家家都有本难念的经，简先生不提，肯定有其不愿提及的原因。

李长信忽然想起了一件事，转了话题："哦，对了，最近医院业务繁忙，人手不够，人事方面说要招几个人。"

"行，这种小事情，你可千万别来烦我。当初我们说好的，医院方面由你全权做主。你自己决定就是了。"

两人又交谈了几句话，便挂了电话。

回到家，李长信打开灯，光线骤然充满整个客厅。

这里是他去年买下的四室一厅的屋子，被家政阿姨收拾得纤尘不染，就像是房产公司用来展示的样板房，可以随时招待前来参观的购买者。

当年两人结婚的时候，李长信曾贷款购买过一室一厅的一个小套。她大哥叶繁木是有过强烈不满的，曾当着他的面不咸不淡地说："繁枝现在的卧室加衣帽间都不止这个面积。"

叶繁枝截住了他的话头："大哥……"

叶繁木把脸对着妹子，依旧不依不饶地说："别的不说，单说衣服吧。繁枝，你那么多衣服以后搁哪儿啊？"

李长信面不改色地回道："这是我目前能力范围内能供得起的房子。一个人有多大能力就做多少事，所以只好委屈繁枝了。"

他没有说出口的台词是：以后的事情以后再说。再说了，要是叶繁枝不乐意住，两人大可以婚后分居，各自住各自的家里。反正他是迫不得已娶她的。

叶半农闻言，却是点头赞许："长信，爸爸就喜欢你这脾气性子。"又对叶繁木说："好了，繁木，我知道你这个做大哥的从小就疼爱繁枝。但她如今有老公疼了，多一个人疼爱她，你也应该高兴才是。"

叶半农都发话了，这事就算是定下来了。叶繁木虽然颇有微词，但也不好再言语。

这桩婚事，虽然是叶半农施压而成的，但在婚后，因为叶半农疼爱叶繁枝，爱屋及乌，所以他对自己这个女婿也是极喜欢的。

如今叶半农已经不在了。李长信偶尔想起他，心头每每复杂难言。

/第2章/　初次见面

初见叶繁枝的那一天，李长信跟着主任医师一起做了一台烧伤后面部重建的手术，由于烧伤严重，一台手术下来，每个人都筋疲力尽。

李长信在电梯中遇到房俊，两人互相打了个招呼，在电梯门快关闭的那一刻，忽然有个清新干净的女声唤住了他们："请稍等一下。"

李长信自然而然地抬手按住了打开键，未关闭的电梯门一点一点在他面前打开了。映入眼帘的是容色绝丽的一张脸，中分长发轻披在双肩。最引人注意的是她那双眼，仿佛秋日里的山泉，波光潋滟，清澈恬静。

那女生错愕地看着李长信，似乎也有一瞬间的愣怔，而后大约注意到这样的直视太过突兀，便收回视线，跨进了电梯。

一时间，电梯里静默无声。

等到那女生跨了出去，房俊这才问道："知道她是谁吗？"

李长信摇了摇头。

"是叶院的女儿叶繁枝。叶繁木医生的亲妹妹。"

"怪不得。"李长信有不小的诧异，而后解了惑。怪不得那双眼清清冷冷的，如覆寒霜。

"怪不得这么高傲，是吧？"

李长信含笑不语。

有些话不必说出口，彼此心领神会就好。

李长信自打高中起便得到了叶家的助养，学医也是因为受了叶家的影响。在医学路上也算是受到叶家栽培，但他一开始唯一接触的人只是院长叶半农的秘书汪林全。叶家的人，除了院长叶半农，还有在医院工作的叶繁木外，其余的人，他一概不认识。

房俊说完，又自顾自地补了一句："高冷是高冷，但人家就是有条件啊。不说家世，单看她的脸蛋和身材，啧啧啧……"

李长信自然留意到了，叶家大小姐美艳绝伦，身材前凸后翘，完全符合时下"直男"心目中"天使脸蛋，魔鬼身材"的标准。以他整容外科医生的专业眼光来看，也很难挑出错。与后天加工不同，叶繁枝身上的每一处都浑然天成、自然舒服。

"她刚大学毕业不久……最近经常在医院出现。整个医院都在传，说她来医院是准备从众多年轻医生中挑选老公的。"房俊双手一摊，含笑调侃，"谁娶了她就等于娶了这半家医院，少奋斗三五十年啊。所以很多人跃跃欲试，希望自己能被她看中。"

李长信想起了刚才看到的那双眼，好像山中溪水，清澈见底，但冷冷的表情，显然是寒冬里的溪水，可不是一般人能消受得了的。他似笑非笑地对房俊说："莫非你也想一试？"

"不瞒你说，我确实有想法。医院我是不感兴趣，因为实在是能力有限。但毕竟我是个'直男'，很难抗拒这样的大美人。哦，对了……她刚刚看你的时候，模样很是奇怪……你们认识？"

李长信摇头："不认识。我每天两点一线，不是医院就是家里，怎么可能认识叶家大小姐呢？！"

但想到叶繁枝盯着李长信的那一抹古怪眼神，房俊疑惑地侧头又想了想，百思不得其解。但叶繁枝在那一刻流露出来的真实表情应该是认识李长信的。

隔了几天，李长信和房俊又在病房碰到了叶繁枝。

那是个唇腭裂孩子的病房。她背对着门，正在给孩子们讲故事，嗓音很是清澈温柔，一点也无平日给人的高贵冷漠。她把童话故事娓娓讲来，十分动听。

这一天，叶繁枝穿了件宽松白衬衫，下着灰色牛仔裤，外面套了一件质感极好的蓝白花纹开衫，长直发披散在两肩，干净清爽得叫人想起一望无际的大海。唯一能显出贵气的，大概就是那对珍珠耳环。珍珠光泽圆润，随着她的动作款摆，煞是动人。

只一眼，李长信便觉一种妩媚娇俏的气息扑面而来，叫人难以抵挡。

里头的叶繁枝讲完故事，合上了书本："所以大家呢，要像书里的主人公小淘气一样，不要因为长相等原因自卑，要像小淘气一样勇敢坚强，好不好？就像书里说的，小淘气长得与众不同，是因为上帝特别喜欢他，特地亲吻了他。你们也是哦。你们都是上帝钟爱的独一无二的孩子。"

其中一个小孩子稚声稚气地说："叶姐姐，我知道。妈妈说只要我乖乖地吃饭，好好听话做手术，我的嘴巴就会好了。"由于唇腭裂的缘故，他的吐字并不清晰。

叶繁枝爱怜地摸了摸他的头："是的，小天真乖。"

"叶姐姐，我也会乖乖的。"

"我也会……"

小朋友们纷纷举起了自己的手，向叶繁枝表决心。

"你们每个人都很棒。所以今天呢，叶姐姐有礼物要送给你们。"

"什么礼物？"一张张稚嫩脸庞无比兴奋。

"每人一个毛绒玩具。来，我记得二毛喜欢小猪，心心喜欢兔子，小天喜欢……对不对？"

她竟然把孩子们的喜好一一记住了，并特地为他们买回来。那一瞬间，李长信是有点诧异的。

孩子们各自得到中意的礼物，欢呼雀跃不已："谢谢叶姐姐。"

叶繁枝似乎一点也不介意他们唇腭裂的古怪模样，一个个地亲吻他们的脸："好了，今天的故事就讲到这里，你们都要乖乖的。过几天，叶姐姐再来看你们。"

叶繁枝一转身，看见了病房门口的李长信与房俊。好像做了什么坏事被人抓到一般，她脸上的那抹笑容一下子怔住了，仿佛有些不知所措。数秒后，她收敛了所有神色，客气地欠了欠身："抱歉，两位医生。我是不是打扰你们工作了？"

房俊忙摇头否认："没有，没有。我们只是被好听的故事吸引住了。"

叶繁枝莞尔一笑："谢谢。你们忙。"

叶繁枝与他们擦肩而过的时候，李长信闻到了一阵淡而好闻的清香，是玫瑰花的清幽味道。李长信有数秒的恍惚失神。

房俊用手肘碰了碰他，他才回过神："什么？"

房俊压低了声音："长信，你觉得叶小姐怎么样？"

李长信很是莫名其妙："什么怎么样？"

房俊一脸正经严肃地问他："你想不想追她？"

李长信愕然不已，反问他："我为什么要追她？"

"你不觉得她很漂亮吗？她真的满足我心目中女友的所有幻想。"

李长信哑然失笑，很直截了当地回复他："她是不错，但是她不是我喜欢的类型。"他一直喜欢的是徐碧婷这样的清纯女生。

房俊闻言，不由大喜过望："真的吗？你确定？"

"我确定！"

"太好了，那就这样说定了。既然你不追，那么我要追她了。"

李长信越发诧异："你追她关我什么事？"

"因为一旦你李大医生要跟我同场竞争的话，我肯定就没有半点机会了。我还不如成全你，主动退让。"房俊半开玩笑半认真地说。

李长信身材修长，仪表堂堂，一进叶氏医院，便被护士们私下选为叶氏医院单身医生中排名前三位的高颜值医生。所以，这场仗若是李长信准备出手的话，房俊就不打算上阵了。

"敬谢不敏，我高攀不起。"

李长信这句话是发自肺腑的。这辈子，他从未想过要攀高枝，娶富家女。"富家女"这个名词在李长信心中完全是贬义的，这种人在李长信看来，是千万不能招惹的，不亚于恐怖片中的变异怪物。

在他过去的二十多年中，他唯一动过心，有过结婚念头的只有徐碧婷。

然而……李长信垂下了眼帘，掩盖住了里头不为人知的情绪。

"房大医生，我先预祝你马到功成。"李长信拍了拍房俊的肩膀。

"好，就这么愉快地说定了。要是我成功追到女神的话，我肯定给你发一个大红包，以谢李大医生今日的不追之恩！"

"一言为定。"

这件事情就犹如以前跟同事开的其他玩笑一般，船过水无痕了。

李长信也不知道房俊是认真的还是开玩笑。

隔了大半个月的某一天，李长信接到外科会诊的电话，正要下楼，忽然有个人从隔壁病房里出来，他避之不及，撞了个满怀。那人身上有极好闻的味道，似曾相识。

李长信后退一步，定睛一瞧，认出了她，客客气气地打招呼说："叶小姐，你好。"

叶繁枝眼圈发红，面色有些沉重，好像遇到了什么不好的事情。

"不好意思，是我没注意。你没事吧？"她是院长的女儿，还是客气有礼些比较好。李长信从来不是圆滑的人，但他行事周全，从不轻易得罪任何人。

"是我太匆忙了。"

李长信淡淡微笑："叶小姐，你忙。我还有事，先告辞了。"

叶繁枝唤住了他："李医生，如果你不赶时间的话，我想咨询你一件事情。"

"什么事？"李长信眉头微蹙。医院这么多的医生，两人仅有过两面之缘，她怎么会知道他姓李。但他很快便消除了脸上疑惑的表情。

"是有关小天的病情。他目前已经转往血液科了。"

"不好意思，我对血液科那边的情况并不熟悉。"李长信回答得一板一眼，十分公式化。

事实上，李长信才不相信她这种富家千金会真心实意地关心医院里的这些可怜孩子。很多时候，所谓的慈善，不过是上流社会成功人士的作秀而已，标榜他们所谓的善心，也为自身和自家相关企业的形象做宣传。这些精致的利己主义者，每一步都是有其目的所在。

叶繁枝还未回答，便听房俊的声音在李长信身后响了起来："长信，还不走，会诊时间到了……"他说到这里，才看到了被李长信挡着的叶繁枝，一怔后，随即满面堆笑："呀，叶小姐，你好。"

只一秒，叶繁枝便恢复往日的高冷淡漠表情："不好意思，打扰你们了。再见。"

房俊望着叶繁枝消失的方向，摸着头疑惑地说："长信，你和叶小姐在聊些什么？"

　　李长信轻描淡写地说："打声招呼而已。还不走？不是说赶时间？"

　　"哦，对。要会诊。快走。"

　　又一天，李长信接了个电话，叮嘱了病人几句，便匆匆来到了电梯旁，眼见电梯门马上关闭，他三步并作两步："请稍等。"

　　两扇电梯门在他面前缓缓打开，露出了叶繁枝眉目娇艳的一张脸。李长信不由得一愣。

　　怎么会这么巧，最近总是在电梯附近时不时遇到她，好像中邪似的。这情绪不过短短一秒便被他压了下去。李长信客气地颔首："叶小姐，你好。"

　　叶繁枝也有一秒的呆愣。而后，她突兀地把视线从他身上移开，停在一旁的楼层键上："李医生好。"

　　空荡荡的电梯里只有两人。两人各据一角，中间留了极大的空间。可李长信却不知为何，只觉得满鼻尖都是她身上那种似有若无的玫瑰香味。他觉得胸口发闷，呼吸有些莫名地急促。

　　这是一种从未有过的感觉。李长信不知自己这是怎么了，只好怪罪于那抹清幽香味太魅惑。

　　电梯缓缓上行。安静的空间里，叶繁枝的声音轻轻响起："小天是个单亲孩子，由于他妈妈是贫困户，所以关于他的医疗费用都是我们叶氏慈善基金会赞助的。我们每个项目都会有人跟进，而我是他这个项目的负责人……当然，我手里还有其他的项目……"

　　怪不得她时不时地会出现在医院。李长信恍然大悟之余，又觉得很是奇怪。她为什么要跟他解释这么多？她跟他不过只是认识而已，连朋友都算不上。

"那天我去找了小天的主治医生，他说小天的病必须马上接受化疗，还说他们已经在找配型，希望能尽快找到配对的骨髓……"叶繁枝没有再说下去。

小天在血常规检查中发现了淋巴细胞指数异常，他们拿到化验报告后又请相关科室做了更为详细精密的检查，最后诊断结果为T型急性淋巴细胞白血病。

李长信将小天的真实情况相告："如果能找到配对的骨髓，康复的概率还是很高的。"

"可要是一直没找到呢？"

"如今针对白血病的治疗方案有很多，国内外不乏完全康复的案例。不到最后一刻，我想我们医院不会轻言放弃的。"

叶繁枝一直不说话，李长信也不知怎么脱口而出了："你相信命运一说吗？"

叶繁枝直愣愣地望着他，不解其意。

"我奶奶是个信佛的人，她说人各有命。她经常挂在口头的一句话就是：是福不是祸，是祸躲不过。到头那一天，难逃那一日。所以很多时候，我们也只能尽人事，听天命。如果真的是命运的话，那就面对它、接受它、放下它。"

叶繁枝眼眶泛红的样子叫李长信想起了受伤的小白兔，让人不禁产生一种怜爱的感觉。

后来回想，李长信觉得肯定是自己最近手术太多太忙太劳累的缘故，才有这样的错觉。叶小姐素来美艳凌厉，是不可能有这种脆弱表情的。

那天之后，李长信刻意避开医务人员使用的专属电梯，改乘普通电梯。他甚至还把叶繁枝负责慈善基金会有关小天的项目情况都"卖给"了房俊，卖价是医院对面购物中心新开餐厅的一顿饭。

吃饭那天，他毫不客气地点了几个最贵的菜，狠狠地"敲诈"了房俊一顿。回医院路上，又让房俊请客给整个科室的人买了咖啡。然而，房俊心情极好，埋单的爽快程度令李长信几度怀疑自己的消息卖价太低。

此后，整个科室都知道房俊经常去血液科关心小天的病情。至于醉翁之意，大家都心照不宣。

一天下午，李长信与房俊去血液科办事，房俊直接去了小天的病房，而李长信去相关医生那里咨询并取好自己要的资料后，便去找他："房大医生，我晚上不值班，要不要一起吃晚饭？"

话音刚落，病房里头的人全部转了过来，除了小天、房俊，还有那张白皙粉嫩的脸。看来房俊这家伙已经行动了。李长信感觉有几分尴尬，很显然自己打扰到房俊和房大小姐的相处了。

房俊见状，灵机一动，借机邀请叶繁枝："叶小姐，我们到下班时间了。难得我和李医生今天晚上都不值班……不知道能不能邀请你跟我们一起吃个晚饭？"

叶繁枝用眼睛扫了扫李长信，而后她轻轻地垂下眼帘，顿了顿，说了个"好"字。

房俊喜不自禁，偷偷握拳跟李长信示意：革命成功了一小步。

三人一起去了医院附近的一家西餐厅。房俊殷勤不已，点了店里最贵的套餐。整个晚餐时间，李长信安静地用餐，安静地看着服务生来回穿梭，安静地听着房俊与叶繁枝两人一问一答。他觉得自己恍若一件餐厅里的摆设。

叶繁枝长相精致，衣着打扮也得体大方。但她凹凸有致的身材根本就藏不住。比如今天她穿了件长袖圆领小黑裙，平心而论，那领子根本不低，款式甚至堪称保守，穿在她身上，除了修长脖子和白皙锁骨处的一小片白嫩肌肤外，什么也没露出来。但视觉效果却比低胸诱惑更甚数分。

李长信素来欣赏清纯类型的女生。但他亦不得不承认，叶繁枝浑然天成的明艳妩媚模样，给人一种动人心魄的感觉。

李长信只觉口干舌燥。他端起面前的杯子，连喝了数口水。

房俊则一个劲儿地找话题跟叶繁枝聊天："叶小姐，听说你在叶氏基金会工作？"

"是的。"

"具体的工作内容是什么呢？"

"帮助一些需要帮助的人，捐助一些有需要的慈善项目。我刚工作不久，经验太少，还在努力学习……"

房俊不由赞道："叶小姐很有爱心，经常到医院来看望孩子们。"

叶繁枝的视线尽头是李长信握着刀叉的手，骨节分明，修长白皙。她定定瞧了数秒，缓缓地垂下眼帘："其实我什么都不会做，什么忙也帮不上。我能在基金会工作，不过是因为我父亲是叶半农。所以……我只好有空就多来看看小天他们。你们医生才伟大，救死扶伤，帮助那么多需要帮助的人。跟你们一比，我真的没做什么，渺小得连蚂蚁都不如。"

房俊闻言，望着叶繁枝的目光越发熠熠生辉了。那是一种男人对女人极致的欣赏，恨不得据为己有的那种。李长信也曾谈过恋爱，完全懂得房俊这种目光里头深藏的独占含义。

李长信胸口发紧，突然不耐烦起来。但自己到底不耐烦什么？李长信却是连自己也不知道。是今天自己工作太疲累了？还是此刻扮演电灯泡这个角色太压抑了？李长信搁在桌下的手，松了握紧，紧了再紧。他很有一种想要扔掉餐布离桌而去的冲动。

他按捺着自己，再一次看向了腕表，准备找一个合适的借口告辞，也给两人独处的空间，成全一下房俊。他不经意抬头撞见了叶繁枝的目光，她的眼底深处有一抹很奇怪的光芒。李长信不懂，也不准备探究，便收回了自己的视线。

几分钟后，是林护士的电话解救了他："李医生，今天做手术的13床病人出现了异常情况，你能否尽快回医院？"

"我就在医院附近，这就回去。"他立刻起身对两人说，"不好意思。我有个病人出现了点突发状况，我要立刻赶回医院。"

"看来你难得一晚的休息时间又泡汤了。"房俊含笑打趣。

"没办法，早习惯了。叶小姐，你们慢用。"

叶繁枝抬眸，再一次与他的视线无声交汇。李长信一直走到门口，才转过身回望了房俊和她一眼。

餐厅装修精致，每一桌上方都有一盏水晶小吊灯，发散着璀璨光束。而叶繁枝就坐在那一团光芒之中，微卷长发轻垂两侧，侧脸清冷，五官惊艳。

房俊说得不错，撇开她的家世不谈，单以她的相貌，在医院里要找个医生男友，便已是手到擒来之事。

李长信眼前却闪过了徐碧婷的脸。

徐碧婷长相清纯，是时下常说的那种"初恋脸"。两人在国外留学时一见钟情。

容貌年龄相当，专业兴趣一致。李长信也是在那个时候才相信，有的人真的可能是你身体里的一条肋骨。差别在于，这辈子你遇不遇得到。

然而，在他回国前，徐碧婷主动提出了分手。

两人当时热恋情浓，李长信还买了戒指准备求婚，徐碧婷这样突然提出分手，他一时根本无法接受。但他是个遇事冷静处事周全的人，并不会冲动地纠缠闹腾。

两人断了近一个月的联系。回国前的某天晚上，他约她出来，平心静气地问她："碧婷，我们之间还有挽回的余地吗？"

李长信是个心高气傲的人，能这般开口相问，实在是爱极了徐碧婷的缘故。

徐碧婷慢条斯理地喝了口咖啡，然后放下了杯子，摇头说："长信，你知道的，我一直想要留在美国发展，而你在国内还有家人要照顾。其实我们从一开始就注定了现在的结局。就算我们现在不分手，以后还是逃不过这个局面。再浓烈的爱情也敌不过时间和距离的。与其日后狼狈不堪地分手，连再见都不能够，还不如现在坦诚地说开，大家好聚好散。"

此话诚然不假，但李长信依然试图挽回。这是他的初恋，他亦曾用心经营，希望这段感情能开出幸福美好的花朵。

"长信，我对你不是没有爱了，只是此刻的我们面临着人生最大的选择。这个选择决定了我们以后各自的发展道路，也注定了我们不能继续在一起。"徐碧婷的话条理分明，语气亦不悲不喜，仿佛在与他谈论等下去吃西餐或者中餐。

虽然不愿接受，可李长信知道这段感情已经到了结束的时候。

那天晚上，李长信送她回公寓。离开的时候，徐碧婷却主动吻了他。李长信愣住了。下一秒，身体自发做出了回应。两人从门口一路热吻到了卧室的床上，就这样纠缠了一个晚上……

恋人之间大约很少有这样和平友好分手的吧。李长信每每想起，难免会苦笑不已。

他当时是深爱徐碧婷的，也一直以为两人之间的恋爱是奔着结婚去的，甚至勾勒过两人回国后一起工作生活的画面。但他很了解徐碧婷的性格，她做好的决定是决不会轻易改变的。

于是，彼此放手，各自安好。

这几年，他们再无任何联系。

徐碧婷与叶繁枝无论是家世、外形还是性格，完全都是不同类型。自己好端端地为什么会把叶繁枝和徐碧婷做比较呢？回过神来，李长信自己都觉得莫名其妙。

莫非是最近与叶繁枝偶遇过多的缘故？李长信眼前掠过了她的白嫩肌肤，顿时又口干舌燥了。看来男人都是感官动物，他也不例外。

然而，究竟为什么烦闷，他自己也说不出个所以然。

到家已经是夜里十点多了，李长信轻手轻脚地打开了大门。

小小客厅的一角，亮着一盏小台灯。靠墙而摆的小餐桌上，奶奶用碧纱笼罩着一盘她睡前包好的馄饨，是让他下班回来煮着吃的。

从国外回来后，每一个他值班回来的深夜，奶奶都会给他准备各种她最拿手的夜宵。

小时候，父亲和奶奶都会在凌晨起床，去巷口摆摊卖早点。而他醒来后，则会懂事地叫醒弟弟，帮弟弟换衣洗漱，牵着弟弟的手去自家的早餐摊。奶奶每次都会给他们端上热腾腾的馄饨、烧卖或者小笼包。若是时间早，他还会一起帮忙招呼客人。

早餐摊的客人都是些经年光顾的老客人，都很熟悉。见李长信如此乖巧，总免不了夸赞几句："李家奶奶，你家孙子真是懂事孝顺。"

"是啊。我们家那个小调皮要是有你们家孩子一半懂事就好了。"

"你们真是会教育孩子。听说你家长信年年都是班级第一名。"

父亲和奶奶每每被夸赞得眉开眼笑，但总是谦虚不已："哪里，哪里。我们穷嘛，没法子。他不好好读书的话，以后没有出路啊。"

那时候，虽然母亲早逝，清贫辛苦，但奶奶、父亲还有他和弟弟一家四口其乐融融，还算温馨幸福。

可后来，父亲在家附近的十字路口被车子撞飞，后脑触地，当场身亡，留下了他和奶奶、弟弟相依为命。

身为长孙和长兄，他有责任好好照顾他们。

第二天的一个空隙，房俊和他一起喝咖啡提神。李长信见他一副"春风得意马蹄疾，一日看尽长安花"的模样，忍不住打趣说："看来今天我们房大医生心情甚好啊？"

房俊喝了一口咖啡："我该跟你道谢呢。其实，我在小天病房遇到叶小姐好几次，一直不知道怎么开口约她。昨天要不是你的出现，我还没任何进展呢。"

听到他说这话，李长信挑了挑眉："这么看来……昨天的晚餐进展不错？"

房俊眉目含笑："已经拿到她的电话号码，还加了微信呢。"

房俊显然已经深陷其中了。李长信晃了晃纸杯中的咖啡："恭喜恭喜。这么说来，下次请客吃饭的人选又非你莫属了。"

房俊也不推脱，爽快地一口应下："小事一桩。若是日后马到成功，请你吃几年都没问题。"

房俊家境殷实，父母早早地为他在洛海置了房子店铺，不像李长信有家累。他为人大方，平素最爱的便是请客吃饭，虽然长相普通，但也深受科室众多女护士的喜爱。

李长信一口喝完了杯中的咖啡。他感觉平日里香醇的咖啡今天好像变质了一般，不复往日美味。看来，明天得换一个牌子尝尝。

这天之后，房俊到底如何行动，李长信再无任何探寻。

又一天傍晚时分，李长信与房俊出来给科室加班的同事买晚餐。

路过一家咖啡店，房俊忽然止步。李长信顺着他的视线望去，透过玻璃幕墙，只见叶繁枝正坐在沙发里，一只手端着白瓷咖啡杯，另一只手翻着书，一头乌黑的长发柔顺地披散在肩头，侧脸线条精致柔和。

夕阳瑰丽，光线透过玻璃，悄无声息地洒在她身上，她此刻仿若油画里静坐的少女，静谧美好。

房俊自然不会错过这个大好机会："我进去跟叶小姐打个招呼。"

李长信缓缓地收回视线："那我先去买晚餐。"

他目送着房俊喜滋滋地推开了咖啡店的大门，然后大步离开。走了几步，李长信也不知怎么，还是忍不住回过头看了一眼，此时目光正好与叶繁枝投来的视线相撞。李长信只做未见，转身离开。

麦当劳店里排了几排的长队，李长信随着人流排队上前。

"你好，请问有什么可以为您服务的？"服务生连问了两遍，李长信才回过神，他把同事们登记好的纸条掏出来："五个鸡腿堡套餐，六个……"

"一共×××元。请您稍等片刻。"

李长信提着几个大袋子经过咖啡店的时候，遇见了从医院那头穿马路过来的叶繁木。看来，是叶家兄妹两人约在了咖啡店见面。

李长信停下脚步，颔首招呼："叶医生。"

叶繁木回道："哦，李医生啊。这是在帮同事们买晚餐？"

"是。"虽然同在一个医院，但两人分属不同科室，平素也没什么交集。叶繁木这个叶氏医院的太子爷能知道有他李长信这个人就已经是很不错了。

玻璃墙上响起了"咚咚"的敲击声，李长信转头，一眼看见了表情兴奋的房俊，旁边的叶繁枝隔着玻璃墙与李长信对视，脸上虽是毫无表情，可她的眼里，他分明看到了一抹难以隐藏的羞涩欢喜。

李长信礼节性地朝她点头致意，而后他便迅速移开视线，提了提手里的袋子，示意房俊可以出来了，房俊这才不情愿地起身与叶繁枝告辞。

叶繁木在妹妹对面入座，双手抱胸，若有所思地打量了她数秒，忽然开口："繁枝，你是不是喜欢那个叫李长信的医生？"

叶繁枝倏地面红耳赤："谁说的，胡说八道。怎么可能？！"

叶繁木"哼"了一声，说："我可是你亲哥。怎么会不了解你。再说了，你的眼神从来骗不了人。"

叶繁枝拿着菜单挡住了脸，恼羞成怒地说："我说了没有就是没有。我要点菜了。今天你说了要请客，我要点最贵的。"

叶繁木叹了口气，转移了话题："没有就好。你随便点，再贵你大哥都请得起。"

叶繁枝这才露齿一笑，展露了在家人面前才有的俏皮可爱。

叶繁木看了她半晌，自言自语地说："不过也对，是我想太多了。我们繁枝怎么会看上李长信这个穷小子呢。"

闻言，叶繁枝骤然抬头，反驳他："大哥，李长信医生毕业于美国最顶尖的医学院，目前是我们医院主力培养的整形外科第一人。前途不可限量。"

叶繁木冷笑一声："再厉害也不过是个穷小子。再说了，要不是当年我们叶家资助他，他哪有今天？！"

叶繁枝这回是真恼了，搁下了菜单："大哥，到底还吃不吃饭？不吃我就回去了。"

还说不喜欢李长信。这不，他随便一套话就全部套出来了。面对着自己最疼爱的妹妹，叶繁木宠溺一笑，也不再细究了，柔声哄着叶繁枝说："好了，大哥不过是随便说说而已。点菜，点菜，点最贵的菜！把大哥我给吃穷了！"

叶繁枝显然余怒未消，毫不手软地点了店里最贵的套餐。

李长乐生日这一天，李长信特地提前和同事换好了班，把这一天调休出来，并早早订好了餐厅，叫上了纪云瑶一起吃饭，给长乐庆祝。

李长乐的特殊学校离纪云瑶上班的地方很近，纪云瑶便说顺路接了长乐一起去餐厅。傍晚时分，李长信载了奶奶去商场。他也难得陪奶奶逛街，顺便给长乐买礼物。

李长信早就想好了要送他什么礼物，所以一进商场，便扶着奶奶去了手表店铺。

"奶奶，你来帮长乐挑块手表，不用帮我省钱。"

"长信，长乐还小，用不着买什么好手表，你还是给自己买块好的手表。上次你带回家吃饭的那个小房，就戴了块很不错的手表。奶奶虽然不识货，但瞧着可不便宜。现在的人啊，都是先敬罗衫后敬人。你先买一块给自己戴。"

"奶奶，我平时工作带着也不方便。再说了，做手术的时候是不能戴这些东西的。摘摘戴戴，我也嫌麻烦。"

李奶奶心疼地说："长信，这个家还好有你，真的辛苦你了。你才比长乐大六岁而已，但这些年来又当哥又当爸的。长乐有你这个大哥是他上辈子修来的福气。"

"奶奶，这是我应该做的。我是大哥嘛，做大哥的就应该照顾弟弟。"

闻言，李奶奶只觉得自己的心在这一刻都快要融化掉了，她红着眼拉起李长信的手："长信，你总是跟我说，奶奶，我很好，学校很好，医院很好，同事很好，什么都很好。从来都是报喜不报忧。可是奶奶知道，你这一路走来是很辛苦很不容易的。以后啊，你也要学着对自己好一点。"

李长信一再宽慰她："放心吧，奶奶，我会的。而且，你看我，我是真的很好啊。"如今的他，一流学府毕业，拥有一身技术，可以说是一个职场精英。虽然苦读在前，如今亦不过是医院的一个小医生，但李长信一直坚信自己的未来肯定是很好的。

李奶奶既爱怜又欣慰地拍了拍他的手。李长信示意店员把手表从柜子里取出来，展示在黑丝绒盘里。李奶奶架起了老花镜，仔细端详。这个好，那个好，另外一个也不错。她纠结不已，一时也做不了选择。

李长信温柔地看着奶奶挑手表的认真模样，不由微笑起来。奶奶这一代的人啊，无论做什么都认认真真的。认真地恋爱，认真地结婚，认真地过日子。

片刻后，他移开视线，忽然一怔。

在数米开外的珠宝柜台，他一眼便看到了被售货员们团团围绕着的叶繁枝。今日她穿着白上衣和宝蓝色及膝裙。裸露在外的一双美腿被蓝色映衬得雪白修长。她背了一个著名奢侈品牌的黑色小羊皮链条包，脚踩了同色的高跟鞋。

李长信虽然从不买奢侈品，但也知道单这个黑色链条包的价钱便是他几个月工资的总和了。

她在试戴手链，抬起手腕看了几眼，漫不经心地说："刚才试的那几条，这条，还有这条，都帮我包起来吧。"

售货员们喜不自禁，连声道好。有人给她的水杯里添水，有人又取了同系列的项链戒指让她挑选，殷勤备至。

叶半农才进商场，手机便收到了银行发来的消费金额提醒。他扫了一眼，便看到了自己的女儿叶繁枝。

叶半农笑眯眯地走上前："项链不错，我们一并买了。"

叶繁枝闻言，转头对叶半农说："老爸，你总是说话不算数。我生气了。"

"医院事情多，爸爸今天实在抽不开时间。这不，爸爸买条项链送给你赔罪，好不好？"

"我才不要呢。家里没有项链吗？"

叶半农温言软语地说了几句，这才哄得宝贝女儿开心了起来。

李长信把一切都瞧在了眼里。此时，叶繁枝很突然地抬头看向他所在的方向。李长信想收回视线已是来不及，便与她的目光交汇在了半空中。

叶繁枝整个人很明显地一呆，她的眼底随即似风吹过的湖面，波光闪动，涟漪不断。

李长信虽然内心淡漠，但从小饱经冷暖人情，明面上他从来都不失礼于人。更何况此人是从高中起就资助他的叶半农。于是，他便恭恭敬敬地上前打招呼："叶院，叶小姐，你们好。"

这些年来，对于叶半农对他和他们家的帮助，李长信总是心怀感激，但两人却从未单独见过面，哪怕进了叶氏医院至今。医生职责本就是救死扶伤，李长信在医院尽心尽力地工作，这对他来说，便是对叶半农这些年资助的最好报答。

叶繁枝面色平静，仿佛方才李长信看到的那些只是幻觉而已："李医生，你好。"

叶半农虽出钱资助李长信，但这些年来所有相关的事情都是让他手下的汪全林处理的，他从不过问。他对医院的年轻人才向来看重，知道眼前的这个李长信颇为出色。他平易近人地说："李医生，这么巧能够在这里遇到。"

两人寒暄了几句，李长信便客客气气地说："叶院，叶小姐，不打扰你们了，你们慢慢逛。"

叶半农点了点头："李医生，你忙。"

叶半农待他走远后，才问道："繁枝，你哥说的就是这个李长信？"

叶繁枝跺着脚说："爸！你别听大哥乱说。没有的事！"

女儿刚才紧张僵硬的肢体反应，叶半农都瞧在眼底，此时看到女儿从未有过的娇羞模样，心中越发肯定了，于是也不在这个话题上继续讨论下去。

　　而另一头的李长信目送着两人离去后，才转身对奶奶说："奶奶，挑好没有？"

　　"我看着这块不错。"

　　"好。那就买这块。"

　　从手表店铺出来，李长信扶着奶奶搭乘商场电梯直达餐厅。

　　在包厢入座后，李长信点了几个菜。不多时，纪云瑶和李长乐来到了餐厅。李长乐身穿白 T 恤牛仔裤，一双干净无邪的眼，瞧着不过就是一个初中生。

　　李长乐从小就在画画方面显露了不同于旁人之处，当时教导他的老师都十分惊讶，说他在色彩方面特别敏感。这些年来李长信更是着意培养，只要是长乐在学习方面的事情，他都是极力满足。

　　纪云瑶连声抱歉："不好意思，李奶奶，李大哥。路上堵车，所以来晚了。"

　　"不晚，不晚，刚刚好。你看菜正好上来。"李奶奶亲热地拉着纪云瑶坐在自己身边，"云瑶，奶奶喜欢跟你说话。"

　　纪云瑶与李家是一栋楼的上下层邻居。打小两家便关系很好，纪云瑶的父母工作忙的时候，就把纪云瑶寄托在李家，让李奶奶帮忙照看。而李家忙的时候，李长信便带着李长乐去纪家蹭饭。

　　李奶奶看着纪云瑶长大成人，出落得亭亭玉立。前两年还遮遮掩掩地跟李长信暗示，如今则已经是明说了："长信，你啊，也老大不小了，早点跟云瑶定下来，给我们李家生个大胖小子。到时候啊，奶奶双脚一蹬，也有脸去见你爷爷和你爸妈了。"

　　第一回听到这话的时候，李长信和李长乐同时被汤呛着了。李长乐脱口而出："不行。"

　　李长信咳嗽连连："奶奶，我一直把云瑶当成自己的亲妹妹。你这不是让我乱伦吗？"

结果他当场就吃了李奶奶一颗"栗子"："什么乱伦，你跟云瑶又没有半点血缘关系。我们跟纪家知根知底，云瑶的脾气好、性子好，长得也好看。你还有什么不满意的，她还不一定瞧得上你呢。"

李长信点头如捣蒜："是是是，云瑶肯定瞧不上我。"

后来，李奶奶亲自去问询纪云瑶的想法，纪云瑶也说把李长信当哥哥。李奶奶失落了好几天，一直不停念叨：这么般配的两个孩子，怎么就看不对眼呢？

李奶奶却依然不死心，还是三天两头想方设法地撮合他们。但凡家里人过生日，或者她自己做一些点心吃食，总是不会忘记叫上纪云瑶。

餐厅的服务生把生日蛋糕推进了包厢。李长乐特别开心，拍着手高高兴兴地唱了一整首的《生日快乐》歌。最后，一鼓作气地吹灭了所有蜡烛。

李长乐把切好的第一块蛋糕捧给了奶奶："这是奶奶的，还有这颗大草莓也是奶奶的。"

李奶奶见他孝顺懂事，高兴之余便想到了他去世的父母，不觉泛红了眼眶。她看着眼前这对已长大成人的兄弟，又觉得老怀安慰，万事足矣。

李长乐的这个生日过得很是温馨快乐。

那顿饭结束，在餐厅门口，他再度遇见了叶繁枝。

一个珠光宝气的贵妇一边亲热地拉着她的手，一边叮嘱儿子说："博文，你和繁枝再多逛逛。我们和你叶世伯还有朋友要小聚一下。记得好好照顾繁枝。"

"好。叶世伯，再见。"这个叫博文的是一个商场精英打扮的男子。他风度翩翩地站在叶繁枝身边，与长辈们道别。

这阵仗，怎么看都像是在相亲。但既然叶繁枝在相亲，为什么还要不断招惹他呢？！李长信莫名涌起一股愤怒。

大约是他的目光在叶繁枝身上停留过久的缘故，叶繁枝抬头看到了他的那一秒，她像是做了贼一般，眼神闪躲，不敢与他对视。

这一下，李长信更肯定她在相亲了。他慢慢收回目光，右手不觉握成拳。

纪云瑶指了指他的头发："长信，这里有点奶油。"

李长信抬手擦了擦，纪云瑶笑道："没擦掉，在这里。"

"你帮我。"

纪云瑶取了纸巾帮李长信抹去了发丝上沾着的奶油。李奶奶拉着李长乐的手，带着乐见其成的"奶奶笑"注视着这"温馨有爱"的一幕，又开始想象长信跟云瑶在一起的情景了。

而另一头，叶繁枝默默地收回视线，与董博文并肩离开。

当晚回家，叶繁枝遇到了在客厅的父亲。叶半农含笑相问："怎么这么早回来？也不跟博文喝个咖啡、看个电影之类的？"

"爸，下次别这样。"明明说好是父女两个人吃饭的，叶繁枝进了包厢才知道父亲另有目的。

"怎么？你不喜欢博文吗？"

"董大哥是很好。"叶繁枝垂下眼，轻轻说，"可是……我不喜欢。"

"两个人处都没处，怎么就知道自己不喜欢呢？要给别人机会嘛。多接触接触，说不定就会发现博文有很多优点啊。"

"反正我不喜欢。"

"不喜欢也没关系。乔伯父家的世兄、严家秦家的世兄，还有徐世伯家的两个儿子……都是不错的青年才俊。"

"爸，那些人我都不喜欢。"

"哦。那你告诉爸，你喜欢什么样的？"叶半农搁下了手里的医学杂志，饶有兴致地"明知故问"。

　　叶繁枝咬着唇不说话，但眼里的倔强一览无余。

　　叶半农心明如镜，暗暗地叹了口气。

/第 3 章/　他们的故事

这些年来，每逢年节和叶半农的生日，李长信总是会通过汪全林提前向他问好致意。今年也不例外。李长信如常地发了一个信息给汪全林，让他帮忙转告对叶院长的祝福。

没料到，第二天却接到了汪全林的电话："长信，叶小姐今年给叶院办了个生日派对。叶院让我邀请你出席。有很多医界的大佬前辈都会来，你到时候记得早点到。"

难得叶院记得医院有他李长信这号人，给他脸面，李长信自然是要出席的。

只是关于送什么礼物，李长信倒是踌躇了一番。

最后，李长信决定买一条领带送给叶院。以叶院如今的地位财富，想要什么都唾手可得，再贵重的礼物，他想来也不看在眼里。

再说，贵重的礼物，他这样的小医生也送不起。

于是，李长信落落大方地登了叶家的门，奉上了礼物以及祝福。

叶半农含笑接过："李医生，人来就好。何必破费呢？"

"这是我的一点小心意。希望叶院会喜欢。"

"全林说你很能干，也很努力。"

"是汪叔夸赞而已。"

汪全林在一旁微笑说："这孩子，还不是你自己肯用心肯努力。汪叔我又能帮你什么。"

"谢谢叶院和汪叔这么多年来对我的栽培。长信虽然没什么才华，但叶院和汪叔对我和我们一家的照顾，长信一直铭记在心。"

这几句话让叶半农极为受用。聊了数句后，有人过来寒暄，叶半农吩咐说："全林，你代我好好招呼长信，顺便介绍些朋友给长信认识一下。"从李医生到长信，虽然只是简单的称谓变化，但里头深藏的含义却是巨大的。

"好的。叶院，您忙。"李长信得体地离开了，又对陪着他的汪全林说，"汪叔，你忙吧。我会照顾自己的。"

"行，那你自己招呼自己，我就去忙了。"身为叶半农最得力的助理，汪全林素来就是一个大忙人。今晚这样的宴会，他要负责的事情比叶半农更繁重更劳累，要各方面打点周全，滴水不漏。

李长信站在昏暗角落，打量着衣着光鲜的众人。

忽然，他的视线便被一道从楼上下来的曼妙身影吸引过去。今日的叶繁枝，穿着翡翠绿的晚礼服，前面是普通圆领，只露了白嫩修长的脖子。额前的两绺头发往后扎住，露出光洁饱满的额头，复古又高贵。但她一转身，李长信便愣了。这礼服是后背大V的款式，露出一大片比灯光更亮眼的白嫩肌肤。

李长信口干舌燥地喝了一大口红酒。他不得不承认，叶大小姐的美非常具有侵略性，而且是无声无息的，与徐碧婷的小清新完全不同，十分妩媚诱人。

"你是整形外科的李长信？"有道沙哑的声音打破了角落的安静。

李长信转过头，这才发现医院的副院长周毅生不知何时来到他身后，他忙恭恭敬敬地说："周院，你好。"

"怎么一个人站在这里？"

李长信客气又谨慎地回道："我不太会应酬，所以只好一个人偷偷地在这里喝酒。"

周毅生和蔼微笑，很是亲切："年轻人嘛，就应该多和同事们打成一片，热闹热闹。"说罢，他话题一转，意有所指地说："不过呢，我向来最欣赏的就是李医生的稳重成熟，低调谦虚。不像我们医院的某些医生，从名牌大学留学回来，就自觉高人一等，谁也不放在眼里。这年头啊，狂是没有好处的。你说是不是，李医生？"

周毅生说的某些医生，很明显是代指叶繁木吧。这里头牵扯甚深，李长信只做不知，以微笑应对。

"如今的年轻人，有真才实学又肯干肯吃苦的，不多了。李医生，我看好你。日后前途无量。"

"谢谢周院的夸奖，我实在是愧不敢当。"

周毅生递给他一张名片："这是我的私人名片，上头有我的私人电话。李医生，有空要和我多多联系。"

"好的。谢谢周院。"

这个世界上，没有一个人会平白无故对另外一个人好，除非你对他有特殊价值。李长信深明此理。医院虽然以救死扶伤为己任，但有人的地方就有江湖。叶氏医院名义上是冠叶家名字的，但在整个董事会以及偌大的医院里面，谁能保证个个都对叶半农是真心的呢。

众所周知，这个周毅生是董事会第二大股东周毅仁安插在医院里的人，医院里的周家派系甚强，且从来都不是善类。

李长信知道今晚的周毅生绝对不是无缘无故来这个角落与他套近乎的。

此时，大门口有数人迎面而来，带头的年长男子气势不俗，挽着一个雍容华贵的妇人。叶半农亲自带了叶繁木叶繁枝兄妹迎了上去，双方热络地握手寒暄。

那个叫董博文的男子高大俊朗，叶繁枝娇艳可人，远远望去，十分般配。

后来的时间里，董博文一直陪伴在叶繁枝身边，甚至目光都不曾从叶繁枝身上移开半瞬，可见中意得紧。

李长信仰头喝光了杯中的酒，准备离开。他这样的小人物，无论在与不在，都没有人会注意到的。

不承想，这般应接不暇的场合，叶繁枝竟会过来找他："李医生。"

她站在他面前，离他有一臂的距离。她望着他的眼睛里好像包含了日月星辰，晶莹闪亮，纵然想要遮掩也遮掩不了。

"你……最近有空吗？"

李长信不解其意，微愣后，如实回道："我只有轮休的时候才有空。叶小姐有事？"

"有。我到时候再联系你。"

李长信沉默了数秒，答道："好。"

闻言，叶繁枝很是愉悦，露齿一笑，嫣然百媚。那一秒，李长信只觉大厅那盏欧洲古董水晶大吊灯所散发的光芒都不及她这一笑。

"谢谢你，李医生。"说罢，叶繁枝转身准备离开。但她停顿了脚步，背对着他，缓缓地说了一句话："今晚很高兴能见到你。"

李长信目送着她离去。她肌肤本就白，今日被这翡翠绿一衬，恍若初雪般晶莹皎洁。她踩着高跟鞋而去，绿色的裙尾随着她的脚步袅袅摆摆，说不尽的娉婷动人。

之后几日，李长信一直琢磨叶繁枝找他到底有何事。

这一天，李长信终于接到了她的电话："李医生，我是叶繁枝。

你今天有空吗？"

　　李长信骤然想起那晚她说的话，语气平和地说："叶小姐，你好。今天我刚好休息。"

　　身为叶氏医院的大小姐，要得知他的轮休时间，那是轻而易举之事，所以李长信也无须说谎。

　　"不知道能不能麻烦你一件事情？"

　　也许是在电话里的缘故，她的声音低软温柔，与她给人的美艳凌厉印象完全不同。李长信不知道她的这一面只是给自己还是同样给予别人，比如那个叫博文的男子，比如房俊。他整理了一下思绪，公式化地说："叶小姐，你请说。"

　　叶繁枝说了一个游乐场地址给他，请他过去。

　　李长信握着挂断的电话，望着窗外，沉默了好半晌，终于出了家门。

　　李长信没料到在游乐场迎接他的是医院那几个唇腭裂病房里的孩子。叶繁枝站在孩子们身后，远远地对着他微笑。孩子们有的朝他挥手，有的朝他奔跑过来："医生哥哥，医生哥哥。"

　　原来是叶繁枝带他们来游乐场玩。她分配给他的任务是陪他们玩，然后当摄影师。

　　唇腭裂的孩子从出生起便跟旁人不一样，因此常常会受到异样的眼光。往日里，都是遮遮掩掩的，很少来人群扎堆的地方。今天，他们集体出动，在叶繁枝的鼓励下摘下口罩，痛快放肆地玩乐着。坐小火车，坐碰碰车。一群孩子都玩得乐疯了，整个场地都是他们的欢声笑语。

　　骑旋转木马时，有孩子喊叶繁枝："叶姐姐，看这里。医生哥哥在拍照。"

　　叶繁枝闻言，回过头对着镜头微笑。李长信怔了怔，拍下了这张照片。

玩云霄飞车的时候，她紧闭着眼睛，搂着孩子们惊声尖叫；坐海盗船时捂着眼睛强忍害怕的表情；和孩子们抢棉花糖吃时的孩子气；在娃娃机上抓到毛绒玩具时的紧张兴奋；拿着游乐场赠送的免费气球时的甜美；抽中奖时那一瞬不敢置信的可爱……这一切场景最后都定格在了李长信的手机里。

李长信第一次发现叶繁枝艳丽的外表里头似乎还住着一个纯真的孩子，只是不知这是伪装还是另一个真实。不过无论是哪一种，他都无意深入探究。

毕竟……他们两个人从来都是不同路的。

从前不同路，以后亦不可能同路。

玩累了，他们铺了毯子在草地上野餐。叶繁枝准备了很多的食物和水果。

"这里有好几种口味的寿司，这里是蛋糕，还有三明治……你们想吃哪一种？"

负责开盖子的李长信转头，和从保温袋里拿食物的叶繁枝碰巧撞在一起，叶繁枝的唇擦过了李长信的脸。

触觉温软，如绵如絮，一闪而过。李长信一怔。叶繁枝则是整张脸涨得通红，仿佛能滴出血来，眼神甚至羞涩得不知看向哪里。

孩子们各自边吃东西边玩乐，只有一个小女孩愣愣地看着他们，忽然拍着手大叫道："大家快看，叶姐姐和医生哥哥在亲亲。"

众孩子齐刷刷地转头，睁大着双眼，纯真又好奇地望着两人。

"叶姐姐，你是不是喜欢医生哥哥，所以亲医生哥哥？"小女孩懵懵懂懂地问她。叶繁枝慌慌张张地捂着孩子的嘴巴，否认说："没有的事，只是不小心……不小心撞到了而已……"

"来，有草莓蛋糕和杧果蛋糕。谁要吃？"孩子们是很善忘的，一听李长信说有蛋糕，纷纷拥了上来，很快便忘记了"亲亲"这件事情。

之后的时间，叶繁枝总不敢与他的目光接触。偶尔他靠近她，都会察觉到她的耳朵在发红。

李长信忽觉很奇怪：不过是不小心撞到而已，她怎么会有如此反应。难道那个叫博文的男子都未吻过她吗？但他随即便否决了。叶繁枝这般的美人，哪个男人会放着只看不动手。至少，他就办不到。

李长信回过神后，被自己的想法惊到了：他与叶繁枝？那是绝对不可能的事情。

叶繁枝对他而言，是陈列在橱窗里的昂贵珠宝，他只能路过远观而已。因为他永远买不起，所以珠宝再好看，他也要压抑着自己不去动心喜欢。

之后的李长信强迫自己不许胡思乱想，好好陪伴孩子们。

一天的时光，过得很快。

"谢谢你，李医生。孩子们今天过得很快乐。"叶繁枝自然不会告诉他，她邀请他不过是试试而已。她是做好他不来的准备的。但想不到他不仅来了，还陪孩子们玩了整整一天。

"不客气，他们都是我的小病患。"

"我曾经答应过小天，等他唇腭裂手术结束，恢复好了，会带他来这里玩。可是现在……"说到这里，叶繁枝别过头，停顿了下来。

李长信懂得她话里的欲言又止。如今小天的身体状况根本不可能到户外活动。

叶繁枝又轻轻地说："明天和意外，我们都不知道哪一个会先来。这句话，我以前都只是听听而已，穿耳便过。一直以为时光漫漫，所有事情都会来日方长。但现实却是世事无常，太多事情都猝不及防。"

李长信不由得想起了那个清晨，父亲出门前，替他和长乐盖好了踢掉的被子，还温柔地摸了摸他的头发，叮嘱他说："长信，爸爸要去摆早摊了。等下闹钟响了就赶紧起来，可千万别睡迟了，还要和长乐一起去上学呢。你是大哥，要好好照顾弟弟啊。"

那是个深冬，他年少，贪恋软暖被窝。听到父亲唤他，他只是睡眼惺忪地掀了掀眼皮，迷迷糊糊地应了一声"爸，我知道了"，翻身便又睡了过去。

殊不知，那是他与父亲的最后一次相见，最后一回对话。

所以一直以来，李长信对意外两个字比任何人都有更深的体会。

临走时，叶繁枝说："李医生，我们加一个微信吧。等下麻烦你把照片传给我，我明天去医院顺道给小天看。"

于是，他淡淡地应了一声："好。"

"谢谢你，李医生。今天真是麻烦你了。"

李长信照旧是客气而疏离地回复了"不客气"三个字。

李长信目送叶繁枝带着孩子们坐着车子离开。他其实很想问她：今天为什么找他来游乐场？为什么不找正在热烈追求她的房俊？为什么不找那个叫博文的男子呢？但李长信没有问出口。

世间很多东西都不过隔了层纸，是不能戳破的。

一旦捅破，不仅徒生尴尬，还会无法收场。

又一天傍晚倒是真的巧遇。房俊请大家吃街对面的汉堡，抓了李长信一起出去买，说改善科室伙食。

李长信笑着说："为什么找我？汪护士很乐意跟你一起去买。再说了，不有外卖吗？"

"你知道我躲的就是她。"房俊吐舌，又说，"从一早忙到现在了，你不累啊。这年头，上吊也得喘口气吧。陪我出去买东西就当透口气。"

"其实，我觉得汪护士很不错。你懂的，医生和护士在医院向来是最佳配对。"

房俊似有所悟，侧目看他："莫非你喜欢咱们科室的哪个护士？

谁？快从实招来！"李长信很受医院众女生青睐，只是他对所有人都客客气气的。房俊虽然与他走得近，但也没瞧出任何苗头。

"目前尚没有，未来的任何可能性我都不排除。"李长信实话实说，坦诚以对。

若是某一天他真的爱上了医院里的某个护士，那也是很好的。两人婚后可以一起照顾奶奶和长乐。但前提是他真心喜欢这个人。苦读多年，如今又辛苦卖力工作，只因李长信知道，这个世界上一分耕耘一分收获，生活从来没有不劳而获。

对于这条人生长途，他如同站在半空中，一眼便能看到自己人生的轨迹和尽头。

所以一直以来，李长信对婚姻唯一的坚持与要求便是要找一个自己很爱的人，与她携手过一生。

这么漫长而又辛劳的人生，唯有与自己所爱的人一起共度，才算没有白白走过这一遭。否则的话，这辛苦的一生又有何意义可言。

"长信，我觉得要你爱上一个人实在是太难了。你太理智了。虽然看上去温和，但只是看上去而已。你有的时候冷静理智到让我都觉得可怕。"

李长信不由得失笑："怕我什么？"

"不是。这是一种很复杂的感觉，很难用文字表述。对了，我很好奇一件事情。"

"什么事情？"

"你谈过恋爱吗？你有爱上过别人吗？"

"我都这个年纪了，你说呢？"

"我觉得你没有吧。你这种冷静到血液都快结冰的人，怎么可能有那种热情呢？"

李长信不语。他确实很少在众人面前表露真实情绪。一直以来，他小心翼翼地把自己包裹起来，带着招牌式的微笑，外人便只能看到他的温和从容的表象，但这并不代表他没有热情。

当年与徐碧婷热恋时，他可以凌晨四点起来为徐碧婷做早餐。偶尔不打工的晚上，无论多晚，都会去接她下课。只是那些事情，别人都不知道而已。他也不想让外人知道。

"咦，那不是叶小姐吗？"房俊指向了马路的拐角处。

那里有两辆车子正以"亲吻"的方式相接，显然发生了剐蹭事故。事故的另一方是个男子，正满脸谄笑地与她说话。叶繁枝则不耐烦地从车头的一边转到了另一边。那人像牛皮糖似的，跟在她身后绕来绕去。

房俊和李长信起先以为对方是在就事故协商，走近了，才发现那人嬉皮笑脸地是在撩叶繁枝，想与她搭讪要联系方式。

房俊见状，立刻挡在叶繁枝面前，保驾"护花"："叶小姐，你没事吧？"

他转头对那男子说："这位先生，你要联系方式是吧？我的手机号码、微信、QQ都可以给你。"

那人冷哼一声，不屑地说："你又不是事故方，我要你号码干吗？"

房俊不甘示弱："反正你只要能联系到人，沟通解决问题就可以了。你可以随时通过联系我，联系到她。再说了，就你这保险杠被撞歪这点小事，能有多少钱？你现在开个价，多少我都赔给你。"

对方显然被房俊激怒了："我要你的联系方式做什么？就你这副车祸现场的模样，你也不去撒泡尿照照？"

房俊也怒了，一把撩起了袖子："你还考古现场呢！想要打架是吧？来。"

李长信一直站在一旁，默不作声地看着两人对峙。难得有这么好的机会让房俊好好地在叶繁枝面前表现，他也不便插手。这时，见两人唇枪舌剑，战况升级，渐有动手之势，他便拉住了房俊，沉声说："好了，都别吵了。交警的车子来了。先鉴定事故原因和责任再说。"

他低声劝房俊："你跟他有什么好计较的。你的手可是上帝之手，要救死扶伤的。万一有个闪失，你这么多年的辛苦不都白费了吗？"

因为只是小剐擦，交警按程序做了笔录，判定了事故原因和责任归属，其他事情便由保险公司接手了。

房俊趾高气扬地把那人轰走了："各回各家，各找各的保险公司。听到没？还不快滚！"

那人虽然心有不甘，但见房俊这边人多势众，最后还是悻悻地走了。

叶繁枝向他们道谢："谢谢房医生、李医生今天帮忙。不知你们什么时候有空？等你们有空了，我想请你们吃个饭表达一下我的感谢。"

正愁找不到机会约她的房俊，此刻毫无半分矜持客套，当即便脱口而出："择日不如撞日，我们今晚是自愿加班。所以吃顿晚饭什么的是绝对没问题的。"

李长信拿眼刀"砍"他，意思是"一整个科室的人都等着我们买晚餐回去改善伙食呢"。

房俊拿出手机朝他晃了晃，一副"外卖在手，一切我有"的嘚瑟表情。随后，他低声说："长信，你一定要去。否则叶小姐是不会和我单独吃晚餐的。"

李长信心中一动，脱口而出："为什么？"

"大概她不想给别人留下我和她约会独处的假象吧。唉，革命之路，艰辛困难，也不知猴年马月才能成功。"

李长信拍了拍他的肩膀以示安慰鼓励。但不知为何，他心底深处竟有一丝隐隐约约的小欢喜。

于是，三人来到医院附近的一家西餐厅。

叶繁枝执着高脚杯喝饮料，举手投足优雅得体。李长信忽地想起他曾经与徐碧婷一起看过的那部好莱坞经典电影《罗马假日》。眼前的叶繁枝有着一股赫本式的优雅高贵。这是一种在家世、学识、见识等各方面综合培养下养成的气质，并不是有钱就能拥有的。

下一瞬，他又想起叶家的别墅，想起儒雅大方的叶半农和桀骜不驯的叶繁木，想起自己破落的小区和老旧的家，想起了年迈的奶奶和智力低下的长乐，便沉沉地收回了眸光。

一顿饭吃得无波无澜。

房俊兴致高昂，再三提议饭后去咖啡厅坐坐。今晚难得有这么好的机会可以与叶繁枝相处，他自然要好好把握。

叶繁枝抬眼望向了李长信，似在询问他的意见。

李长信自然是要助房俊一臂之力的，于是微微一笑："叶小姐要是可以的话，我自然也没意见。"

房俊趁机说："走吧，环湖路那边有家时光咖啡店很不错，据说有几种蛋糕特别出名。我们三个人去坐坐吧。"

叶繁枝没有拒绝。

到了咖啡店，热腾腾的咖啡才端上来，林护士的电话便打来了。李长信欠身说了声"不好意思"，便去了角落接电话。片刻后，他折返回来，说："不好意思。我有事要回医院了。"

李长信这是找了个完美借口给房俊和叶繁枝创造独处机会，房俊自然懂得他的良苦用心，顺势接过话头："医院的事情都是急事。对了，你顺便帮我跟科室的人打声招呼，说我今晚不回去了。"

李长信点了点头，从容大方地起身跟叶繁枝说："叶小姐，下次再见。"

叶繁枝目送他离开，眼底深处的小火苗似被一桶冰水浇下，倏地熄灭了。

此后，他与叶繁枝有一段时间没有再见面。

毕竟这年头没有人是傻子。他做出的一系列暗示，看来叶繁枝是懂得的。

两个月后的一天，李长信在医院的顶楼天台上清净片刻。

这里一直是他的隐秘基地。偶尔疲乏了、劳累了，他都喜欢在这里静站数分钟，眺望远处，把自己放空。微风吹过，每每也会将他所有的疲乏劳累一并带走。

忽然间，李长信听到了一阵细碎的脚步声，他眉头一皱。因隔了一个大水塔，他并不能瞧见对方。但他很讨厌自己的私人领地被旁人"侵占"。

李长信准备回办公室，路过那人，却是一愣。原来是叶繁枝红着眼站在角落里。

前几天，他已从房俊口中得知小天的情况一直在持续恶化。

李长信沉默了数秒，上前递了张纸巾给她。叶繁枝并不知道这里还有其他人，惊愕转头。李长信看见了那滴悬在她睫毛上的眼泪，缓缓地沿着脸颊流下来。

叶繁枝好似被人撞破了秘密一般，脸色涨得通红。反应过来后，她第一时间擦去了脸上的泪，轻声说道："谢谢。"

李长信不说话，隔了半晌，他才问道："你每次都这样？"

"什么？"

"像这样遇到不幸的孩子的事情，你都会哭？"

叶繁枝并没有回答这个问题，却反问他："你呢，李医生？作为医生，看惯了生死，是不是什么都已经无所谓了？"

"我不知道别的科室是怎么样的。但在我们整形外科，看到病患康复后，漂漂亮亮地出院，我们都还是很开心喜悦的。"

叶繁枝不说话。半晌后，她说："李医生，我还有事，不打扰你了。再见。"

这是两人接触到目前为止，叶繁枝第一次主动告辞。

李长信若有所思地望着她远去。

那个时候的李长信并不讨厌叶繁枝，对她的接近也并不十分抵触。甚至偶尔在脑中想起她的时候，心中会泛起一种很幽微怪异的感觉。不过，他并不知道那感觉具体代表了什么，也并不想去深入探究。

他开始厌恶她，觉得她心机深沉、虚伪狡诈是在一天下班回家，在自己家中看到叶繁枝的那一瞬。

那是个大雨天，从停车场到家，不过短短几步路，他的外套便被淋了个半湿。

"你穿上我孙子的衣服，大是大，但是很好看。"李长信打开门的时候听到奶奶在跟人说话。

李奶奶正面对着大门，一眼便瞧见了推门进来的李长信，含笑对那人说："这不，说曹操，曹操就到。我孙子回来了。"

"长信，你过来。"闻言，那道背对着他的曼妙身影骤然一僵，而后只见她徐徐转头，眼底亦是一片震惊："李医生？"

一张美艳绝伦的脸蛋，不是叶繁枝是谁？！李长信愣了一下，而后厌恶愤怒如浓雾般漫天遍野朝他袭来。

她竟然如此处心积虑，现在都开始想方设法地接近他奶奶了。她到底想怎么样？！

李奶奶见两人的神情，微愣之后，便眉开眼笑了起来："哎呀，原来你们两个认识啊。长信，还不快给奶奶介绍一下？奶奶都还不知道她的名字呢。"

李长信冷声说："奶奶，我跟她不熟。"

叶繁枝心头一抽，一种莫名的麻痹感觉瞬间从心脏开始扩散开来。她尴尬地撩了撩头发，胡乱应道："是啊，我跟李医生不熟。我们只是见过几次而已。"

她随即欠身对李奶奶说："我还有事，我先走了。"

"这是什么话。"李奶奶拉着叶繁枝的手，不容分说地把她强按在椅子上，"哪能让你冒着大雨把我送回来，连热茶都不喝一口就走的呢。乖孩子，快坐，快坐。对了，你叫什么？"

"李奶奶，我叫繁枝，叶繁枝。枝叶繁茂的前三个字。你叫我繁枝就好。"

"真是个好听又好记的名字。繁枝，你坐。姜茶应该煮得差不多了，我去给你倒。你淋成这样子，喝了姜茶才能祛寒气。长信，你帮我招呼繁枝。"李奶奶边说边进了厨房。

李长信默不作声地打量着穿了他一身运动服的叶繁枝。深灰色的连帽衫和短裤，她穿着显得十分肥大。然而这宽宽松松的样子配着她湿漉漉的中分微卷长发，却别有一种独特的慵懒风情。饶是他对她又恼又怒又讨厌，但亦觉得她如今的模样说不出的魅惑动人。

她有万种风情，每一种都叫他移不开目光。

那种口干舌燥心驰神往的感觉再度浮了上来，令他有种文火慢炖般的煎熬难受。这种难熬反应在李长信脸上，便是神色更阴沉了数分。

被他这般不言不语面无表情地打量，叶繁枝很是尴尬。她手足无措地拉了拉身上的运动服："李医生，不好意思，我衣服湿了，所以借穿了你的衣服。我回家洗干净就给你送回来。"

"都是好几年前的旧衣服了，你到时候扔了就行，不必再特地过来一趟。"李长信的每一个字都很淡漠。

叶繁枝应了个"好"字。

两人不再言语，小客厅骤然安静了下来。

"长信，今天奶奶炖了黄豆猪脚汤，你留繁枝在家里吃饭。"李奶奶从厨房喊道，打破了小厅里的尴尬沉默。

"奶奶，叶小姐她还有事，不能留下来吃晚饭。"

"你怎么知道她有事？"李奶奶端了碗姜茶出来，"繁枝，在奶奶家吃顿饭吧。我今天煮了拿手的猪脚汤。"

"李奶奶，我真的有事情。下回再来品尝您的猪脚汤。"人与人之间都是有感觉的。叶繁枝怎么可能感受不到李长信对她的厌恶排斥呢。

"现在都到吃饭的点了，你有事也得吃晚饭吧。这么着吧，在奶奶家吃了再去办事。"

叶繁枝拗不过李奶奶的热情，只得留了下来。

李长信面色不虞，对叶繁枝说："叶小姐，老人家都是这样的，希望你别介意。"

叶繁枝自然不知道李长信从未带女孩子回过家，虽然他们不过是偶遇，但李奶奶难得遇见一个孙子认识的女孩子，并且这个女生今天还在不知情的情况下帮助了自己。可见这个女孩子心地善良又懂得尊敬老人。这李奶奶啊，简直比捡到宝物还欢喜几分。

李奶奶一个劲儿地往叶繁枝碗里夹菜："繁枝，你尝尝这个。这个凉拌菜也是奶奶我的拿手菜。今天匆匆忙忙的，都来不及做一些别的菜……繁枝，来喝碗汤。长信啊，天天要做手术，所以我经常给他熬这个汤，给他以形补形。"

"谢谢李奶奶。菜好吃，汤也好喝。"

闻言，李奶奶脸上顿时笑开了花："繁枝，你要是喜欢的话，就多来玩。奶奶可不是自夸，奶奶做饭做菜啊，那可是一把能手。以前啊，我和长信他爹妈开早餐铺子的时候，那真的是客似云来。一个早上每张桌子都可以翻好多桌。"

"奶奶，那时只有三张桌子。"李长信一边喝汤，一边用事实反驳她。

"早餐不都是带走吗？"李奶奶不服气，问一直低头吃饭的李长乐，"对不对，长乐？"

李长乐抬头对众人咧嘴一笑，随后继续埋头吃饭。

大约是听了两人温馨拌嘴，叶繁枝嘴角不知不觉溢出了一抹甜笑，整个人显得文静柔软。李长信不觉一怔。

"我们家长乐内向，不喜欢说话。繁枝，你别介意啊。"

叶繁枝身在医生世家，虽然不是学医的，但从小耳濡目染，自然早就看出了李长乐的不对劲。她含笑说："不会。我觉得长乐很乖很懂事。"

李长乐听了这话，慢慢地抬起了头，认认真真地打量了她几眼，忽然开口说："姐姐，你长得真好看。"

"哎呀，这可真是奇事。我们长乐从来不轻易接近外人，今天居然还会夸人好看。这简直是太阳从西边出来了。"李奶奶惊诧万分，转头问长乐，"长乐，你是不是喜欢这个姐姐？"

李长乐用黑白分明的眼牢牢地盯着叶繁枝片刻，认真地点了点头："喜欢。"

李奶奶更觉惊讶了。

那天晚上，叶繁枝离开后，李奶奶告诉李长信，她因为恒水路的超市大减价，所以专门转了一趟公交车去采购。等她买好东西出来的时候，才发现下起了大雨。她提着大包小包撑着伞过马路的时候，被呼啸而过的车子吓得跌在了地上。那车主毫无公德心，见没撞到人，踩了油门加快速度离开了，还溅了她一身污水。当时是叶繁枝在路边停下了车子，过来扶她，询问她是否有什么不适，要不要去医院。在得知她无碍后，还好心地把她送回来。

李奶奶意有所指地说："长信，这个女孩子真是不错，心地好，长得又好看。"

"奶奶，你变心变得可真快啊。之前还在说云瑶不错，今天又说她好。明天你再遇到一个女孩子，也会觉得很不错……"

"你这孩子，你不是说把云瑶当自己的亲妹妹，我这不才改变方向，向外发展啊。"长信一表人才，学历高工作好，可偏偏一直不肯找女朋友。这左邻右舍跟长信一般岁数的，小孩都上幼儿园了。李奶奶心里自然是急啊。今天天上掉下来一个"叶繁枝"，她自然要好好把握。

李长信表面不置可否，内心嗤之以鼻。他已经对叶繁枝"故意接近"的各种手段根深蒂固了，根本不信奶奶与叶繁枝的这次遇见只是"偶遇"。

这年头，真要接近一个人，手段多了去了。

数日后的中午，李长信乘电梯去食堂用餐。电梯门缓缓开启，他看见了一双美丽熟悉的眸子。电梯里的人赫然是叶繁枝和院长叶半农。

李长信一怔，随即客客气气地打了声招呼："叶院，叶小姐。"

叶半农含笑相询："长信，用过午餐了吗？"

李长信如实地摇了摇头。

叶半农转头对女儿说："繁枝，要不今天你陪爸爸一起去员工餐厅吃一餐？"

叶繁枝似有微愕，顿了顿后，她答了一个"好"字。

叶半农这才对李长信说："长信，一起吧。"

李长信颇感愕然。但天大地大，老板最大。既然叶半农这个院长都这么发话了，李长信也不敢不从。事实上，在叶氏医院有太多年轻医生会觉得能与叶院长一起吃饭是种天大的荣耀。

在李长信和叶繁枝一左一右的陪同下，叶半农来到了医院的职工餐厅，端了餐盘取菜打饭。

入座后，叶半农说："李医生，听你们科室的洪主任说，你回国至今，工作方面一直很出色。"

"是洪主任夸赞。我只是尽本分而已。"

叶半农赞许不已："年轻人肯脚踏实地，一步一个脚印，日后前途无量。"

职工餐厅的菜色是两荤两素，无一不是大锅菜的味道。对李长信等众医生来说，真是食之无味弃之可惜。只是不知叶小姐这种富家千金吃起来会如何？想到此，李长信不着痕迹地把目光投向了叶繁枝，正好看见她用筷子戳着鸡腿，一副蹙眉难以下咽的模样。

不一会儿，李长信便已经用餐完毕了。他也不客套，径直开口说："叶院，我科室还有事，就先回去了。您和叶小姐慢用。"

叶半农颔首说："好，你有事就去忙吧。"

李长信与叶院长以及叶大小姐一起用餐的消息，短短一个中午便传遍了整个医院。

连在家轮休的房俊都得知了这个爆炸性的新闻，忍不住打电话问李长信："听说中午你跟院长吃饭了？"

李长信把在电梯偶遇，还有叶半农邀约的事情说了一遍。末了，他忍不住调侃一句："不就跟你的叶大小姐一起吃一顿饭吗？你至于这么紧张吗？"

房俊大松一口气："你不知院里现在是怎么传的。都说叶院看上你了，想让你做他女婿。"

"敬谢不敏，我实在是高攀不起。"李长信完全无动于衷。他家这座小庙，怎么能供得起叶繁枝这尊大佛呢。这个自知之明，李长信还是有的。

他现在唯一想要做的，就是好好工作，好好地照顾奶奶和长乐。

仅此而已。

这天，李长信轮休。最近一连串的手术让他筋疲力尽，他如往日一样准备在家里睡个天昏地暗。

意识在似睡非睡间，他骤然听见了客厅传来的交谈声："繁枝，是你啊。怎么又买这么多东西？说了来看奶奶，不许买东西的。"

"李奶奶，你坐，我来，我来……"

事实上两人说话声很轻，传进屋不过就是隐隐约约的耳语，但"繁枝"两个字犹如炸弹在耳边爆炸，一下子震醒了他。

李长信倏然睁眼，一把掀开了被子起身下床。

真的是叶繁枝。

奶奶在客厅的小餐桌上拌凉菜，而叶繁枝则在一旁津津有味地看着她忙碌。叶繁枝穿了一条驼色针织长裙，中分的长发披散在两侧，露出了光洁白嫩的额头和修长的脖子，妩媚可人。

李长信不知自己是因为睡眼惺忪，还是由于秋日阳光过于温暖，他竟觉得这样的叶繁枝很好看。

李奶奶拌好了凉菜，夹了一片递到叶繁枝嘴边："繁枝，你尝尝看。"

李长信见状，不由得腹诽：奶奶也真是的，人家天天锦衣玉食，怎么会要吃你这种不值钱的凉菜呢。

谁知叶繁枝不仅吃了，还赞不绝口："李奶奶，这个黄瓜拌海蜇可真爽口。"

"长信和长乐都喜欢吃我拌的凉菜，所以我经常拌。我今天拌了很多，喜欢的话，等下我给你打包带回去。"

"好啊。谢谢李奶奶。"

"下回来看奶奶，可别买东西了啊，否则奶奶不给开门啊。"

"好，我听李奶奶的，下回我不买。"

两人都刻意地压低了声音说话，传到李长信耳中只是轻轻软软的一点声音而已。

李长信关上了门，躺回床上。但是他再无半点睡意。这样在床上煎熬了个把小时，他伸着懒腰，佯作刚醒的模样，打开了卧室的门。

叶繁枝听到了声响，缓缓地转过了头。她眼里温柔的笑意在见到他面无表情的那一秒便消失了。

李长信故作惊讶状："叶小姐，你怎么在这里？"

叶繁枝未来得及作答，李奶奶已慈蔼微笑着从厨房里探出头来："长信，你醒的正是时候，去洗把脸吧，要开饭了。"

趁奶奶在厨房忙碌，李长信拽着叶繁枝的手臂，将她拉进了自己的卧室。

他关上房门，直截了当地说："叶小姐，请你以后别再来我家了。"

叶繁枝脸上残留的笑意瞬间消失殆尽。她一动不动地看着他，不声不响。

"听到没有？以后别再来看我奶奶。"李长信冷着声说。

叶繁枝一点点地垂下眼帘。半晌之后，她又扬起脸："李长信，你为什么这么讨厌我？"

她的目光又黑又亮，让人无法直视。李长信只好别开脸："我没有讨厌你。"

"那你为什么要躲着我？"

李长信自然是不能承认的。

"不是吗？"叶繁枝紧接着问。

"叶小姐，我想肯定是你误会了。"

"是吗？"叶繁枝仰着头，直勾勾地看着他。

"叶小姐，人都是有期望值的，特别是像我奶奶这样寂寞的老人家。你经常来看她，她就会渐渐习惯你的存在，就会开始期盼着你的每一次到来。但是你对她是没有任何义务的，所以你可以想来就来，不想来就不来。所以趁现在还来得及，请你现在就不要对她那么好，不要让她习惯你的存在、习惯你的好。"

也不要对他好，让他习惯她的存在。日后说断就断，平白叫他与奶奶难受。

这种拒绝，若还有人不明白的话，那当真是傻子了。

叶繁枝咬着唇，不作声。

李长信的目光忽地深邃起来。从他的视线中，可以看见她的睫毛纤长卷翘，根根分明。她咬着的下唇如枝头微颤的红樱桃，汁液饱满，鲜嫩欲滴。那一秒，仿佛有"啪"的一声在耳畔响起，他心中绷到极点的一根线断了。他忽然生出了想吃下这颗樱桃的冲动……但李长信强硬地克制着自己。

有的路，哪怕仅仅迈出一步，便再也回不了头了。

他与她是不可能的，他也绝对玩不起。

李长信双手捏握成拳，就在他极力抑制自己、让自己无动于衷的时候，叶繁枝忽然踮起了脚，凑过来，碰触了他的唇。

自打医院的那次见面开始，她就不知不觉喜欢上了他，每每遇见他，心中就如同岩浆在翻涌，经久不息。

然而，他不喜欢她。

他所有的拒绝她都懂，如今已经是从暗示变成说出口的明示了。她亦有自己的骄傲，也断不容许自己这样继续下去。所以叶繁枝只是想吻他一下，以纪念这一段单恋而已。

李长信猝不及防，那一刹那，脑中一片空白，完全忘了反应。他只知道唇上的触感，柔软甜蜜。

该死的！这颗樱桃比想象中的更可口万倍。

他应该推开她的，但是他没有。他非但没有，反而失控地探进了她嘴里，品尝她嘴里的甜香，与她唇舌纠缠，一再加深了这个吻。

夕阳的橙红光芒从老旧百叶窗的缝隙探入，条状般地印在两人身上。屋外孩子们的玩耍嬉闹声一阵接一阵地传来。这般热闹喧哗，益发将屋内衬托得悄无声息，落针可闻。

李长信的耳边只有彼此渐急渐重的呼吸声。

他第一次如此失控，如此放肆放纵。他用尽了各种方式吻她，或轻或重，或深或浅，或粗暴或温柔。叶繁枝都不拒绝，任他在唇齿间肆虐，任他为所欲为。

这个吻，不知持续了多长时间。

有顽皮的孩子不小心将球踢在了窗户上，发出了"砰"的一声剧烈声响。李长信顿时清醒了过来，猛地一把推开了她，后退一大步。叶繁枝软软地跌坐在床上，唇畔红肿，迷迷瞪瞪地瞧着他。

安静狭小的卧室里只剩彼此剧烈的喘息声和心跳声。

"李长信，我喜欢你。"

彼此之间的那层纸终于是被她给捅破了。

"可是叶小姐，我并不喜欢你。"李长信双手捏握成拳，这样回她。他无比痛恨自己刚刚的失控，但又不得不承认她的吻该死地美好。

叶繁枝凝视着他缓缓微笑，犹如枝上繁花次第盛放："你骗我。你吻我的反应告诉我：你也喜欢我。"

"叶小姐，那只是你的错觉。这世上，只要是个'直男'，都喜欢跟美女接吻。我也不例外。"

"李长信，我喜欢你，很喜欢。"叶繁枝一错不错地望向他的眼睛，又轻又缓地说了一遍。

似天边的星辰坠入其中，她的眼晶莹闪亮得叫人沉醉。李长信只觉得自己即将沉浸其中。他强迫自己移开视线，深吸了一口气，说："叶小姐，以你的条件，你根本不必委屈自己。我实在是不知道你瞧上我哪一点？在医院，比我业务能力强、比我长相好条件好的医生比比皆是。"

叶繁枝笑了，而后歪头看他："可是他们我都不喜欢。我只喜欢你，李长信。"

李长信实在无法抵挡她的眼神,只好别过头强迫自己不去看她:"叶小姐,实不相瞒,其实我有女朋友的,她叫徐碧婷,目前在美国。等她回来,我们就会结婚。对不起,刚刚是我失控了。可是你要明白,只要是个'直男',根本没有人可以拒绝像你这样的美女主动亲吻的。我不是圣人。"

叶繁枝的脸骤然涨红了起来,而后,又一分一分白了下去。

李长信知道自己伤了她。但这层纱揭开了,这便是不可避免的事。

"叶小姐,不早了,我送你出去。"李长信毅然转身出了房间。他甚至没有勇气回头看她一眼。他怕自己会再度失控。

屋外天色阴霾,一副风雨欲来之势。

叶繁枝上车前,已恢复了初见时的冷傲骄矜,连句"再见"也显得多余。但李长信注意到她握着包包链子的手,因为过于用力,指节处根根泛白。

他目送她开着车子远去,站在原地,良久未动。

不多时,电闪雷鸣,豆大的雨点"噼里啪啦"地从天空落下来。

李长信要的只是简简单单的男女关系、简简单单的婚姻和简简单单的人生道路。

叶繁枝这样的大小姐,他实在是高攀不起。

古人常说:齐大非偶。半分不假。

但后来,还是出现了差错,偏离了李长信所设定好的轨道。

那是他始料不及的。

隔了两天,房俊对他说:"长信,听说叶小姐生病住院了,在呼吸内科,你要不要和我一起去探望一下?"

李长信惊愕在心,但抬头说话时却是很平静:"呼吸内科?肺炎吗？”

“据说是淋雨感冒了，在家吃了药不见效，转成了肺炎住进来的。”

淋雨？李长信骤然想起了她离开他家时那场下了很久的大雨。她是在那时淋的雨吗？他脑中思绪纷乱，但面上却不露半分，对房俊说：“我等下要接待几个咨询的病人，就不去了。你代我向她问好。”

“那好吧。”

同一幢住院大楼，呼吸内科和他们的科室不过是不同楼层而已。有好几次，在乘电梯时，李长信控制不住自己的手，按下了呼吸内科所在楼层的按键。但每次电梯到达，电梯门打开的那一刻，他便如骤然清醒过来一般，理智回归，关闭了电梯门。

这件事情能够如此结束，对他而言，已经是最好的结局了。

千万不可再造次了！李长信这般告诉自己。

有一晚，李长信值班，却一直坐立难安，无法静下心来。他知道这是为什么，所以很是烦躁恼怒。

李长信在办公室来回踱步许久，依然无法压抑住心中想见她的念头。

他最后决定起身去呼吸内科。

电梯门缓缓打开，里头站了一个西装革履的男子。这个叫董博文的男子是李长信第三次见到了。

大约是见他站着未动，董博文礼貌地开口相询：“这是上行的电梯。你要进来吗？”

“不好意思，我要下去。我等下一趟。”

董博文淡淡颔首，按下了闭合键。

两扇电梯门在他面前一点点地合上。李长信石像般地站在电梯口，瞧着自己在电梯门里那个模糊的倒影，嘴角露出了一抹嘲讽似的微笑。

公主是要配王子的。

叶繁枝住了一个星期的医院。夜间，她在路过护士台的时候，无意中听见了护士们在嘀咕聊天。

"我看啊，是叶大小姐单恋李医生，而李医生估计并不喜欢叶小姐吧……"

自己居然是这八卦中的女主。叶繁枝不好再露面了，只好在转角暗处停下脚步。

"会不会是李医生不知道叶小姐住院？"

"怎么可能？！李医生今天有事来过一趟办公室，我和小芮还故意说起叶小姐的病，说叶小姐住01病房。李医生当时虽然什么话也没说，但肯定听见了我和小芮的对话。你看，他也没来看叶小姐。叶小姐的病房与我们的医生办公室只隔了薄薄一堵墙而已……"

"叶小姐也不缺人追。你看那个董先生，洛海有名世家出身，自身也是一个实力不凡的青年才俊，每天一大捧的花送进病房……"

"叶小姐条件这么好，追求者自然个个都不差。也不知道她看上李医生哪一点？我们医院可是有好多医生把她奉为女神呢……只要她肯稍稍从李医生那里移开视线，就会发现好多人都伸长了脖子在等着她的青睐呢！"

"唉，这男女感情的事，向来都是最不按常理出牌……除了当事人，我们谁也说不清啊。"

"可不是！"

"你们说李医生会不会是另有所爱？不然的话，怎么会不爱叶小姐呢……她真是无敌神颜……我是女生我都忍不住会爱上她……"

后面的话，叶繁枝无法再继续听下去了。她不知自己是怎么走回病房的。等回过神的时候，她已经在病床旁边呆坐了良久。

"咚咚咚……"门口传来了敲门声，叶繁枝抬头，看见了父亲叶半农。

叶半农含笑说："我刚看过给你拍的片子，恢复得不错，想明天出院还是后天出院？博文今天跟我通了电话。他详细地询问了你的病，紧张得很，还说要来接你出院。"

叶繁枝神色暗淡，好像对任何事物都意兴阑珊。

"怎么了？听到可以出院居然一点都不开心？"

叶繁枝恹恹地说："也没什么可开心的。"

叶半农默不作声地看了女儿片刻，心中暗自叹了口气。

一直到叶繁枝出院，李长信都未出现过。不过短短数日，叶繁枝一下子瘦了好几斤。

叶半农将一切都瞧在眼里，心中自有一番决断。

李长信在接到叶半农电话的时候是极愕然的，他从未想过堂堂的叶院长会亲自打电话给他，约他出来见面。

叶半农坐在茶座的另一头，泡好茶，斟了一杯给他。闲聊了几句后，他便直截了当地对他说："长信，繁枝她喜欢你。哪怕她从来不说，可是我一直都知道。我这个女儿看着外表冷傲，实则心思单纯，不懂得骗人。"

李长信亦没想到叶半农会如此地单刀直入，他猝不及防，不禁愣住了。

"长信，你知道的。我一直很看好你，也一直在栽培你。"叶半农的话点到即止。

回国至今，医院确实给了他许多好机会。对此，李长信并不否认。

但做人，最重要的还是要自己争气。

李长信不卑不亢地说："叶院，我很感谢叶小姐的抬爱，也很感谢您一直以来对我的赏识和培养。只是很对不起，我已经有女朋友了。"

他当年在美国与徐碧婷谈恋爱之事，汪全林是略知一二的。如今他虽然与徐碧婷分手了，但徐碧婷远在美国，估计连汪全林也无法确认这个消息的真假。

闻言，叶半农突然沉默了。他端起一杯茶，缓缓地喝起来。半晌后，叶半农才放下杯子，温和地说："原来如此，感情的事情是无法强求的。我也是过来人，我理解。"

"谢谢叶院的理解。叶院，如果没事的话，我就先回医院了。"

叶半农惋惜不已地看着李长信的背影远去。

这个李长信，他日必有所成！

可惜了，繁枝和叶家没有这个福气。

那晚下班回家，叶半农直接去了女儿房间，只见女儿憔悴地窝在沙发里，百无聊赖地翻着时装杂志打发时间。

叶半农与她说了几句，叶繁枝都是问一句答一句，一副郁郁寡欢毫无兴趣之态。他索性开门见山地问她："繁枝，你真的很喜欢那个李长信吗？"

叶繁枝如触电一般，倏地抬头望向了他。

只不过是听到个名字而已，就这么大的反应。叶半农默默地叹了口气，嘴上却说："繁枝，医院里这么多医生，这个叫李长信的是不错，但也不是最顶尖出色的那一个。比如刚刚从国外高薪聘请回来的韩穆医生就不错，我看各方面条件都还胜过李长信一二。"

叶繁枝垂下纤长卷翘的睫毛，不吭一声。

叶半农又说："医院里的那群年轻医生，大体可以分为两种。一种呢，得知有你这个院长女儿垂青，简直觉得是老天掉馅饼，且这个馅饼还这么美味，肯定早早下手了。另一种呢，本身业务能力强，心气高，爱凭真本事吃饭。他们并不想要裙带关系，反而觉得这是一种束缚，哪怕日后靠自己成功，也会被旁人指指点点一辈子。你喜欢的李长信，正好属于第二种。虽然他瞧着不声不响，看似温和随性，但实际上心高气傲着呢。"说到这里，叶半农摸了摸女儿的长发，怜爱地说："繁枝，爸爸觉得李长信这座山头很难攻下。你要不要考虑撤退？"

叶繁枝侧着脸，乌黑长发轻披下来，衬得她鼻子线条精致完美。她轻轻地说："爸，我知道他也不比旁人好半点。可是，我却经常会无缘无故地想起他，经常很想见到他。哪怕他离我远远的，根本就没有看到我。哪怕只是在走廊上偶遇，不跟我说一句话，可是只要见到了他，我心里就觉得很高兴很欢喜。"

叶半农顿时作声不得。看来，自己这个平日里心高气傲的傻女儿已经深陷其中，无法全身而退了。

李长信眼里有深藏的亮光，这样的人心中自有乾坤，并不是自己这个外表美丽内里单纯的女儿能够把握住的。

叶半农膝下只有叶繁枝这一个女儿，又是老幺，因此叶半农从小就对她宠爱有加。倒不是说叶半农不疼爱叶繁木。只是儿子嘛，要继承家业，他怕宠出一个败家子，自然打小严格要求。好在叶繁木也争气，性子虽然桀骜不驯，却也肯勤奋刻苦。叶繁木很小就立志学医，准备承担家族责任，当叶氏医院的接班人。

如此一来，叶半农对女儿自然就没那么多要求，只希望她一辈子开心快乐就足矣了。

当时叶繁枝年幼，对母亲的离去还懵懂不解。下葬那一日，叶半农牵着她的小手，她左右环顾不见母亲，便连声问他："爸爸，妈妈呢？妈妈去哪儿了？怎么不跟我们一起呢？"

叶半农听着她稚嫩的言语，真是心如刀割，肝肠寸断。此后十几年间，更是加倍地疼爱这个女儿。

如今见女儿为情神伤的模样，作为父亲的叶半农不心疼是不可能的。

他叶半农的女儿，能看上李长信，那是他们李家几辈子烧高香烧来的福气。

既然这个李长信敬酒不吃，那就让他吃一下罚酒。他叶半农就不信了，他小小一个李长信，能跑出他的手掌心。

叶半农好整以暇，伺机以待。

很久以后的李长信回想，所有的转折都出现在一位姓邹的女病人因为觉得自己手术失败，带人大闹医院的这件事情上。

一个星期后，叶半农的秘书汪全林约他出来见面。这场手术的处理结果可大可小，既然汪全林约他谈，必然是叶半农的意思，李长信欣然赴约。

当年他学医走上整形外科的道路，其实是得了叶半农建议的。汪全林当时对他说："叶院说了，我们国家改革开放的这些年，民众都富裕了，接下来对容貌方面的审美日渐会有更高层次的要求。叶院很看好整形外科这个行业，觉得以后这方面大有可为。而且，我们叶氏医院也准备大力发展整形外科这个科系。"

然而，李长信没料到前来赴约的人竟然是叶半农本人。

叶半农开门见山，给了他两个选择：一是娶他女儿；二是背负着这个姓邹的病人手术失败的名声离开医院。

李长信听完，静默了良久，最后才说："不好意思，叶院。我上次跟你说过我已经有女朋友了，且已经到了谈婚论嫁的阶段了。"

叶半农不紧不慢地说："这么说，你是选择第二种吗？从此离开医学界，或者找个小城镇隐姓埋名地做一个小医生。"

以叶半农的人脉和叶氏的影响力，要让他这么一个初出茅庐的小医生背负着手术失败的恶名在洛海城甚至整个整形医疗界混不下去，也并非不可能的事情。李长信是懂得的。

"再说了我们家繁枝从家世样貌到学识都没有半点配不上你的地

方。说句实在话，若不是繁枝喜欢你，对你情根深种，以你的条件想做我的女婿，我还不一定瞧得上呢。"

这句话虽然不中听，但却是半分不假。

但李长信是愕然不解的。他与叶繁枝认识不过大半年，确实是见过几次面，但何来情根深种一说。

这个不解一直持续到了两人婚姻结束，他也不曾明白。当然，这是后话。

叶半农离开前留下了一句话："长信，你好好考虑一下，再决定怎么答复我。"

三天后，汪全林来找他，语重心长地对他说了一番话："长信，你不要嫌汪叔倚老卖老。汪叔我是看着你长大，看着你考大学，看着你学医，看着你出国留学。你是如何一路辛苦走来的，别人不知道，但汪叔我都看在眼里。"

"汪叔，手术的失败并不是病人自己说说的。并不是她认为不满意，就表示整个手术是失败的。关于整容手术是否失败这个定义完全可以找权威机构鉴定……"

"长信，你也知道。这个女病人现在闹得这样厉害，手术是否真的失败，已经不重要了。为今之计，最要紧的是赶紧消除这件事情的影响。除了赔钱了事外，医院总得推一个人出来承担责任的……"汪全林把这件事情摊开来说了个明白。

"再说了，长信，这些年来叶家对你不薄。"汪全林欲言又止地停顿住了。他知道李长信向来聪慧，做人做事滴水不漏，所以便点到为止，不愿说得太过，伤了彼此这些年的情分。

叶家这些年来，资助他和李长乐念书，让长乐可以受到画画这方面昂贵的特殊教育，非但不薄，而是有大恩大德。

"汪叔，谢谢你。让我考虑考虑，好吗？"

"长信，你好好考虑一下。哪怕不是为自己，也要为你弟弟和奶奶好好考虑。我知道你向来是个聪明的孩子，不会让汪叔失望的。对不对？"

李长信在人前虽然是留美博士、整容专家，有一大堆金光闪闪的头衔，但人后却是背负着智力低下的弟弟和日渐老去的奶奶的生活压力。如果自己失去了医生这份工作，且不说奶奶，单单是长乐进的那个特殊机构的高昂学费怎么办？就像汪全林说的，他就算不为自己，也要为长乐和奶奶考虑。

人总归是选择对自己有利的一面，所谓识时务者为俊杰。

并且，这多年他深受叶家大恩。

所以李长信并没有考虑多久。

/第4章/　成为同事

这是叶繁枝到信安整形美容医院上班的第一天。

报到过后，顶头上司陈越便带叶繁枝和另一位同时招聘来的美容咨询师江一心来到她的工作台，一路上给她们大致介绍了一些医院的情况，并且给了她们几本厚厚的美容外科学书本。

"一般医疗美容医院包括整形外科、美容皮肤科、牙科等。想做一名优秀的咨询师，首先必须学好这三个科室的专业知识。你们是新来的，有空就多看看这些方面的美容医学知识。还有人体解剖学、皮肤生理学、人体美学概念、面相学，个人形象设计和心理学等都很重要，你们要多方面涉猎。这些对我们美容咨询这一块都有用处。"

"好的。"

"等下要是有顾客上门咨询的话，你们就跟着前台的同事们一起接待，跟着她们好好学习。特别是庄依林，她是我们医院经验最丰富的美容咨询师。"

"好。"

"来，我介绍一些同事给你们认识。这是我刚跟你们提起的庄依林。"

庄依林妆容美丽，衣着精致，听着陈越主任给两人介绍，依然在忙自己手头的活。直到陈越说完，她才懒洋洋地抬起头，目光犀利挑剔。

"依林，从今天开始，你好好带带她们。让她们可以早点出师，独当一面。"

"哎呀，陈主任，你也不怕带出了徒弟，饿死我这个师傅。你看，这一带还带两个。你叫我怎么吃得消啊？"庄依林半真半假地开口抱怨。

李琪帮腔说："是啊，陈主任。依林姐平时最忙了，连吃个午饭都在跟客户联系呢。都没办法好好吃饭。"

"那这样吧。李琪，你也帮着带一个。你们这几个啊，平日只吃蔬菜沙拉，反正最能扛饿了。"陈越见有客户前来咨询，便说，"好了，小叶，小江，你们跟依林她们忙吧。我就先上去了。"

一个上午来了好多咨询的人，大多是不同年龄段的女士。叶繁枝跟着庄依林，认认真真地听她怎么与人交流和如何提供建议。她很用心地用笔把要点都记录下来。

每个人的诉求都不同，有的人想要微调，有的人想要微整，也有的人想要通过手术改善自身状况。

咨询人 A 想要通过注射肉毒杆菌以改善额头和鼻唇沟处的皱纹情况。

庄依林说："年轻人的前额向前微凸，颞部饱满，超过眉外侧。随着年龄老化，前额以及颞部组织逐渐萎缩，导致皮肤和眉下垂。额部进行肉毒素填充是通过增加组织量，使前额恢复原有弧度，从而带动皮肤上移，达到眉上提的效果。"

庄依林又说："提上唇鼻翼肌通常是造成中部鼻唇沟的主要原因。结合肉毒毒素和软组织填充能够有更好的效果。其实现在每个医院都可以打，但最重要的还是医生的专业水平。越是专业的医生，越能更好地掌控剂量和施针部位，恢复后也会更自然真实。这样吧，如果你已经决定了的话，我帮你联系我们这里最好的专家医生面诊一下。"

客户 B 咨询瘦脸针效果。

庄依林："你真是找对人了。我自己也有打瘦脸针。瘦脸针见效快，操作简单，一般一周左右就可以看到瘦脸效果。优点在于自然无痕，不开刀，无痕迹，瘦脸后曲线柔和，效果也更自然，无须恢复，也无须特殊护理，不会影响到正常的工作和生活。"

客户 B："那瘦肩针、瘦腿针？这种和瘦脸针有什么区别呢？"

"其实三种针的原材料都是一样的，都是肉毒毒素，学名是 A 型肉毒毒素，只是在注射部位和用量上不一样而已。一般的话，注射一周咬肌变软。2～4 周，瘦脸效果初现。10～12 周瘦脸效果最明显。"庄依林打开了手机照片，展示自己的瘦脸效果，"这是我打针之前的照片。我目前是注射了 7 周左右，你看我的脸，对比一下。"

客户 C："我想咨询一下抽脂手术。"

"常规的吸脂手术有 3L 定位分层吸脂、负压吸脂等。3L 定位分层吸脂是指通过超声波减肥，是一种不损伤血管神经的手术，但效果会慢一点。负压吸脂是指通过注入肿胀液，使吸脂部位的脂肪颗粒自行破裂溶解，然后再通过隐蔽的小切口将脂肪吸出……吸脂术后至少有 3 个月不能剧烈运动，否则会导致皮肤凹凸不平，使得整个恢复期增长。还要坚持穿塑身衣，第一个月需要全天 24 小时穿，到后面可以选择性每天穿 8 小时以上。"

两个多小时里，庄依林成功地签下了两个合同。

叶繁枝认真地听她们交谈，用笔记录要点。但凡有空当，便给庄依林倒水递东西。

庄依林喝了一口水润润喉，见这水不冷不热，温度适宜，这才第一次拿正眼打量了叶繁枝，不咸不淡地说了一句话："看你也蛮机灵的。

好好学，这一行还是很有发展前途的。"

叶繁枝从来都不知道有人会评价自己"机灵"。不过这几年来的工作经历，让她尝尽了职场冷暖，也学会了察言观色。

她再不是当年的那个叶繁枝了。

生活，永远是最好的老师。它会教你懂得该懂的一切。

中午休息的时候，蘅慧打电话给她："在医院第一天上班的感觉怎么样？顺利吗？"

"嗯，还算顺利。我是新人，还在学习中。"

"那就好。"

"加油，就等你拿第一份工资请我吃饭呢。"

叶繁枝莞尔一笑："那是必须的。"

蘅慧在网上看到了医院的招聘信息，极力怂恿她来应聘："繁枝，你从小生活在医学世家，耳濡目染，医学方面的专业知识肯定比我们普通人强一些。我看招聘信息上的待遇非常好。而且我觉得以后医疗美容这一行的发展前途特别大特别好。不管成不成，你去试试看。人还是要有梦想的，万一被录取了呢。"

一开始，叶繁枝只是听听而已，但蘅慧很是坚持："繁枝，你必须得去试试。假如你能被录用，可以把花店的工作申请为晚上兼职，反正花店就你们两个人顾着，工作时间可以商量着调整。美容咨询的工作，晚上又不用加班加点，有个微信就能与客户随时沟通。"

叶繁枝被说动了，抱着试试看的念头来到了医院应聘。当她看到排队面试的长队伍时，便心灰意冷了，觉得自己根本没戏。不料，医院方面的面试官公式化地问了几个问题后，第二天便电话告知她被录取了。

叶繁枝握着电话，失神了好片刻。

这大约要感谢当年李长信和叶繁枝那个小家里一客厅的整容医学

方面的专业书。

也要感谢李长信偶尔提及的那些专用名词。一开始，她什么都不懂。虽然叶家是医学世家，但以前父亲和大哥在家里聊公事的时候，一口一个专业术语，她一听就头大，每每都躲得远远的。

叶繁枝不学医，一来是因为医学太枯燥了，二来是因为叶半农觉得从医太辛苦，并且已经有一个儿子继承他衣钵了，他只期望自己膝下唯一的女儿过得开心快乐就好，所以也就对她听之任之，采取了放养态度。

但她为了和李长信有共同话题，一度啃过很多本他放在家里的整容外科学的书籍，以便他随口说起的时候，她可以搭上话。

如今回忆起来，依稀记得那厚重如砖头的书本砸在脚上的灼热痛感。可她为了他，却认认真真地啃了一本又一本。这些事情，李长信从来不知道。因为他不爱她，所以对她的一切，从来都不注意不过问不关心。

叶繁枝苦笑着收回思绪，从回忆中走出。

这一抬头，她整个人骤然愣住了。

不远处，有双熟悉又陌生的眼睛正一错不错地盯着她。

那一秒，好像大坝决堤，洪水汹涌而至，叶繁枝被卷杂在滚滚波涛中冲走。她只觉自己失重窒息，脑中一片空白。

叶繁枝以为是自己眼花了，骤然闭了眼。但数秒后睁开，眼前的这个人依然在，甚至依然保持着同一个姿势瞧她。

叶繁枝的耳中全是自己的剧烈心跳声，"怦怦"的声音一声响过一声。她的视线怔怔地落在李长信的白大褂上。叶繁枝突然意识到了，这里应该是李长信工作的医院。

她的第一反应便是掉头就走。

叶繁枝慌慌张张地在医院门口拦了一辆计程车，搭上车，迅速离去了。这一路，她虽然没有回头，但她知道李长信并没有唤她一声，更没有跟上来。这又不是偶像剧。再说了，就算是偶像剧，那也是男主角追女主角。像她这样强行拆散男女主角的恶毒女配角，男主角没给她两个耳光就已经很好了，怎么可能追上来拦她，让她不要走呢。

叶繁枝咧开嘴想笑，可一动，眼睛却酸涩发疼，好像有什么东西欲从里头拼命地钻出来。

计程车司机见这个乘客进来后只说快开车，等了又等却见她一直未说目的地，便问道："这位乘客，请问你要去哪里？"

后座上的乘客没有回答。司机便从后视镜望去，只见她正默默地用手按着心口，仿佛那里受了极重的伤，痛楚难当，所以呜咽泪流。司机大吃一惊："你是不是身体不舒服？要不要我送你去医院……最近的医院离这里大概三四公里……"

良久，才听到她低弱的声音响起："谢谢，我没事。我在这里下车就可以了。"

"哦，好。"司机不放心地又问了一句，"你真的没事吗？"

她抬头一笑："我没事。谢谢你。"

她的笑容既勉强又脆弱，就算是微笑也掩饰不了那抹浓重的哀伤痛楚。

繁华的十字街头，车来车往。

叶繁枝不知自己呆站了多久。后来，她拨通了蘅慧的电话："你知道我在工作的医院遇到谁了吗？"

"谁？"蘅慧反问。数秒后，她想到了一个人，脱口而出："你别吓我。不会是你的前夫李长信吧？"

电话那头的叶繁枝不吱声。

很多时候，我们的不回答其实就是一种回答。

蘅慧惊了："他不是在国外吗？什么时候回来的？"

"洛海这么大，怎么会这么巧？真是无语了！"蘅慧顿了顿，又问她，"那这工作你还做不做？"

"当然是不做了啊。这还怎么在医院工作下去呢？"叶繁枝实在无法想象与李长信天天见面的画面。

蘅慧都忍不住连声抱怨："怎么就这么倒霉啊？！好不容易才找到这么好的一份工作。"

是啊。她为什么就这么倒霉呢。

叶繁枝是想过自己在将来的某一天会遇到李长信，但是从未想过会这么快，也从未想过会在自己工作的地方遇到他。若是没猜错的话，以他的业务能力，在这家整形医院至少是主力医生级别的，或者是更高职位。

她想起了医院的名字——"信安整形美容医院"。信安？有信这个字。这不会是李长信开的医院吧？但转念一想，是与不是，也都与她无关。反正她是不会再去医院上班了。

蘅慧叹了口气，说："可早餐店要关了。繁枝，容我提醒你一件事情：你即将失去一半的经济来源。你目前的花店工作，时间长待遇普通。如今全球经济都不景气，各行各业竞争激烈不说，还都纷纷在裁员。你工作的花店也才开了一年，属于勉强能存活，也不知以后的情况会怎么样。有道是未雨绸缪，你怎么也得找一份稳定有保障的工作。"

再说了，叶繁枝还有一个行动不便的大哥要养活，还有每个月付给车祸家属的补偿费用。这话蘅慧虽然没说出口，但真是替她发愁。

叶繁枝不是不明白的。她沉默半晌，无奈地说："总还有别的工作可以做吧。"

蘅慧问她："再见到李长信是什么感觉？"

叶繁枝的回答是："很奇怪，仿佛从来没有认识过这个人。或者说隐隐觉得似曾熟悉，但却又陌生得犹如街边路人。"

如果当年的她没有执意要嫁给李长信的话，现在会怎么样？

叶繁枝不知道。

父亲当年是劝过她放弃的。但年轻的时候，每个人都是如此倔强又执着。明知道那个人并不爱自己，可我们都会想要尝试着去努力，觉得来日方长，那个人说不定便会日久生情，爱上自己。

就如同她与李长信之间。明知道他不喜欢，甚至厌恶自己，可她偏偏还是要勉强。

到最后，她终于还是为这份"勉强"埋了单。

叶繁枝已经许久没有这般地回忆从前。一来是因为没时间，二来是已成事实，再多想也无益。

现在的她为了生计，每天忙得晕头转向。早上四点半到早餐店，然后十一点到花店。早餐店与花店只隔了一条街，从早餐店下班便赶去花店，中间无缝衔接。

早餐店的辛苦自是不必说。花店的工作看着轻松舒服，实则亦烦琐至极。每天下班前要进什么花必须要整理好，报给老板娘吴家希，以便她向花圃下单或者去鲜切花市场批发。上班后，等候新鲜到货的花花草草，修修剪剪，按照订单要求包扎送货，还要不时接待光顾的客人。经常从上班站到下班，若是遇上母亲节、情人节这样的节日，更是要加班到深夜。

花店十点关门，她回到家，做一些家务活，然后为大哥准备第二天的一些食物。

工作工作再工作，这便是她这三年多来的生活。

唯一值得安慰的是，这两份工资尚能够支付得起大哥的医疗复健等费用以及两个人的生活开销，但加上每个月的债务……就明显地捉襟见肘了。

叶繁枝不是没试过找一份朝九晚五的好工作。但她当年大学念的是美术类专业，对口的工作本就很少，毕业后又以义工的身份进了叶氏基金会，可以说毫无任何真正的社会工作经验。加上这年头研究生、博士生比比皆是，找一份薪水好、福利好的工作简直如同千军万马过独木桥。她也曾做过普通办公室的白领工作，且不说办公室里复杂的人际关系令她难以招架，单是每个月的薪水，对于叶繁枝来说，也实在无法支撑生活重压。

早餐店是对门邻居吴姐开的。失婚的吴姐带着孩子在洛海求学工作，一开始靠摆早餐摊为生。后来，她攒了些钱，便盘了一家早餐店自己做。叶繁枝搬来这个老小区后，与吴姐抬头不见低头见，一来二去便与吴姐熟了。

有一回，大哥出了点意外，叶繁枝不得已之下只好去敲她家的门。吴姐和她读高中的儿子见状，二话不说便热心地帮着她把叶繁木送去了医院，也因此得知她大哥的情况。吴姐心地善良，怜惜叶繁枝又要工作又要照顾家里，偶尔有空闲便会帮忙照看她大哥。

叶繁枝感激之余，休息日在家给大哥做菜的时候，便会多做一份送给她。吴姐尝过后，每每赞不绝口，说外头店里卖的都没有她做得好吃。后来无意中得知她会做饺子、馄饨等面点，尝过后更是惊讶万分，说自己这个专业开店做早餐的都没她做得好。

有一回，叶繁枝失业，正巧遇到早餐店缺人手，吴姐得知她的境况，便问她愿不愿意来早餐店帮忙。为了怕伤叶繁枝自尊，还委婉地说让她在店里过渡一下，找到工作，随时都可以离开。当时的叶繁枝到了即将要断炊的境地，她自然是愿意的，也很是感激。

早餐店虽然辛苦，但没有大公司那种纷繁复杂的人际关系，加上客人对她的手艺赞不绝口，她反而做得很开心快乐。于是这一帮忙，便一直做到了如今。因叶繁枝手艺好，人又勤快肯吃苦，吴姐待她亦好，如自个儿亲妹妹一般。叶繁枝做了数月后，吴姐便把早餐店的收益本子给她看，让她入股，说就当两人合开。此后除了工资，每月还分收益。

由于旧城改造，早餐店收到拆迁改造的通知书，不得不关门歇业了。叶繁枝不是没有想过再去盘一个早餐店来做，但吴姐因儿子要面临高考，准备离开洛海回老家了。叶繁枝一个人难以支撑一家店，加上盘个店铺要一大笔费用，还要装修添置一些新设备。她哪里能拿出那个钱来，所以便决定另找工作。

蘅慧得知后，便也帮她留了心。某日，蘅慧告诉她说有家美容整形医院在招人，觉得各种条件她都合适，便极力鼓励她去试试。一试之后，竟然真的被录取了。

可两人怎么也没有料到，居然会在美容整形医院遇到李长信。

最初的日子里，叶繁枝根本无法忘记李长信。很长一段时间，她总是会在午夜回想起他，而后便眼睁睁失眠到天明。她难过的同时也会很庆幸，是自己先提出要分开的。只因她知道，哪怕她不提，李长信也会离开她的。

如果真到了那个地步，只怕她会更加难以承受。

在两人分开后，徐碧婷曾打过一个电话给她，说那两年里，长信被迫与她生活在一起，没有一天是不想着与她离婚的。现在她主动提出分开，是真真正正如了长信所愿。她还告诉叶繁枝，李长信要跟她一起出国了。

那个瞬间，叶繁枝真是心如刀绞。但她也是到了那个时候，才真正明白李长信从来就没有在乎过她半分，更别说爱了。

之后，父亲去世，大哥车祸，一连串的打击接连而至。她在人前还要装出一副坚强勇敢的样子，而在人后的每个深夜，她都会捂着被子无声落泪。

后来，日子一天天过去，她渐渐地接受了现实。

哭是没有用的，除了坚强，别无他路。

无论如何，总是要活下去。

越是艰难，她越是要好好地生活下去。

天色微亮，早餐店刚一开门，李长信便推门而入了。吴姐正在收拾店铺，见有客人进来，便道歉说："不好意思，这位先生，我们早餐店已经结业了。我们在外面贴了告示。今天虽然是最后一天开店，但我们不对外营业，只招待环卫工师傅们……"

李长信无视她，"唰"的一把掀开了布帘："昨天你是来医院上班的，你应聘了我们医院的美容咨询师一职。"

叶繁枝没个防备，吓了一挑，手一抖，手里包的烧卖褶子便捏坏了。但她很快冷静了下来，继续包着手里的烧卖，仿若眼前的这个人根本不存在一般。

吴姐反应过来，这个俊朗逼人衣冠楚楚的男子竟然是繁枝的旧识。这男的……看起来好像蛮不错的样子，跟繁枝很般配……吴姐的目光来来回回地扫过两人，沉默片刻，便识相地拉开门去倒垃圾了。

一张一张的薄皮子，搁上了肉馅，叶繁枝的手指灵巧地一捏，便成了一个一个大小均匀的烧卖。

当年两人正式交往后，叶繁枝便跟着奶奶学做各种早餐，婚后更是每日早起给他做爱心早餐。

开始的时候，他并不肯吃，一再冷漠地对她说："不用这么麻烦，我去医院食堂随便吃点就可以了。"

她不应声，依然坚持每日给他做，但他一直不肯碰。

后来，她转而给他准备夜宵，他也不肯吃。

被强逼成婚的他，自然是意难平的。人前，他顾忌着叶家和叶半农，自然是不敢流露半分。但两人相处时，他就懒得遮掩自己的厌恶，对她随心所欲得很。

包括两人之间的亲热，他也不管不顾，全然以自己喜好为主。

当时他的想法是，他不能主动提离婚。但若是叶繁枝受不了他，主动要求离婚，他便欣然接受，结束这一段无爱的婚姻。

那时候的他，每天都想着怎样才可以早日摆脱她，让自己的生活回到正轨。

可是，她全然受着，任他怎么对她，她都甘之如饴。

日复一日，结果完全出乎他意料，叶繁枝这个人完全只是看上去冷傲骄纵而已，实则颇为贤惠。

她从奶奶那里学到了一手做菜的好本事，特别是他最喜欢的几个菜，手艺更是青出于蓝而胜于蓝。奶奶自然是高兴万分，之后便将馄饨、包子、烧卖等拿手面点手艺都倾囊相授。

与他和他家人在一起的时候，叶繁枝恬淡随和得很，从无半分架子，亦没有什么小性子。

每个星期六的下午，两人便会一起去探望奶奶和长乐。叶繁枝会提前准备好各种水果食物。她与奶奶进厨房，洗菜择叶，切肉剁鱼，给奶奶打下手。两个人似一对鸟儿，总是头碰头地凑在一起絮絮说话。奶奶的脸上总是洋溢着微笑。李长信一直奇怪：奶奶和她之间怎么会有这么多说不完的话呢？

不多时，清蒸爆炒炖煮，家里便充满了饭菜香气。那是一种温暖的生活气息。

李长信对此是十分惊愕的。影视剧里的富家千金不是都刁蛮任性十指不沾阳春水吗？是叶繁枝例外呢，还是影视剧里面演的都是骗人的？

或许是她做菜颇有天分的缘故，不久之后，竟然连李长乐都会夸赞一声："繁枝的菜，好吃。"

奶奶听了，每每纠正他："长乐，不许没规矩。要叫大嫂。"

"繁枝，繁枝，我就要叫繁枝。"李长乐说什么也不肯改口。奶奶拗不过他，最后只得作罢。

自打结婚后，叶繁枝得知了李长乐身体的状况，怜惜之余，对长乐照顾有加。平日里购物，无论是穿的还是用的，但凡李长信有的，叶繁枝都不会少了李长乐的那一份。

她甚至会温柔耐心地陪长乐画画玩乐，整整一天也不嫌厌烦。起初的时候，李长信总觉得她只是在他面前做戏而已，他暗地里问过长乐数次，出乎他意料的是，长乐回回都笑眯眯地跟他说："繁枝对长乐很好，长乐喜欢繁枝，很喜欢很喜欢繁枝。"

像长乐这样的孩子从小受尽了外界异样的眼光，是不喜欢与外界交流的。一般而言，外人很难走进他们的世界。但想不到短短半年，叶繁枝便能与长乐相处得如此融洽，这是李长信始料不及的。

有一回，奶奶有事，便把长乐托付给了叶繁枝。李长信放心不下，便提前回家。他打开门便看见叶繁枝围了条蓝白相间的大围裙，托着颜料盘与长乐在小客厅各自作画。长乐画了几笔，转头凝视叶繁枝下笔。忽然，只见他歪着头，指着叶繁枝的侧脸，咧开嘴大笑了起来。叶繁枝转头问长乐怎么了，长乐伸出手，指着她脸上的颜料乐不可支。

那是个午后，阳光穿过透明干净的玻璃，洒在光洁如新的地板上，墙角的绿植生机盎然，她和长乐之间的一举一动温馨有爱。

这是李长信一直幻想着想要拥有的画面。他的妻子不介意长乐的轻度智力低下，愿意细心照料长乐。但他从未想过他的妻子会是她——叶繁枝。

李长信到这个时候才发现，叶繁枝的画好像画得很是不错的样子。可见是学过一段时间，并有几分功底的。不过有钱人家的孩子，从小就有着常人难以拥有的资源，有几个特长那是太正常不过的事情了。

　　叶繁枝所做的这一切，李长信不是不知。但因心中无爱，加上被迫成婚的屈辱，叶繁枝越是如此讨好他的家人，他心中就越发觉得嫌弃厌恶。

　　然而，昨天在自己医院突然见到叶繁枝，看着她低声下气地给同事斟茶倒水的落魄模样，李长信明明应该觉得很解气的。但很奇怪，他竟然觉得又心疼又窝火。

　　后来，她看到他，逃离了医院。他更火了。逃什么逃？他又不是什么毒蛇猛兽，他为了她翻来覆去，失眠了一整夜。

　　天边露出鱼肚白的时候，他也放弃了继续入睡的挣扎，火大地起身，来到了早餐店。

　　叶繁枝眉目低垂，沉默半晌后，她才说："不错，我昨天是去医院上班的。但我……我现在不想做那份工作了。"

　　李长信眉头拧在一起："为什么不想做？"

　　她的经济情况，显然非常不好。医院的美容咨询工作待遇丰厚，不只有五险一金，还有业务提成。

　　叶繁枝根本不愿与他纠缠下去，只说："不想做就不做。可不可以请你出去，别打扰我们招待师傅们。"

　　这是她们早餐店最后一次招待环卫工师傅们了，她很想用心做一些早点，而不是在这里被他扰乱情绪，做得乱七八糟的。

　　李长信凝视着她的一举一动，最后冷冷地丢了一个"炸弹"给她："叶繁枝，别告诉我，都过了这么久了，你还依然爱着我？"

　　叶繁枝整个人触电似的一震，手里的烧卖被她捏坏了。

　　"如果没有，那你就来我们医院上班，证明给我看。你不敢来上班就说明你还爱我。"

　　叶繁枝一直低着头，闻言，骤然抬头说："我没有！"

　　李长信本就憋了一个晚上的怒火，无处发泄，此时听到她这个毫不犹豫的答案，便似有油溅在火苗上，瞬间燃成了大火。他咬牙切齿地说："既然没有，那你明天敢不敢来上班？"

叶繁枝不说话。

李长信看了她一眼，命令般地说："明天早上九点，你给我来上班！"

叶繁枝望着李长信远去的身影，呆立原地。

从前的他，不是每每恨不得与自己撇清任何关系吗？她去医院看望父亲，他都不准她去他科室。偶尔两人逛街吃饭购物看电影，他从来不准她挽他的手。婚后数年，两人除了亲热的时候，他素来是连碰也不愿碰她一下。

他一直很讨厌她，根本不想跟她扯上任何关系。

可为什么如今他要让她回去上班呢？

叶繁枝弄不明白。

从早餐店出来去花店的路上，她打电话给蘅慧把早上发生的一切都告诉了她。

蘅慧说："繁枝，作为你的朋友，我只能帮你分析情况。现在的事实是：你确实需要一份工作！所以你有两个选择：要么去医院工作，要么马上再去另找一份工作。如果你已经放下了过往的话，那么你们现在就是毫不相干的陌生人。你为什么要躲着一个陌生人呢？为什么要为了一个陌生人放弃那份工作呢？你觉得这样做值得吗？你难道准备一辈子在不同的地方打工下去吗？你需要的是一份稳定的可以让自身增值并足以应对任何危机的工作。"

蘅慧是真心为她好。叶繁枝懂得，所以她一直没有说话。

蘅慧最后说："繁枝，我言尽于此。当然，这是你的人生，你的工作。去不去你自己做决定。"

叶繁枝内心挣扎不已。

当夜，叶繁枝收拾好花店，回到家。一打开门，还未跨进去，便看到了小客厅里满地狼藉。看来大哥叶繁木今天又发脾气了。

她搁下帆布包，默默地蹲下来收拾一切。

叶家落难后，大哥叶繁木紧接着又出了事，车祸后无法行走，一身医术再无任何用武之地。大哥从叶氏医院太子爷一夕之间沦落为瘫痪人士，并且连一个专业护工也没有。这种落差，确实没有几人可以承受得住。再加上大哥的未婚妻唐令宜悔婚一事……数重打击之下，大哥叶繁木整个人颓废了下来。

蘅慧一直建议她送大哥叶繁木去专业的医疗机构接受长期治疗，可她实在是负担不起。唯一能做的不过是请对门的吴姐偶尔过来帮忙照看一下大哥而已。

叶繁木每日被困在这个窄小压抑的屋子里，脾气日渐暴戾失控。

可她若是有了美容咨询师的稳定工作，有了五险一金，加上晚上兼职打工的工资，便可以供大哥去专业的医疗康复机构了，再不济也可以请个人来照看大哥。

她确实不应该为了李长信而失去这一份有前景且可以提升自己的工作。

每个人都是希望自己的日子可以一天天好起来的。

她也不例外。

大雾锁城，窗外灰蒙蒙的一片。叶繁枝从窗口望去，只见街灯被浓雾紧裹着，隐隐约约。

叶繁枝收回视线，进了小厨房淘米，给大哥熬他最爱的香菇鸡丝粥。往日里，她打两份工，时间长强度大，回到家累得只剩喘气的份，很少有时间和精力好好地为大哥熬一锅粥。

如今决定了去美容整形医院工作，早上便有充裕的时间给大哥准备早餐了。

李长信让她回去工作，但第一天上班就不告而别了，医院还要她吗？叶繁枝自己也不确定。

但无论怎么样，总得去医院试试。要是不行，就再找别的吧。叶繁枝这样一想，倒是坦然了几分。

鸡胸脯肉洗净后，放入锅里，加水煮熟。再洗香菇，切条状备用。然后将煮熟的鸡胸脯肉捞出放凉后撕成丝。等这一切完成，砂锅里的粥也开始沸腾了，她用长勺子不停搅拌，防止粘锅。最后，放入香菇和鸡丝，加点盐，继续搅拌片刻。

从前贵为叶家千金时的叶繁枝，如果有人告诉她，有一天她会成为厨房小能手，甚至还会在一家早餐店打工的话，她听了估计会笑趴下。

当年她为了他甘心学习厨艺，也不过是为了做一个贤惠的李太太而已。

可后来，没了叶家和父亲叶半农的庇护，她叶繁枝便什么也不是了。

她做不成李太太，甚至无法找一份可以维持她和大哥生活的体面工作。

与大哥门当户对的未婚妻唐令宜，在父亲叶半农被收押调查、大哥发生车祸、他们家陷入困境焦头烂额之际，毫不犹豫地提出了分手，丝毫不顾忌当时尚在病榻上接受治疗的大哥，以及与叶家相交几十年的情分。

她打不通唐令宜的电话，但为了大哥，她曾去过两回唐家，想找唐令宜好好谈一谈。但唐家人连见都不愿见她一面，让管家推说他们出去度假了，绝情地将她拒之门外。

不久后，大约唐家人想要去攀别的高枝，但又不想在交际圈落下"落井下石"的恶名，便提出了"赔偿叶家一点钱，但对外必须宣称是叶繁木提出的分手"的条件。

叶繁木当场便把支票撕了，扔在了唐令宜和她母亲脸上："滚！"

那个过往一直亲亲热热唤她"繁枝"的女子，叶繁枝后来曾在某个商场门口遇到过一次。唐令宜从男友那辆限量版跑车上下来，装作不认识她，手挽着男友，连正眼都未瞧她一眼，趾高气扬地走进了商场。

另外还有一些人，则更让人觉得恶心。

叶家倒台后，曾有个追求过她的薛世兄约她喝咖啡，说有事情要找她。

一入座，那人便不怀好意地打量她，目光里头有种从未有过的古怪放肆。他甚至都未寒暄，便单刀直入地对她说："繁枝，我知道你最近的处境并不是很好。我知道你很缺钱。"那人的手伸了过来，握住了她搁在桌面上的手，食指挑逗般地在她手上来回摩挲："繁枝，你知道的，我一直很喜欢你。可是，你当初拒绝了我。"

叶繁枝迅速地抽出了手，切入正题："薛大哥，请问你找我到底是为了什么事？"

"繁枝，以后跟着我。我会照顾你和你大哥的。"

叶繁枝不动声色地说："照顾？怎么照顾？"

薛世兄邪气一笑："大家都是成年人了，就不用我说得那么赤裸吧。"他好像笃定她会答应。

"对不起。我做不来这份工的。"

大约是没料到她会考虑都不考虑便拒绝，薛世兄恼羞成怒，揭下了自己的面具："叶繁枝，你觉得你现在还是叶家大小姐吗？现在整个洛海，估计只有我不怕惹祸上身，愿意施舍一点钱财来照顾你和你那个残废大哥。别的人，不是避着你们，就是想方设法地狠狠踩你们几脚。"

"你说得不错。所有人都躲着我们，甚至有的人还落井下石。但那又怎么样？我有手有脚，不用任何人照顾。"叶繁枝毫不示弱地直视他的眼睛，一字一顿地说，"至于你，你提出这个条件，不过是因为当年我拒绝你，你想出一口恶气而已。你比那些躲着我们的人更可怕更恶心。"说罢，她便起身要走。

薛世兄被她戳中了痛楚，倒也直言不讳："不错，我是想出一口当年被你拒绝的恶气，但你还有多少选择？叶繁枝，你现在不过是一只离了婚没人要的破鞋而已。我知道你很缺钱。我给你三天时间好好考虑。"

人前彬彬有礼的世家子弟，背后居然是如此嘴脸。那一刻，叶繁枝非常庆幸自己当初的选择："不用考虑，我现在就答复你：不可能！"

"是吗？"薛世兄双手抱胸，冷冷一笑，"骨气是不能当饭吃的。叶繁枝，我等着你来求我。"

也是在那个时候，叶繁枝才知道：对很多人来说，情分两个字不过是层面纱，用得着的时候才会披上。

人性本凉薄。

只是以前的她一直被父亲保护周全，未尝到其滋味而已。

粥香四溢，盈满整个屋子，叶繁枝关掉了火。而此时，另一个灶火上小火熬着的排骨汤正冒着热气。她手脚利落地放入了玉米和胡萝卜块。而后又炒了一道菜，以备大哥中午和晚上食用。

等一切都准备好，她开始在老旧的洗衣机里清洗衣物。

最后，叫醒大哥梳洗用餐。

大约是难得煮香菇鸡丝粥的缘故，大哥吃了一碗后，又添了一碗。

关于医院美容咨询一职，叶繁枝怕引起大哥的伤心事，也不想多提。叶繁木犹如行尸走肉，每天浑浑噩噩的，既不关心自己也不关注周遭发生的一切。

今天也是这样。

叶繁木机械式地一勺一勺吃完了碗里的粥，搁下碗后，取过纸巾缓缓地擦了擦嘴。随后，他便操控着轮椅回了自己的房间。

从头到尾，不发一言，仿佛失声了一般。

叶繁枝对此早就习以为常了，自顾自地收拾好碗筷后，敲了敲他的卧室门："大哥，我还煮了你爱喝的玉米排骨汤。砂锅搁在灶上，你记得吃的时候把汤热一下。"

回答她的照例是一室的寂静。

叶繁枝取过门口鞋柜上的帆布包，出门上班。

清晨疏落有致的阳光洒在信安整形美容医院这几个大字上，晕染了数层光圈。叶繁枝仰着头，怔怔地凝望了许久。最后，她收回视线，走进了医院大门。

有辆黑色车子缓缓驶了进来，叶繁枝侧身避让，下一秒，整个人骤然一愣。

洛海城四月的明媚阳光从车窗外探入，洒在李长信眉目分明的脸上，一如从前般俊然。

叶繁枝知道是自己反应过度了。以后，她将在这里工作。面对他，将是她以后每一天的任务。

想到此，叶繁枝收回目光，默默地低下头走进医院大楼。

李长信老远便瞧见了叶繁枝，他的目光自打看到了她的身影，便像胶水似的黏在了她身上。

她背了一个廉价的蓝色帆布大包。那个瞬间，李长信不禁想到他当年在商场遇见她相亲的那一次，名牌包包、名牌服饰，脚上踩着又高又细的尖头高跟鞋。

和如今相比，真是天上人间的差别。

李长信握着方向盘的手不觉用力了几分。

然而，现在的白衬衫、蓝毛衣、牛仔裤和帆布包，却将她装扮得犹如大学生一般，有种未经人世的明净妍丽。

　　他自打第一眼见到叶繁枝，她便是又高又冷又傲的富小姐派头，从头到脚的奢侈品。如今这样的清新自然，倒是李长信头一回见。

　　许诺趁着他面诊结束，给他泡了一杯咖啡送进来，打量了他数眼，忽然说："李院，你今天看着精神特别好。"

　　"是吗？"李长信端起咖啡，问道，"上午还剩几个预约？"

　　"只剩六个了。"

　　怎么还有六个？李长信喝了一口咖啡，想将心口处的火苗灭掉。但是，并没有成功。

　　这是他第一次如此迫切地希望时间快点过去，期待午餐时刻的到来。

　　叶繁枝和江一心在去食堂的路上遇到了上司陈越。陈越关切地问候她："小叶，你家里没事了吧？"

　　与她一起新进来的江一心很是和善友好，一早上班，便悄悄地把她拉到一旁："繁枝，昨天下午我一直找不到你，陈主任问起，我只好说你家里有急事，让我帮忙请假。等下，万一陈主任问起，你可千万别说漏了。"说完，江一心又补了一句："也希望你不要嫌我多事。"

　　"怎么会呢？我谢谢你还来不及呢。"叶繁枝感激不已。

　　所以，此时陈越问起，她早有了一番准备，便回道："都没事了。谢谢陈主任的关心。"

　　"那就好。"陈越边走边给她们介绍，"我们食堂的菜是很不错的，都是小炒供应，自助用餐。每日的菜色都不同，味道比外头一般的餐厅还要好呢。平日里啊，只要李院在医院，每天都会下来跟我们大伙一起用餐。哎呀，你看，说曹操，曹操就到……"

　　叶繁枝抬头，果然看到了一个修长挺拔的熟悉身影正在朝她们所在的位置而来。李院。李长信竟然是这里的院长。

叶繁枝有些吃惊错愕，不过短短数年而已，李长信已经是这家医院的院长了。

父亲叶半农曾对她说过，这个李长信他日必有所成。如今看来，父亲倒是没有看错。

陈越恭恭敬敬地打了招呼："李院。"

李长信微微颔首，说："陈主任，你好。"而后他的目光便停顿在了叶繁枝身上。

医院的美容咨询师都是统一着装，白衬衫和黑色及膝裙，是最常见的一款工作服。但穿在叶繁枝身上，却完美地勾勒出了她纤秾合度的身形，别有一番娇憨妩媚的女人味。

一种不舒服的感觉瞬间在李长信的心头弥漫了开来，那种感觉有点像自己珍贵的私人收藏被小偷偷走后公开展出了。

陈越给她们做了介绍："李院，这两位是我们新招聘来的美容咨询师。这是叶繁枝，这是江一心。"

叶繁枝垂下睫毛，跟着江一心一起毕恭毕敬地说："李院，你好。"

当年她从"李医生""长信"一路唤到了"老公"。初结婚时，她很喜欢甜甜地唤他"老公"。在小家里，每日"老公"长"老公"短的。可当时的他最厌烦的就是这两个字，每次听到就令他想起被逼迫着结婚这件事，所以每每都不会给她好脸色。以至于后来，他脸色一沉，她便会小心翼翼地问他："老公，我又做错什么了吗？"

偏偏她越这样，他就越恼火，经常摔门而出。

如今想来，他曾经把自己最好的一面留给了徐碧婷。但在与叶繁枝的那一段婚姻里头，他确实从头到尾都未曾待她好过。

叶繁枝绑着丸子头，上头的黑色橡皮筋一看便知是最廉价的那种地摊货。李长信心中那种不舒服的烦躁感又浓了数分。他深吸了一口气，缓缓地说了一句："你们好，欢迎你们加入我们信安这个大家庭。"

叶繁枝再无任何声息。

陈越一路陪着李长信取餐用餐。叶繁枝则随意地取了一荤一素，和江一心一起，挑了一个最偏僻的角落用餐。

江一心对食堂的菜赞不绝口："果然每个菜都很美味。繁枝，你来尝尝我这个红烧排骨，好入味。"她拨了一大半的排骨给了叶繁枝。

"谢谢，不用这么多。"叶繁枝微微一笑，把自己的尖椒牛柳分享给她。

李长信不着痕迹地一再把目光投向叶繁枝所在的方位，只见一顿饭下来，叶繁枝都安安静静得仿佛不存在一般。

下午三四点的时候，趁着空当，庄依林使唤她和江一心："我们都习惯了每天这个时候要喝下午茶。今天我们想吃对面商场的蛋挞和奶茶咖啡，你们两个去帮我们买吧。"

李琪补了一句："蛋挞一定要新鲜出炉的那种才好吃。依林姐只吃热的，你们两个可千万别给我们买冷的回来，记住了啊。"

新人都是兼职打杂的，每个单位都是如此。叶繁枝以前与蕙慧在一个设计公司的时候也干过不少跑腿的活，所以并不以为意。她和江一心逐一登记了同事们想喝的奶茶、咖啡和蛋挞数量，去马路对面的店铺购买。回来后，分发给了同事们。

后来直到下班，她都未再见到李长信。

事实上，李长信这一天下午有两个手术，但忙碌之余，他还是刻意地路过了两趟咨询前台。

第一次，叶繁枝很专注地在听同事给出的专业意见。

第二次，她趁无人咨询的空当便翻阅大本的美容外科专业书。

所以，她根本就没有察觉到李长信的这两次到来。

倒是一旁的李琪注意到了，诧异地说："李院今天好奇怪，怎么老是到我们一楼咨询台前来晃悠？"

庄依林不甚在意地笑了笑："或许李院有事吧。"

对这一切叶繁枝自然是不知的。

一天工作下来，她只觉大松了一口气。这样很好，至少说明以后彼此见面的次数也不会很多。

下班后，与江一心挥手道别，叶繁枝搭了公交车，转了一路车，来到了工作的花店。她一边系着格子围裙，一边与吴家希交接今天花店的工作事宜。

交接完毕后，吴家希便赶着去上课了。叶繁枝则按照打印的订单要求，开始修剪包扎花束。

花店外停着一辆车。而她的一举一动，都落入了一路跟着她的李长信眼里。

不同于医院工作时的工作服，她离开医院的时候就换上了自己的白衬衫、蓝毛衣、牛仔裤和白球鞋。

与记忆中的那个人，完全是不同模样。当时的她，每件衣服、每双鞋子、每个包包都是品质上乘，精致体面的，就连头发都是由专业发型师负责打理的。那个时候，叶家还很富裕，她过着公主般的奢华生活。

但是如今……就算李长信不懂衣物面料，亦知她身穿的衣服价格低廉，毫无品质感可言。

李长信不知不觉又把自己的手捏握成拳。

他觉得自己奇怪极了。叶繁枝如今的这一切，早已经与他毫无任何干系。

他与她之间，是她主动开始的，亦是她主动提出结束的。

或许当年，她就不该接近他。若是当初她不执意与他结婚，嫁给董博文或者门当户对的任何人，哪怕叶家倒台，她也不至于过这样的日子。

叶繁枝呢，自然是不知道门外有人，更不会知道李长信内心百转千折的波动。

她如往常一样忙碌，有条不紊地处理订单。从前，她曾学过一段时间的插花和花艺，当时纯粹是抱着玩玩的心态学的，所以只学了个半吊子。如果早知道今日会以此为生的话，她当时必定要好好学习一番。但当时又怎么会先知先觉呢？

经历过这一切，叶繁枝才懂得：在这个世上，世事皆无可仰仗。我们每个人最后能依靠的，只有自己。

在利落地包好了花束，等人来取的时候，叶繁枝取了水壶，从一丛花浇到另一丛。

含苞待放，枝叶凝露，是顾客最喜欢购买的花朵状态。

所以她不定时便会给店里的花花草草浇点水，让它们随时保持最佳状态。

事实上，在这几年所有从事过的工作里头，叶繁枝是最喜欢花店这份工作的。很多时候，她一个人痛苦挣扎，但看到各种美丽的花儿，就会让她觉得人生还是有很多美好和幸福的，哪怕她暂时还未遇到。

蓬勃绽放各自妍丽的花儿，若有若无的淡淡清香，每一次与它们相处，都会带给叶繁枝一整晚放松自在的好心情。

每天，吴家希都会让她挑选一些正在或者刚过盛开期的花儿带回家。叶繁枝会把枝叶修剪掉，用些心思摆些造型插在她廉价购买的花瓶里。在客厅的小餐桌上放一瓶，在大哥的卧室里的床头插几朵。她好几次看到大哥怔怔不语地凝视着花朵出神，并且从不会在生气的时候动手去砸花瓶。

大哥应该也是喜欢的吧。叶繁枝是这样认为的。

虽然花店这份工作时间长薪资也不算高，但叶繁枝却做得很是开心。

所以在花店里，无论是包扎花束还是照顾花草，每个步骤她都做得很认真，很有仪式感。

店里灯光璀璨，落地玻璃干净通透。从李长信的角度望去，里头情形一览无余。

那个晚上，李长信一直隐在暗处，默默地注视她，又一路跟随叶繁枝下班，看到她下了末班公交车，进了一幢破旧的楼房。

李长信的车子在楼下停了良久，然后才发动驶离。

回到家后，他打开了一瓶红酒，默默地站在落地窗前，执杯对着窗外璀璨夜景独酌。

如今的他终于知道了这几年她是怎么过来的。

曾经有过那么一两次，李长信问自己：若是当时叶繁枝未主动跟他提离婚会如何？

能如何呢？不过是多拖一些时日。到最后，他必然也会跟她离婚的。当年被迫成婚的他最想要做的事情便是摆脱她，摆脱她们叶家，让自己的生活回到正轨。

她不过是比他快一步而已。

但或许是因为她主动要求结束，所以才令他怔然不解，才令他到如今依然未将她全然忘怀吧。

不过，那都是过去的事情了。若是在他能力范围之内能够照顾她一分半分的，李长信还是愿意做的。

都说一日夫妻百日恩。他与她做了两年多的夫妻，虽然是被迫成婚，但他在她身上还是得到过不少快乐。李长信从来不否认这一点。

他仰起头，一口喝光了杯中的酒。

/第5章/　默然相处

　　叶繁枝遇见简余彦是她在医院上班的第六天，那天，她由于大哥一早闹事迟到了。

　　父亲叶半农因职务侵占罪、挪用医院和基金会资金等罪被羁押于洛海看守所期间，她和大哥为了让父亲少判几年，上缴了自己名下的所有财产，可最后父亲叶半农还是被判了二十五年有期徒刑。叶家所有财产包括名下拥有的叶氏医院的股份等皆被法院追缴。判决出来当晚，父亲叶半农突发心脏病而亡。

　　也正是那一晚，大哥叶繁木在接到消息匆匆赶去见父亲的途中发生了严重车祸。

　　向来顺风顺水惯了的叶繁木一直无法接受自己下半身瘫痪这个事实。本就有大少爷脾气的他更是变本加厉，骂护工砸东西成了家常便饭。

　　本来以叶家的实力和资源，照顾好叶繁木是一件不费吹灰之力的事情。但那个时候叶氏医院的董事会已经改组了，与她们叶家再无任何关系。叶繁木在医院住了半年后，医院奉了新上任院长周毅生的命令对叶繁枝下了最后通牒，表示叶繁木已经欠医院大半年的治疗费用，医院看在老院长的面上已经仁至义尽，但也不能一直这么欠费下去，请叶繁枝体谅。并说如果再不缴费，医院不得不请他们出院。

医院派来与她交涉的人是个八面玲珑的能干人，一番场面话说得客客气气滴水不漏，但字字句句都软中带硬，丝毫不留半分情面。

事已至此，再继续厚着脸皮在医院住下去那是丢亡父叶半农的脸。叶繁枝觉得自己虽然不争气，但也不能让周毅生这帮人如此地看死去父亲的笑话。于是，她变卖了身边仅有的一些值钱东西，付清了费用，咬着牙把大哥从医院接了出来。此后，对叶繁木的照顾自然落到了叶繁枝身上。

叶繁木每个星期需要去一次医院进行物理疗法，每天都需要按摩腿部肌肉，预防肌肉萎缩。

这几天，也不知为何，叶繁木的情绪一直不佳。今天一早起床，他失手跌了一跤，脾气顿时便爆发了起来，怒不可遏地开始砸房间里的东西，还弄伤了自己的手。

叶繁枝费尽心思安抚他，给他用碘酒消毒，又包扎了伤口，好说歹说了许久，才让他安静下来。

她照顾他用完了早餐，又去对门找吴姐，让她今天帮忙照看一下大哥叶繁木。临走前又特地叮嘱了一番，让吴姐特别要注意大哥的情绪。若是有什么状况，就第一时间打她电话。

也幸亏吴姐要给孩子办理转学，要处理好在洛海所有的事情，月底才离开洛海，如今还能帮她照看大哥一二。一想到亲如大姐的吴姐要走，叶繁枝总是很舍不得。吴姐也舍不得她，一再说，让她去三元玩，她一定带她玩遍整个三元城。

吴姐想起一事，对她说："繁枝，前几天傍晚，有个很好看的女孩子来敲你们家的门。你大哥打开门后很凶地对那个女孩子说了个'滚'字，然后很生气地把门甩上了。那姑娘后来又敲了好久的门，但你大哥在里头就是不肯再开门。"

叶繁枝惊讶不已，第一反应便想到了大哥的未婚妻唐令宜："那人是不是长脸，长卷的头发，个儿很高？"

吴姐摇头："不是，是个小圆脸、大眼睛、中等个儿的女孩子。头发刚过肩，不是很长，清清秀秀的，很好看的一个女孩子。"

"哦，对了。说到这儿，我还想起一件事。我上回也在小区门口看到过她，她还问我 5 幢怎么走。5 幢不就是我们住的这一幢吗？我就指给了她。"

叶繁枝想了许久，实在想不起这个好看的圆脸女生是谁。

以前大哥叶繁木虽然性格桀骜，但五官立体，医术高超，能力出众，加上又是叶氏的继承人，是很招女孩子喜欢的。不过，他却从未带过任何女孩子回家见过家人。至于唐令宜，因为两家是世交，在唐母极力撮合之下，两人才成的。这件事情现在回忆起来都觉得很有戏剧性。

那段时间，大哥脾气也不好，整天阴阳怪气的。一天晚上，一家三口在用餐，父亲随口提了一下唐家的事情。大哥当时默不作声，第二天早餐的时候，大哥居然就破天荒地同意了与唐令宜交往。父亲和她面面相觑，都觉得不可思议。

不久之后，大哥便与唐令宜出双入对，连她和李长信的婚礼，也带唐令宜一同出席。这一来，等于在自家最亲近的亲朋好友前昭告了唐令宜的地位。两人交往不过大半年，便在唐母的强烈要求下订婚了。但说来也怪，订婚之后，唐家想进一步趁热打铁，各种明示暗示着要结婚，可大哥却又拖着不肯结婚。

当时大哥业务能力强，在医院脑神经科渐有独当一面之势，羽翼已丰。父亲叶半农就是想管也有心无力了。再说了，婚姻大事，父亲一贯抱着"只要子女喜欢就好""儿孙自有儿孙福"的态度，便也听之任之，不强加干涉。

唐令宜对叶繁枝十分热络，经常约她逛街购物、美容美发、喝咖啡、看电影，又三天两头地买些小礼物送她，极尽笼络之能事。叶繁枝则是抱着"大哥喜欢，我就喜欢"的态度与她交往。

可后来一出事，唐令宜和唐家的翻脸速度比翻书还快。

然而，前几天这个圆脸女孩子来过后，大哥这几天心情一直不好，动不动就发脾气。是巧合呢，还是两者之间有关联？

匆忙之间，叶繁枝也琢磨不出什么结果，便不了了之了。

想着是第六天上班，迟到会给人留下不好的印象，所以叶繁枝咬了咬牙打了车。

就算如此，到医院时还是迟了。叶繁枝付了车钱，匆匆忙忙地推门下车。因赶着打卡，她没看到一辆车子正拐着进来，叶繁枝收势不及，差点撞到了那辆车子。

"你怎么走路的？没看到我的车子吗？"那人的语气十分冰冷。因背对着光，那人的眉眼隐匿在清晨的光晕中，叶繁枝看不清。

"对不起。我不是故意的。"

那人冷冷地扔下了"下次小心点"几个字，便驾着车子进了医院的停车场。

下午的时候，庄依林笑吟吟地从医生楼层下来，对大伙说："简医生说请大家喝下午茶。大家要喝什么，都报给叶繁枝。"

"哇，谢谢依林姐。"

"是啊，谢谢依林姐。其实是简医生想请依林姐吧。看来啊，我们这都是沾了依林姐的光。"一群咨询师都捧着庄依林，个个都嘴甜如蜜。

叶繁枝虽然初来乍到，但也已经摸清了自己这份工作的处境。庄依林业务能力极强，只要上门咨询她的客户，很少有不成功的案例。她也是个能来事儿的，该维护的客户群维护得极好。加上医生们业务能力出色，客户们都很满意。也因此，庄依林有了不错的口碑。关系好的客户还经常给她宣传介绍，一来二去地，她手里的客户便越来越多。平素连顶头上司陈越都要让着她几分。

"叶繁枝，简医生要黑咖啡，不加奶，只加一颗糖。别给我弄错了。"出发前，庄依林喊住了她，把简医生的喜好再度仔细地叮嘱了一番。可见这个简医生在庄依林心头的分量不轻，叶繁枝自然也不敢怠慢。

叶繁枝按每个人的要求买好后，提了好几个打包袋，远远便看到江一心穿了马路过来："繁枝，我帮你拿。"

江一心是个很恬静乖巧的女子，大约是一起入职的缘故，对她特别友好。

"谢谢你，一心。"叶繁枝真心诚意地道谢。

江一心温柔微笑，帮她分担了大半的东西。

最后分发咖啡，庄依林原本是要亲自给简医生送上去的。但由于临时来了一个老客户找她咨询抽脂手术，她脱身不得，见众人手上都有活，最后只得快快地吩咐叶繁枝："叶繁枝，你马上给 506 的简医生送去。咖啡凉了就不好喝了。"

五楼是医生办公室楼层，叶繁枝伸手按电梯的时候，脑中不受控制地想起了李长信，动作便有了数秒的迟疑。

但两人在同一个地方工作，每天都可能会见面，避无可避。这种情况迟早是要习惯的，早习惯总比晚习惯好。这样一想，叶繁枝倒也坦然了不少。

可是人啊，真是越怕什么就越会遇到什么。出了电梯，叶繁枝便看到不远处有一道挺拔如松的白衣身影正一边跟护理人员交代事项，一边脚步匆匆地朝她这边走来。

那人在忙碌中似有感应一般地抬了头，见了她，便停下了脚步。

四目相投，两两对望。李长信一时怔住了，连要吩咐的事情都忘记了。

叶繁枝迅速垂下眼帘，结束了这一场无声的对视。她朝李长信欠了欠身，越过他离开了。

她找到了 506 办公室，站在门口，调整好了情绪，这才抬起手敲了敲门。

"请进。"

推门进去的那一秒，简医生正从办公桌后抬头，半长的头发，阴柔俊美的一张脸。长得帅，又学有所长，是独当一面的行业精英。怪不得会令心高气傲的庄依林做出如此一番咄咄逼人、势在必得之态。

只是，他看她的目光有几分奇怪。

简余彦挑着眉峰，盯着她的名牌，不疾不徐地开了口："你在我们医院美容咨询部工作？"

这声音……不正是早上那位车主吗？叶繁枝终于知道他的目光为什么奇怪了。

"是。"她奉上了咖啡，"简医生，你好。这是依林姐让我送上来的咖啡。"

简余彦扫了一眼她手里的咖啡，再度埋头于手上的资料："把咖啡放桌上就行。"

叶繁枝忙搁下了咖啡，轻手轻脚地退出了办公室。

哪知出了办公室，便发现李长信依然站在原地，见她出来，依然没有动。

叶繁枝把他当成空气，再度与他擦肩而过。

电梯迟迟未到，身后又有道视线如芒刺背。与李长信共处同一空间的每一秒都叫人她无法呼吸，叶繁枝实在忍受不了这样的煎熬，转身从楼梯间而下。

李长信目送她纤瘦的背影消失在了楼梯口。

他不知道自己为什么要在原地等候。

他只知道，她与他擦肩而过时，他身体突如其来的僵硬和想要抓住她手臂的冲动。

他只知道，最近的每一天，他都很想看到她，哪怕仅仅是一道背影。

他莫非吃错药了吗？

他明明应该像以前一样厌恶她躲着她的啊？

李长信烦躁不已，他觉得晚上应该把好友乔家轩拖出来喝一杯，放松放松了。

傍晚时分，下起了淅淅沥沥的雨。

叶繁枝一下班，照例是搭公交车去了花店。她在花店工作了一年多，尽心尽责。与她年纪相仿的老板吴家希自打知道她家中的状况，对她怜惜不已，待她犹如家人。

这次，叶繁枝在医院找工作之前便把自己的难处坦诚相告。吴家希欣然答应，说她要是能应聘成功，两人就调整一下工作时间。

叶繁枝收了伞，推门而进："家希，不好意思，今天有点堵车……"

她蓦地止住了口。店里，有个面容粗犷的男子正抓着吴家希的手说话。吴家希挣扎着，似乎并不想听。两人之间气氛既暧昧又诡异。

因她的出现，那男子愣了愣，吴家希便借机抽出了自己的手，转身说："繁枝，你来了。吃过饭了吗？"

"还没有。"

"好。那我叫外卖了。你晚上想吃什么？"

叶繁枝闻言便知她要借故留下来，便说："我都可以的。"

"明天有好几个订单，今晚要把花包扎好，明天一早让人送货。所以今晚可能要忙到很晚。"

"好。"

两人便动手搬材料，在条形长桌上开始忙碌了起来。那男子想要帮忙，家希又不让。

吴家希把那粗犷男子晾在一旁，完全不理不睬。那人站在角落里，不声不响地看着她们，许久之后，便推开门离开了。

叶繁枝把一切看在眼里，但吴家希不说，她便当作没看到，什么都不问。

这世上，哪个人没有一点过往和秘密呢？

两人吃过了外卖，又把第二天一早要送出的花束全部包扎好。吴家希无故怔忪发呆了好几次。叶繁枝见状，便知有事困扰着家希。她一边整理台面，一边对吴家希说："家希，不早了，你早些回去休息吧。明天还要顾一整天的店呢。"

吴家希回过神，瞧了瞧窗外，说："今晚下大雨，也没什么客人，你也早点下班吧。"

"好，我把这里收拾好就下班。"

"行，那我先走了。"

吴家希离开不过片刻，叶繁枝便发现她遗留在店里的手机，赶忙追了出去。

十几米远的拐角处，清亮的路灯下，只见先前在花店的那个男子正拦着吴家希。吴家希神色不悦，推开他，试图拦车。

那人显然是在纠缠家希。叶繁枝正欲上前，忽见那人一把捉住吴家希的手臂，霸道地将她拥入自己怀里，低头便吻了吴家希，丝毫不顾忌两人此刻正站在十字街口。吴家希显然愤怒极了，用手使劲儿打他。那人纹丝不动，任吴家希捶打，吻得越发热情缠绵了起来。

叶繁枝不知所措地看着眼前的这个画面。

吴家希的推拒动作渐止。两人在滂沱大雨中拥吻了起来。

吴家希不愿介绍此人与她认识，必有缘由。既然如此，她贸然上前，只会徒增家希的难堪而已。再说了，此人显然是跟吴家希有些纠葛过往的，否则这种情况，吴家希怎么会不大喊大叫呢。

下着大雨的夜，眼前这对似情侣又不似情侣的人，叶繁枝垂眼思虑了片刻，最后慢慢地退回了花店。

叶繁枝一直在店内等吴家希回来取手机。

然而，这一晚，她并没有等到吴家希，却又见到了另一个亲热画面。

关店下班前，雨势已收，空气是难得一见的清新。叶繁枝正把店里的垃圾分类整理打包好，放进垃圾桶，以便让一早的垃圾车来收走。

只听"嗤"的一声长而尖锐的声响，有一辆跑车在她身边不远处停了下来，轮子溅开一地的水花。叶繁枝被这声音吓了一跳，猝然抬眼望去，只见跑车里的一对男女正在吵架。

两人也不知说什么，正难分难解之际，那打扮时髦的女子忽然便双手搂住男子的脖子，凑过去吻了起来。叶繁枝来不及移开视线，一时便有些愣住了。

车内的男人不客气地一把推开了美女。美女一转头，便看到了路边的叶繁枝，顿时恼羞成怒："看什么看？！没见过情侣接吻吗？乡巴佬！"

骂完叶繁枝，她余怒未消，对驾驶座上的男子道："简余彦，你到底道不道歉？"

多一事不如少一事。叶繁枝便欲离开。忽然听到车子里的男子一字一顿地抛了三个字过来："不道歉。"

这声音……好像并不陌生。

美女狠狠"哼"了一声，望着花店，眼珠子滴溜溜一转："这样吧。这里有家花店。如果你买束花给我，我就当作你道歉了。"

那男子冷哼说："搞笑！凭什么我要跟你道歉？"

"你！"美女气得花容失色，威胁道，"简余彦，我们分手。"

那个叫简余彦的男子完全无动于衷："我们从头到尾都不过是你情我愿而已，什么时候在一起过？"

美女怒不可遏，上前狠狠地甩了他一巴掌，而后推开车门，踩着十厘米的高跟鞋，气呼呼地拦车而去。

车内的那个人摸着脸吊儿郎当地抬头，与目瞪口呆的叶繁枝对视了一眼。

半长的头发，俊美的一张脸，果然是医院的简医生。原来他的全名叫简余彦。不过，此时此刻的他穿着满是铆钉的皮衣，发型打理得凌乱不堪，看上去浪荡颓废，与在医院身穿白大褂的专业严谨完全不同。

两人四目相对，面面相觑，诡异至极。

简余彦不动声色地收回了视线，发动了跑车，"嗖"的一声，扬长而去。

第二天，叶繁枝再度在医院门口遇到身着西服的简余彦。

简余彦面无表情地扫了她一眼，转身进了电梯，仿佛昨晚的事情根本没有发生过一般。

也幸好如此，叶繁枝的尴尬只持续了短短的几秒钟便结束了。

之后，她全身心投入工作，很快便到了下班时间。

叶繁枝一进花店，发现家希难受地趴在桌子上。

"家希，你这是怎么了？"

"好像感冒了……"

叶繁枝一摸家希额头，只觉得滚烫如沸："你额头很烫，我送你去医院。"

"不用。我刚吃过药了……"

"不行。这么烫，一定要去医院……"

两人一个坚持要去医院，一个坚决不去。此时，门口有"欢迎光临"的声音传来，叶繁枝转头便看见了昨晚的那个粗犷男子。他见了家希的异样，三步并作两步地跑了过来："你怎么样？是不是昨晚淋雨感冒了？"

吴家希别过头，语气僵硬："你走开，不要你管。"

那人二话不说，抱起家希便往外跑，霸气十足。吴家希挣扎着，他呵斥道："不要我管！在洛海，除了我还有谁管你！"

叶繁枝呆若木鸡地站在原地，眼睁睁地看着吴家希被他劫走。那人到了门口，总算是想起了还有她这个人的存在，转过头说："哦，你是叶繁枝是吧？我叫荣励华，是吴家希的男人。你放心，我会照顾好她的。"

叶繁枝不知自己要作何应答。

吴家希又羞又窘，实在是恨不得挖个地洞钻进去："胡说八道，你才不是我什么男人。"

"我说是就是！"荣励华把吴家希塞进了自己的车子里，绝尘而去。

直到花店快打烊的时候，叶繁枝才接到了吴家希的电话，但说话的却是那个叫荣励华的男子："叶小姐，我是荣励华。家希让我转告你，这两天她不去花店了。所以，这两天要麻烦你帮忙多照料一下。"

那人言简意赅得很，得到叶繁枝答复后，便准备挂电话。电话那头，家希也不知说了一句什么，荣励华厉声训斥她："你都病成这样子了，还管店铺做什么。给我好好休息。"

电话至此便被掐断了。

生活中，每个人都有自己的故事。

自己是，家希亦是。

作为朋友，叶繁枝只希望家希一切都顺顺利利的。而她能做的，不过是尽力帮她照看好花店而已。

医院里的工作还在实习期，叶繁枝认真地跟着庄依林学习。

至于李长信，每日里两人必定会在午餐时间见上一面。每一次的见面，总叫她心头波澜起伏不已。但避无可避，叶繁枝也只好尽量让自己学着习惯。

这一天晚上，叶繁枝在店里整理第二天的订单，忽然听到门口传来"欢迎光临"的声音，她含笑抬头，只见一个穿着长开衫，烫着小卷发的娟秀女子推门而入。

"您好，有什么可以帮您的吗？"叶繁枝微笑询问。

那女子不言不语，轻轻地径直走到了花丛边。她低下头，闭着眼嗅了嗅，而后缓缓微笑着睁开眼，徐徐地伸出手，小心翼翼地触了触盛开的花瓣，仿佛怕伤害到羸弱的花朵一般。

显然是个爱花之人。叶繁枝柔声介绍说："这是小苍兰，原产自非洲，香味浓郁，有黄色、白色、紫色、红色、粉红色等颜色，它的花偏生一侧，有种斜坠的美感。它喜欢温暖湿润的环境，要求阳光充足，但不能在强光高温下生长。"

那女子转过头来看她，叶繁枝注意到了她的眼睛，清澈通透仿若婴孩。那女子温柔娴静地对她微微一笑，而后又把视线转到了另一丛花束上。

"这是紫罗兰。紫罗兰原产自地中海沿岸，和三色堇很相像，很容易混淆哦。这是粉色花毛茛，有重瓣、半重瓣。它有很多花色，每种颜色都很好看。这是回音系列的洋桔梗。它的花色清新淡雅，花形很别致可爱，是这几年特别受欢迎的一种花。这是春天的洋桔梗。到了夏天，会有卡特琳娜、玛丽艾基和弗拉门科等品种的洋桔梗上市。"

"这里的是国产玫瑰。这里的是进口玫瑰。"叶繁枝见她定定地看着一丛珍珠母玫瑰，便说，"这是珍珠母玫瑰，是淡粉色系玫瑰的精品，花形看上去跟传统玫瑰没有特别大的区别，但色泽莹润饱满，看上去有一种珍珠般的淡雅光泽。"

"你看看。颜色是不是特别柔和莹润？"叶繁枝取出了一朵给她细细观赏。那女子痴痴地凝视着花束，仿佛看不腻似的，一直一直看着，却不说话。

叶繁枝忽然察觉到了不对劲：打从这女子进来到现在，没有开口说过一个字。她不由得仔细打量这个女子一番，发现这女子里面穿了一套条状的睡衣。这女子气质淡雅，一看便知是有良好出身的，怎么可能穿着睡衣在大街上乱跑呢？

叶繁枝又试图与那女子交流。但无论她说什么问什么，那女子唯一的反应就只是对她微笑而已。

那女子哼起了一首不知名的歌，一朵朵地从大铁桶里取出各式的花。每取一朵，她便歪着头细细欣赏，沉浸其中。不知不觉，那女子便取了一大束，斜斜抱在怀里，看上去十分赏心悦目。

"你想买花吗？"

那女子闻言，抬头对她笑了笑，眉眼弯弯，单纯美丽。

这真是非常不对劲！

这女子一待便是一个多小时。好在她安安静静地待在花店一隅，并不打扰叶繁枝招待客人。

不知不觉便到了叶繁枝关店的时间，叶繁枝实在无法与她沟通，思考了良久，最后走到店外拨通了报警电话，把自己遇到的情况说了一遍。电话那头的警员回复："请你稍等，我们马上派警员过去。"

"好的。"透过落地玻璃墙，叶繁枝看到那女子把一朵朵花插回了花器，又开始取别的花。

不多时，警察便赶来了。与警车一起匆匆赶来的还有另外一辆车子。有个年轻男子急匆匆地下车，问警察："是这家花店报的警吗？"

叶繁枝与他一打照面，差点惊呼出声，竟然又是简余彦。

不过，今晚的简医生穿着还算正常，白 T 恤、牛仔裤，除了发丝有几分凌乱外，整个人看上去简单清爽。

事实上，这几日来，她天天在医院见到"面瘫"的简余彦，以至于叶繁枝对雨夜看到的那个人，一直有种"她见到了一个假的简医生"的感觉。

他一把抱住了那个女子，如释重负地说："妈，你怎么一个人跑到这里？"

叶繁枝不免又是一阵目瞪口呆：这女子看着不过三十多岁的模样，怎么会是简余彦的母亲？

"你知不知道，我都快急疯了。我来来回回地找你……走吧，我们回疗养院。"

那女子固执地指着花器里的那些花，不肯走。

简余彦说："你喜欢这些花？好，我把这些花都买下。我们带它们一起回去，好不好？"

那女子这才点了点头，欢欢喜喜地从花器里取了一大捧花，跟着简余彦走了。

"这些花我都买走。如果钱不够的话，我明天一并给你。"简余彦说着把钱包里厚厚一沓现金全部拿了出来，不待叶繁枝回答，便半拥半哄地把那女子带上了车。

他向两位警察道了声谢，随即驾车驶离了。

两个报警电话一次性得到了解决，警员们也高高兴兴地打道回府了。

关门前，叶繁枝又接待了两个客户，整理了订单，又整理了明天去鲜切花市场批发的品种。在空隙的时候，偶尔想起那女子，总觉得有种奇怪之感。

数日后的晚上，叶繁枝专心研究着整容外科的专业书。

"一束香槟玫瑰。"

那人一说话，叶繁枝便愣了。她抬头，面前站着的竟然是简余彦医生。白天的时候，两人也曾在大厅遇到，但他照旧是一副"生人勿近"的冷漠表情，两人只是对视了一眼，便默不作声地擦肩而过了。

"好的，请稍候片刻。"叶繁枝如招呼寻常顾客一般地招呼简余彦，询问他的要求后，方从大铁桶中取出花，开始修剪枝叶。

简余彦于百无聊赖中扫到了长桌上那本厚厚的外科整形方面的专业书，随手翻了翻，甚为诧异："你还看这个？"

叶繁枝此时正专心地包扎花束，过了一会儿才反应过来，这是简余彦在跟她说话。她轻声解释："我不是医学专业毕业，所以只能以勤补拙。"

简余彦"哦"了一声，便不置可否地移开眼，转而打量四周。花店面积并不大，但每个角落都进行了合理布置，临街的两面落地玻璃窗边摆放的是各式鲜花，另一面白墙上则是在原木架上错落有致地摆放了各种各样的多肉，中间是原木色的长工作台，让人一进来便有种很舒适温馨的感觉。

两人不说话的时候，店内便安静沉寂起来。一时间，连叶繁枝用包装纸包扎的声音都清晰可闻。

最后，叶繁枝将包扎好的玫瑰花装入纸盒，然后盖上纸盖，系好缎带，含笑捧给了简余彦："你好，二百二十块。因为那晚你多给了三百多块，所以我今天还要找你……"

"不用了。"简余彦拿起花束便走人，到了门口处，他忽然停住了脚步，说，"叶小姐，那晚的事情……谢谢你了。"

此后，简余彦隔日便会来买一束花，而且每回都是不同的品种。但两人之间的对话仅限于简余彦问她"多少钱"，然后她回答多少钱，最后简余彦便会默不作声地付账离开。

但凡第二天两人在医院遇到，简余彦都只是淡淡地扫她一眼，而后交错离开，仿佛前一晚来她花店买花的是另外一个人。

简医生显然是个不容易接近的人，好在叶繁枝也不想攀高枝，她只想把自己分内的工作做好，安安稳稳地拿自己应得的一份工资，养活大哥和自己而已。所以，叶繁枝从来不介意，也不在意。

只是偶尔听见李琪在庄依林面前提及简医生，以及庄依林说起简医生的时候，她心中不免会疑惑万分：就简医生这不冷不热、不阴不阳的个性，庄依林怎么会喜欢呢？

但转念一想，喜欢与爱这种东西，是世界上最难控制的。如果能控制，这世界上哪来那么多的"爱情事故"呢？

就比如她吧，便是一个活生生的例子。

这天下午时分，医院来了一对咨询唇腭裂修复手术的母子。当时的咨询处就叶繁枝和庄依林两人。

庄依林素来"火眼金睛"，她一眼就从这对母子的衣着看出了他们的经济状况，便知道这对母子是冲着他们医院的免费修复手术过来的。她并不想浪费口舌接待，便找了个借口起身说："叶繁枝，我突然想起来了，我有事要去找简医生。"

"可是我……"叶繁枝想喊住她，想说自己才上班不久，从未一个人单独接待过客户。但庄依林摆明了不想接待这对母子，叶繁枝只有硬着头皮含笑起身："你们好，请问有什么我可以帮你们的吗？"

那母亲怯怯地坐了下来，拉过儿子，让叶繁枝看一下孩子的情况："护士小姐，听说你们这里有免费的修复手术。你看我娃儿的嘴巴，也不知你们这边能不能做这种免费手术。"说到这里，她搓了搓衣服下摆，羞涩地说："我今天带娃来，也是想咨询一下。但是，我们没那么多钱给娃治病。"

　　由于当年叶氏基金会曾资助过很多唇腭裂的孩子，叶繁枝对这一方面的专业知识了解得相对多一些。于是，她登记了孩子的资料："孩子的这个情况需要让我们医院专业的医生来面诊决定。你稍等一下，我联系一下医生。"

　　她问了陈越关于唇腭裂修复的情况，最后拨到了许诺这里。许诺说李院目前正好有个小空当，她询问一下，再回复她。叶繁枝忙说好。许诺身为院长助理，待人很是热情亲切，并不像庄依林、李琪那般势利精明。

　　趁着等回复的空当，叶繁枝与孩子聊了起来，问他叫什么。孩子怯生生地躲在母亲身后，说："我叫平安，平安如意的平安。"

　　"平安，你好。我叫叶繁枝。"叶繁枝把自己的胸牌指给他看，"你可以叫我叶姐姐或者繁枝姐姐。"

　　没多久，许诺便回了电话过来，说李院请他们上去。

　　想到要见李长信，叶繁枝有一秒的迟疑。但这是工作，是不可能避开的。叶繁枝深吸了一口气，暗暗给自己打气后，带着母子二人搭乘电梯去了李长信的办公室。

　　洛海连日的阴雨天，雨滴淅淅沥沥不断，然而这一天的天气却是极好。李长信身后是很大的玻璃窗，金灿灿的阳光透过光洁清透的玻璃铺天盖地地涌入。他整个人便沉浸在一片和煦的光芒中，温暖安宁。

　　李长信合上了手中的资料，抬头招呼病患。大约也是没有料到会看到她，所以明显一愣。但他很快恢复了原状，专业仔细地开始检查孩子情况。

　　"做唇腭裂手术时，我们会在上腭的两侧做切口，将软组织进行游离，然后向中间推移，将两侧的肌肉、黏骨膜和黏膜分层缝合，最后重建上腭。但是孩子的后期恢复并不怎么理想，你看这里，鼻翼和鼻小柱呈畸形……"

眼前的这个认真诊治病患的人，冷静从容，自信干练。叶繁枝有一瞬间的恍惚失神，她真的认识过眼前的这个人吗？真的曾与他共同生活过两年吗？叶繁枝自己开始有种不确定感。

叶繁枝极力让自己静下心来，打开笔记开始记录李长信与客户之间的对话，以便日后自己可以专业地与人交流。

李长信注意到了，公式化地对她说："如果工作需要的话，你也可以录下来。"

叶繁枝呆了呆，反应过来后，忙打开了手机录音。她注意到李长信刻意放缓了语速，方便她录下所有要点。

"牙槽嵴裂隙导致牙齿扭曲，牙列不齐。如果要更好地修复牙槽嵴裂隙，愈合已经分离的上颌骨，进行牙槽嵴裂植骨手术则是最好的办法，然后再对牙齿进行正畸治疗。牙槽嵴裂植骨手术需要掀起唇侧和腭侧的牙龈组织瓣，然后严密缝合，最后形成植骨腔隙，再植入自体松质骨。这个手术后基本上可以恢复前颌骨的稳定以及牙弓的完整，然后诱导牙胚在缺牙间隙重新长出……"

那母亲很紧张地问了关于免费手术的问题。李长信表示医院确实每个月有一场免费修复手术，但每个人只免费修复一期，并且目前已经排到大半年后了。那母亲闻言，表情明显大松了一口气："免费一期也行。对于我们这样的穷人而言，这也是一大笔钱。"

"不过这次修复后可能还会遗留一些小问题，例如切口的瘢痕增生等，不过这些可再做进一步处理。"

"咱娃这情况，一般要修复几期？"

"这个具体要看个人的恢复情况。这样吧，我先给孩子做第一期修复手术。如果以后孩子有其他问题需要继续修复的话，你再来医院找我。"

那母亲连声道谢，感激不已。

许诺敲了敲门，推门而进："李院，你的手术时间到了。"

"好，我知道了。"李长信转头对那对母子说，"那我们就这么定下来，具体的手术时间以及各种流程安排，你可以跟这位叶小姐联系。"

叶小姐。骤然听到这个称呼，叶繁枝一下子没反应过来。数秒后，她才意识到，李长信所说的叶小姐指的便是她。

叶小姐。这个称呼公私分明，毫不拖泥带水。

那一秒，叶繁枝心头不可抑制地泛起一阵针扎似的隐秘疼痛。

她合上了笔记本："好的。麻烦您了，李院。"

"不客气。"说的是"不客气"三个字，但事实上李长信的每一个字都十分客气疏离。

"李院，如果可以，请尽量帮忙提前安排手术，也好让孩子早些恢复健康。"

"好。"

平安妈妈与叶繁枝根据流程在合同上核对并签了字，然后带着孩子感激地跟她道别。平安躲在母亲身后怯生生地对她抿嘴微笑："叶姐姐，再见。"

平安羞涩怯懦的脸让叶繁枝想起曾经的小天。

当年的小天如果没有得那个病的话，如今都应该要小学毕业了吧。

犹记得那一年，她答应过小天，等他手术做好后，就带他去游乐场玩。可到最后都没实现。

当时的叶氏慈善基金捐助了很多需要帮助的人，但小天是当时她第一个亲自接手资助项目的孩子，而且是唯一一个去世的孩子。因为遗憾与不舍，所以这些年，叶繁枝总是不免会想起他。

想起他稚嫩可爱的脸，想起他天真无邪的笑容。

想起小天没去成的那个游乐场，想起她与李长信以及孩子们曾在那里度过的大半天。

想起那时自己想小心翼翼地接近李长信，但又怕被他拒绝的忐忑不安的心情。

那时候，很多人都叫她叶家公主。可是他们都不知道，天不怕地不怕的公主也是会怕被自己的心上人拒绝的。

那个下午，叶繁枝无法克制地想起了过往，一度红了眼。她怕同事们看出异样，便借口不舒服，去了洗手间平复心情。

回来后，她面色如常地回到了工作岗位，有条不紊地与李长信的助理许诺核对了李长信的日程表。许诺把平安的手术时间插了队，提前到了半个月后的一个空档期。

后来，许诺无意中说了一句："李院也不知怎么的，特别重视这个叫平安的孩子……本来都已经排满了，起码要在半年后。这手术时间是硬生生给挤出来的。"

叶繁枝才知道这个手术日期是李长信亲自定下来的。

这晚，简余彦又把车停在了花店门口。

从透明的玻璃窗望进去，只见叶繁枝在工作长台上翻着厚厚的专业书，拿着笔认真地在画重点做笔记。有一缕发丝随着她的动作不经意地滑落下来，她随即用手拨到了耳后。一低头，发丝随即又掉落下来，微微颤颤地垂在白嫩的耳畔，为其平添了一抹风流妩媚。

拥有这么一副好容貌和一副玲珑有致好身材的女子，竟然甘于从事两份平凡而又辛苦的工作。

他在医院见过庄依林对她颐指气使、呼来喝去的场面。而她一直唯唯诺诺，忍气吞声。

这还不是最让他觉得奇怪的。最奇怪的是，她不像医院里的其他女生，每天上赶着对他们这一群工作好、待遇佳的单身男医生献殷勤。

她似乎对他和医院的任何医生都没有半分兴趣。

太多所谓的美女，不都仗着自己年轻貌美的姿色，想不劳而获吗？虽然他特别厌恶这种人，但他不得不承认像叶繁枝这样的容色，完全是有不少捷径可走的。

最简单的，就是找一个医院的男医生恋爱结婚，这样她就完全不必这么辛苦地打两份工了。

简余彦在医院与任何医生都相交不深，但无意中听到过男医生们的谈论，说医院新来的两个美容咨询师不错，一个美艳一个可爱，并且都是纯天然的美女。很显然，其中一个指的便是她——叶繁枝。

只要她愿意，显然是有很多机会可以成为他们其中某位医生的女朋友的。但就目前看来，她似乎并没有这份心思。

所以，简余彦不解之余又觉得这个叫叶繁枝的有几分与众不同。

大约是因为这一点，所以这一晚他做了一件让自己都觉得惊讶的事情。

叶繁枝将包扎好的小雏菊递给了他。简余彦接过，随手搁在了桌上。他拿起笔在她的笔记本上画了一张脸，对她说："对我们美容整形来说，给客户做手术前的设计是最重要的，因为它将直接关系到最后的整形效果。只有设计适合客户的术前方案，选择最适合客户的手术方式，才可能达到最完美的整形效果。术前设计呢，又有很多原则。比如主次原则，这个原则呢，决定的是我们手术的先后顺序。

"又比如重中之重的整体原则，我们在做术前设计的时候一定要有一个宏观的整体设计思维。举个例子，很多人会拿明星的照片来让我们整形，说什么××明星的眼睛很大很美，××明星的鼻子很精致，××明星的嘴巴很漂亮，××明星的脸形很完美……明星们的眼睛、嘴巴、鼻子确实很美，但并不一定就适合我们的客户。如果不协调的五官放在一张脸上就会是一个事故现场，一场灾难。这就是有的人，五官单独看都不过是普普通通而已，但放在一起就特别舒服好看；而有的人，五官的每个部分分开来看都很美很精致，但整张脸看起来很奇怪的原因。

"还有，比如美学标准原则。其中最常规的是'三庭五眼'，还有可逆性优先原则、个性原则、开运原则等。"

叶繁枝问："开运？"

"对，现在很多客户特别是女性做整形是为了开运、旺夫等，比如面相学上说的'面颊丰满、额头宽阔，都表示旺夫、财运好'。她们会根据面相学上说的一些好运的面相而整形。你如果想做好美容咨询这份工作，要学的东西还有很多，不仅外科整形方面的专业书，连面相学的书都必须要涉猎。当然还必须要有心理学方面的一些知识。"

第一次有人这么系统地给她讲解，叶繁枝听得津津有味，她感激的同时又觉得有几分受宠若惊。简余彦从来都是一副阴柔冷漠模样，是一个很难接近的人，今晚居然一下子给她讲了这么多的专业知识。叶繁枝十分感激："谢谢你，简医生。"简余彦耸了耸肩，而后付钱走人。

陈越主任安排她和江一心跟着庄依林和李琪两个人学习，但两人早已经咂摸出了味道。庄依林和李琪碍于陈越，明面上会指点两句，但暗地里却是不愿真心教她们什么东西的。两人无可奈何，也只好尽量看专业书自学，偷偷观察她们是怎么与客户交流、怎么与客户成功签合同的。

隔了一个晚上，他又来买花，留下了几本与外科整形相关的书给她："我家里的几本书，可能会对你有帮助。"

叶繁枝不由再度受宠若惊："谢谢简医生，我一定好好看。"

简余彦则是如往常一样，付钱拿花走人。

不久后，李长信亲自给平安做唇腭裂修复手术。

叶繁枝也陪同平安父母待在手术室外。手术结束后，李长信从里头出来，正对助理医生说："手术后的疼痛和不适可能会影响孩子进食……"他见了叶繁枝，语声一顿，而后又说："如果出现这种情况，就给他补充高营养的流质，必要时给予静脉补液。"

助理医生应了声"是"。

平安父母焦急地迎了上去："李医生，娃怎么样？"

"你们放心，手术很成功。接下来要看后期恢复情况，若有需要再做进一步处理。"

出院的时候，平安母子对他们千恩万谢，感激之情溢于言表。

这是叶繁枝来到这个医院后接待、成功签约手术并出院的第一个客户。虽然是免费修复手术，但还是令叶繁枝觉得很有成就感。原来帮助别人，看着别人快乐，自己真的也会有幸福快乐的感觉。

叶繁枝已经很久都没有这种开心畅快的感觉了，她忽然很想跟蘅慧分享，也正好谢谢她。若不是蘅慧，她铁定是不会接受这份工作的。

蘅慧接到她的电话，笑道："行吧，行吧。我接受你的道谢，你什么时候请我吃个饭就行了。"

丁蘅慧是她第一份工作时认识的朋友，正直能干，让当时处于低谷的她感受到了很多温暖。如今亦是。

"我们中午有一个半小时的休息时间，随时都可以请你吃饭。但你这个大助理，每天忙得神龙见首不见尾，我想请也请不到。"蘅慧半年前换了份助理的新工作，经常处于二十四小时待命状态，虽然工作量大，工作时间也长，但公司待遇极好。蘅慧虽偶有抱怨，但充满了干劲。

"我今天就有空。我们关总昨天回美国了。"

"行，那就今天中午。你想吃什么？"

"这几天特别想吃辣的。"

"我们医院附近的商场开了一家专门吃牛蛙的饭店,有香辣、麻辣、紫苏等多种口味。我想你应该会喜欢的。"

蘅慧闻言便连连叫好:"就这家,就这家。你订个位子。"

蘅慧剪了一头短发,举手投足越发干练大方了。蘅慧向来理智成熟,这几年来一直帮助和鼓励叶繁枝,给她提了很多中肯的建议。当年,叶繁枝在设计公司工作时,与她有幸成为同事。有一回,叶繁枝在工作中被人陷害,交上去的设计稿被人暗中调包,令公司失去了一单生意。她们的顶头上司自然是怒不可遏,不分青红皂白劈头盖脸便把叶繁枝骂了一通。蘅慧看不过去,挺身而出为她说话。这件事情最终导致叶繁枝从设计公司辞职,但叶繁枝对蘅慧的挺身而出一直感激在心。两人就这样成了好友。

蘅慧问她医院的工作怎么样。

"一切还算顺利。"

叶繁枝跟蘅慧说她最近在网上看了几家康复中心,其中有一家她觉得硬件设施不错,收费也很合理。想趁星期天的时候,去参观并详细咨询一下。

蘅慧很是支持她的这个决定:"繁枝,我一直觉得你大哥的情况还是去康复中心比较好。在那里既能让你大哥得到妥善的照顾,也能让你减少后顾之忧,从而更好地投入工作和生活。"

叶繁枝知道蘅慧是真心为她好,所以发自肺腑地跟她道谢。

"别白谢,好好工作,多请我吃几顿饭就行。痛快地吃了这么一顿辣,心情大好。"

叶繁枝听出了不对劲:"蘅慧,你是不是新工作做得不开心?"这是叶繁枝头一回见她流露异样。

蘅慧淡淡一笑,却隐含了一丝苦意:"我是当局者迷,医者不自医。

没什么大事，过了这段时间就好了。放心吧，我搞得定的。"

既然蘅慧不愿意把烦心事告诉她，那么她也就不便多问。蘅慧情商高、能力强，想来没有她搞不定的。

"好，那我就努力工作，努力完成请你多吃饭的神圣使命……"其余未说完的话以及嘴角的笑容都戛然而止。透过玻璃窗，叶繁枝看到了李长信与一个美女说着话，并肩从电梯处过来。那女子穿着白衬衫和深粉色过膝紧身裙，脚踩着白色尖头皮鞋，顾盼之间，自信大方。

叶繁枝骤然别过脸。

这个美女，叶繁枝并不陌生。

她是李长信深爱的人——徐碧婷。

时隔几年，叶繁枝依然记得李长信第一次正式与她约会的情景。

他诚实又残忍，一见面便开门见山地告诉她："叶小姐，我是有女朋友的。她叫徐碧婷，目前在美国。但是现在，因为你，我不得不跟她分手。"

"叶小姐，只要你说不愿意跟我交往，不愿意跟我结婚，就可以让这一切都恢复原状。"

她只是怔怔地看看他，最后说："不，我愿意。"她想要和他在一起。

"叶小姐，我们之间没有一点感情，这样的婚姻你也想要？"

她仰起脸，面色苍白地回答他："是，我想要。"

李长信铁青着一张脸，却再无任何言语。

此后，两人开始交往并结婚。

李长信规矩很多，在交往的第一个星期，便一条条陈列出来，用A4纸打印出来给她。白纸黑字，清清楚楚：

第一条　不许随便去医院找他

第二条　不许干涉他的工作

第三条　不许干涉他的交友情况和与友人之间的交流

第四条　不许随便买昂贵的礼物送给他的家人

第五条　不许经常让他去她家，一月最多只能去一次

第六条　不许在人前与他亲热，连牵手也不行

第七条　不许随便翻看他手机

他只说了一句"这几件事情希望你能遵守"，她便将这几件事牢牢记在心中，从不敢轻易触碰。

大哥叶繁木很是看不过去："繁枝，你太迁就李长信了。你是我们叶家的宝贝，你完全不用对他这么委曲求全。你嫁给他，在古代这算是下嫁，知道不？"

她总不愿听大哥说贬低他的话，每每生气地截住他的话头："哥！"

大哥亦不止一次问过她："繁枝，你真的快乐吗？"

她第一次爱上一个人，并如愿以偿地跟他在一起了，怎么可能不快乐呢？

虽然知道李长信心中一直有他的前女友，但她也愿意接受。她小心翼翼地收敛起自己所有的小任性小脾气，只想做一个温柔贤惠的女朋友和李太太。

但她没料到的是，两个人交往后不久，徐碧婷便从国外回来，甚至还应聘到叶氏医院的整形外科上班，与李长信在同一科室，每日朝夕相对。李长信一日比一日心思恍惚，她自然很快察觉到了不对劲。

此后，她如临大敌。徐碧婷并不是一个善类，后来要不是大哥逼退了徐碧婷，她怕是早已败下阵来了。

在与李长信的这段感情和婚姻里，她一直都是一厢情愿而已。

她后来才明白：无论是爱情还是婚姻，都是要靠两个人一起经营的，一个人一厢情愿是不可行的。勉强得来的，都是不会幸福的。

她就是那个活生生、血淋淋的例子。

当年，父亲叶半农已察觉到了自己在被调查一事，把她叫回家，严肃认真地对她说："繁枝，爸爸要出事了。你跟长信尽快出国，无论去哪个国家都好。"

她不敢相信，愣了片刻后，才颤颤开口："爸爸，你开什么玩笑呢？"

"繁枝，爸爸不是开玩笑。爸爸已经在被调查了。爸爸不知道那些账本怎么流出去的。不过事已至此，现在追究也已经于事无补了。"

叶繁枝十分愕然："什么账本？"

叶半农缓缓地说："这些事情你和你大哥不需要知道，也千万别过问。你现在要做的事情就是听爸爸的话，赶紧和长信两个人离开。这件事刻不容缓。"

怪不得这段时间李长信和大哥都到外头出差，原来是父亲刻意安排的。

到了这地步，叶繁枝突然也意识到了事情的严重性。她腾地从沙发上起身，语无伦次地说："爸，那你赶紧出国……赶紧走啊……"

叶半农苦笑道："繁枝，爸爸已经走不了啦。所以趁现在，你和长信还有你大哥，能走就赶紧走，越快越好。否则爸爸会拖累你们的。繁枝，你别怕，凡事都还有爸爸在呢。"

那日，叶繁枝也不知自己是怎么回到家的。她只知道自己不能抛下父亲，离开洛海。

李长信出差在外，并不在家。但小而温馨的家里，依然处处萦绕着他残留的气息。

叶繁枝一个人坐在地板上，想了很多的事情。

过往的，现在的，想了很久很久。但无论怎么想，最后都只得到一个让她全身冰冷的结论：若是父亲出事，她是留不住李长信的。夫妻本是同林鸟，大难临头各自飞。再说了，李长信从来就不爱她，他一直深爱着徐碧婷。李长信完全是被逼着才与她结婚的，他或许一直在等待这样的机会与她离婚。

与其让他提分手，不如她主动离开。这样的话，日后回忆起来，这段强迫来的婚姻尚有一点余温，不至于那么难堪。

叶繁枝一边想一边落泪，她一个人在屋子里哭了又哭。

最后，她擦干眼泪，拨通了电话，直截了当地对他说："李长信，我们离婚吧。"

电话那头的李长信一直无声沉默，片刻后，他挂断了电话。

那一瞬，叶繁枝真是心如刀绞，痛不可抑。

若说打这个电话前，叶繁枝没有一丝期待的话，那是骗人的。她多希望李长信说不，她多希望李长信骂她"吃错药了""疯了"之类的话，哪怕他仅仅是问一句"为什么"，也会让她好过许多。

但他一个字都没说，只用挂断电话这个无言的动作表明了一切。

可见，这两年的朝夕相伴，她对他所有的好，对他而言，毫无意义。

那日，叶繁枝拿着电话，怔怔地保持着与他通话的状态。电话里头的"嘟嘟"声一声接一声传来，每一下都似刀片，悄声无息地割开她的心脏。

两人很快办好了所有手续。

不日后，徐碧婷打电话给她，耀武扬威地告诉她，她和李长信要出国了。

按时间推算，李长信早在她说出"离婚"两个字前便已经办好了所有的出国手续，只有她不知道。

在李长信的所有计划里，会有李长乐，会有他奶奶，会有徐碧婷。但从来都没有她叶繁枝。

虽然心在滴血，但叶繁枝痛苦又清醒地认识到这一点。

李长信离开的那一天，曾给她打过一个电话。他说："我现在在机场，马上就要飞美国了，接下来会在美国工作。"

自从手机铃声响起，发现是他打来的那刻起，叶繁枝便紧张到几乎快要窒息了。

她愣了良久才问了一句话："你一个人坐飞机去美国吗？"

李长信在那头没有说话，他停顿了片刻，慢慢地吐出了最后几个字："我要登机了，再见。"

电话那头随即传来了"嘟嘟嘟"的忙音。叶繁枝紧握着手机，愣了片刻后才回过神来，意识到李长信的这个电话是在与她告别。

她夺门而出，连鞋也来不及换，就想着拦车去机场。

可是，车子一辆接一辆地从眼前飞驰而过，没有一辆愿意停下来……

她最后还是来到了机场，可是飞机早已经起飞许久了……

叶繁枝赤着足站在机场外的公路上，仰望着一架又一架的飞机从视线中消失。

一只家居拖鞋是何时掉的，她不知道。

脚底何时被尖锐物体割破流血的，她亦不知。

她只知道，其中一架飞机载着她的李长信飞走了。

她的李长信。

不，已经不是她的了。

她和李长信已经离婚了。

两人已经毫无干系了。

他再也不是她的谁了。

那一天的天气，天净云低，微风吹絮。

叶繁枝缓缓地蹲下来，抱着双膝，号啕大哭。

第二天，父亲叶半农在叶氏医院每周的例行会议中被带走调查。

再后来，她半夜接到了父亲猝死的电话通知。她游魂似的去了医院，站在病床前，看着覆盖在父亲身上的那块白布，她颤抖着掀开，而后晕倒在了地上。

同一天夜里，大哥叶繁木接到通知，在赶去医院的途中发生了严重车祸。

都说福无双至，祸不单行。

叶繁枝是真真正正亲身体会过的。

如今的叶繁枝再回忆起从前，虽然心里依然会酸涩不已，但却早无半滴眼泪了。

她早已经认清了现实。在与李长信的这一段感情和婚姻里面，她一直都是一厢情愿。从始至终，他从来就没有喜欢过她。

一点也没有。

甚至还非常厌恶她吧。

如果不是她，他和徐碧婷早就有情人终成眷属了。

李长信和徐碧婷走进了对面一家餐厅，亦与她们一样坐在靠近玻璃窗的位置。

透过两面透明的落地玻璃，叶繁枝可以清楚地看到两人的一举一动。

比如，李长信绅士地为徐碧婷拉开椅子。比如，徐碧婷凝视着李长信，与他说话，时而撩着一头长发，时而托腮微笑，娇美若花不可方物。比如，两人之间的深情对视。比如，徐碧婷笑吟吟地从他的盘子里取食物，两人分享同一块牛排。

蘅慧很快便瞧出了她的异样，顺着她的视线一眼便看到了李长信、徐碧婷两人。虽然她从叶繁枝口中听过无数次李长信这个名字，但却没有见过他。所以，她好奇地问道："那两个人看着很相配。你认识？"

叶繁枝收回视线，缓缓对她一笑："不只认识……"

蘅慧目光一动，挑了挑英气的眉毛，等待她说下去。

叶繁枝一字一顿地对她说："这就是我的前夫——李长信和他深爱的初恋女友——徐碧婷。"

自打认识以来，这是叶繁枝头一回看到了蘅慧呆若木鸡的吃惊模样。只见她不敢相信地转头，然后注视了那对人许久。

"原来他就是李长信。"

那一头的李长信仿佛有心灵感应似的，侧过头望向了她们所在的方位。而后，他似乎愣了一下。

叶繁枝垂下眼，看了看手机显示的时间，说："快到上班时间了，我们埋单吧。"

蘅慧欲言又止地点了点头。

还未进入医院大门，叶繁枝便收到了蘅慧发来的微信消息："加油，繁枝。一切都已经过去了。那些没有打败你的，只会让你更坚强。我们每一天都要快快乐乐的。"

叶繁枝回复她："我会的。你也是，我们都要快快乐乐的。"末尾处加了一个笑脸。

不多时，叶繁枝在工作的咨询前台，再一次看到了并肩而来的李长信和徐碧婷。

庄依林和李琪殷勤万分地起身："李院，徐医生。"

"徐医生，你总算是从美国进修回来了。这一去都有两个月了，我们可都想你想坏了。"对于随时可能会成为院长夫人的徐碧婷，众人自然处处逢迎，表现得异常热情。

徐碧婷的笑容在看到叶繁枝之后，一秒冻结。但她很快恢复如常，继续与众人寒暄："今天凌晨回来的，你们李院还特地开车去机场接我。我给大家带了些巧克力和当地的特色咖啡，放在茶水室。希望大家喜欢。"

在众人的连声道谢中，徐碧婷与李长信进了电梯上楼。

华诗研望着两人，感叹了一声："徐医生人真是不错。每回出差回来都不忘给我们带好吃的。"

"未来老板娘当然要对我们这一群干活的人好一点啊。"

"她和李院的感情真是好。这才刚回来，两人就共进午餐了。看来啊，她随时会成为我们正式的老板娘了。"

李琪点头附和："那是，李院和徐医生真的是郎才女貌，少见的般配。"

庄依林说："李琪啊，我难得赞同你一次。我这个人啊，向来是不大会服人的。但对徐医生，却是佩服得不得了。你看她瞧着斯斯文文的，这么漂亮，家庭条件又好，在事业上也与我们李院并驾齐驱，并不矮半头。"

李琪又嘴甜如蜜地补上一句："在我眼里，依林姐也一样优秀啊，事业有成，经济独立，最重要的是还貌美如花，和我们简医生实在是太般配了，完全不比李院和徐医生差半分哦。记得去年我们医院的团建活动，依林姐和简医生的 CP 组合配合默契，在比赛中赢得了大奖呢。我们太羡慕嫉妒了。"

李琪这话说到了庄依林心坎上，把她哄得笑靥如花："哎呀，我就一小小的咨询师，哪能算事业有成啊。"

"怎么不算？依林姐手上那么多的客户，去哪里都是香饽饽。说到经济独立，依林姐一年的收入也不比谁差啊。"

"哎哟喂，咱们李琪这么会说话，看来今天的下午茶我是跑不掉了。"

"谢谢依林姐，依林姐向来最大方了。"

在叶繁枝躲在一旁默默努力啃专业书的时候，一群咨询师把庄依林捧上了天。

另一边，徐碧婷进了李长信的办公室，一关上门后，她便开始诘问：

"长信，她怎么会在这里工作？"

这个"她"虽然未指名道姓，但彼此都心知肚明。

李长信一边查看了下午的预约，一边不紧不慢地说："是医院人事部招聘的，我事前并不知情。"

"既然如此，你可不可以马上把她开除？！"

李长信收敛了神色，肃穆地抬起头："碧婷，你知道我这个人向来公私分明。她并没有做错什么，所以我不会无缘无故开除她。"

徐碧婷没料到李长信会这么直截了当地拒绝她。一时间，办公室内气氛犹如两军对峙，四方肃杀。

最后，徐碧婷败下阵来。

她扔下了一个"好"字，便转身离开了办公室。

叶繁枝才知道徐碧婷如今已再度回了洛海，且还与李长信同在医院工作。

看来，如今的徐碧婷和李长信终于是得偿所愿，有情人终成眷属了。

真是可喜可贺。

那她还要不要继续在信安整形美容医院工作呢？或许她根本不用考虑这个话题，明天有可能就被辞退了呢。毕竟没有一个女朋友能大度到可以容忍男友的前妻与男友在一起工作吧？而且徐碧婷从来就不是一个善类。

叶繁枝做好了被开除的准备，甚至把桌面都收拾得干干净净的，私人物品和单位物品分门别类地放置好。只要接到被开除的通知，她随时都可以拿着自己的私人物品离开。

去办公室拿资料的时候，陈越叫住了她："哦，对了，小叶，今天是十五号，我们医院有个大聚餐。你也顺便跟江一心说一声。"

见叶繁枝不明就里的表情，陈越详细地解释了一番："我们医院啊，每季度都有一个员工生日聚餐，由医院出资给当季度所有的寿星过生日。我们医院向来的规矩就是除非有重要工作在身，比如医生们上手术台或者出差等，否则所有人都不得请假，必须参加聚餐。我昨天看到系统跳出来的信息，发现你啊，正好是这个月生日。"

叶繁枝呆了呆，这才反应过来，她确实是这个月生日。而后她又想起了另外一件事情：李长信跟她正好在同一个月。

记得有一回生日，李长乐埋头吃着蛋糕，也不知突然想到什么，忽然抬头对他们说："繁枝，要不明年你和大哥一起过？这样多热闹。"但说完不过数秒，他又纠结了，摸着头，改口说不行。

李奶奶好奇地问他为什么。李长乐万分苦恼地说出了原因："要是明年大哥和繁枝一起过的话，我就少吃一回蛋糕了。还是不要一起过，这样我可以吃两次蛋糕。"

李奶奶被他逗得哈哈大笑，揉着他的头说："我们长乐啊，真是个吃货。不过这件事情啊，明年再说。你大哥大嫂这么疼你，肯定都听你的。你可以从现在开始慢慢考虑，考虑一整年。"

可没有等到第二年的生日，她就和李长信分开了。

自打那以后，她便再也没有见过李长乐和李奶奶。

"小叶，下午早点把手头工作做完，跟同事们一起去聚餐的地方。"陈越拍了拍她消瘦的肩膀。

看来今晚的聚餐是推脱不了了，叶繁枝便打电话跟吴家希请假。

吴家希欣然应允。叶繁枝连声说抱歉："聚餐结束我就去花店。花店这几天活多，你一个人肯定忙不过来。"

不料，吴家希却在电话那头温柔地对她说："没关系的，繁枝。今晚你好好聚餐，别想着花店的事了。你啊，偶尔就应该请请假。"

叶繁枝一怔。

吴家希说："跟同事们好好玩，别惦记着店里的事情，也别老是把自己绷得紧紧的。我们是人，又不是橡皮筋。就算是橡皮筋，绷得太紧都会断裂。"

原来每个人都知道她的辛苦，只是她自己不知道而已。

叶繁枝拿着电话，蓦地红了眼眶。

聚餐的地方是在环湖路的餐厅，环境与情调俱佳。当季度过生日的有四个人，除了她和李长信外，还有护士方小瓷和后勤部门的查捷主任。

因为是当月的寿星，按医院过生日的惯例，叶繁枝坐在了主桌。

简余彦来得晚，进来后，先用目光扫了一圈。此时只剩下主桌还有四个空位，其中相连的两个是主位，显然是众人给李长信和徐碧婷的。另外在叶繁枝和庄依林身旁各有一个空位子。他径直走到叶繁枝身畔，拉开椅子，坐了下来。

他这一入座，叶繁枝立时感受到了庄依林等人的敌意。

李长信和徐碧婷是一起进来的，两人自然地坐在了主位。她一抬头便看到了侧对面的叶繁枝，但她的表情管控十分到位，笑容只凝了一秒，便迅速恢复如常了。

叶繁枝最近与徐碧婷的每次相遇，在无旁人之时，徐碧婷盯着她的那双眼睛都似凌厉的匕首，欲将她除之而后快。叶繁枝一直觉得自己可能随时会被开除，但出乎她意料的是，一个多星期下来，徐碧婷居然悄无声息，并没有在医院找她碴儿。

叶繁枝很是不解。她当年可是跟徐碧婷交过手的，徐碧婷绝对不像外表表现出来的那么清纯善良。

想当年，她在徐碧婷手上吃过不止一次亏，也曾因此和李长信几度发生摩擦，被李长信一再误会。

有一回，她挂断电话，在屋子里委屈落泪，被大哥叶繁木撞了个正着。

大哥又心疼又气愤，问她："是不是李长信欺负你了？你一五一十地告诉我。看我怎么收拾他！"

她知道大哥向来就不喜欢李长信，怕他在医院里找李长信麻烦，自然不肯承认。

大哥恨铁不成钢："这都没嫁给他呢，你就这么护着他。以后啊，可别受了委屈，回来跟我哭鼻子。"

话虽这么说，但大哥最后还是出面了。这件事发生后不久，徐碧婷主动辞职离开了。而她则如愿以偿地嫁给了李长信。

她曾与蘅慧通话，把不解告诉了她。倒是蘅慧给她解了惑，说徐碧婷是个要强的人，自恃身份，不想把事情闹大，也不希望医院的每个人都知道她叶繁枝是李长信的前妻，否则她徐碧婷这张脸以后往哪儿搁啊？

叶繁枝想了想，觉得有道理，便按蘅慧所说的，做好手上的每一份工作，以不变应万变。万一真有什么，就兵来将挡水来土掩。最多不过是从医院离开另找工作而已。

天无绝人之路，只要肯吃苦耐劳，肯用心好好工作，去哪里都能找到一份工作。

点菜的时候，服务员介绍说："我们饭店主营洛海传统菜，比如干贝芙蓉蛋、胡辣鳝丝、八宝鸭等等。食材新鲜，用传统做法做的这些菜，很受大家欢迎。"

八宝鸭是李奶奶的拿手菜，也是李长信的最爱。往日里，李奶奶逢年过节才会做这道菜，以示隆重。

婚后，李奶奶曾手把手把这道菜的用料和做法传授给了叶繁枝。叶繁枝亦曾十二分用心地去学。

后来，连李奶奶都夸赞她："我们家繁枝真是又聪明又手巧，学什么都一学就会。看来我啊，是时候退休喽。"

　　长乐则最直接，每次都用多吃一碗饭的方式来表达对这道菜的赞扬。

　　此刻，一听到这个菜名，李长信的目光便无声无息地投向了叶繁枝。头顶灯光如花束绽放，而她眉目低垂，隐在光影照射不到的地方，完全看不到任何表情。

　　徐碧婷一副女主人的做派，吩咐服务生说："这几道菜你都下单吧。"她笑吟吟地对众人说："你们李院啊，最喜欢洛海这些传统做法的菜了。以前在美国的时候，他就跟我说他奶奶的八宝鸭做得如何好吃。当时，他就经常亲自下厨做菜。我吃过他做的很多菜，他做的干贝芙蓉蛋那可是一级美味。"

　　众人发出一阵"哇"的惊叹，纷纷表示要李院有机会一展身手。

　　李长信淡淡地说："很久不做了，都已经忘记了。"

　　查捷身为后勤部主任，趁机建议说："各位同事，我们医院今年还没有安排团建。要不到时候我们找一个环境优美的山村去体验生活？像最近大火的综艺节目里那样，每组人住一个屋子，大伙可以自己动手做菜之类的。你们到时候就有机会吃到李院的手艺了。大家觉得怎么样？"

　　众人哄然叫好。

　　查捷把目光望向了李长信："要是李院没异议，大家又都觉得好的话，今年下半年的团建计划就这么定了。我们后勤部接下来就负责具体实施。"

　　众人都表示赞成，李长信自然也没什么意见。

　　于是，查捷当场就把这事给定下来了，成功高效地解决了他们部门每年最头疼的一桩大事。

　　叶繁枝一直无声沉默。事实上，所有进入她嘴里的饭菜都仿佛馊了一般，毫无美味可言。

在过往的婚姻中，两年多的时间里，李长信从来没有做过一次饭，更不要说亲手为她做干贝芙蓉蛋了。

原来深爱着一个人，到底是不一样的。

很多同事都过来为他们这几个寿星举杯敬酒。在叶繁枝眼里，这些人、这些动作都仿佛不过是一张又一张的纸片，在眼前飘忽而来又倏忽而去。她唯一想要的便是赶紧结束，她想要离开这个叫她窒息的地方。

最后，四个服务生分别推了一个蛋糕上来。叶繁枝绷着的神经终于得以稍稍放松，她知道这应该已经是尾声了，自己再多忍耐片刻便可以离开。

四人围着四个蛋糕站成一圈。灯光倏地熄灭。

李长信借着明暗不一的烛火再一次注视着叶繁枝。

一顿饭下来，她一直悄无声息，安静怯弱得仿佛不存在一般。

以前的她不是这样子的。她那么冷艳大方，举手投足都是动人风情。无论什么场合，她都是最闪亮的一颗星。

以前有多飞扬跋扈，现在便有多低调怕事。

可见，这几年她吃了不少苦，所以才会在人前这般谨小慎微，叫人瞧不出半分当年叶家公主的傲气模样。

旁人是不知的，但李长信的所有举动，都被徐碧婷看在眼里。

趁着李长信吹蜡烛之际，她笑盈盈地送上了一个香吻："长信，生日快乐。"

徐碧婷的这一吻，自然是引得医院众人一阵"鬼哭狼嚎"。

"哇，李院和徐医生好恩爱啊。"

"两人真是太般配了……"

看热闹的都不嫌事大，大家可劲儿地起哄要求他们再来一个。

一时间，把整个聚餐气氛推到了最高潮。

李长信的第一反应，便是看向了叶繁枝，心里有些莫名其妙的不安。

当年两人正式确定男女朋友关系后，她便展露了对李长信极强的占有欲。时时刻刻都防备着他身边出现的人，无论男女。男的话，怕他们经常带他去酒吧等声色场所。女的话，哪怕多看他一眼，或者他不经意多停留一秒，她都会吃醋。

叶繁枝因其身份的关系，很轻易就能弄到他科室的值班表，掌握到他的所有时间安排。偶尔同事们聚餐，若是他不报备，她便不停地打电话，直到他接她电话为止。曾经有一次，他手机没电，她便打了好几个同事的电话，辗转找到了他。他知道后怒不可遏，狠狠地朝她发了一通火，她大约知道自己做得过火了。夜里，便柔声细语地道歉，伏低做小地求他原谅。但事后，故态复萌，追踪电话依然不断。李长信对她自然是厌恶日增，但又无可奈何。

若是出差，那更是不得了。睡前都必须跟她视频，给她看房间里的实时情况。回到家，她更是要做各种检查。也曾出现过一次情况，有一次，他换下的外套上不知怎么沾了一根女生长发，被她不小心发现了，便拿着长发再三追问。

若是往日的她，早就气势汹汹地上前推开徐碧婷宣示主权了："李长信是我的。"

这种事情她又不是没做过。

那一次是徐碧婷生日，房俊等人提议科室里的同事聚一聚为她庆祝。李长信、房俊和徐碧婷三人同乘一辆车先到了酒店包厢。

叶繁枝也不知从哪里得到了消息。她拎着包，踩着十厘米尖头高跟鞋，"哒哒哒"地直冲过来，劈头盖脸地当场甩了徐碧婷一个巴掌。

房俊被这一幕镇住了。偌大的包厢顿时鸦雀无声，落针可闻。

李长信拉开了她："叶繁枝，你干什么？"

"干什么？你没看到吗？我在打她。"

她甩开了李长信的手，拿起一瓶打开的红酒往徐碧婷头上倒："我告诉过你徐碧婷，李长信是我的，李长信是我叶繁枝的男朋友。就凭你，也敢跟我抢！"

那一刻的叶繁枝好像一只张牙舞爪的小老虎，第一次在李长信面前露出爪牙。

李长信惊住了。他从不知道叶繁枝还有这样一面。

徐碧婷哭得梨花带雨，瑟瑟发抖，无辜可怜地直摇头："我没有。"

"你没有！你自己做的事情自己知道！"

"我真的没有……"

李长信怒火攻心，伸手抢过了叶繁枝手里的红酒瓶，大喝道："快给我回去！"

"不回。"

他拽着她的手往外拖："你疯了不成，给我回去。"

"为什么回去？我不回。"

"事情不是你想的那样。"

"那是怎么样的？"

"今天是科室的同事们一起给徐医生过生日。"

她怒气冲冲地推开他："我不信。"

李长信不言不语，一个打横便把她抱了起来往外走。一打开门，赫然遇见提着蛋糕而来的科室同事们。同事们见到他们两人如此亲密的姿势和包厢内的一片狼藉，都愣在了门口。

他把她拽进了车子，怒气冲冲地质问她："叶繁枝，你到底吃错了什么药？我们今天不过是给科室的同事过生日，你无缘无故发什么脾气？！"

叶繁枝盯着他，眼眶开始一点点泛红了："李长信，你真以为我不知道吗？"

　　李长信一怔后，沉下了脸："你查我？"

　　"我用得着查你吗？你不是告诉过我：你有个女朋友叫徐碧婷，她在美国……"

　　李长信偃旗息鼓了，他当时为了拒绝她确实说过这番谎话。但他也不想跟她解释，他和徐碧婷早在他回国前就已经分手了。

　　"现在她回来了。你跟她一个科室，天天见面，还老送她回家……"她控诉他，一眨眼，眼里的泪便"啪嗒"一声落了下来。

　　"你现在是我男朋友，不是她的。你是我的，我的。谁也不许抢走，谁也不许！"她双手捧住了他的脸，毫无章法地吻上了他的唇，怎么也不肯放开。

　　她真是奇怪极了，霸道无理又仿佛受了无尽的委屈，连带李长信心中也涌起一种从未有过的幽微怪异的感觉：烦躁郁闷又有点小小的内疚。具体他也不知道是什么，反正怪怪的，他试着推开她，推了两次都没推开，便由着她胡乱地亲着。

　　嘴上说不要，身体却很诚实地做出了反应。李长信自己都有点鄙视自己。

　　不可否认，当时的他，虽然不爱甚至讨厌叶繁枝这个人，但却是爱极了她那凹凸有致的身体。

　　然而，此时的叶繁枝悄然无息地隐在众人之中，仿佛角落里最不起眼的一株绿植，什么也没看到，什么也没听到。

　　李长信忽然觉得自己太奇怪了。难不成他在期待现在的叶繁枝把蛋糕砸向徐碧婷或者上前拉开徐碧婷吗？

　　徐碧婷从容大方地凝望着李长信微笑，似在等他的下一步动作。李长信深吸了口气，面对着众人，缓缓地说："切蛋糕，切蛋糕，大家都来吃蛋糕。"

　　"李院不愿当众表演，准备回家私享。"

......

叶繁枝慢慢地退出了拥挤的人群，去了洗手间，在里面待了很久才出来。

江一心在外头等她，见她出来，温柔微笑："繁枝，边上的商场还没关门，要不要跟我去逛一下啊？"

"不了，我还要赶去花店呢。"

江一心遗憾地说："那好吧，那我先走了。明天见。"

叶繁枝以为这样的拖沓，众人应该都已经走光。然而，一出来就在走廊上遇到医院的谢医生，彼此含笑点了点头打招呼。谢医生说："叶小姐住哪里？我送你。"

叶繁枝说："不麻烦谢医生了。我还有事。感谢。"

与谢医生作别，到了大门口才发现徐碧婷、庄依林等好几个人都在等车。叶繁枝礼貌地与他们道别，但换来的只是白眼以对。

叶繁枝也不再自讨没趣，便准备离开去公交车站。不料身后被谁推撞了一下，她顿时踩空了一个台阶，跟跄着冲向了地面，眼看着要撞上一辆行驶而来的车子。

幸好那辆车的速度很慢，车主反应也很迅速，在即将碰撞到叶繁枝的时候及时踩住了刹车。叶繁枝受了惊吓，只觉膝盖发软，几乎站不稳。她扶着车头，胆战心惊地正欲跟车主道歉，只见车主按下了车窗："叶小姐，你没事吧？"

竟然是简余彦医生。周围的空气有一瞬间的安静定格。

叶繁枝说："我没事。不好意思，简医生，我刚刚没注意，差点撞到你的车。"

简余彦皱着眉头，狐疑不解地说："我刚看你站在台阶上，怎么好好地就冲下来了？"

叶繁枝只得说："是我不小心，踏空了一个台阶。"

"上车吧。我送你回去。"

"谢谢简医生，不麻烦你了。我还要去花店，这里正好有直达公交车。"叶繁枝虽然说不上聪慧伶俐，但也不至于愚笨到家。若是真搭了简余彦的车子，她以后还怎么在医院工作下去。敢觊觎庄依林看中的人，那真是不要命了。叶繁枝只想着赶快离开这个是非之地。

"上车，我顺路的。"简余彦说。

后面的几辆车被堵着，大约是等得不耐烦了，纷纷鸣起了喇叭。

"简医生，我……"现在的叶繁枝只想躲开一切是非，安安静静地和大哥叶繁木一起好好生活。再度拒绝的话还未说出口，她眼角的余光忽然看到了不远处的李长信。

他打开了车门，等候徐碧婷上车。他应该在那里站了一会儿了。

亭亭玉立，表情温柔。

这样的柔情和温柔，她从未得到过。

叶繁枝心头仿佛被刀扎般骤然发疼。下一秒，手似不受控一般，叶繁枝已一把拉开车门，上了车。直到坐下后，她才意识到自己一时冲动了。但已成如此局面，她难道再下车不成，于是，她客气地对着简余彦笑了笑："谢谢简医生，麻烦你了。"

简余彦仿佛被什么撞击了一般，表情明显一愣。

车外，庄依林的目光如淬了毒的暗器，一动不动地盯着不知死活的叶繁枝。要是视线可以杀人的话，恐怕她早已经将叶繁枝五马分尸了。李琪弄巧成拙，惴惴不安地对庄依林小声解释："依林姐，我不是故意的。我就是看不惯叶繁枝每天装模作样的样子，想给她点厉害瞧瞧而已。"

庄依林不悦地睋了她片刻，才冷冷撇嘴说："以后给我把眼睛睁大了，别老是做一些偷鸡不成蚀把米的事情。"

"是，是。"

另一边，徐碧婷则款款地上了李长信的车。

两辆车一前一后行驶而出，在十字路口，一个向左拐弯，一个向右拐弯，渐行渐远。

李长信一路都很用力地握着方向盘。

叶繁枝她什么时候跟简余彦这般熟稔了？！

整个医院只有李长信和乔家轩知道简余彦的真实身份。他出身不凡，是洛海兆和集团简家的三少爷，也不知为了何事，与父亲简贤同决裂，两人势同水火。所以李长信知道，简贤同暗中通过乔家轩投资他开了这家医院，主要目的是为了方便照看简余彦这个儿子。

也正因此，李长信对简余彦是比较了解的，知道他素来对人冷淡，不喜与人过多交往，今晚居然破天荒地主动送叶繁枝回家，李长信不免有些惊讶。

徐碧婷自然注意到了李长信的细微反应。有那么一瞬，她全身冰凉：李长信很在意叶繁枝，比她以为的更在意。

"长信，我好像喝得有点多了。你送我上楼吧。"徐碧婷抚着额头，做出一副"不胜酒力"的样子。她对自己的魅力素来自信，话音一落，果然看见李长信默不作声地解开安全带，扶她下车。

徐碧婷心头一喜，自然而然地依偎着他："长信，你还记不记得我们在一起的第一年，我送你的生日礼物？我今晚再送一份给你好不好？"

那一年，徐碧婷给李长信的生日礼物便是她自己。

李长信怔了怔，一把推开徐碧婷："别这样，碧婷。我们说好的，做一辈子的好朋友。"

徐碧婷依旧依偎着他："长信，好朋友之间也可以的。你没有女朋友，我也没有男朋友……"

"那是以前。"李长信深吸了一口气，冷静地推开她，严肃认真地说："碧婷，在我的观念里，好朋友就是好朋友，女朋友就是女朋友。泾渭分明。"

如今的李长信对徐碧婷只剩下朋友之情，毫无半分男女之爱了。

徐碧婷眼睁睁地看着他关门离开。半晌后，她狠狠地抓起玄关处的抱枕砸向了大门。如今的李长信望着她的时候，眼底深处是从容不迫的淡然。

李长信恐怕自己都不知道，他早已经爱上叶繁枝。

不过也没关系，她徐碧婷有的是备胎。她点开通讯录，从一长串候选人中选了一个，发出了一条消息："有空吗？半个小时后，老地方见。"

"叮咚"一声消息提示音传来，那边已经给了肯定回复。

每个人都有很多面，徐碧婷亦然。

她在李长信面前展示的从来都是清纯可人的一面，而在有的男人面前，她展示的是性感放荡的另外一面。

只是，这一切，李长信从来都不知道。

叶繁枝客气地说："麻烦你了，简医生。"

简余彦说："其实我就住在你的花店附近。带你过去，不过是举手之劳而已。"

叶繁枝这才解惑：怪不得他母亲那晚会误打误撞来到花店，也怪不得他经常光顾花店。

"叶小姐每天晚上都要去花店兼职吗？"

"是。"

叶繁枝和简余彦之间实在没什么可聊的，幸而车子里放着舒缓的音乐，两人虽然不说话，但也不至于十分尴尬。

不多时，车子抵达花店，叶繁枝道了谢："简医生，明天见。"

"明天见。"

花店里灯火通明，吴家希还在工作台前忙碌，荣励华站在门口处候着。家希与他之间总有些怪怪的，并不像是普通的情侣。但家希从不在她面前提及此人，叶繁枝自然也就不询问了。

叶繁枝走近，荣励华朝她点了点头打招呼。

吴家希见了她，很是惊讶："怎么这个时候还过来？不是说了今晚让你好好玩吗？"

叶繁枝搁下帆布包："这几天活多，你一个人得忙到什么时候啊。"

但凡一到节日，花店必定忙得不行。每年的这个时候又是举办婚礼的旺季，花店经常要供应婚礼现场的花朵。吴家希也一直在朝花艺设计方面努力。

吴家希自然免不了念叨了她一番："你啊！真是的。连偷懒也不会……"

叶繁枝利落地拿起打印出来的订单翻了翻："我来包扎，处理这些单子，你去盘货。明天一早你还要去鲜切花批发市场进货。要是我不过来，你今晚都不用睡了。"她并没有提及外面的荣励华，家希也不说，仿佛外头浑然没有此人一般。

这一忙碌，便又忙了两个多小时，回到家已经是深夜十一点多了。

李长信的车一直停在花店对面，见叶繁枝抱了一大束杂花下班，他便尾随着叶繁枝，直到看着她进了小区。

叶繁枝一打开门，只见小客厅的地上又是一片狼藉。

叶繁木的轮椅停在窗口，冷声质问她："你和谁去喝酒了？一身的酒气！"

叶繁枝并不会喝酒，所以刚才聚餐时也没有喝酒。但旁人喝了，估摸着是衣物上沾染了酒味，还未消散。

"你还回来干吗？我知道我是个废人，拖累你了。你不要管我，让我自生自灭吧。你以为我不知道吗？你在找康复中心，要把我扫地出门。"

　　……

　　叶繁枝前些天曾利用一个休息日，把洛海城中所有的康复中心逛了一遍，然后进行了一个对比筛选。吴姐离开了，以后再没有人可以帮忙照看一下大哥了。她总不能一直把大哥一个人孤零零地扔在家里，大哥行动不便，万一出了什么事，她会追悔莫及的。

　　只是叶繁枝一直犹豫不已，不知要怎么开口跟大哥提康复中心这件事情。

　　如今的大哥，敏感多疑，稍有事情，便如刺猬一样，瞬间竖起全身的刺，蛮横地对抗四周。

　　她在等一个适当的时机。现在看来，那些拿回来塞在抽屉里的宣传册显然已经被大哥发现了。

　　"在你心里，我早已经是个废物了，对不对？你嫌我拖累了你……"

　　"大哥，我没有。我只是想给你最好的照顾。那些专业的康复中心有专业人员，可以给你最好的治疗……"

　　叶繁枝蹲下来，温柔耐心地跟他解释说明。但叶繁木并不信，狂躁地谩骂、砸东西。

　　"我知道我是个废人，我知道是我这个废物拖累你了。你走，你不要再管我了。你走……你还理我这个废人干吗？！"

　　一字一句仿佛钢针扎入脑中，叶繁枝只觉头疼欲裂。一种深深的无力感在那一刻虏获了她。她骤然想起了李长信，想起徐碧婷吻他的画面，想起他温柔地伫立一旁为徐碧婷打开车门的模样，想起他们两个人整天出双入对。

　　那是他从未给过她的，从来没有！

　　叶繁枝顿觉鼻酸眼热，一种突如其来的委屈令她想落泪哭泣。

她再也压抑不住自己，或许也不想再压抑了，捂着脸崩溃地大哭了起来。

这几年来，发生了那么多的事情。与李长信离婚，父亲猝死，大哥车祸，叶繁枝为生计所迫拼命工作，还要为大哥的车祸努力赔偿，可是她都咬着牙，从来没在大哥面前流过一滴眼泪。

只因她知道，如今的大哥能依靠的除了自己再无旁人。所以再辛苦，她也要试着坚强起来，不在他面前流露一丝一毫的脆弱。

哪怕再遇李长信、徐碧婷后，每天情绪大幅起伏波动，她都要不断压抑着自己。她每天都一再地问自己：哭有用吗？哭就可以解决所有问题吗？当然不可能。所以你为什么要哭呢？为什么要轻易地跟这个世界认输呢？

可今晚，她不知自己怎么了，所有的疲累、委屈、难过在同一瞬间朝她袭来，她再无法承受更多。

她抽噎哭泣，任泪水簌簌地从指缝间滑落。

叶繁木蓦地安静下来。

整个屋子除了叶繁枝的哭泣哽咽声外，再无旁的一丝声音。

叶繁枝哭了半晌，冲进了卧室，趴在床上继续哭泣。

叶繁木操控着轮椅来到叶繁枝的房门外，他抬起手想敲门，但手在半空中却停住了。那个夜晚，叶家的屋子诡异地安静。

门外，轮椅上的叶繁木悄无声息、一动不动地保持着垂眼沉思的姿势。

门里，叶繁枝哭累了，最后倦极而眠，睫毛处的泪珠犹自半悬。

这一觉，叶繁枝竟睡得从未有过的香甜。

第二天一早，叶繁枝起床洗漱，准备早餐。她昨夜昏天暗地地大哭了一场，今天心情从未有过的轻松。但一想到昨晚不分青红皂白对着大哥发泄痛哭，她又很是内疚。

大哥叶繁木身为叶家长子，从小勤奋努力，各方面都出类拔萃，是父亲叶半农最大的骄傲。留学归来后，继承父亲衣钵，进入叶氏医院，亦十分出色。可就是这样从小到大都顺风顺水的大哥，如今却连路都不能走了，这份落差，别说大哥了，只怕自己早已经崩溃了。

大哥最喜欢喝粥，可是她经常赶时间，没办法给他煮。所以，叶繁枝今天特意早起了大半个小时，给大哥熬他最爱的香菇鸡丝粥。

叶繁枝洗净了米，下锅熬煮。不多时，锅里的水便开始翻滚，热气腾腾地散发着甘醇米香。叶繁枝用长勺开始搅拌，防止粘锅，半晌后，又放入了撕好的鸡肉丝和香菇，继续不停搅拌。食材的鲜香和米香渐渐氤氲，交织凝结成叫人食指大动的气息。

"繁枝。"大哥在身后唤她。

叶繁枝含笑转头："大哥，粥快煮好了。你再稍等一会儿，马上就可以吃了。"

叶繁木的眼神一错不错地盯着她肿如核桃的眼。好半晌，他轻轻地说："繁枝，对不起。还有……谢谢你。"

叶繁枝不明所以地愣住，她慌乱无措地撩了撩耳畔的头发："大哥，你说什么呢。"

"繁枝，谢谢你这几年来对我的照顾。大哥知道这几年你过得不容易，可是大哥就是无法接受自己无法走路的事实，每天还给你添很多的麻烦。所以，大哥今天一定要跟你说声对不起。请你原谅大哥。"

叶繁枝眼眶又开始一点点地发酸发热。她蹲了下来，与大哥叶繁木面对面："大哥，你这是怎么了？好好地跟我说这些做什么？我们是兄妹啊。这是我应该做的。"

"繁枝，大哥决定了，从今天开始一定会好好振作起来的。大哥会努力的，努力让自己可以尽快站起来。以后，大哥再也不会像个懦夫一样逃避退缩，让你一个人扛所有的困难。"

"大哥……"泪水打湿了双眼，叶繁枝眼前一片迷雾。

叶繁木揉了揉她的头顶，一如过往地宠溺温柔："你放心，大哥答应你。从今天起，再也不会自暴自弃了。我们来这世上，不是跟命运认输投降的。对不对？大哥以前自暴自弃，以后再也不会了。大哥向你保证！"

叶繁枝又哭了。但这一次是幸福的哭泣。

叶繁木盛了两碗烧煳的香菇鸡丝粥，搁在腿上的托盘上，操控着轮椅，来到了小餐桌边。他把其中一碗递给了叶繁枝，柔声地说："吃吧。"

叶繁枝低下头一小口一小口地吃了起来。叶繁木一边吃一边温情脉脉地注视着她。这个他和父亲宠大的妹子，这几年吃了很多的苦。他哪怕是为了不拖累她，也不能再这样暴躁抑郁下去了。

清亮的晨光透过玻璃窗照射进来，小屋里的气氛从未有过地安静温馨。烧煳的鸡丝粥吃起来也分外香甜。

叶繁枝吃完后，准备进厨房刷碗。叶繁木叫住了她："你放着吧，这些小事大哥可以做的。"

"可是……"

"可是你舍不得，对不对？繁枝，大哥并不比任何人高贵优越半分。我们叶家已经落魄了，我的腿已经残废了。不管接不接受，这都是现实。大哥现在就应该学着做一些力所能及的事。你要相信大哥，大哥可以把这些小事情做得妥妥当当的。"

"我相信大哥。"叶繁枝换了帆布鞋，取了包，"大哥，那我去上班了，晚上见。"

"路上注意安全。"叶繁木第一次回应她。

叶繁枝微笑应道："好的。"

叶繁枝浑身上下都充满了能量。她拉开了门，正巧对门也有人出来。吴姐他们才搬走不久，想不到这么快就有人住进来。

叶繁枝与对方打了一个照面，彼此齐齐惊呼："你怎么住这里？"

"怎么是你？"

叶繁枝含笑说明："我在这里住了快三年了。"

江一心解释说："我前些天在租房网站上看到这间房子在招租，价格合适，加上离医院不远，又有直达的公交车，所以就租下来了。才搬进来两天。"

原来如此。她每天早出晚归，根本没有注意到。叶繁枝微笑道："哎呀，实在是太巧了。"

"是呀，真的好巧啊。我正想抽空拜会一下对面邻居，认识一下呢。现在看来，都不用再认识了。"江一心也欢喜不已，"真的好棒呀。以后我们两个可以一起上班下班呢。"

"上班可以，下班不行。你知道的，我晚上要去花店工作。"

两人一边交谈一边去搭公交车。

江一心赞道："繁枝，你好努力啊。不像我，下班了就在家收拾收拾屋子，做做家务，看看书，玩玩手机。是不是很无趣无聊，很浪费生命？"

叶繁枝脑中闪过了一个念头，喜不自禁："一心，你愿不愿意在晚上做一份兼职？"

"什么兼职？"

"这样吧，中午午休的时候，我请你到对面喝咖啡，然后再细聊。"

"好啊。"江一心清清柔柔地应了下来。

公交车外的洛海，阳光正好，微风不燥。

/第 6 章/　拥抱的温度

对叶繁枝来说，这是近几年来最棒的日子。

她渐渐开始独立接待顾客，工作渐入正轨。

顾客 A 咨询水光针问题。

叶繁枝说："水光针的主要成分是玻尿酸。至于其他成分是根据我们每个人的皮肤配比的。水光针就是把玻尿酸分子与各种营养成分相互渗透，以浅注的方式送到你的真皮层，然后让它在皮肤里吸收水分，更锁住水分，达到补水的效果的美容疗法。也可以加入具有抗氧化效果的维生素 C 等，或者具有除皱效果的肉毒素，来达到美白肌肤、消除皱纹的目的。"

"会不会有什么副作用？"

"可能会有疼痛的现象，会有瘀斑、皮疹或者色素沉着等情况产生。但瘀斑、皮疹会在三五天内自行消退。对于色素沉着，只要根据医嘱，做好防晒保湿措施，也可自行消退。"

"我听说有人打水光针损伤到了表皮，会刺激皮肤失去自我保护功能……"

"确实可能会有这样的情况存在。所以一定要找专业的医院和医生进行操作，打针之后一定要记得按照医嘱进行护理。"

顾客 B 咨询唇部问题，希望调整薄唇。

叶繁枝说："现在很多客户都选择玻尿酸丰唇。一般是采用注射的方法将玻尿酸注入唇部皮下组织，从而实现唇部丰满的效果。"

"效果可以持续多久？"

"一到两年左右。"

"会有什么副作用吗？大家都说整容有副作用。"

"有可能会出现轻微发红、瘙痒、肿胀的情况。我们医院的专业医生会对唇部进行分层定量注射，使用的原料也是天然的，安全性比较高，相对副作用比较小。"

顾客 C 拿着手机里的明星照片，询问双眼皮手术："我想做她那样的大眼睛。"

叶繁枝说："双眼皮手术虽然看似简单，但我们医院对此是非常慎重的。我们会针对每个顾客的自身情况量身定制。因为不同的人，眼睛的结构特点都是不一样的。双眼皮手术不是单纯地在眼睛上方做出一条痕，而是要根据睫毛上翘程度、线条流畅弧度以及内外眦角长度等自身条件来设计适合自己的双眼皮。

"我们医院目前做的双眼皮手术主要有三种：切开法、埋线法和精雕双眼皮手术，精雕双眼皮手术也就是微切双眼皮。切开法呢……这就是这三种双眼皮手术的不同之处。因此，别看一个简简单单看似毫无难度的双眼皮手术，但想要做得好的话，一定要针对个人的眼形、面部五官比例以及整体气质来量身设计。作为正规的专业整形医院，最后我必须提醒你一点，任何整形手术都存在风险。请务必考虑清楚，谨慎决定，切勿一时冲动。"

每一次的咨询，叶繁枝都会尽职尽责地告知所有来咨询的客户，整形不是万能的，也是存在一定风险的。

这一日，客户邹小姐前来咨询隆胸问题。

"我男友一直嫌弃我胸小。我想隆个 C 罩杯，自体脂肪移植这种……"

叶繁枝打量她的身形，这位顾客身形上身纤瘦，下身却相对丰满："自体脂肪丰胸的方式，本质上其实是将自身的脂肪细胞换到其他地方生长，效果上也可以说是乳房的二次发育。因为是自身细胞移植，所以不会出现排异反应，因此安全性更有保障。但这个手术因人而异，不能过度吸脂。这样吧，我帮你联系我们医院隆胸手术方面的专家医生——徐碧婷医生，让她亲自为您诊断。您稍等，我打个电话询问一下她今天的预约情况。"

经电话联系后，叶繁枝带着邹小姐去了徐碧婷的办公室面诊。

徐碧婷跟邹小姐进行了一番详细交流："邹小姐，如果不介意的话，可否把上衣掀起来，把文胸脱了，我想看一下你的胸部和腰腹部的情况。把裙子也脱了，我要查看你的大腿和臀部的脂肪情况。"

徐碧婷前后左右地仔细检查了一番，说："邹小姐，你这种情况可以做自体脂肪移植，但我们医院是不接受过度吸脂的。作为专业医生也不建议你去任何整形医院接受过度吸脂的手术。按你的体型和自身脂肪量，我作为专业医生，个人建议你隆一个 B+ 罩杯。这样会很自然，佩戴漂亮内衣时，也会有很诱人的乳沟。"

"这个手术安全性高吗？我没有做过任何整形美容手术，心里还是有点害怕的。"

"自体脂肪移植手术的优点是无排异，安全系数高，术后柔软自然，同时可以去除腿部和腰腹部的多余脂肪。并且因为采取的是注射的方法，所以不会在身体上留下任何疤痕，他人也不易察觉。但缺点呢，是费用相对比较高，一次手术增大的罩杯有限，不像使用假体一样能一下子达到想要的效果。有可能需要进行一两次注射。另外术后也许会出现脂肪结节以及液化等情况。"徐碧婷将隆胸手术会发生的各种情况和注意事项都详细告知了邹小姐。

"那会不会影响生育和哺乳？我还没结婚呢，要是到时候出现这种问题，我肯定会后悔死。"邹小姐很紧张这个方面。

"你放心，自体脂肪隆胸对乳腺不会产生伤害，对你今后的生育哺乳也不会产生不良影响。但隆胸并不是简单的手术，必须了解整个自体脂肪隆胸手术过程以及术后的护理知识。比如要先做一个必要的身体检查，确认乳房是否健康，是否有硬块等。如果一切都没问题，在定下具体手术时间后，手术前两周开始禁止服用抗凝药物、活血类药物和阿司匹林，并且要禁烟、禁酒，避开月经期。其他具体要准备的，我们这边会有专人与你联系。"

"好的，谢谢徐医生。"

徐碧婷长得美，能力又这么出众，怪不得李长信多年来对她念念不忘。

如果她是李长信，有这么美好的初恋情人，又被硬生生拆散，怎么可能会喜欢当年那个自己。

当年确实是自己的错，是自己太过分了，偏要勉强，硬生生地插进他们中间，拆散了他们。叶繁枝一边做笔记一边内疚。

徐碧婷扫了一眼杵着不动的叶繁枝，冷声地说："你愣在这里做什么？还不快带邹小姐去签合同。"

"好的，徐医生。"叶繁枝赶忙合上了笔记，欠身说："邹小姐，请跟我来。"

自打江一心答应晚上照顾大哥叶繁木后，短短数日，大哥各方面的情况明显好转了起来。

江一心本就是护理专业毕业，不仅在家帮叶繁木做康复治疗，星期六去专业机构做一次复健，还会推着轮椅带叶繁木去附近的公园转转。

在第一次得知一心竟然带大哥出门的时候，叶繁枝是既惊讶又佩服的。要知道自打出事后，大哥好像变了一个人似的，自闭暴躁。甚至有一度，他连卧室的窗帘都不愿意拉开。如今居然愿意出去面对别人的异样眼光……可见一心在大哥身上是用了很多心思的。

江一心不只外表温柔，脾气亦温和，做事情更是耐心细心。再加上彼此又是朋友的缘故，她在尽心尽力照顾叶繁木的同时，还会热心地帮叶繁枝做一些家务。一份工资做双份的活，还经常超时工作。叶繁枝向她道谢，她却又不愿承情，一直只说自己顺手而已。

叶繁枝生日那天，是个星期天。她照例去了花店兼职。忙碌了一个上午，到了下午，隔壁蛋糕店的林徽儿捧了一个蛋糕过来："繁枝姐姐，生日快乐。"

叶繁枝很是惊愕："你怎么知道我生日？"

"有个顾客打了电话，让我给你送过来的。"

"谁啊？"

"我不知道。那人在网上购买并付了款，并且只报给了我订单编号。这是我刚刚现做的。"徽儿调皮地眨了眨眼睛，"繁枝姐姐这么漂亮，肯定有很多爱慕者。这蛋糕啊，肯定是其中一个爱慕者送的。"她说完便放下蛋糕，回店铺去了。

徽儿把蛋糕精心设计了一番，很是精致漂亮。叶繁枝想了半天，也想不出到底谁会送她蛋糕，便把它搁在一旁，继续埋头工作。

晚上到家，江一心却给了她一个惊喜。原来她无意中得知今天是叶繁枝生日，特地为她做了一桌菜，还买了一个千层蛋糕，等她回家，为她庆祝。

"繁枝，来尝一下糖醋排骨。你哥说你小时候最爱吃这个了。"

繁枝也给她夹菜："谢谢一心。味道都好赞啊，你自己也吃啊。"

一心给她在蛋糕上点燃了蜡烛，为她唱生日歌的时候，还不忘拉了一下在一旁不声不响的叶繁木："你也一起唱呀。"

叫叶繁枝大跌眼镜的是大哥居然乖乖地跟着一起唱了几句。

后来，叶繁枝把第一块蛋糕捧给他，平素不怎么喜欢吃甜食的大哥最后默默地吃完了那块蛋糕。

这是几年来，叶家最热闹温馨的一个夜晚。

叶繁枝对江一心充满了深深的感激之情。

至于那个不知来历的蛋糕，叶繁枝这几年来节俭惯了，自然也没舍得扔掉，搁在冰箱里当作每天的早餐和夜宵，连吃了三天。

虽然如今的叶繁枝依然每天早出晚归，但因为有了江一心，她再不用在晚上工作的时候担心牵挂大哥了。

也不知道是不是由于大哥心态的好转，叶繁枝感受到了大哥在努力地改变，连发脾气的次数也减少了。

再没有比这个让叶繁枝觉得更振奋的消息了。这几年来笼罩着她的阴霾似乎逐渐远去，生活的光芒正从头顶的云层乍泄下来，她可以窥见其中一角的万丈光芒。

如果说要挑出不如意之事的话，那便是庄依林等人如今对她的敌意更加明显，已到了不加遮掩的地步了。

简余彦送她回花店的第二天，李琪当着庄依林的面便直截了当、很不客气地质问叶繁枝："为什么简医生会送你回家？你和简医生是什么关系？"

叶繁枝解释说她和简医生之间只是很普通的同事关系，简医生只是顺路送她回去。

李琪重重地哼了一声："顺路。这年头只要有车，整个洛海城都顺路。"

庄依林、李琪等人明显是不相信她的话。但这是事实，她们不愿相信，她也无能为力。再说了，简医生隔一天就会来花店买花，这么频繁地买花，肯定是早有女朋友了的。不过这件事情是简医生的隐私，叶繁枝自然是不便透露的。

此后，叶繁枝处处小心谨慎，生怕庄依林给她使绊子。

也幸好如此，她总算是躲过了几次暗算，但也被抢走了几个曾经轮值接待过的潜在客户。李琪对她说："你接待的客户当场没签下，之后谁先签下就属于谁的。你要是不服，就找陈主任告状去。"

又比如她们越发变本加厉地使唤她做这做那，把她从咨询台支使开，让她接触不到前来咨询的客户。

有好几次，叶繁枝去更衣室换衣服，发现自己更衣柜的锁被破坏了，随身的包还在，但里面的东西包括衣服都不见了。她不得已，只好穿着工作服下班。

还有一回，她一换上医院的工作服便全身发痒，之后全身过敏，起了红斑。简余彦路过，看出了异样，给她开了内服外敷的药物，亲自送到了前台，温言细语地告知她如何服用。

庄依林见状，越发对她恨得咬牙。

叶繁枝虽然知道是庄依林等人在她衣服上动了手脚，但也无可奈何。

此外，还有一个她接待过的客户三番两次地投诉她。陈越不得不找她谈话，说让她注意一点，再这样投诉下去，她也要秉公办理，给顾客个交代。叶繁枝很诧异，因为那个顾客问了她几次，她每次都在电话里耐心详细地跟她说了很久。

后来，一心无意中听到李琪的通话，这才知道那客户是庄依林她们派来对付叶繁枝的。

很显然庄依林等人已开始抱团，排挤她一个，想把她从医院赶走。至于这后面有没有徐碧婷的指使，叶繁枝是不知道的。但以她对徐碧婷的了解，恐怕是与她脱不了干系的。毕竟现在整个医院里，徐碧婷是最希望她离开的人。

江一心自然察觉到这情况，但她也是一个新人，加上本身就是善良单纯之人，每每被支使，只有招架之功，毫无还手之力，纵然有心也无法帮助叶繁枝。她能做的，便是无论在什么情况下，都与叶繁枝同进同出，给叶繁枝精神支持。

一来二去地，庄依林等人越发变本加厉了起来。

这一天中午，李琪用餐回来，便大闹了起来，说她有条贵重的项链不见了，要检查大家的储物柜。她们不嫌事大地把陈越叫来，说要当着她的面打开，让她做个见证。

江一心拉着叶繁枝默默地站在角落，她心知今天的这件事情，李琪她们是有备而来，繁枝想要脱身，恐怕是不易。

陈越扫了众人一圈，气定神闲地说：“储物室因为最近发生的事情太多了，连李院都有所耳闻，所以医院的后勤部门上个星期天在这个角落里装上了一个监控。我这几天忙，一时也忘记把这件事情告诉大家了。既然发生了这种事情，这个监控正好派上用场。我们也不必一个一个打开储物柜检查这么麻烦，毕竟这柜子里，都有大家的私人物品。这样吧，我们去把上午的监控调出来看一下，看谁动过李琪那个储物柜。”

话音一落，庄依林、李琪等人便齐刷刷地变了脸色。

庄依林忙对李琪说：“李琪，你再好好翻翻自己的包。你平日里就粗心大意的，说不定就落在自己的包里。”

华诗研附和说：“是啊，是啊。我帮你一起找找看。”

几个人当着陈越的面围着李琪的储物柜“仔仔细细”地翻找了一番，

最后说是找到了。

陈越见状，心知肚明，但也不好点破，便息事宁人地说："找到就好。好了，大家都散了吧。到上班时间了，都快回去工作吧。"

叶繁枝自然知道这事是冲她而来的，能这般无声无息地化险为夷，她也觉得庆幸。有好几次，她都产生了想要辞职的念头。可是，她辞了这份工作，一时半会儿又能去哪里呢？再说了，家里的情况，不亚于每天要买米下锅。

大约是装了监控的缘故，庄依林等人倒是暂时消停了些许。

出事这日，实在是事发突然。叶繁枝正与客户在打电话沟通，说到一半，只听大门处一阵"噼里啪啦"碎裂之声，江一心一把拉着她往里躲："繁枝，快走！"

叶繁枝抬头，只见咨询台的众人纷纷往后跑："怎么了？"

"先别问了。快走。"江一心此时显示出从未有过的慌急。叶繁枝连挂断电话都来不及，便被她拖着往储物室方向跑。叶繁枝不知何事，不解地一回头，看到了一群人气势汹汹地从打碎的移门处进来。男人们一进门看到东西就又砸又摔，两个女的则进来就撒泼打滚哭闹。寥寥几个保安根本拦不住，一直往大厅里面退。

"你们院长李长信在哪里？赶快叫他滚出来！"

"大家来看啊，这家黑心医院把我的鼻子整成这样……"

"叫你们院长李长信滚出来！"

"啊……"从电梯下来的几个小护士见状，发出了尖叫声，而后推推搡搡地跑进了楼梯间，转眼便不见了踪迹。

江一心见叶繁枝僵愣不动，便扯着她："你还不明白啊。这是医闹，医闹。你还愣着干什么？赶紧走啊！"

庄依林等人一进储物室，也不顾江一心、叶繁枝两人在门口几步远的地方，"啪"的一声便把门关上并反锁了。

"依林姐，李琪姐，你们开开门，我是章漳。你们让我进去，让我进去……我是章漳……"章漳是庄依林等人的小跟班，平素唯唯诺诺，唯庄依林、李琪等人是从。

"开门，你们快开一下门。"章漳又惊又怕，不停拍门。但无论怎么拍，里面的人就是不肯开门让她进去。

就这么一小会儿的工夫，落单的三人已经被这群凶神恶煞的家属给团团围住了："把你们院长李长信叫出来。"

江一心抓着叶繁枝手臂的地方湿漉漉的，想来都是冷汗。章漳瑟瑟缩缩地躲在她们后面，不敢露出脸来："我不知道，我什么也不知道。我是新进来的……不关我的事……"

叶繁枝试图与他们好好沟通："大家有话好好说。"

"没什么好说的！你们院长李长信在哪里？"

"叫他出来。不然别怪我们不客气！"一把明晃晃的尖刀从叶繁枝鼻尖掠过。

叶繁枝后退说："好，我这就打电话。"

叶繁枝被人粗暴地一把拉出来，趔趄地摔倒在了地上。

江一心急得满头大汗："繁枝。"

章漳吓得不停尖叫："繁枝姐，繁枝姐……我们只是打个工，拿点薪水而已……"

"叫什么叫！再叫把你的脸划花了！"

"快打！"

叶繁枝被推搡着来到了空无一人的咨询前台，被逼着拿起座机拨打了李长信办公室的电话。

"嘟嘟嘟"的声音从座机的免提中有规律地传来，但那头一直没有人接起电话。

一个家属拿着刀喝令叶繁枝："奶奶的，给我打他手机。"

"我……我不知道李院长的手机号。"

事实上，五楼的医生办公室此时已经得到了有人在闹事的信息。简余彦顾不得坐电梯，匆匆地推开楼梯间的门，跑下楼去。

看到闹事者正拿着刀在威胁叶繁枝，简余彦心头一惊，不管不顾地冲上前，对着闹事家属说："我是这个医院的医生，我叫简余彦。你们有什么就跟我谈。"

"医生有个屁用，医院里你这种狗屁医生多的是。叫你们院长李长信出来，我们只跟他谈！"

简余彦说："请你们先冷静一下，有话好好说。"

男家属拿着刀，凶神恶煞地指着简余彦："冷静个屁！你们那个姓戴的医生把我老婆的鼻子整成那样子，歪成那样，都快呼吸不了了……你说要怎么办？"

"任何整容手术都存在风险，每个客户在动手术前我们都把各种有可能发生的风险提前告知了，客户也是签了字的，说明客户也是认可的……"

"奶奶的，你说的都是屁话……签个知情同意书就把什么风险都转移到我们身上……哪个手术能不签这玩意儿？！不签你们肯做手术吗？我告诉你，我们现在就是要赔钱，不赔钱我们就闹到底。"

"对！不赔钱我们就闹到底。你们把我妹的一辈子都毁了……你们必须要给我赔钱……"

"对……赔钱……赔钱！"

"不赔钱，今天我们就不走了。"

都到这份上了，大家都瞧出来了。江一心凑到叶繁枝耳边压着声音说："他们就是碰瓷的，今天来闹就是想来讹钱的。上次听李琪说过洛海就有一帮人专门干这事，去年城东那家叫完美美容整形医院的就被讹了一大笔。"

“并不是客户觉得不满意就表示整形手术失败的，到底有没有失败，可以去相关单位鉴定。要是鉴定有问题，我们也可以修复……如果你们愿意，我就可以给你们修复。”简余彦耐着性子与他们一再解释沟通。

“都是屁话！”

“你们医院财大气粗，每天做那么多整容手术，赚那么多钱……还没这点小钱……”

“对啊。你们医院打开门做生意，总不想让我们天天来闹吧……”

“跟他们废什么话，不赔钱，我们就给他们点颜色看看……”

“你们有话好好说，有什么都冲我来！”

“哎哟，这小子想要英雄救美，做大英雄。大伙给我好好招呼招呼他！”

几寸之外便是满脸横肉的闹事家属明晃晃地在眼前挥来挥去的一把刀。叶繁枝愣住了，就在这一发愣的时间，其中一个闹事者就抓住了她。

江一心惊得心都跳到了嗓子眼：“繁枝……繁枝……”

简余彦扯住了叶繁枝的另一只手，双方僵持着。闹事者把手里的刀架到了叶繁枝的脖子上，对简余彦喝道：“你放不放手？！”

简余彦瞪着他，缓缓地松开了叶繁枝的手臂。

刚结束了手术，从手术室出来的李长信得知了“有人来闹事，现在围在咨询台那边，简医生正在与他们沟通”的情况，他第一时间便想起了叶繁枝，连防护服都没有脱下，便心急火燎地乘着电梯，来到了一楼大厅。

他看到的第一眼，便是叶繁枝被刀架着脖子的场面。

李长信大声喝道：“我就是医院的院长李长信，有什么事情你们冲我来，放开她！”

为首的那人冲身边的人使了一个眼神，一群人便围住了他："你就是医院院长李长信！找的就是你！"

"你们把我老婆的鼻子整成那样子……我们要求赔钱！"

"赔钱！赔我们五百万！"

"对！赔钱……我们要你们赔我们五百万。"

李长信听完他们的要求后，面不改色地说："关于这件事情，我跟你们解释了，也沟通过几次。你们最早的隆鼻手术并不是在我们这里做的，是失败后来我们这里修复的。因为鼻子已经遭受过很大的破坏，疤痕和纤维化的软组织软骨结构等已经被损伤，皮肤弹性也变差了，所以修复的难度系数比较大。当时戴医生是拒绝你们的。但你们一定要求修复，再三请他帮忙。他最后答应了下来，也仔细把这些存在的风险详详细细地跟你们沟通过。手术也是在你们同意的情况下做的。而且戴医生在手术中发现鼻子内部疤痕很多，以他的经验来看，她的鼻子已经动过不止一次手术了……很明显你们在别家早就做过修复手术了，之前跟我们说你们是第一次隆鼻的情况完全是虚假的。而且戴医生已经尽力给你们修复了，以她之前的情况恢复成这样已经很不错了。所以，我们是不可能答应你们这个条件的……"

"大哥，他们是死猪不怕开水烫，要给他们点颜色瞧瞧。"

"不赔钱的话，我们先把那女人的手给废了！"

简余彦双眼一瞪："你们敢！"

"我们为什么不敢？！老三，把她的手搁在桌上，给我把小拇指剁了！"

叶繁枝的手被人强压着按在了冷冰冰的桌子上，眼睁睁地看着锋利的刀一寸寸逼近，她吓得闭起了眼睛，瑟瑟发抖。

李长信着急地说："等一下，我们可以再商量。"

"你以为是去菜场买菜啊，还商量。"

"一口价，没得商量！"

"对！没得商量。"

李长信的眼神与简余彦在空中冷静地交汇。李长信的拇指指向了胁持着叶繁枝的那个闹事者，简余彦会意地眨了下眼。

说时迟，那时快，就在电光石火的瞬间，李长信和简余彦飞扑了过去，一个不顾自己脖子上那把刀，抱住了她用背部给她挡刀，另一个则一个后旋踢，一下将那人手中的刀踢飞了。那人捂着自己的手臂发出了一声凄厉惨叫。

"别怕，没事了。"怀中的身体僵硬无比，显然是惊魂未定，混乱中，李长信一直护着叶繁枝没有放开。

叶繁枝闻到了那熟悉至极的味道，意识到此刻牢牢抱着自己的这个人是李长信。

在她最需要的时候，他扑过来护住了她。叶繁枝全身涌起了一股战栗般的电流，整个人控制不住地发抖。

简余彦的动作极快，下脚又狠，前踢横踢侧踢后踢双飞踢。不多时，已经将闹事者中的数把刀踢飞了。

为首的那人傻眼了，他没想到这个留着半长头发的娘娘腔居然是个跆拳道高手："大伙上，先给我拿下这小子。"

那几人都红了眼，发了疯似的抢着拳头和木棍朝简余彦冲了过去。几个保安见简余彦如此勇猛，顿时觉得有了靠山，便也加入了进来。

正在这一片混乱中，警笛声由远而近，数辆警车在大厅门口停了下来。一群警察从车上下来，顷刻之间，便将大厅围得水泄不通。

李长信这才缓缓地放开了叶繁枝，仔细在她脸上身上扫了一圈："脖子这里伤到了，等下我给你消毒，然后再涂点药膏。"

徐碧婷把自己反锁在办公室里，又把会客的单人沙发推到门边，顶住了门。她躲在了办公桌下。然而，过了好半晌，五楼什么动静也没有。

不久后，她听到警笛声，又听见楼下一下子安静了下来，便知道医院已经安全了。

她从桌子底下钻了出来，想了想，踢掉了脚上的那双名牌高跟鞋，又把头发揉乱，做出一副"焦急万分"的样子跑下了楼。

大厅一片混乱，一头是警察制伏闹事者的画面，一头却是李长信凝视着叶繁枝的这一幕。

徐碧婷赤着足跑上前去，一下扑到了李长信怀里，连声说："长信，吓死我了！你有没有受什么伤？"她边说边不动声色地将叶繁枝挤出了李长信的视线。

李长信试图推开她："我没事。"

徐碧婷娇声呼痛："哎呀……"

"怎么了？"

"我刚听到他们来闹事，担心你有事，就急着跑来找你，鞋子也跑掉了，好像踩到什么东西……你帮我看看，好痛啊……"徐碧婷可怜巴巴地抬起自己白皙的左脚。

李长信看了一眼，说："有点小出血……"

其他人见危险解除，纷纷从安全处涌了出来，七嘴八舌地围着李长信、简余彦和徐碧婷三人问候。

叶繁枝垂下眼，一点点地后退，站到了极远处。也不知道是不是大厅空调温度调得过低，还是方才的事情令她后怕，她觉得有些冷。于是，她环抱住了自己。

"繁枝，你还好吧？"耳边传来了江一心关切的声音。

叶繁枝抬起头，感激地对她微微一笑："我没事。"

"这里有点流血……走，我给你去消毒一下……"

警察将闹事家属控制了，带回去处理。后经过调查，果然就是去年在完美美容整形医院闹事的那拨人。他们从讹诈中得到了大笔好处，此后用这种不正当的手段讹了洛海城里大大小小多家美容整形机构。很多机构怕他们把事情闹大了影响声誉，都选择了给笔钱塞住他们的口，以求大事化小，小事化了。而这一回，他们就是利用了同样的隆鼻问题，设了同一个圈套，冲着信安整形美容医院来的。谁知李长信并不愿用钱了事，所以才有了今天的这桩"医闹"。

简余彦因救人的英勇事迹，在医院一战成名。从这天起，简余彦便跻身信安整形美容医院单身医生排行榜的第一名，爱慕者越发多了起来，他经常收到爱慕者的蛋糕饼干和现磨咖啡等爱心美食。当然，这是后话。

做完笔录后，医院以受医闹惊扰的名义让咨询前台的众人回家休息。

"没事吧？"简余彦走了过来，指着她的脖子问道。叶繁枝客气地向他道谢："没事，简医生，刚才真的谢谢你了。"

简余彦说："我下面预约的客户都通知取消了，正好要回家，我送你回去。"

"我和一心还有别的事情，谢谢简医生。"叶繁枝客气地拒绝了简余彦的好意。

"繁枝，真是吓死我了。我现在心还在怦怦跳个不停。"在公交车上，一心拍着胸口，心神未定。

叶繁枝则一路沉默，她想起李长信那一脸的焦急惶恐，想起他扑过来的画面，想起他拥抱着她的力度，想起他拥抱时全身颤抖的战栗感觉。有那么一秒，她真的觉得自己仿佛是他最珍贵的爱人，而他也会不顾一切护她周全。

可是，她知道那只是她的错觉而已。

她从来不是他的爱人。

徐碧婷才是。

次日清晨，叶繁枝如常地与江一心一起搭公交车上班。江一心打量了她一番，心疼地说："繁枝，你脸色好差。是不是昨天受到了惊吓，没睡好？"

她没睡好是真的，却不是因为昨天的医闹。但具体为何，叶繁枝无法明说，便点了点头。

江一心念叨说："说了让你请假休息一天，你就是不肯。"

"休息一天，医院的全勤奖就没有了。"

"那有什么，身体重要还是那么一点奖金重要？"

"都重要。"叶繁枝说的是发自心底的实话。

江一心心疼责备："你这样下去，身体怎么吃得消。你看你，都瘦成这个样子了。"

闻言，叶繁枝忍不住微微一笑："一心，你说得好像见过我胖的时候一样。"

"我……"江一心住了口，仿佛被她说得无言以对。之后，竟没有再多唠叨她。

叶繁枝和江一心的办公桌上各放了两个雪媚娘。两人正纳闷，章漳拿着抹布过来帮她们擦桌子，低着头说："繁枝姐，一心姐，这是我做的，杧果口味。你们尝尝看。昨天的事情……谢谢你们。还有以前的事情……真是对不起。我不应该跟着她们排挤你们的……"

"算了，都过去了。"

"你们真的肯原谅我吗？"

叶繁枝两人点了点头。

章漳喜不自禁："那你们快尝尝雪媚娘。"

江一心打开透明小盖，吃了两口，说："章漳，看不出来嘛！你居然是个'斜杠青年'，有专业水准，很好吃。"

"真的很不错。"叶繁枝也夸赞道。

"我最近在上烘焙课，还在学习中……"章漳有些脸红，顿了顿，怯怯地问她们，"繁枝姐，一心姐，中午我能跟你们一起用餐吗？"

"当然可以啊。"

中午时分，叶繁枝与江一心、章漳取好饭菜，找了一个角落用餐。刚一入座，丁翔医生和谢医生便微笑着端了餐盘过来："方便一起坐吗？"

自然不可能说不方便啊。两人一入座，简余彦也过来了："丁医生，谢医生，介不介意我坐你们旁边？"丁医生故意说："我们很介意，我们想独霸三位美女。简医生你别打扰我们。"

简余彦被他的话逗笑了，径直拉开了座位入座。

"喂，简医生，说了我介意的。"丁医生十分幽默搞笑，把气氛调动得特别好。

简余彦这一过来，叶繁枝便已经察觉到了庄依林那桌人的目光好像飞刀，一刀接一刀地朝她"砍"来。

叶繁枝再一次感激道谢："简医生，昨天的事情，真的太谢谢你了。"

"是啊，真的要谢谢简医生。简医生好厉害，以一敌四。"一说起昨天的医闹之事，章漳简直成了简余彦的小迷妹。

"这是我应该做的。你们不用这么客气。"

谢医生笑："简医生，要是我是你的话，我会坦然接受。然后让这三个美女轮流请我吃饭。唉，光想想画面就让人陶醉……"

简余彦想了想，笑了："被谢医生你这么一说，我现在想接受了。"

丁翔说："那要不就这么愉快地决定了。叶小姐，你别谢了，你请客，让简医生埋单，顺便带上我们四个。简医生，你看行吗？"

简余彦笑着说："行。"

李琪看着简余彦和丁翔等人在那一桌有说有笑的画面，咬牙切齿地说："昨天医闹的那帮人怎么就没在那女人的脸上割一刀，把她的脸给割花了？！整天就仗着一张脸勾引医院的医生。"

"可不是，我看着她就觉得恶心。"有人翻着白眼，狠狠地用筷子扎着饭碗泄愤。

"章漳这个死叛徒！看我怎么整治她。"

"依林姐，我们接下来要怎么做？"

庄依林慢条斯理地吃着蔬菜沙拉："耐心一点，机会多的是。有道是爬得越高跌得越惨！先让她嘚瑟几天吧。"

李长信一进餐厅，看到的便是叶繁枝盈盈微笑的动人画面。对面坐着的赫然是简余彦。三位年轻男医生和三位很好看的女生，这明明是很和谐美好的场面，但李长信却觉得十分刺眼。

李长信昨晚处理好了派出所的口供和医院的事情，回到家已经是九点了。他站在落地窗前，把手机握在掌心，一会儿松开一会儿又握紧，如此反复。

他曾在电脑里调出过员工档案，所以他知道叶繁枝如今的手机号码。

他最终还是一个个按下了数字，拨出。手机"嘟嘟嘟"地响了许久，终于传来了她的声音："你好，我是叶繁枝。你是哪位？"

"是我，李长信。"

电话那头的人仿佛骤然消失了一般，再无任何声息传来。

"不好意思，叶小姐，今天医院的事情让你受惊了，你没事吧？"李长信发觉自己最后能说出口的不过是这样公式化的客套话而已。

"谢谢李院的关心，我没事。感谢。"

谈话进行到这里，便已经再无继续的可能了，李长信只能说："那就好，你早点休息。"

那头说了"谢谢李院，再见"几个字后，电话便被挂断了。

李长信握着手机，良久才搁下。

那是两人婚姻的第二年，也是一个深夜。他一打开门，便看见了客厅里亮着的橙色落地灯，暖暖的灯光笼罩着沙发这处的小空间。叶繁枝侧躺在沙发上，手垂在一侧，地毯上孤零零地横躺着一本厚厚的专业外科美容书和一条薄毯。

显然她是等他等睡着了。

李长信轻轻地拿起薄毯盖在她身上，而后进了厨房。

厨房的灶上搁了一个砂锅，触手犹温。李长信掀开盖子，一阵诱人的香味扑面而来。是虫草鸡汤，在寒冷的冬夜，这样美味的鸡汤叫人胃口大开。

之后一整晚，他翻来覆去的，脑袋里满满的都是叶繁枝，怎么也无法入睡。

第二天，李长信一整个上午状态都不怎么好，现在看见叶繁枝正对着简余彦等人轻言细语温柔微笑，李长信只觉得心口处的火苗跳得更高了。

可他能做什么？什么都不能做。只能深呼吸数次，控制住自己的情绪，转身去取餐。

而另一头，众人用餐完毕，丁翔笑吟吟地提议说："对面的咖啡店最近有个季节限定蛋糕不错。我们要不要去坐坐？"

他问询的时候，目光灼灼地落在江一心身上。很明显，丁医生想约江一心，怪不得一直提议几个人一起吃饭。叶繁枝很是乐见其成，便含笑不语。简余彦和谢医生则各有各的心思，并没有表明态度。

不料，江一心却拒绝说："谢谢丁医生，我和繁枝另外还有事。下次吧。"

丁翔很有风度地微笑说："好吧，那我们……下次。"

叶繁枝与江一心、章漳三人从食堂缓步而出，远远地看见医院大楼的门口处站了一个背着黑色双肩包的锅盖头男生在门口张望徘徊。

锅盖头男生转身的时候，撞到了正与他擦肩而过心不在焉的江一心，把她手里的饭卡撞得掉落在地。他捡起饭卡，扶着鼻梁上的黑框眼镜，腼腆地递给江一心："不好意思，我不是故意的。"

江一心笑笑，接过饭卡："我没事。"

男生注意到了她们衬衫上别着的胸牌，他推了一下黑框眼镜，眯着眼仔细又看了看。思索了一会儿后，那男生抬头欲开口，但叶繁枝等人已经离开了。

他懊恼地望着三人的背影，无措地抓了抓头发。

下午的时候，丁翔医生很大方地给咨询台的众人买了对面那家咖啡店的咖啡和他说的那个季节限定蛋糕，说是因为医闹的事件，给大家压惊，但这醉翁之意也实在是太明显了。

叶繁枝不免露出了一副"姨母笑"："一心，丁医生很不错。你可以考虑一下。"

江一心低头看着鞋尖，并不说话。

"一心，你又没有男朋友。真的可以考虑一下。如果丁医生约你，你可以试着和他交往看看。"叶繁枝是真心诚意地建议。丁翔为人温厚老实，一心人美心善。她很是看好两人。

江一心依然不说话。

叶繁枝见状，骤然醍醐灌顶似的醒悟了过来："一心，莫非你已经有男朋友了？"

江一心红着脸矢口否认："我没有。"

叶繁枝是过来人，见她欲言又止的羞涩表情，心中便已经清楚了："那你肯定有喜欢的人了。"

江一心的脸更红了，犹豫半晌后，点了点头。

叶繁枝素来不是好事之人，然而此刻也控制不住自己的八卦之心：

"他是一个怎样的人？你们是怎么认识的？"

江一心却是怎么也不肯透露，过了好一会儿，才轻声说："他并不喜欢我……因为我做了一件对不起他的事情。他还非常讨厌我恨我……我也不知道怎样才能求得他的原谅……"

叶繁枝沉默了下来，也不知如何安慰她。从一心的只言片语中看出：她的这条爱情路显然并不好走啊。

傍晚时分，叶繁枝刚在花店与家希完成工作交接，便有人推门而入，她含笑抬头："您好，欢迎光临。"

叶繁枝一怔，认出了他就是中午见过的那个锅盖头男生。

为什么会记得他呢？是因为从第一眼看到这个男生的容貌发型和衣着打扮，叶繁枝实在是觉得一言难尽，无法形容。

锅盖头男生见了她，大概是很意外，表情明显一呆。

叶繁枝微笑道："有什么需要我帮忙的吗？"

锅盖头男生腼腆地扶着眼镜，指着玫瑰花丛，讷讷地说："我想买……买红玫瑰……哪个品种好？我想买最好的那种。"

叶繁枝于是向他推荐说："这种是进口玫瑰，颜色特别纯正，且富有层次感。花期一般在半个月。不过价格相对会贵一点。"

"就这种吧。"

"请问您要几朵？"

锅盖头男生低下头。从叶繁枝的角度，可见他发红的耳根。

"我想买十一朵。"

十一朵，代表一心一意。显然是送给心上人的。

"好的，请稍等。"叶繁枝把玫瑰花取出，一枝枝地修剪好，做好造型，装进了精致的纸盒。

"您好，一共三百零八元。"

男生付了钱，看了看她，嘴角微动，似有话要说。叶繁枝把纸盒捧给他："谢谢您的光临，欢迎下次再来。"

锅盖头男生最后还是没有说出口，接过纸盒，默默地离开了。

第二天早上，叶繁枝接待了一个由母亲陪伴前来咨询整容的女生S。

S母亲说："我女儿的长相随她爸，小眼睛，满脸雀斑。她最近高考考了高分，以她的成绩读一个好的学校是肯定没有问题的。所以我想在她进大学之前，帮她从头到脚地改造一番，让她以最好最美的状态迎接大学生活。"

如今人们对整形美容的接受度高了，所以很多家长都有了"带孩子去整容"的意识，都希望孩子可以在进入一个全新的社交环境前改变一下自己的容貌，让自己的孩子拥有更具优势的竞争力。

高考结束的这段时间，叶繁枝接待来咨询整形的学生人数激增。不少都是由父母陪同来咨询美容整形的。

S母亲的目的明确，叶繁枝稍加介绍后，她就爽快地说："我对比过洛海的几家医院，知道你们医院很专业。没有问题的话，就定在你们家了。"

一个多小时后，她们便成功地签了合同。

江一心和章漳恭喜她，并说让她下午请吃蛋挞和奶茶。叶繁枝自然一口应下。

之后，叶繁枝又接待了几个客户，便到了午餐时间。

锅盖头男生再度出现在了医院门口。他与前一天一样，踌躇再三，止步不前。最后，他再一次低着头背着包离开了。

这回不只叶繁枝，连江一心都注意到了他："繁枝，门口的这个人不就是昨天撞到我的那个男的……看着好古怪啊……"

"昨晚我在花店也遇到他了，他来买花。"

"什么？！他居然还去你花店了？"

回想起昨天锅盖头男生看见她时的错愕表情，叶繁枝说："应该只是巧合而已。他看到我也很惊讶，应该不是故意找到花店的。看他的穿衣打扮，应该是花店附近洛大的学生。"

"这人看上去实在是太怪了。你花店下班晚，自己要注意安全啊。"

"没事的。他长得是……不好看，但感觉人很憨厚，不像是坏人！"

"这年头，谁会把坏人两个字写在脸上啊。你看来医闹的那几个人，也都长得人模人样的，哪里看得出来是流氓无赖呢？你自己千万别粗心大意啊。"

江一心不放心，再三叮嘱了她一番。

这晚，叶繁枝刚进花店不久，那锅盖头男生又进来了："呃……你好。"

叶繁枝看见是他，于是搁下手里的浇水壶，含笑相询："今天想买什么花？"

他扶着矮鼻子上厚重的黑框眼镜，吞吞吐吐地说："其实……我……我想整容……"

"啊？"叶繁枝以为自己听错了。

"我知道你不只在这里工作，也在信安整形美容医院做美容咨询……"

叶繁枝总算是反应过来了："所以你来花店是想找我咨询医学美容问题吗？"

"我一直想整容……可是我没有勇气，连进医院咨询也觉得很尴尬……我想很少有男生会整容吧。我昨天在花店遇到你，其实就想咨询你。"大约是店里只有两人的缘故，那个男生终于一改之前的支吾犹豫，把内心真实的想法大胆地说了出来。

叶繁枝与他交谈后才知道，原来眼前这个其貌不扬的男生竟然是洛海大学的博士生。

"其实我从小到大成绩都是班里第一名，但是因为自己的长相，我心里一直很自卑，很不自信。"博士生习惯性地低头，腼腆怯懦地又去扶了扶笨重的眼镜，"我今年已经二十七岁了，可是我从来都没有谈过恋爱。昨天晚上我好不容易鼓起了勇气，买了11朵玫瑰花向我喜欢的学妹表白……可是……"

看他脸上的表情，不用问就知道肯定失败了。

"所以……我下定了决心，我要整容。要改变我的生活！我看过资料，美国的一些研究者曾经进行过调查和分析，最后得出的结论是：在其他条件一样的情况下，被采访的人当中，自认为'丑陋'的男人赚取的薪水比自以为'英俊'的男人低9%；同样，对于职业女性来说，自认为'丑'的职业女性的薪水相比较下会少5%。更别说长相好看的女性在婚姻恋爱方面所占的优势了……"

叶繁枝注意到这个博士生在说这一番数据的时候，侃侃而谈，神采飞扬。

"我即将去新的城市工作。我想用全新的面貌迎接全新的生活。好好地谈一场恋爱，好好地生活。以后，再不自卑！"

这段时间，叶繁枝接待过的顾客，绝大部分还是女士，男士极少。

"你放心，虽然我还没有工作，但我从大学时期就开始自己投资和炒股，所以我有足够的钱来付手术费。"大约是怕叶繁枝质疑自己的经济能力，博士生一口气做出了保证。

"我不是这个意思。虽然我是医院的美容咨询人员，但我还是必须要提醒你，任何整形手术都是存在一定风险的。你自己要考虑清楚，三思而后行。并且在生活中，最重要的是自己要自信阳光，并非单单靠容貌。"

"我知道。我是一个理智冷静的人。对于美容整形这件事情，我已经考虑得很清楚了。我知道自己想要什么。"

看来，博士生是真的已经下定决心要改善一直让自己自卑的面貌了。叶繁枝给了他一张名片："明天九点以后，你来我们医院找我。"

"我明天上午跟导师已有约了，结束后就过去找你，可以吗？估计会有点晚。"

"没问题。"

博士生走后，叶繁枝却不由想起了大哥叶繁木。

大哥的脾气不好，是不是因为双腿不能行走引起了自卑？大哥经常发脾气，是不是因为内心惶恐不安，心中害怕呢？

想来是的。大哥也不是万能的。

大哥和自己一样，也是会伤心害怕，也是会惶恐不安的。只是他内心太过骄傲了，不想让她知道，所以他长期以来用愤怒和暴躁来掩饰这一切。是自己太粗心了，一直没有注意到。叶繁枝顿时心疼万分。她好后悔以前每天只顾着工作，没有更好地与大哥沟通，更好地照顾到他的情绪。

于是，花店下班的时候，她给大哥买了啤酒和烧烤。虽然大哥要吃很多药，不能随便喝酒，但偶尔喝一次应该也没有关系。

回到家，大哥叶繁木的房门紧闭。她敲了敲房门："大哥，你睡了没？我买了你爱吃的啤酒和烤串。你要不要吃点再睡？"

隔了片刻，叶繁木才沙哑出声："我今天有点累，已经睡下了。不吃了。"

"哦，好的。那你早点休息。"

第二天上午，叶繁枝拨通简余彦办公室电话，简余彦的声音传了过来："你好，这里是简余彦医生办公室。"

叶繁枝说："简医生，我是美容咨询师叶繁枝。不知道你今天上午十一点半左右有没有空？我有个客户，想要咨询几项手术，不知道你有没有时间帮忙面诊一下？"

简余彦抬手看了看腕表，说："好，等下客户到了，你把他带上来吧。"

博士生比预计时间来得晚一些，到达的时候已经是中午休息时间了，叶繁枝敲门进了办公室，一身白大褂的简余彦正站在窗前。听到声音，他含笑转过身来，说："请坐。"

博士生放下了双肩包，入座后，似有些不安，又去扶了扶自己的黑框眼镜。

叶繁枝给两人做了一下简单的介绍。

简余彦问："石先生对整形手术有什么了解吗？比如隆鼻的种类，就有单纯隆鼻和综合隆鼻。"

"我查过一些资料，有一点了解。单纯隆鼻比较适合鼻头、鼻尖天生形状就好，但鼻梁低山根塌陷的人。综合隆鼻，顾名思义就是从鼻子的各个部位进行综合改善。我个人觉得我是适合综合隆鼻的。"但凡说到资料数据之类的，博士生总是头头是道，让人刮目相看。

"石先生查得很详细。按你的情况来看，确实适合综合隆鼻。"简余彦说，"鼻头这里要缩小并抬高……山根的地方也要垫高，可以通过植入肋软骨延长并抬高鼻尖……"

"取肋软骨的创伤会不会很大？会不会对我以后的生活工作有影响？"

"不会。只需要很小一块，不会造成很大的创伤。肋软骨支持力很强，而且还有很多，用一小块是完全不会对你以后的生活工作产生影响的。另外，其实现在单眼皮也很流行，并不是非要做双眼皮这一项手术的。当然，如果你已经决定了的话，在眼睛这里，到时候可以做一个切开式双眼皮……"

简余彦与博士生进行了详细的交流，在充分了解博士生的要求后，又询问了他的病史和服药史等情况，最后设计了一个手术方案。

中途，有护士推开门，看见办公室里有人，诧异地脱口而出："简医生，你刚做了一上午的手术，连口水都没喝，怎么又在接待客户了呢？"

叶繁枝这才反应过来，简余彦这是特地为了这位博士生而加班。

"关于磨腮削骨手术，其实是在口腔内侧靠近下颌角的地方切开，切除多余下颌骨内外两层，然后打磨颌骨外板的边缘，让其变薄。这个手术有一定风险，我个人不建议你做。因为以你的情况，做了综合隆鼻和双眼皮手术后，整张脸就会有很大的改观。若是你坚持要做磨腮削骨手术，可以等这两个手术完成，恢复之后，再做决定。"

"好的，谢谢简医生。"博士生欣然同意了简余彦的手术方案。

简余彦说："最后，我作为专业整形医生必须提醒你：任何美容整形手术都存在风险和隐患，所以千万不要贸然决定。因为整容手术可能是你一生中所做的最大决定之一，会影响你接下来的工作和生活。你要考虑清楚，再做决定。还有，对术后的效果不要过分期待。我们医生所能做的都是根据你们自身情况进行改善。有的时候，可能并不能完全达到你们的期许。"

博士生扶了扶眼镜框，说："谢谢你，简医生。这些话叶小姐也郑重地跟我说过。我已经决定了，不然我也不会来医院。"

叶繁枝按照流程填写问诊记录及相关病例档案，然后带他去拍照，并签下了合同。最后又再三叮嘱了注意事项。博士生临走时对叶繁枝再三感谢。

"手术前两个星期，我会再与你联系，并且告知你各项手术前事宜。如果你有任何问题，请及时与我联系。"

"叶小姐，你好认真负责。"

"这是我分内的事。"

等一切结束，博士生跟他们道谢告辞的时候，已经是下午两点了。

简余彦看了看腕表："叶小姐，这个点食堂已经关门了。如果不介意的话，我请你到对面的麦当劳吃顿简餐吧。"

"谢谢简医生，现在已经到上班时间了，我随便吃点就可以了。"

简余彦点了点头，也不再客套。他双手抱胸，望着叶繁枝离去的背影，一副若有所思的样子。

他知道，叶繁枝在刻意与他保持距离。

叶繁枝穿过马路进了对面的便利店，选了一个三明治。当她转身去付款的时候，便利店门口再度响起了"欢迎光临"的声音，叶繁枝与来人擦肩而过，闻到了一股熟悉至极的气味。

那是一种身体的气味夹杂着淡淡消毒水的味道，是那个人独有的味道。叶繁枝抬头，果然看到了李长信。

便利店旁边有一家美国某品牌的咖啡连锁店，平素徐碧婷等人最喜欢那里的咖啡、蛋糕、三明治，叶繁枝隔三岔五就会被庄依林等人差遣跑腿。她是为了省钱所以进这家便利店的，但如今的李长信却是不差钱的，所以她不知道为何他会来这里买东西。

李长信很快取了食物，来到她身后排队。他一接近，叶繁枝甚至敏感地察觉到了来自他身上的热度。

那一瞬间，就像医闹时他紧抱她的那次，叶繁枝整个人不受控地泛起了那熟悉的战栗之感。

之后的每一秒对叶繁枝来说都是一种煎熬，她紧握着手里的三明治，屏气凝神，排队等待着付款。

也不知过了多久，终于轮到了她。叶繁枝递上三明治，准备扫码付款的时候，只听身后的李长信对收款员说："我帮她一起埋单。"

就算是医院里的一个普通员工，李长信身为院长顺便帮忙埋一次单好像也是可以的。如此一想，叶繁枝也就不拒绝了。她用员工该有的态度，恭恭敬敬地道了声谢。

随后，她便取过三明治出了便利店，右转进了购物中心。经过垃圾桶的时候，叶繁枝停下了脚步，定定瞧着手里这个被她捏得包装都开裂的三明治。她注意到了，李长信刚才买的也是同一款三明治，另加一杯咖啡。

这是便利店里最普通最便宜的一款西红柿鸡蛋火腿三明治。薄薄的两片面包夹了一个煎鸡蛋、几片煎火腿和一片西红柿而已。

婚后的她曾为他的早晚餐费尽了心思。早餐方面，一三五中式，二四六西式，星期天则是陪奶奶和长乐去吃广式早茶。因为他喜欢吃这个口味的三明治，所以她很用心学了做法。清晨时分，在他洗漱时，她便在厨房煮咖啡，烤面包片，切西红柿，煎蛋煎火腿。

他一进客厅，她便端上做好的三明治和热气腾腾的咖啡。

两人在小餐桌旁相对而坐，在温柔舒展的晨光里用完一顿默默无言的早餐。

那时候，他完全没什么可以与她交谈的。从来都是她主动找话题：
"老公，晚餐想吃什么？要不，我去医院陪你吃晚餐？"

"不用了，今天手术比较多，会很忙。"

"老公，星期天去奶奶家，有什么要特别准备的吗？"

"你看着办吧。"

"老公，马上要换季了，要不要给奶奶和长乐买几套衣服？你找个时间陪我一起去挑，好不好？"

"我很忙，你自己看着办就行了。"

"老公，爸爸说后天晚上让我们去吃饭。"

"这个星期我手术都排满了。"

"好吧，我跟爸爸说改下个星期。"

"你看着办吧。"

"老公……"

"你看着办吧。"

那时候，两人的交谈，他从来都是以这句话作为结束语的。她也知道，但凡他说了这句话，便表示他不想再在这个话题上继续下去了，她便会很识趣地结束。

当年的他，根本无意进入她的世界。而她则很想进入他的世界，与他真正地融为一体。但从一开始，李长信就对她关闭了心门。无论她怎么努力，最后都只是徒劳。

叶繁枝不知自己盯着三明治瞧了多久。回过神后，她默默地把三明治扔进了垃圾桶。

她又站了片刻，直到她口袋里的电话响了起来。叶繁枝摸出一看，是一个熟悉的名字。她接通了电话："范太太，你好……你这边急需多少钱……好……我想想办法。"

电话那头的人又说了几句才挂了电话。叶繁枝进了商场洗手间，疲惫万分地捂住了脸。

她哪里有什么办法可想呢？！

如今连江一心的护工费，她都是拖到了医院发工资才能付给她。也幸好江一心温柔善良，从来不跟她计较这些，依然费心尽力地照顾她大哥，并且总是安慰她说："繁枝，没关系，我有钱的。我又不是等着买米下锅，你不用急着给我。"

叶家落难后，曾经所谓的世交和朋友都避他们如避蛇蝎。一夕之间，她和大哥失去了所有的朋友。

那时候的她，压力太大了，真的很想跟人说说话，希望有人可以鼓励安慰她，所以她联系过一个曾经在基金会里一起工作的女性朋友。两人一度很亲近友好，她的确是把叶繁枝当成好朋友的。但那个所谓的好朋友，每次接到她的电话都说现在有事在忙，等下给她回电话。起初一两次，她还傻傻地等她的电话，但她从未接到过任何回电。三四次之后，她才反应过来，这不过是对方刻意而为之的拒绝手段。

另一边的便利店，李长信复杂无言地目送着叶繁枝的背影离开。

如今的她居然节俭到了连午餐都舍不得买一瓶饮料的地步。

事实上，李长信刚从一台手术下来，精疲力竭，食欲全无。他在办公室窗前小憩片刻，便看到叶繁枝从医院大楼出来。他看着她穿过马路，进入了这家便利店。

他不知自己怎么了，冲动地出了办公室，也来到了这里。

李长信在便利店的卡座坐了下来，打开了手中的三明治，缓缓地将其送入了口中。

食材乏善可陈，味道自然也算不上好。不像当年她做的，面包香脆松软，鸡蛋热热的，西红柿新鲜爽口，每一口都有无穷滋味。至于咖啡，她都是买最好最贵的咖啡豆，杯杯香醇。而这里的咖啡，简直与洗碗水无异。

事实上，婚前他喝的咖啡，都可谓是洗碗水。

是她，把他的嘴惯坏了，养刁了。

曾经有一回，他与乔家轩在酒吧喝酒。乔家轩晃着手里的威士忌杯子，问了他一个奇怪的问题："长信，你在国外这段时间里有想起过她吗？"

这个她，当然是指代他的前妻——叶繁枝。

有的。

早上起床，拉开衣柜，发现里面再没有她熨烫整齐并成套搭配好的衣物的时候。

餐桌上再没有她做的热气腾腾的早餐的时候。

出门的时候，门口再没有擦得干净锃亮的皮鞋的时候。

傍晚，再没有人不停打电话问他什么时候回家，晚餐想吃什么的时候。

加班回家，再没有整齐摆放好的拖鞋，餐桌上再没有夜宵的时候。

深夜时分，一个人孤枕难眠，辗转反侧的时候。

可就算是面对着自己的知己好友，李长信连承认的勇气也没有。他只是一口气喝光杯中的酒，而后抿着嘴摇了摇头。

乔家轩大约是喝醉了，对他露出了一个难看到极点的微笑："可是我有，长信。我一直很想很想她。"

这个她，则是指乔家轩的前妻——傅佩嘉。

"是不是觉得很奇怪？明明是我利用她复了仇，得到所有的一切。明明是我要离婚的，明明是我把她一脚踢走的。可是，我为什么会那么想她？有的时候，我都控制不住自己，好想好想去拥抱她，去吻她……"

李长信一个没忍住，把嘴里的酒喷了出来。为了防止乔家轩在酒吧里再大声嚷嚷着说出其他惊世骇俗的话，他只好把他拖了出来。

那晚，在只有他们两人的车里，在喝醉睡着的乔家轩面前，他终于说了一句话："我有想过她的，不止一次！"

可是这句话，除了那晚的空气，再无其他人知道。

如今的叶繁枝，处处躲着他，并不愿和他有过多接触，也不愿跟他牵扯上任何关系。

而如今的他，却像是魔怔了一般，每每忙碌过后便会想起她，想见到她，想拥抱她，想亲吻她……

并且这种想法一日比一日来得强烈，李长信不知道自己这到底是怎么了。

/第7章/ 假扮女友

简余彦照例来买花。叶繁枝精心给他挑选了花朵，漂漂亮亮地包扎好，双手捧给了他："简医生，谢谢你那天救我。这是我的一点小心意，请一定要收下。"

"好吧，那我就却之不恭了，谢谢。"简余彦盛情难却，没有再坚持。他拿起花束，走到门口，却又停住了脚步，转身说："叶小姐。"

叶繁枝察觉到了他的欲言又止，遂微笑道："简医生，有事吗？"

"叶小姐，不知你是否可以帮我一个忙。"

"什么忙？"

"我想请你做一份兼职工作。"

"兼职工作？"叶繁枝睁大了眼，而后她摇头说，"简医生，你是知道的，我每天做两份工，就算有心，也根本没有多余的时间再做另外的兼职。"

"事实上，这是一份极其简单的工作。每个月只要占用你几个小时的时间，工作期间有专职司机接送。至于叶小姐你……全程只要负责吃吃喝喝、微笑如花就可以了。最重要的是时薪特别高。"

叶繁枝有点被他绕晕了："每个月只需要几个小时，工作期间有专职司机接送，而我只要负责吃吃喝喝、微笑如花。请问简医生，这么好的工作到底是什么？"

简余彦解释说："是这样的。为了应付长辈，我急需找一个女朋友。所以呢，我想请你假扮我女朋友一段时间。"

此话一出，叶繁枝顿时惊呆了：简余彦怎么可能没有女朋友？！

"可是……简医生你应该不缺女朋友人选啊。"

且不说简余彦出众的学历和工作，单以他的外貌，追女生可以说是手到擒来。再说了，只要简余彦愿意，庄依林或者医院里的很多女生分分钟都可以成为他的女朋友。

简余彦淡淡地说："如果我想要，确实可以有很多女朋友。但是呢，我是一个非常挑剔的人。哪怕是假扮我女朋友的人，也要入得了我的眼才行。"

不只如此，人品更是要有保证。另外最重要的一点是不会对他有什么非分之想，妄想着假戏真做。否则会留下后遗症，处理起来会很麻烦。当然，这些话是简余彦后来才告诉叶繁枝的。

简余彦救过她，所以她是不应该拒绝的。叶繁枝刚欲开口答应，简余彦又说："叶小姐如果愿意接受这份兼职工作的话，我愿意付给你一笔可观的报酬。当然……如果你觉得为难的话，就当我从来没有说过这个提议。"

叶繁枝这两天正在为范太太急需的那笔钱头疼，简余彦这个提议正好可以解决她的燃眉之急。但叶繁枝还是说："简医生，我可以临时扮演你的女朋友。至于报酬就不用了。"

"为什么不用报酬？你肯答应已经是帮我一个大帮忙了。报酬我是一定要付你的。"简余彦见叶繁枝一副为难表情，便把话摊开来说了，"你想想看，就算我去网上租一个假女友，那也是要付费。再说了，我又不差这点钱。你肯答应，我已经感激不尽了。"

简余彦趁热打铁："这样吧。既然你答应了，时间我们先暂定三个月吧。至于报酬我可以先一次性付给你……"他报出了一个很让人心动的数字。

"这么多！"叶繁枝瞠目结舌地望着他，不可置信地说，"那在这三个月内，我具体要做些什么？"

简余彦说："你每个月都需要陪我去一个地方见一个人或者一些人。假如遇到逢年过节次数增加的话，我另外再加钱给你。"

"就这么简单吗？可这报酬也太高了吧？！"

简余彦微微一笑，说："因为我是简余彦。因为我很有钱，比你想象的更加有钱。"

叶繁枝再度被他惊住了：竟然还有这样回答的。

她想了想："简医生，我可不可以提一个小要求？"

"你说。"

"我假扮你女朋友的事情，除了你的家人，我不想让其他人知道。"叶繁枝想到庄依林虎视眈眈、势在必得的样子，心都下沉了几分。

简余彦看出了她的顾虑，说："我只需要你在我长辈面前配合我。除此之外，你依然是你，我依然是我。"

虽然庄依林等人抱团排挤她，但自打博士生的事情后，叶繁枝发现了一个时间"断点"，在这个时间"断点"里照样可以接待客户。那就是中午的午休时间和下班后的一个小时。

中午午休，庄依林等人自然是不会待在医院的，她们最喜欢去对面逛商场，每每挨着下午上班的点才回到医院。傍晚时分，到了下班时间，她们更是不愿意多待一分钟的，在下班前三十分钟便三五成群地去更衣室换衣服聊天，挨到点就急不可耐地离开了。

然而，叶繁枝却发现，在这两个时间段，经常会有客户上门。她手上的好几个客户都是在这两个时间段签下来的。

发现这个秘密之后，她和家希商量了一下，在家希不上课的时候，她每天下班都会推迟半个小时或者一个小时。

星期四这天傍晚，叶繁枝送走了一个下班来咨询且尚在犹豫中的客户，并成功地留下了联系方式。忽然只听"啪啪"的鼓掌声传来，叶繁枝抬头，看到了靠在柱子上闲适鼓掌的简余彦。

"数日不见，刮目相看啊。"

叶繁枝莞尔一笑。

简余彦看了看腕表，说："我们走吧。"

今天简余彦说要带她去改造一下，明晚将要进入正式扮演阶段。

李长信与徐碧婷这时从电梯里出来，正好看到叶繁枝坐上简余彦的车远去的画面。

徐碧婷不动声色地拿出手机，拍下了照片。数十秒之后，庄依林便收到了照片和徐碧婷发过来的一行字："好好考虑我前些天的合作提议。男人是靠不住的，我们女人唯一靠得住的还是钱。"

半晌后，徐碧婷收到了庄依林的回复："好，我答应和你合作。分成的事我们再具体谈。"

车子停在十字路口等候红灯的时候，简余彦侧过脸，很认真地对叶繁枝说："叶小姐，不知道你方不方便回答我一个问题？"

"简医生，你说。"

"你为什么一直避开我？"

这个问题有些尴尬，而且叶繁枝觉得简余彦不可能不知道原因，所以她只好装聋作哑："我没有避你啊。"

"叶小姐，我们都不是小学生了。"简余彦刻意停顿了下来，意有所指地说，"是因为某些人吗？比如我们医院的某个人或某几个人。"

看来，这年头大家都心明如镜。但叶繁枝也唯有沉默以对。

"叶小姐，我简余彦从来不是谁的谁，也不可能会是那些人的谁。"

简余彦的潜台词是他根本对庄依林没有任何想法，还是让她根本不用如此避着他？无论是哪种，叶繁枝都无意也不便与他展开深入讨论，所以只好用微笑以作应答。

幸好不多时，便来到了目的地，简余彦准备停车："据说这家店铺不错，提供洛海最顶尖最有品位的礼服。"

"简大医生，我们这是要去参加国宴吗？要不要这么隆重啊？"叶繁枝含笑转头，当看到店铺精致招牌的那一秒，脸色顿时微微一变。她并不陌生，这里的老板是洛海城的名媛舒曼。舒曼是个集美貌和智慧于一身的美女，极具商业头脑，利用自身的名气和影响力，将店铺经营得有声有色，让这里成为洛海首屈一指的名媛消费中心。里面从美容SPA到各种最新款的高定礼服等，只要洛海城名媛感兴趣的，店铺都有提供。

叶繁枝当年的婚纱就是通过舒曼的店跟某位大设计师定制的，所以与舒曼有过数面之缘。

但今天，她很庆幸舒曼并不在这里。不过想来也是，以舒曼和她男友的实力，在这洛海城能让她亲自出马接待的人，总共也就那么几位而已。

店铺里的高级接待人员殷勤地前来招呼他们，并按简余彦的要求为叶繁枝提供了尊贵贴心服务。

叶繁枝对接待人员挑选衣物的品位是十分认同的，在接待人员的帮助下稍稍打理了一下头发，换上了礼服。此时简余彦早已经换上了一身黑色西服，得体的西服越发将他的腿衬托得修长无比。叶繁枝第一次试穿出来，简余彦便瞠目结舌，半天说不出话来。

最后，他双手抱胸，哑然失笑："站在我面前的，真的是叶繁枝小姐吗？"

接待人员亦很是风趣："简先生，您放心。确实是仙女本人。"

白色清新如风，黑色端庄大方，海蓝色高贵美丽，粉紫色风姿绰约，每一种的风情都叫简余彦惊艳不已。

他亦觉得纳闷不已：不过是长发微卷，慵懒地披在身后，加上化了点妆，怎么就像换了个人似的，艳光四射，让人不敢直视。

"叶小姐和简先生决定选哪一款礼服？"

叶繁枝望向简余彦，让他决定。毕竟明天去的是简余彦的场子，自然什么都听简余彦的。

简余彦沉默再三，犹豫不决："实在是很难选。"

"叶小姐无论穿哪一款都很出色，这四款中的任何一款都可以跟简先生搭配成情侣装。"

最后简余彦选了粉紫色。他的理由是黑白两色太常规了，一个会场每次都有十个八个女子穿这两种颜色。海蓝和粉紫两种颜色里面，粉紫色的礼服更有女人味。

简余彦又让接待人员给她配了好几款日常裙装。他见叶繁枝有拒绝之意，便开门见山地对她说："叶小姐，事实上，这些都是工作服。如今打游戏都要配各种装备了，我们出席不同的场合也是需要不同衣服的，对不对？"

叶繁枝从前也陪父亲见长辈朋友，出席各种不同场合，自然明白不同场合对于着装的不同需要。衣着得体，是对主人家的尊重，也是对自己的尊重。于是，她便点了点头，不再拒绝了。出来时，叶繁枝换上了其中一条黑色日常裙装。

徐碧婷和李长信与几个朋友约的地方是一家新开的西餐厅。李长信与徐碧婷的座位是背对着门口的，吃到一半，只见对面两个男性朋友的目光明显一怔。

李长信不明所以地问："怎么了？"

朋友笑道："看到了一个近乎满分的大美女正朝我款款而来，我职业病发作了，正在分析是先天的还是后期加工的……"

同是一个医疗美容圈的整形美容医生，本身就是美女制造者，对他们来说真正是对各式美女都司空见惯了，居然还会有这般惊艳表情。这让徐碧婷都来了几分兴致，转过头想看看这美女到底是怎么个美法。

她这一看，却是一愣，缓步而来的竟然是简余彦。而他身旁站着的，正是长发侧分、烈焰红唇的叶繁枝。

简余彦与他们一照面，也惊讶万分："李院，徐医生，好巧啊。"

李长信终于知道对面两个朋友为什么会发愣了。稍作打扮后的叶繁枝，将这一条款式普通、裁剪大方的黑裙穿出了绝代风华的味道，一出现便吸引了所有人的目光。

乍然看见李长信，叶繁枝眼里的愕然并不比李长信少半分。她下意识地往简余彦身后挪了挪，想阻挡李长信投过来的锐利逼人的视线。李长信见状，脸一时有些控制不住的僵硬。

"简医生，真是好巧。你这是和女朋友共进晚餐吗？"徐碧婷未语先笑，意有所指。

简余彦笑笑，避而不答。

李长信给简余彦和两位朋友做了简单的介绍，在为叶繁枝介绍的时候，他稍稍停顿了片刻，才淡淡地说了一句："这位叶小姐是我们医院的美容咨询师。"

简余彦与他们寒暄了几句，便礼貌地颔首："李院，徐医生，不打扰你们和朋友聚餐了，你们慢用。"

徐碧婷笑盈盈地说："我们也不打扰两位的浪漫时光了。"

朋友握着酒杯目送两人离开，似笑非笑地说："长信，想不到你们医院的美容咨询师都美到可以做活招牌了。怪不得你这两年客似云来，赚得盆满钵满。"

"招美容咨询师当然要找些漂亮的。不然，想整形的人都会对医院没有信心。二来，看着也赏心悦目不是。你看，碧婷今晚坐在我对面，我酒都多喝了两杯。"另一个朋友似笑非笑地看着徐碧婷，但两人的目光刚一接触便默契地移开了，其中深意唯有两人自己知道。

叶繁枝比当年清瘦了不少，今晚这件黑裙将她完美的身材勾勒了出来，将她的腰衬托得越发不盈一握了……李长信突然像被一只大手掐住了喉咙一样，一种阴郁烦闷的窒息感瞬间扩散开来，令他再无食欲。

事实上，他早就发现了简余彦经常会去叶繁枝打工的花店买花，两人私底下的互动颇多。而简余彦看叶繁枝的眼神，也越来越不同了。

同为男性，他懂得那眼神代表了什么。她已经成功引起了简余彦的兴趣。

但凡一个男人对一个女人感兴趣，便会想着进一步。风流不羁、浪荡成性的男人对一个女人感兴趣，目的极明显，就是赤裸裸地想睡她。而一般男人对一个女人感兴趣，便是想要进一步深入了解，试图建立一段稳定的关系，但到最后也是想睡她。两者不过是在时间长短上略有差别，在过程上略有不同而已，事实上却是殊途同归。

至于简余彦，无论是从哪一方面考虑，对女生而言，的确都是很不错的对象。假如他是叶繁枝的话，也会好好把握这个机会。

再说了这种投怀送抱的事情她又不是没做过，当年就是她主动接近他，主动亲吻他的，主动招惹他的……她驾轻就熟得很，只要依样画葫芦，再来一回就行了……

再说了，她只要和简余彦在一起，所有的问题都可以迎刃而解。毕竟，作为简家三少，自身又是颇具实力的整形外科医生，完全有这个经济能力妥善地照顾好她和她大哥。

李长信紧握着刀叉，越想越气短胸闷。

终于，李长信再也无法控制自己，他骤然起身，不料带倒了一旁的红酒杯子，"啪"的一声清脆声响传来，杯子砸在地上，碎裂成玻璃碴。

"长信，你没事吧？"朋友关切相询。

服务人员见状，赶忙过来清理。

"我没事。"李长信的视线里出现了一个妙曼身影，他眼神一顿，说，"我去洗手间整理一下，失陪。"

李长信用凉水洗了一把脸，做了几次深呼吸，总算是让自己平复了下来。他有条不紊地抽了纸巾擦干，又清理了一下袖子，整理了一下领子。

以前上班的每一天，她都会送他到门口，温柔地替他整理一下衣物，叮嘱他小心驾驶，晚上早点回家之类的。

刚结婚的时候，她会亲吻他的脸。他当时极度讨厌她，总是冷着一张脸毫不犹豫地避开她。她脸上有一闪而过的难过表情，但很快又扬起了笑脸。后来，大约知道他不喜欢这些亲热动作，便只是替他简单整理衣领和领带而已。

可如今的李长信想起，当时的那种厌恶感却已经淡无踪迹了。他现在体味到了一种难以言喻的复杂味道。

李长信出了洗手间，才在转弯处站定，便看到叶繁枝从洗手间出来。她补了点妆，唇上仿佛沾染了春色，明媚娇艳。

李长信双手倏地捏握成拳。打扮得这么好给谁看？自然是简余彦。自己所有的猜测显然成真，她果然在故技重施了！

叶繁枝抬眼便看到李长信正盯着自己，他眼睛里面好像有什么东西正激烈起伏，仿佛这东西随时会涌动而出。她整个人顿时一僵，随即垂下视线，礼节性地唤了声："李院，你好。"

李长信本就压着满腔怒火无处发泄，此时看到她闪躲的眼神，仿佛见他如见了蛇蝎。又被她这么一称呼，越发咬牙切齿了。他恶狠狠地瞪了她两眼，便转身离开了。

叶繁枝不知自己哪里惹到他了，站在原地，许久未动。

简余彦的车子缓缓地驶进了一座占地广阔的半山豪宅。此时，天色将暗，整座豪宅灯火通明，金碧辉煌。

洛海城有两大豪宅区：一处是环湖路的老豪宅区，正对着日月湖的漠漠平波，环境清幽雅致；另一处则是半山豪宅，可俯视整个洛海城。住在这两个豪宅区的人都是非富即贵。

刚才叶繁枝见车子往山上行驶，便意识到简余彦的家境应该是不错的。他那句不差钱估计还真不是玩笑话。此时一见，她很是惊愕：想不到简余彦家世背景竟然如此雄厚。当年拥有叶氏医院的叶家也算是城中富裕家庭，但跟简余彦这种豪富家相比，显然还是有很大差距的。

昨晚用餐时，简余彦才告诉她今天是他奶奶八十五大寿，所以会带她去给奶奶祝寿。

另外，他直言不讳地告诉她："我找人假扮女朋友的事情，就是因为我奶奶。她见我老大不小了，每天催我找女朋友。不仅如此，她还费尽心思地给我找各种女生相亲。我实在受不了，所以只好想了这个办法搪塞她。"

他还开玩笑地说："你可一定要好好配合我演戏。我接下来有没有好日子过，可都靠你了。"

叶繁枝当时简单地以为只是简家的亲朋好友聚在一起吃顿饭给老太太庆祝而已。如今一见简家的阵仗，她想起了庄依林势在必得的样子，背脊顿时冒出一层冷汗：现在的简余彦在医院众人眼里已然是块大肥肉了，若是庄依林知道他的家世背景，那还不飞扑而上，把她给大卸八块啊。

车子一停下，便有身着三件式西服的老人前来开车门："哎呀，小少爷，你可算是来了。老夫人都问了好几遍了。"

"今天是奶奶的八十五大寿，我怎么会不来呢？怎么，有人巴不得我不来吗？"简余彦的语气里饱含了戾气。

叶繁枝闻言，也莫名诧异。这般阴阳怪气的简余彦，她是头一回见到。

白管家见了他，本是一副如释重负的表情，闻言，顿时又紧张了起来："小少爷，今晚可是老夫人八十五大寿，所以大办了一回，可不是往年的家宴，你可千万不能跟先生吵起来。要是在外人面前闹起来，丢的可是咱们简家的脸面。"

"行了，行了，我知道了。我还不屑跟他吵呢。"

白管家抹了一把冷汗后，总算是把目光投向了简余彦身旁的副驾驶位置。他一看到叶繁枝，脸上就像变戏法似的，一下子又惊喜起来："哎呀，小少爷，这位……这位是你的女朋友？"

简余彦点了点头，向叶繁枝介绍说："这位有魔音穿耳之术的老头是白管家，我一直管他叫白爷爷。他这个糟老头子一点都不可爱，但他有位可爱的老婆，我叫她白奶奶。他要是跟你说话，你自动把耳朵封住就可以了。"

"小少爷……"

叶繁枝礼貌地欠身，唤了一声"白爷爷，您好"。

白管家眼睛一亮，笑眯眯地做了个"请进"的姿势："你好，快请进，请进。"

此时，简家已灯火通明，觥筹交错。

"先生，小少爷和他女朋友来了。"

闻言，简贤同和他身边的朋友都转过了身来。

大厅里有一盏巨大的水晶吊灯，光华灿烂。角落的乐队奏着低缓悦耳的音乐，与宾客们细细碎碎的交谈声、欢笑声交织成了一片。

然而这种氛围，都在简贤同和他朋友们的转身之际骤然凝固了。

那个与简贤同交谈的人，竟然是李长信。

李长信怎么会在这里？！

生活就是这般滑稽可笑。当你想见一个人的时候，经常是费尽了心力，却怎么也见不到。但有的时候，你不想见一个人，却随时随地可以遇到。

李长信拿着酒杯，本是嘴角含笑，一副温和的表情。可是，在他看清简余彦和叶繁枝手拉手的那一秒，那抹笑意便蓦地消失了，眼神更是有些慑人。

简贤同表情淡淡地说了一句："来了啊。"这话是对简余彦说的，但他的目光却在叶繁枝身上刻意停留了好几秒。

简余彦说："今天奶奶大寿，我自然是要来给她祝寿。怎么？你觉得见到我这个儿子碍你眼了是吗？你放心，给奶奶祝寿完，我立刻就走。"

简贤同一下子被这个处处跟自己对着干的儿子给惹怒了，但考虑到这么多人在场，他强抑着自己，压着声音说："既然你这么心不甘情不愿的，不如给我回去？"

简余彦哼了声："回就回。我给奶奶磕过头，马上就离开。你以为我稀罕来吗？！要不是奶奶大寿，你就算是求我，我也不会踏进这里半步。"

简贤同脸色铁青，怒不可遏，从牙缝里蹦出了一个"你"字。

白管家见两人又针锋相对了，忙打圆场："我的先生少爷啊，你们能不能就和好一个晚上？小少爷，今晚可是老夫人八十五大寿。老夫人难得同意逢五大办一回。你看在这日子上，也别跟先生怄气啊。"

"你以为我想跟他怄气？！你看看他这态度。"简贤同生气地说。

白管家虽然名义上是简家管家，但他一直跟随着简贤同的父亲，一路看顾着简贤同长大，对简贤同来说，白管家就如同长辈一般，他素来尊敬有加。简贤同在白管家的劝慰下，总算是控制住了怒火，吩咐说："先去楼上见你奶奶，一家人都在等你给你奶奶祝寿呢。"

简余彦连应都未应一声，拉着叶繁枝便欲转身离开。叶繁枝怕失了礼仪，朝简贤同欠了欠身："简先生，您好。我们先失陪一下。"

这一句问候倒让简贤同的目光里瞬间闪过一丝赞许之意。

简余彦这才想起要给简贤同介绍："这是我的女朋友叶繁枝。李院也认识的，她是我们医院的美容咨询师。"

李长信礼节性地勾唇微笑，拿着酒杯的手却因用力而指节泛白。

简贤同一愣，随即颔首："你好，叶小姐，欢迎。"

"你欢不欢迎，我们根本不在乎。"简余彦说着便拉着叶繁枝的手要走，丝毫不给简贤同半分面子，"走吧，我们先上楼去见奶奶。"

简贤同又气又怒，偏偏又拿这个儿子无可奈何。他对李长信说："长信，让你见笑了。我去给我母亲祝寿，先失陪一下。你把这里当自个儿家，自己招呼自己。"

李长信欠身说："简先生，您忙。"

叶繁枝今日所穿的这款无袖礼服，前后都是 V 领，款式并不性感。从李长信的角度看，能看见她长卷发下那隐约露出的肌肤，初雪般晶莹白嫩。

视线往下，是简余彦与叶繁枝紧扣的手指。

李长信顿觉刚才咽下的那几口红酒回味酸涩，毫无简贤同所说的半分甘醇。

简老夫人所在的大套房里，围着简贤同的太太郭芳洁和他们的一子一女。

简家二小姐简在晶一见简余彦便夹枪带棒地说："哎哟，我们家最尊贵的三少爷，你可算来了。奶奶盼你可是盼得脖子都长了呢。这不，一家人都等着你一起来敬茶呢。"

简余彦扫了她一眼，并不搭话。

叶繁枝注意到了站在简在晶身旁通身华贵珠宝的妇人并不是简余彦的母亲。

简老夫人穿了身杏色底祥云纹真丝旗袍，一头白发，肤色白皙，雍容华贵。她一见简余彦，便喜笑颜开："阿彦，可算是来了，快到奶奶这边来。"

她是旧式大家族出身的大小姐，打小便被父母长辈要求娴静守礼，温声细语。后来嫁进了简家，也一直被简老爷捧在手上。哪怕是见了简余彦开心至极，说话仍旧是温温柔柔的。叶繁枝一见，只觉这个慈眉善目的老太太仿佛是个精致的瓷娃娃，要小心翼翼地轻拿轻放。

自打见了叶繁枝，简老夫人的视线便再没有挪开："阿彦，这位小姐是？"

简余彦在简老夫人的椅子前蹲了下来："奶奶，十八岁生日快乐。这是我的女朋友繁枝。您不是说一直想看看我的女朋友吗？今天啊，我特地带她一起来给您祝寿。怎么样？意不意外？惊不惊喜？"

闻言，简老夫人脸上乐开了花，连连点头："太意外了，太惊喜了。"

叶繁枝上前说："奶奶好，我是繁枝。祝奶奶身体健康，福寿绵长。"

简老夫人见她举止得体，气质又佳，与简余彦站在一起就如同一对璧人，早已满意得不得了："好，好。好孩子，你叫繁枝是吧？"

"是，奶奶。我叫繁枝，枝繁叶茂的繁枝。"

"枝繁叶茂，多子多孙。真是个好名字，好名字啊。"简老夫人拉起叶繁枝的手，仔仔细细端详了片刻，才转头说，"这孩子长得可真俊啊。"

陪在简老夫人身边的白管家夫人听后，笑道："老夫人，现在夸人都不流行夸俊了，要说可爱，有气质。"

简老夫人一听："是吗？行，我改。这孩子长得真好看，真可爱，真有气质。"这句话把叶繁枝说得羞涩地微笑起来。

简老夫人拉着叶繁枝的手，又跟简余彦轻声说话："阿彦，医院的工作是不是很忙很辛苦？你看你，怎么又瘦了。当年你爷爷就说，医生这一行是个苦活，说以后有你辛苦的。你看，都让他说准了不是？"

"还好。奶奶，在这个社会上啊，只要想把工作做好，每一份工作都很辛苦。"

"这话确实说得不错，是这个理。"简老夫人心疼地摸了摸他的脸，"以后经常带繁枝回来，我让厨房给你们多炖点好汤……"

两人款款说话，旁若无人。简家的另外几人除了简贤同外，脸上的表情都十分"精彩"。

白管家见状，忙提醒简老夫人说："老夫人，家里人都到齐了，祝寿仪式要不就开始吧？"

"那就开始吧。"

简家是大家族，祝寿仪式依然奉行下跪敬茶的旧式礼仪。

先是简贤同下跪奉茶，说了几句祝福语。简老夫人接过，喝了一口。而后是郭芳洁带着两个孩子，简老夫人只是微微沾了沾唇，便递给了白奶奶。简老夫人把准备好的红包一一递给了他们，郭芳洁殷勤万分地道谢。

接着便是简余彦。屋里的众人都把目光落在了叶繁枝身上，叶繁枝见状，一时有些不知如何是好，便等着简余彦的眼色行事。

白奶奶见状，便凑到简老夫人耳边说："老夫人，让繁枝跟小少爷一起给你敬个茶吧。"

简老夫人连连点头："好，好。"

简余彦便拉着叶繁枝的手，在简老夫人面前跪了下来，端了茶说："奶奶，祝您福如东海，寿比南山。您一定要长命百岁，要一直陪着我。"

虽然是千篇一律的祝寿词，但叶繁枝却从中听出了简余彦对奶奶的深情。在父亲面前叛逆的简余彦跟简老夫人显然感情极为深厚。

简老夫人含笑说："好，奶奶一定多活几年。奶奶我啊，还要看着你娶妻生子，给奶奶添一个重孙呢。"

叶繁枝不经意抬头，看见了简贤同眼中隐有泪光。但一旁的简夫人等人的表情却古怪得很，隐隐含了羡慕嫉妒以及恨意。

叶繁枝立刻便察觉到了：简余彦在简家并不受欢迎。这简家里头显然有很多故事。

简老夫人没料到简余彦会带女朋友来，少包了一个红包。她想了想，从手指上摘下了一枚硕大的镶钻翡翠戒指，亲自给叶繁枝戴上："好孩子，这就当奶奶第一次见你的见面礼。"

简夫人郭芳洁和女儿简在晶一见，顿时变了脸色。

这礼物如此贵重，叶繁枝自然是不能收的。但简余彦居然一点客套也没有，对她说："还不快谢谢奶奶。"

作为假女友的叶繁枝只得向简老夫人道谢："谢谢奶奶。"

家人的祝寿仪式一结束，简贤同便对简老夫人说："妈，楼下来了很多客人，我们先下去招呼一下。"

简老夫人柔声应道："好，你们去吧。"

简余彦并不愿意与他们一起下楼，做出一番"家庭和睦"的假象，便开口说："我和繁枝留下来陪奶奶说说话。"

　　简贤同点了点头，他素来对这个儿子既内疚又头疼，此时听他说不下楼，也觉得松了口气，便携着郭芳洁出了门。

　　简在晶跟在他们后面，离开前轻蔑不屑地扔下了一句话："又来了，就只会在奶奶面前装乖讨好。真叫人恶心。"

　　简余彦大约是忍无可忍了，面色一沉，针锋相对地说："在自己奶奶面前撒娇讨好有什么？那种自动倒贴，还讨不到好的人才恶心不是？"

　　简在晶是简家这一代唯一的女孩子，仗着简贤同和郭芳洁的喜爱，平日里在家无法无天惯了。她城府不够，顿时被简余彦气得柳眉倒竖："你！"

　　"我什么我？我妈妈是简家八抬大轿明媒正娶回来的，我叫一声奶奶是天经地义的。你呢？回去记得好好照照镜子！"

　　简在晶被他气得口不择言："你不过就仗着奶奶宠你罢了！可惜啊，你的好日子也快到头了。"

　　简余彦抬手便狠狠地甩了一记耳光过去："这样的话，我听到一次就打你一次。你信是不信？！"

　　简在晶捂着发疼的脸，见简余彦一副凶神恶煞想撕了她的模样，顿时"哇"的一声哭了出来："大哥，他打我！"

　　简在明则是个厉害角色。他素来知道这个从小被母亲宠坏的妹子是个草包。但她竟然愚蠢到不知分寸地在今天的场合说这种话，他都忍不住变了脸色，朝简在晶喝道："你给我闭嘴！"

　　简老夫人一来正拉着叶繁枝说话，二来年纪大了耳背，并不知三人之间具体发生了什么事。但她素来知道简余彦跟郭芳洁的一子一女合不来，担心自己这个最心爱的孙子吃亏，便支起了耳朵，细声细语地问白奶奶："什么？他们在说什么？是让我休息吗？跟他们说我不累。"

简在明怕事情闹大，赶忙拽着妹子，阴冷着一张脸出了门。

之后，简老夫人在儿子简贤同的搀扶下，在寿宴上露了个脸，答谢了众位来宾后，便又上楼了。

回到屋子，简老夫人压了压鬓角："我今晚可算是白忙乎了。"话虽然如此，但语声里却洋溢着欢喜笑意。

白奶奶说："可不是。你是为了给小少爷介绍女朋友才办了这次寿宴的，发了那么多帖子邀请那些有女孩子的世家好友。结果小少爷闷声不响地带了个女朋友回来。"

"阿彦有女朋友就好。这个叫繁枝的孩子，我瞧着不错。你说，我们是不是可以开始筹备阿彦的婚事了？至于婚房的话，环湖路那边的房子也不知道他们喜不喜欢？但那地段那年份的老别墅，如今可是想买都买不到的……可年轻人的想法跟我们这些老骨头不一样……他们会不会嫌弃那房子太大太阴森了……"简老夫人掰着手指，一件一件地盘算了起来。

白奶奶忍不住打断她："老夫人，你这也太心急了。这八字才刚有一撇呢。"

"你看我都这一把岁数了，唯一念想的事情就是可以抱一下阿彦的孩子……"

"这事得慢慢来。"

楼下大厅，郭芳洁拉着儿子简在明的手叮嘱说："今晚来的很多女孩子都是楼上那个老太婆千挑万选出来的，家世人品相貌都是百里挑一的。原本是准备着给那个精神病的儿子相亲的。没想到是瞎子打蚊子——白费了力气。等下啊，你好好转一圈，看看有没有能入眼的。我的意思是挑一个家世最好的。这日后，她娘家也能助你一臂之力。至于你在外面爱怎么玩就怎么玩，妈知道你向来有分寸，是决计不会管你的。"

简在明点了点头。

郭芳洁伸出手，替他整理了领结。这双手这些年来十指不沾阳春水，早被她养得白白嫩嫩的："在明，你是简家长子。这些好东西本来就应该是你的。是妈连累了你，让那老头子老太婆从小就不喜欢你。好在你自己争气。"

"妈，单单我争气没用啊，小妹你也得管着啊。"简在明很是不耐烦。

"我知道。她是女孩子嘛，妈对她就稍微多宠爱了一些。"

"你宠她我没意见！可她如今也大了，你也要让她说话做事懂点分寸。别净给我拖后腿！刚刚她……"

"好好好。妈妈知道了，我这就去说说她。"

大厅另一处，简余彦对叶繁枝说："好了，今晚的任务到此就算圆满完成了。我去跟那边的几位长辈打声招呼。他们都是我爷爷当年的球友，与爷爷交情很好。等我回来，我们就回去了。"

"不跟奶奶说一声就走吗？"

"刚刚已经跟她说过了。她最了解我，知道我从小就不喜欢这种场合。她啊，从来不舍得勉强我的。"

叶繁枝来这里后，本还有几分担心会遇到从前认识的人。但她发现是自己想多了。从前叶家虽然富贵，但显然与简家这种城中大富豪还是有差别的。而且叶父的交友圈都是医学界的朋友，显然与简家的商圈大佬人脉是不同的。

然而，这个念头才刚刚闪过，她便听见身后有讥讽的声音响起："哎哟喂，这不是当年叶氏医院的叶大小姐吗？我刚还以为自己眼花了呢，结果真是你。简家的请柬是怎么发的，居然连这种破落户都能混进来？！"

叶繁枝转身，看到了说话的棕发美女和她身边的三个女生。若是没记错的话，这个棕发女子的父亲也是一家私立医院的院长。她曾经陪父亲叶半农出席过一些场合，与她有过数面之缘。不过因为彼此是竞争对手，仅仅只是认识而已。

其他三个女生一听棕发女子这么一说，顿时七嘴八舌地议论了起来："叶氏医院？怎么听起来这么耳熟？"

"就是几年前院长在判刑那晚猝死的那家医院。那件事当时在洛海也算是轰动一时的。"

"哦，我记起来了。听说那院长贪污受贿，挪用了医院和基金会大笔的钱……"

"对，就是他们家。"棕发美女因有医学界的背景，知道的事情显然比旁人多不少，于是忙着在其他人面前显摆，"听说她还结过婚，找了当时自家医院的一个医生。据说还是倒追倒贴的呢。"

有人都被惊着了，捂着嘴说："什么？！她结过婚？你没弄错吧？我刚刚明明看到她跟那个简家三少在一起……"

"千真万确。"棕发美女嗤声冷笑，"那医生据说本就是有女朋友的，她仗着父亲是院长，硬生生把人家拆散了。才结婚，她父亲一出事，那人就跟她离婚了。"她自然也是看到叶繁枝和简余彦出双入对，在强烈嫉妒之下，才会特地说这番话的。

旁边那个假下巴美女咋舌："真是够恶心的，还强逼着人结婚啊。"

棕发美女冷哼说："这会儿，居然摇身一变，跟简家的三少爷在一起了。她还真以为这场子里没有人知道她的底细呢！"

另外一个丰唇美女讥笑道："哎呀，有什么好大惊小怪的。这年头嘛，只要肯舍，必有所得！脸算什么呀？！"

旁边一个假鼻美女鄙夷不已："可不是。这年头，像简家这么富贵的家庭，从简家三少指缝里流出的一点油，也够这种破落户生活十年八年的。"

······

若是往日，叶繁枝早就气得手脚冰凉了。

然而叶家出事后，叶繁枝在生活和工作中遇到的屈辱太多了。如今的叶繁枝已经强大到不去在意了。嘴长在人家身上，她怎么能管得了呢？！做人呢，问心无愧最重要。

她准备默默离开。忽然，有只手臂搂住了她的腰，简余彦冷冷地扫过众人说："你们围着我女朋友做什么？对她很好奇吗？有什么问题都可以问我。"

他用手指着其中一个女子："来，从你第一个开始。你想问什么？"

那个被简余彦指着的女子很明显手足无措。

"没问题是吧？那下一个。你呢？"

"假面"美女团纷纷噤声不语。

"也没有是吧。那就请你们闭嘴。如果再让我听到你们对我女朋友说一句不客气的话，我就让保安把你们赶出去。"

若是在简家的宴会中被赶出去，即刻会成为整个社交圈的笑话。这脸她们可是丢不起。"假面"美女团顿时作鸟兽散。

显然简余彦听到她们刚刚说的一些话。叶繁枝不知是哪一些，但依然感激地道谢。

简余彦被几个长辈拉着手，说了好一会儿话，结束后，便在人群中四下寻找叶繁枝，结果看到了叶繁枝被人围在角落。事实上，那些人说什么，他根本没听到。但就算没听到，也能从那些人的表情里猜到个大概，反正都不是好话。

"下次再面对这些人，就不要给她们好脸。与其息事宁人地避开，不如正面迎敌。她们见你不怕，反而不敢随便欺负你。"

说得好像他有很多经验似的。叶繁枝只说："没事，我根本不认识她们，又怎么会在意她们说的话呢！"

这时，简贤同走过来，皱着眉头对简余彦说："你跟我来一下书房。"

简余彦一见他就没好脾气："有什么话你就直接说，鬼鬼祟祟地干什么？不就是有人又跟你告状了嘛！"

简贤同沉下了脸，声音却放轻了，有些凝重地说："跟我去书房！"

大约是见到简贤同要生气，简余彦总算是不顶嘴了。离开前，简余彦对叶繁枝叮嘱说："我马上回来。你去吃点东西，稍等我片刻。"

食物精致又美味。叶繁枝取了一小碟，才尝了一块核桃酥，身后便响起了一道声音："别去蹚简家的浑水。"

最后一口核桃酥一不小心卡在了喉咙里。

"简家家大业大，里头的水深着呢。"

叶繁枝低垂着眼，半晌后，缓缓地说："请问李院还有别的事情吗？如果没有的话……不好意思，我要去补一下妆。"

李长信知道她这又是在躲他！

自打她在医院工作后，哪怕两人在医院没有人的地方偶遇，她都会刻意避开他。

从前是她拼命地找机会接近他。如今的她，是千方百计地避着他，并不想与他有工作之外的接触。

这样的状况，李长信明明应该觉得高兴的。因为这样表示他真正是摆脱她了。

可不知为何，他却恼怒烦躁日增。

为了远远避开李长信，叶繁枝特地去了花园一角的洗手间。简家豪富，花园的洗手间也是由专人设计，低调奢华。

在这里，空无一人，她可以卸下所有伪装。

叶繁枝回到大厅的时候，看到李长信依然站在她离开时的角落里。他拿着酒杯，独自一人。灯光疏疏落落地打在他侧脸上，显得有几分孤寂。

从前与她被迫结婚生活的日子，他总是板着脸，那是因为他不喜欢她，厌恶她。

可如今已拥有成功事业，又有徐碧婷这样可人的女朋友，堪称人生赢家的他，为什么还是不快乐呢？

叶繁枝不懂。但显然她也不必去懂，因为这已经与她毫无干系了。

简贤同不知与简余彦聊了什么，从书房出来后，简余彦虽然面色含笑，但李长信注意到了他眼底的怒色。很显然，这次谈话跟过往的谈话一样，这对父子也是不欢而散的。

叶繁枝自然也察觉到了简余彦低落愤怒的情绪。一场寿宴下来，她发现简余彦与她认知里的简余彦并不一样。

在简老夫人面前，他是一个听话的孙子，一举一动都充满了孺慕之情。

在简贤同面前，他叛逆不驯。父子两人的关系恶劣，势同水火。

在简家其他人面前，他是不加掩饰的厌恶。而他们也对他十分排斥。

同父异母的家庭总是有很多故事的，也很难真正融洽。叶繁枝不知其中内情，无从安慰，唯有安安静静地坐在副驾驶座上。

车子很快便驶入了城区。简余彦忽然说：“我饿了。叶小姐，你介不介意陪我去吃个消夜？”

叶繁枝低头扫了一眼自己的礼服裙：“这……合适吗？”

“等下找个地方换一下。”

简余彦把车子开进了一个停车场，他开门下车，说：“我替你把风，你到后座去换衣服。放心，车子里很黑，什么都看不到。”

叶繁枝匆匆地换上了自己的格子衬衫和牛仔裤。简余彦脱了外套，正懒洋洋地靠在另一辆车上。听到她开门下车的动静，简余彦转过了头，对她淡淡一笑。

叶繁枝把简老夫人的翡翠戒指摘下来，递给了他："简医生，你把这个收好了。"

简余彦凝视着戒指，片刻后才说："叶小姐，你把戒指留着吧。"

"这戒指太贵重了，我不能拿的。简医生以后需要我的话，提前告知我，我安排好花店的工作就行了。"拿了人钱财，就应该给人好好办事。这点职业道德叶繁枝还是有的。但不该拿的东西，叶繁枝是绝对不会多拿半分的。

这个成色和大小的翡翠戒指，足可以在洛海换套房子。打两份工、经济明显不宽裕的叶繁枝居然毫不犹豫地还给了他。简余彦不由对她另眼相看。

简余彦熟门熟路地带叶繁枝来到了一家大排档，找了一个在路边的空位置。一入座，他就很熟络地喊老板："二十串羊肉串，二十串牛肉串……还要三斤小龙虾，一打啤酒……"

"好嘞，马上给你烤。"老板送上了两个小菜，让他们先吃着。

"这家烧烤店我经常来吃。"

叶繁枝拿起了一串牛肉串，小口地吃起来。

在刚才的宴会上，简余彦已注意到了叶繁枝优雅得体的举止，完全不输在场的任何一个世家女子。她很明显是来自一个有良好教养的家庭。可她如今为什么这般缺钱，要做两份工呢？简余彦是很想了解的，但这里头肯定牵涉到很多隐私。就算他开口相询，叶繁枝也不一定会告诉他。于是，他选择了缄默，等待时机。

"味道怎么样？"

叶繁枝咬着烤串点头。

简余彦举起啤酒罐向叶繁枝敬酒，真心实意地跟叶繁枝道谢，谢谢她今晚的帮忙。

"简医生，你别这么客气，这是我的工作。你付我报酬，就是我老板。"

"别这么说，要知道我奶奶对于孙媳妇的人选可是很挑剔的，她可不会这么轻易地喜欢一个人。所以啊，你可是我的大救星。还有……我们两个人都这么熟了，也算是朋友了吧，所以就不用这么客套。你叫我阿彦或者余彦就可以了。"

简余彦确实是在叶繁枝进入医院后，除江一心外接触比较多的人。但阿彦或者余彦的称呼，好像又太过于亲昵。叶繁枝一时之间，不知该如何应答。

简余彦又继续说："那我以后可以叫你繁枝吗？"

叶繁枝默默地点了点头。

李长信在电梯里，看着楼层数字不断变换，脑中却是一遍又一遍地闪过叶繁枝和简余彦两人在一起的画面。他的胸口处仿佛燃了一团火，火烧般地烦躁难耐。

李长信素来冷静沉着，很少有这么窝火憋气的时候。

哪怕在当年交往的时候，他有一次曾亲眼看见叶繁枝与董博文在餐厅用餐，那时候的他心中都没有什么波澜起伏。甚至巴不得两人之间有什么事情发生，然后他就可以与叶繁枝提分手。

可如今他却中了邪似的，简余彦和叶繁枝在一起的这种感觉就像是有人闯入了他的地盘，抢走了他的所有物。

"叮咚"声响起，电梯门在他面前开启，李长信看见自家熟悉的大门，但他没有跨出去。他在电梯里站了不知多久，终于还是下去了。

李长信在小区门口等了良久，只见一辆车行驶过来，正是简余彦的。

叶繁枝从车上下来，简余彦不知道说些什么，她便含着笑凑近车窗。

两人几乎是头碰头地又说了几句话。

最后，叶繁枝挥手与简余彦道别："简医生，再见。"

"说了叫我阿彦就好。对了，我要出差几天，下个星期四再见。"简余彦第一次那么讨厌出差，又是第一次那么期待下个星期的到来。

简余彦的车子驶离了，叶繁枝转身准备进小区。

"你什么时候和简余彦在一起了？"

叶繁枝身子一僵，止住了脚步。

李长信脱口而出："据说简余彦不是简夫人的儿子，因被简夫人排斥，他从小跟着简老先生和简老夫人在老宅长大，后来在国外一口气读到了硕士。他在简家备受排挤，与父亲简贤同关系弄得很僵。简家是一摊大浑水，劝你还是别去蹚的好。"

李长信冷静理智，为人处世向来圆融，从不爱多管闲事，但他不知道自己这是怎么了，长舌妇般地把所知道的一切都倒了出来。

叶繁枝想起今晚遇到的简家大少简在明和简家小姐简在晶，想到在简老夫人房里的那场争执，想起简余彦和简老夫人之间的亲密互动。

她从来都不是简余彦真的女朋友，以后也不会是。但这里面的内情根本不需要让李长信知道。

叶繁枝平静地说："谢谢李院，但这是我与简医生之间的事情。"

李长信本已经怒火中烧，此时被她这句轻轻巧巧的话一堵，只觉得五脏六腑被气得都快爆裂了。他咬牙切齿地说："这倒是，确实与我无关。"

叶繁枝感觉李长信似乎生气了，而且还非常生气。可他为什么生气，她却不知道。

"请问李院还有别的事吗？"

时值深夜，长街冷清，道路两旁的街灯散发着淡淡的光。

叶繁枝站在灯光里，一张脸被照得明晰。乌黑卷翘的纤长睫毛，根根分明。

当年的这双眼睛望着他的时候是如何明艳动人，李长信一直都记得。可如今，这双眼睛里头却是一片死寂。

然而，这种空洞死沉的茫然，却总让李长信有种想要吻她眼帘的冲动。

事实上，在医院，但凡与她见面，无论是偶遇还是因为工作方面的事情有所接触，都会让素来理智冷静的李长信无端心浮气躁，无法静心工作。

有时看到她和简余彦或者别的男医生一起，纵然知道她是因为工作接触他们的，他也会觉得莫名刺眼。

也有数次，看到医院的男医生借故接近她，目光不怀好意地在她身上再三流连，他心里就会恼怒不已，有想撕了那人的冲动。

那是一种从未有过的感觉。他一再告诉自己，两个人早已经没有任何干系了，想要挣脱，可是却怎么也挣脱不了。甚至越是挣扎，那抹情绪就越是困扰自己。

如果真的放纵自己吻下去，会怎么样？那种烦躁与恼怒会不会从此便消失不见了？他是否可以回到他们重遇之前的平静呢？李长信生气地看着她，脑中不断盘旋着这个问题。

李长信冲动地这般做了。他迈步上前，将她一把抵在了灯柱上。叶繁枝猝不及防，好像是受到惊吓一般，骤然间睁大了黑黑圆圆的双眼。

李长信趁她慌神，迅速地在她眼帘上落下了一个温柔的吻。

那一刻，李长信心中涌起了一个"想要将她拥入怀中，好好爱她，好好宠她，再不让她受伤难过"的念头。

而叶繁枝则是用力地推开他，转身快步离开。

205

如今，轮到她厌恶和拒绝他了。

她怎么可以厌恶他呢？！明明是她先招惹他的，把他弄成现在这样。

李长信站在原地，又窝火又刺痛，说不清的百般滋味。

但他不知道，转身后的叶繁枝因他这一吻，悄无声息地泪流满面。

/第 8 章/　旁人的婚礼

　　第二天是星期六，由于花店接了一个布置婚礼场地的任务，叶繁枝早早地起了床，给大哥做好了早饭，便匆匆赶去与家希布置场地。

　　如今有了江一心的照料，加上叶繁木身体的好转，叶繁枝的压力也逐渐减轻了不少。

　　这是她们花店承接的第八个婚礼场地。每次都是新郎新娘的朋友参加完婚礼后，觉着不错，便辗转联系到她们。这次也是这样，据说是婚礼的女主人参加了朋友的婚礼，觉得她们花店的设计很符合她的想法，便通过朋友要了联系方式，找到了吴家希。

　　这对于她们来说是莫大的肯定。所以每一次承接婚礼订单，吴家希都会废寝忘食地找参考资料设计场地图纸。叶繁枝也会参与其中，会给吴家希提不少建议。这一次夜间烛光婚礼的构思和设计图纸就是出自叶繁枝。吴家希跟客户提出后，客户欣然同意了。

　　有的人，是天生老天爷赏饭吃的类型。吴家希觉得叶繁枝就是这种类型。自打叶繁枝来她店里上班的第一天起，吴家希就觉得她与一般人不同。叶繁枝应当是见过不少世面的，审美和品位都高于常人。

无论是布置的橱窗和宴会现场，还是包扎的花束，都有一种属于她的独特味道。这种品位是长期潜移默化的结果，并不是想学就能学会、想拥有就能拥有的。

吴家希曾经在闲聊的时候问过叶繁枝，不过她只是简单地说自己以前曾读过美术专业。叶繁枝不愿多提，吴家希自然不好多问。

婚礼场地是在客户的私家小别墅，位于日月湖畔。

叶繁枝不由想起了自己的婚礼。

她与李长信的婚礼也是在自家的别墅后院举办的。用白色和粉色布置得极简唯美的场地，是她亲自参与设计的。叶家就她一个女儿，父亲和大哥其实是想办一场盛大婚礼，将她风光出嫁的。因为李长信不愿大办，所以后来只是邀请了双方的至亲出席。

父亲叶半农对此并没有表达任何意见。但大哥却是心疼她的："你看乐伯伯家的女儿，出嫁的时候，宴请了整个洛海医学界的朋友。那天你可是陪我和父亲一起去的。那排场有多大，你是亲眼见着的。"

"乐姐姐是乐姐姐，我是我。大哥，我喜欢这样的小而精致的婚礼，不累人。再说了，我和长信在婚礼一结束就出去度蜜月啦。"她当时带着甜美的微笑，对大哥如此说。

那时的她，对自己和李长信的未来生活充满了幸福的憧憬，却对日后生活里可能会出现的悲伤难过艰辛困顿，浑然未觉。

那时的她，总是简单地以为自己努力了，就会让李长信爱上自己。

婚礼那天，是个极好的天气。她穿着自己喜欢的复古婚纱，挽着父亲叶半农的手，走向了李长信。李长信向她伸出了手，她含笑地伸出手去。

就这样简简单单，两个人便在一起了。

那时候，她曾经一度以为会是永远。

哪怕李长信并不喜欢她，甚至厌恶她。但她还是想做他一辈子的李太太。她也一直为之努力，努力融入他的家庭，努力让李奶奶和长乐喜欢她，并且把她当成一家人。

谁知不过短短几年，她的人生发生了剧变。

李长信离开，父亲去世，大哥车祸成了残障人士，她从云端跌落。

生活对她露出了最狰狞的面目。

想到这几年的辛苦，叶繁枝倏地泪盈于睫。

"繁枝，你来啦。过来帮我布置玫瑰花。"吴家希远远地扬声唤她。

"好。"叶繁枝从往事中回过神，抬手将眼角的眼泪悄悄擦去。

加上几个临时工帮忙，两人忙碌了整整一天，现场总算布置得差不多了。具体的细节也只有她和家希两个人来完善。

"繁枝，你去找一下银质烛台和蜡烛都放在哪个箱子里了，我们接下来要布置桌台。"

这次婚礼的主题色是纯白色，所以烛台一律都是银白色的，搭配绿色草坪和植物，以及草坪尽头那波光潋滟的日月湖，清新唯美。

花店生存不易，家希和叶繁枝早就习惯了艰苦奋斗自力更生。叶繁枝缓缓地抱起了沉重的纸箱。这几年磨炼下来，她再也不是当年那个手无缚鸡之力的千金大小姐了。

大纸箱挡住了视线，她不小心撞到了对面的人："不好意思，不好意思，是我不小心。你没事吧……"叶繁枝吃力地从纸箱后探出头道歉，看到眼前一幕时，她愣住了。

她撞到的人是新郎。而站在新郎身后挺拔高挑的那个人，不正是昨晚吻她的李长信？！

一身白色西装，颈上是精致的白色领结。这是标准的伴郎装扮。

盛装的李长信，一如当年婚礼时那般英俊。

李长信面无表情地站在那里，眼底深处似乎在压抑着怒火，似乎她又惹到他什么了。

叶繁枝后退了一步。而昨晚被他吻过的眼帘似乎开始疼了起来。

李长信是怎么知道她住的地方？为什么会来等候她？为什么要吻她呢？吻一个他从未爱过，甚至还一直厌恶的她呢？

昨夜一整晚，无数的疑问与困惑塞满了叶繁枝的脑袋，令她彻夜未眠。

"长信，你站在那里做什么，过来帮我一下。"徐碧婷娇柔的声音从不远处传来。

"好。"转身前，李长信又恶狠狠地瞪了她一眼。

叶繁枝被他瞪得又往后退了退。

"好讨厌，头发卡在隐形拉链里了。"徐碧婷娇嗔不已。李长信则一言不发地低头帮她整理被拉链卡着的长发。

"啊……长信，你动作轻点儿……头发都被你扯断了……"徐碧婷娇嗲的声音随着风断断续续而来。

今日的徐碧婷身着白色真丝缎面的伴娘礼服，飘逸垂顺的白裙将匀称的身材衬托得极为曼妙动人。

徐碧婷一直都是一个很好看的女人，容颜娇嫩，看起来柔弱单纯，纯洁至极。而李长信也一直都是一个很好看的男人。两人姿态亲昵，显然是一对再般配不过的甜蜜爱侣。

可他昨晚才吻过她的眼帘……她鼻尖似乎还残留着他身上淡淡的消毒液味道……

叶繁枝的心口又涌起了那抹熟悉的痛楚与委屈。

她唯一能做的，只是抱着纸箱转身离开。

事实上，她是落荒而逃的。

她完全不想看到他们。

匆匆忙忙中，她又撞到了人。由于没有时间吃午饭，到了这个点已经饿过头，加上昨晚没有休息好的缘故，叶繁枝开始觉得有些晕眩，她抱着箱子趔趄了一步，但她依旧牢牢地抱紧纸箱。

对方很绅士地伸手扶住了她的肩膀，稳住了她的身体后，又从她手里接过纸箱："叶小姐，你没事吧？"

叶繁枝听到这个称呼倏地抬起头，映入眼帘的是一张熟悉的脸。他是李长信的好友——乔家轩。

在与李长信的婚姻关系里，她与乔家轩有过数面之缘。但两人并不熟，仅仅只能算是认识而已。

叶繁枝客气地说："乔先生，谢谢你。我没事。"

乔家轩表现得极为友好和善，毫无传说中生意场上冷血秃鹰的凌厉气势："那就好，如果你觉得不舒服的话，不妨先坐下休息休息。"

"谢谢，乔先生。我还有工作要忙。"

这位乔家轩在洛海城可是大名鼎鼎。他借妻上位，一手掌控了妻家的所有资产后，与妻子傅佩嘉离婚。后来，傅佩嘉又夺回了自家产业。前些天，叶繁枝在医院无意中听到庄依林、李琪等人说乔家轩和前妻傅佩嘉又同居了，且两人还有一个共同的孩子。从媒体如今捕捉到两人在街上的一举一动来看，乔家轩极为宠爱前妻，俨然是一个妻奴。这样极具爆点且长时间占据头条的新闻，堪称洛海城的"意难忘"，引得很多周刊竞相报道。密集程度，连叶繁枝这样漠不关心的人都知晓一二。

"叶小姐，我帮你搬吧。"

"谢谢乔先生，我自己可以的。我不打扰你了，你忙。"

乔家轩站在原地，目送叶繁枝抱着沉重的纸箱离开，良久沉默不语。

"乔，你这个伴郎总算是踩着点赶回来了。喂，你在看什么呢？这么出神。"

乔家轩疑惑不解地朝着李长信和徐碧婷两人所在的方位抬了抬下巴："他们……这是旧情复燃？"

新郎鲁自秦顺着他的目光，说："应该不会。你又不是不了解李长信，按他的性格，要是真复合了，早就求婚了，哪可能等到现在。"

那就是做戏喽。至于做给谁看的，乔家轩若有所思地把目光移到了一旁的叶繁枝身上。

鲁自秦从身后拍了拍他的肩膀："走吧，一起过去喝杯酒。"

叶繁枝负责布置长餐桌，忙碌得恨不得可以多几双手。虽然这般忙碌，她还是注意到了一旁的婚礼走场。

新郎新娘显然是李长信和徐碧婷的朋友。他们两人分别担任伴郎和伴娘，配合走场。

灯光里，微风中，传来了婚礼誓词："新郎鲁自秦，你愿意娶刘乐怡为妻，从今时直到永远，无论是顺境或者逆境，富裕或者贫穷，健康或者疾病，快乐或者忧愁，你将永远爱她，珍惜她吗？"

新郎大声说出了"我愿意"三个字，并做出一系列保证："本人鲁自秦作为一个堂堂正正的男子汉，我会时刻用新一代的婚姻荣辱观来严格要求自己：以爱老婆为荣，以背叛老婆为耻；以关心老婆为荣，以忽略老婆为耻；以为老婆做饭做家务为荣，以让老婆做饭做家务为耻——老婆如果主动愿意做饭做家务，我必须要在一旁帮忙或者唱歌跳舞助兴；以真心疼老婆爱老婆为荣，以故意气老婆让老婆伤心为耻；以服从老婆为荣，以违背老婆为耻。保证上交所有收入，不存私房钱。总而言之一句话：一切都听老婆的。老婆永远都是对的。老婆让我向东，我决不向西。老婆让我向北，我决不向南。此保证从今日起开始生效，请大家见证监督。"

新郎幽默风趣的誓词令全场爆笑连连，气氛温馨欢愉。

就算是在角落布置桌面花卉的叶繁枝都忍不住露齿一笑，她抬头朝新郎新娘所在的方向望了一眼。可这一眼，她便跌入了李长信深沉古怪的目光里，有种他似乎瞧了她很久的感觉。

那一刻，叶繁枝不由再度想起从前，想起李长信握着她的手，想起彼此说的那声"我愿意"。如今想来，真是难为他了，他那么讨厌她，又被胁迫着结婚，百般不情愿，在那一刻居然也说得那么自然顺口，仿佛跟真的一样。

李长信想起的却是当年叶繁枝挽着叶半农的胳膊，蒙着头纱从草坪另一头缓步而来的那一幕。两人的婚礼，叶半农并没有其他要求，但只坚持一点：婚前两人不能见面，也不能提前拍婚纱照。

所以同西方的婚礼一样，结婚当天是李长信第一次见到穿婚纱的叶繁枝。

哪怕李长信是不情不愿结婚的，哪怕李长信进过无数次的手术室，做过无数场的手术，早已经练就了旁人不及的冷静从容，但在那一刻都不禁心跳加速。

他一直记得掀开叶繁枝的头纱，她含羞抬头的那一秒。"美若天仙"这样的成语太烂俗了，完全不能描述她那时惊心动魄的美。

事实上，这是李长信第一次回忆那场被逼迫的婚礼。

不同于过往的愤怒阴郁，如今回想，竟有种淡淡的酸涩美好味道。李长信自己都不清楚这是为什么！

因为回忆而愣神，李长信递戒指的动作耽搁了。鲁自秦见他一动不动，完全没反应，便催他："长信，戒指，戒指。"

李长信这才回过神，赶忙递上对戒盒。

其余的伴郎见状，都忍俊不禁。有人借机揶揄新郎："鲁自秦啊，你这家伙平时做什么都慢吞吞的，这会儿要给新娘戴戒指，动作倒是挺快的！"

"当新郎了，果然是不一样。"

鲁自秦说："那当然，谁让我老婆这么漂亮，我得赶紧圈住她。"说罢，他便搂着对面的新娘，大大方方地来了一个热吻。

众人实在看不惯他的"嚣张",于是发出了一阵此起彼伏的嘘声。

"鲁自秦,你收敛点。我眼都酸了。"

"我感觉自己受到了亿万点暴击!"

"兄弟团可都是单身,受不得刺激,你再这么秀恩爱,我们可都走了啊。你明天再去找一群伴郎去……"

"可不是,有没有考虑过我们这些单身汉的感受?!"

这般肆无忌惮的揶揄,可见彼此交情深厚,应该都是认识许多年的朋友。

然而,这些人里除了乔家轩和徐碧婷外,其余人叶繁枝是一个都不认识。

很显然当年的李长信从未将她拉入自己真正的朋友圈。

他从未真正把自己当成过他的妻子。

这些明明是早已知道的事情,但此刻想起,依然会叫叶繁枝难受异常。

叶繁枝低着头,开始摆放碟子和叉子,想用忙碌来让自己忘记此时的苦涩心痛。

徐碧婷不动声色地将两人之间的举动都看在眼里,但她是何等人物,在这样的场合,自然掩饰得当。

叶繁枝和吴家希又忙碌了许久,桌面总算是布置完成了,她们才觉得松了口气。两人累得坐在草坪的角落,半天动弹不得。

忽然只听"咕噜"一声传来,吴家希捂着肚子,失笑说:"这一停下来,就觉得饿得不行。我现在能吃得下一头牛。"她起身去包里翻出了吐司和矿泉水,递给了叶繁枝,"快吃吧,你肯定也饿坏了。"

叶繁枝拧开盖子,一口气喝了小半瓶矿泉水后,才长长地吐了口气:"总算是活过来了。"

"辛苦你了,繁枝。"

叶繁枝莞尔一笑："说的什么话，你有发我工资啊。"

"哦，对哦。"

叶繁枝开玩笑地说："当然……如果你觉得我辛苦，可以给我加工资。"

吴家希捂着耳朵，做掩耳盗铃状："我没听到这句话，我没听到这句话。"

叶繁枝被逗乐了，大笑不已。

两人坐在角落，就着矿泉水分享了一大包吐司。

二楼书房的落地窗前，有道修长挺拔的身影默不作声地注视着草坪上她们的一举一动，良久未曾移动。

从李长信车里出来，一进家门，徐碧婷便沉下了脸，砸了玄关处的一个精美摆件。

李长信一再拒绝她。他最近的怔忡失神，他凝视着叶繁枝的那种眼神，都说明了一个事实，李长信越来越在乎叶繁枝了。若是这样放任下去，李长信势必要与叶繁枝复合。她绝不允许这种事情发生。

李长信以前也是她不要，才轮到叶繁枝捡了去。现在也只能是她徐碧婷不要，才能轮得到她再次捡。

徐碧婷打小就是个美人坯子，一头乌黑柔顺的头发，一双小兔般清纯无辜的大眼睛，让她在学校就备受瞩目。但遗憾的是她家境太过普通，父亲和继母生下弟弟后，本就重男轻女的父亲眼里头便再没有了她的存在，一心只宠着弟弟，把什么好的都留给弟弟。

自打她懂事起，太多太多想要的东西她都无法得到。所以从初中开始，她就利用了自己出色的外表为自己谋得各种所需。也是从那个时候开始，她发现自己有一种无师自通的表演天赋，轻轻松松便可以将喜欢她的男生玩弄在自己的手掌心。她很会拿捏他们的心理，知道自己什么时候做出什么表情动作可以得到自己想要的。比如委屈地一嘟嘴、一眨眼，大颗的泪珠便滚落下来。那些男生便会心疼地绕着她团团转，为了哄她开心不惜一切代价。

高中时，得到了学霸男生们的免费家教和有钱男生们的各种名牌礼物。大学时，与富二代谈恋爱得到所需物质的同时，又借用各种关系轻而易举地进入了学生会，后来又做了美国的交换生，再后来留在美国工作。这中间，她不断地努力，也不断地用肉体谨慎地进行秘密交易。她和那些与她上床打滚的男人一直都是各取所需，她爱他们的钱权，他们则爱她清纯的外表和她所提供的各种服务。

唯一例外的是李长信。事实上，徐碧婷迄今为止也不知道自己看上他什么。

李长信当年只不过是个穷学生，什么都不能给她，她还是心甘情愿地与他谈一场"穷开心"的恋爱。那时候的李长信是深爱她的。在毕业的时候，甚至买了一枚廉价的戒指想要跟她求婚。但她自始至终都没想过要跟李长信这种穷小子结婚，所以在发现他口袋里的那枚戒指后，很及时地提出了分手，"制止"了他的冲动。

谈恋爱可以，毕竟两个人谈恋爱的时候，她还在为数个情人秘密服务，而他们则给她提供各种金钱和物质。但要她陪着李长信长期吃苦挨穷，还要照顾他智力低下的弟弟和年迈的奶奶，那怎么可能呢？！她确实是有几分"爱"他的，但她从来都是最爱自己。她一直很清醒地认识到她和李长信之间的鸿沟，也懂得"当断则断"这个道理。

在被周毅生招聘到叶氏，与李长信重逢前，徐碧婷一直都是这种观点。

但她在叶氏医院一见到李长信，曾经有过的悸动便又出现了。在得知他已经在和院长的女儿叶繁枝谈恋爱的时候，她更是燃起了要把李长信重新夺回来的欲望。

　　李长信越是拒绝，她便对他越发感兴趣。若是能把李长信从院长那个漂亮女儿手里抢过来，才会让她更有成就感。再说了，别人会忌惮叶繁枝是叶半农的女儿，但她徐碧婷不怕，她身后的靠山周毅生这一派系更不怕，他们甚至巴不得看叶家的笑话。

　　于是，她暗中做了各种事。令她没有想到的是，外表精明美艳的叶大小姐其实不过是个草包，被她玩得团团转。她自以为没有人知道，却在即将得逞的时候，被叶繁木邀请出去喝咖啡。

　　叶繁木是叶氏医院太子爷，一身医术尽得院长叶半农衣钵。若无意外，他日后便会执掌这家医院。也因此，素来是周家的眼中钉肉中刺。而他本身也是叶氏医院最有名的年轻医生，身材高大，五官立体，孤傲有型。

　　徐碧婷来到咖啡店，娇娇袅袅地入座："叶医生，不知道你找我有什么事情？"

　　她素来喜欢穿淡色系的衣物，因为她知道这些粉嫩色泽会把自己衬托得特别清新脱俗。所以今日特地打扮了一番。若是有机会继续发展的话，成为叶家女主人也是不错。她在医院不过是打一份工而已，又不是一定要给周家卖命。若是没有机会进一步发展，但只要叶繁木知情识趣的话，她也不介意多一个床上情人。

　　叶繁木双手抱胸，不动声色地打量了她半晌，才淡淡地说："徐医生做了什么难道自己不知道吗？"

　　徐碧婷撩了撩头发："叶医生，我不懂你什么意思。"

　　叶繁木气定神闲："徐医生，咱们可都是千年的狐狸，就都别玩什么聊斋了。"

　　徐碧婷眨着水汪汪的大眼，做出一副柔弱无辜的表情："叶医生，我实在是不懂你的意思。"

　　叶繁木微微一笑，徐碧婷只觉一股冷傲俊气咄咄逼人而来。然而，叶繁木的笑意却没有一丝到达眼底："徐医生不懂是吧？那我今天就打开天窗说亮话了，好好跟你说个明白。徐医生，我限你在两个星期内辞职离开叶氏医院。否则就别怪我叶繁木不客气。"

徐碧婷拿着小银勺搅拌咖啡，优雅得体地端起来送到嘴边，缓缓地喝了一小口："叶医生，为什么好端端地要我离开叶氏医院？我可是咱们医院高薪从国外聘请回来的，还没做出什么成绩，怎么能说走就走呢？"

闻言，叶繁木却是笑了："徐医生在医疗美容方面有什么大本事我并不是很清楚。但这装傻充愣的本领，在我们叶氏医院你称第二，没人敢称第一啊。"

徐碧婷说："叶医生，一来，我敬你是叶院的公子；二来，我们彼此是同事。所以对你客客气气的，但请你适可而止！"

"徐碧婷，你难道真以为自己这么多年的所作所为能瞒天过海吗？你在医学院怎么拿到的奖学金，怎么去美国做的交换生，又怎么在美国留下来的，与李长信谈恋爱的时候脚踏了几条船，还有这些年来与各种男人的关系……"叶繁木不疾不徐地说。

他每说一句话，徐碧婷脸上的血色就褪去一分。

"你有什么证据？"徐碧婷不甘地垂死挣扎。

"证据？"叶繁木微微一笑，"徐医生做事向来小心谨慎，是不是就觉得自己不可能留下什么把柄？但一个人常在河边走，怎么可能不湿鞋？"

他不屑地冷哼了一声，把手机推到她面前："我的这个朋友姓闻人，出手阔绰。他这个姓氏很特别，而他的爱好更特别……我倒是可以问他和他的几个好友看看，认不认识徐医生？"

徐碧婷扫了一眼手机里的照片，顿时面如土色。但这么多年下来，她也算是个人物，沉默片刻，便已经恢复如常了。她缓声说："我确实认识他。我跟他谈过三个月的恋爱。"

"徐医生确定是恋爱，而不是包养交易？"叶繁木泰然自若地看着她，饶有兴致地说，"我这个叫闻人的朋友当年就吹嘘过，说他包养了某个医学院的校花，还说那校花表面无比清纯，但在床上却放得开，只要钱到位，什么花样都能玩都肯玩……他印象这么深刻，你说他会不会录制什么视频之类的东西，以备随时观摩欣赏？"

徐碧婷的瞳孔骤然放大，面色惨白，再无力反驳。叶繁木这样直言不讳，想必是早已握有一些证据了。

"徐医生是想让我找一个私家侦探好好深入地调查你所有的劲爆过往，然后公之于众呢，还是想悄无声息地离开叶氏医院，离开洛海？"

徐碧婷咬牙切齿地瞪着他，不说话。

"徐医生，人走过必留下痕迹，就算你改过两次名字也一样。本来你的私生活如何与我叶繁木完全无关，我也根本没有兴趣去了解。但你错就错在去招惹我妹妹叶繁枝。我告诉你，这世上敢欺负我妹妹的人，还没有出生呢。记住了，这家医院姓叶，不是姓周。你好自为之，别逼我出手。"

临走前，叶繁木好像想到什么，停住了脚步，讥讽地丢下一句话："不过我觉得李长信真是聪明面孔笨肚肠，居然不知道你是周毅生暗中找来的，为的就是一朝得势后顶替他的位置，接手整个整形外科。最搞笑的是，李长信竟然不知道你每周都会去楼氏君远酒店跟周毅生开房，还一直把你当成心头的白月光。他能眼瞎到这种地步，真是有趣！实在是太有趣了！"

这些年来，徐碧婷一直都是小心谨慎，行事隐秘，甚至为了遮掩过往，她改过好几次名字，也不断用医疗美容手段美化改进自己的容貌。但与她有过关系的男人实在是太多了，若是叶繁木铁了心要针对她，把过往翻出来的话，她徐碧婷不死也得脱层皮。

徐碧婷向来是个聪明人，从来都是选择对自己最有利的，自然不敢再留在叶氏医院兴风作浪。她不顾周毅生的再三挽留，在叶繁木限定的时间里辞职，并灰溜溜地离开了洛海。

当然，这一切李长信从来都不知道。在李长信的心里，徐碧婷一直都是一株清纯、娇弱、叫人怜爱的含羞草。

但也正因为如此，徐碧婷必须要一直在李长信面前小心翼翼地维持着清纯可人懂事得体的人设。在这个人设下，她不能放浪地勾引李长信，甚至不能明目张胆地在医院为难叶繁枝，更不能把叶繁枝踢走。李长信会被她骗得团团转，是因为她徐碧婷本事了得，而不是他真蠢笨。

以现如今的情况来看，叶繁枝在医院但凡有什么风吹草动，李长信第一个想到的人便会是她。所以徐碧婷目前只能按兵不动，暂时利用庄依林做前锋。但庄依林到目前为止，也不过是抢几个客户，孤立叶繁枝，让她在医院的日子难过一点而已，根本没有办法把叶繁枝赶出去。

李长信的车子从徐碧婷家离开后，又在路边停了许久。他明明应该回家的，但他脑中却一再地闪过叶繁枝搬着沉重纸箱不停忙碌和她坐在草坪上吃吐司的画面。

他一个人发呆了许久。

最后，他发动车子，又回到了刚离开不久的鲁自秦家。

草坪上灯光大亮，显然她们还在布置婚礼现场。

李长信隐在暗处，凝望着那一盏盏光亮，不由忆起了从前。

与叶繁枝正式交往后的一天清晨，他一进医院，就在电梯口遇到了房俊。房俊告诉他："医院最近高薪聘请了一个医生，从美国留学归来，据说在美国最有名的整形医院工作过几年，资历丰富。"

李长信昨天刚从韩国的一个美容交流会议回来，今天才上班，对此事一无所知。

"是个女医生，长得非常漂亮。"房俊补了一句。

李长信失笑："非常漂亮？对于你的眼光，我持保留意见。"

他与叶繁枝交往的事情一曝光，房俊差点与他绝交。他约房俊一起喝酒，被房俊狠揍了一拳后，这事才算是过去了。

说话间，洪主任进了办公室，见了李长信，含笑说："李医生，你在这里正好。来，给你们介绍一下我们科新聘请来的医生……"

后面的话李长信根本没有听进去，因为他看到了洪主任身后那道美丽身影，呆愣在了原地。

清新干净的一张脸，如雨后素樱，娉娉婷婷。竟然是徐碧婷！

"李医生，你好。好久不见。"徐碧婷对他客气微笑，语气平和，但眼里却有微光闪过。

洪主任闻言，很是诧异："你们认识？"

"是啊，都是一个行业的嘛。我和李医生在美国有几个共同的朋友，吃过一两次饭。"徐碧婷对众人如此说。

李长信不置可否，任徐碧婷解释。多一事不如少一事。一来，过去彼此的关系放在如今的工作环境只会是一种困扰，职场上最忌讳男女关系不清不楚。二来，他已有叶大小姐这个女友。

众人听后，毫无半分怀疑。

此后，由于医院特有的工作环境，他与徐碧婷几乎日夜相对。先后进同一个手术室手术，负责同一个病房的不同病人，甚至有时候还经常一起值班。

不知旁人面对旧情人会如何，但李长信学着尽量克制。叶家大小姐可不是他这个小医生想甩就能甩掉的人。若处理不当，后果会十分严重。

一天，晚上工作结束，徐碧婷对他说："长信，我今天没开车，能不能送我回家？"

哪怕是普通同事，这么一个小要求也无法拒绝。

到达后，徐碧婷含笑问他，要不要上去坐坐。

她的脸离他很近，湿热的气体尽数喷在他脖子上。这已经不是暗示，是一种明示了。李长信的手骤然握紧方向盘，强迫自己如常保持微笑："很晚了，明天还有个大手术，你早点休息。"

他知道这一步跨出去的后果。

徐碧婷不以为意，轻轻地在他脖子上落下一个吻，又娇笑盈盈移开："好，明天见。"

李长信目送她上了楼，而后他打开了车窗玻璃，任寒冷的空气汹涌灌入，试图平息自己紊乱的呼吸和心跳。

他知道自己并没有完全忘掉徐碧婷。当年两人的分手并没有第三者出现，只是因为各自的追求不同，断在感情最炙热缠绵的时候。所以徐碧婷这些年来一直是他心里的一抹白月光。如今天天与徐碧婷相对，想爱又不能爱。这对李长信来说，是痛苦的煎熬。

手表显示的时间已经是将近深夜十二点了。李长信打开了手机，拨出了一个电话："马上到新家来。"

新家便是李长信买的一室一厅的小房子，是和叶繁枝结婚用的。李长信看中的是房子的地理位置，在医院和自己老家的中间，这样他去医院或者回家看奶奶都十分方便。

由于是精装修的楼盘，所以拿了钥匙后，叶繁枝便开始搭配自己喜欢的家具和软装。这段时间，李长信下班晚的话，便会住在这里。

叶繁枝显然是被他吵醒了，语气慵懒困倦地说："现在？"

李长信冷着声："你不愿意来就算了。"他极度不耐烦地挂了电话。

叶繁枝怎么可能不愿意呢？半个小时后，她如约而至。哪怕是匆匆而来，她也穿了一条好看的赫本公主裙，踩了一双尖头的黑色高跟鞋，蛾眉淡扫，好看得很。

他一把将她扯进了房间，抵在墙上，疾风骤雨般地吻了起来……

有一便有二，有二便有三。徐碧婷经常会提出让李长信送她回家。这一天科室聚餐，她托着腮望着众人："我喝酒了，不能开车。有哪位同事愿意送我一下？"

如今的徐碧婷比当年在美国的时候更美更具风情了。她喝了点酒后，薄醉微醺，双眸仿佛有两潭水，波光潋滟间诱人无限。

科室里未婚的男医生们都蠢蠢欲动，但因为都喝了不少酒，实在是有心无力，整个场合没沾过酒的人只剩下……众人的目光不约而同地看向了李长信。

"李医生吧，他现在可是'妻管严'，都不喝酒了。"

事实上他明天一早有个重要手术，轻忽不得。李长信只是淡淡微笑，并不多加解释。自打他和叶繁枝的恋情一公布，医院里便起了不小的波澜，各种各样的说法层出不穷。他若是真介意这些话，早就吐血而亡了。

李长信其实知道自己应该拒绝的。徐碧婷对他来说就像寒冬里的一堆篝火，近了会被伤到，远了又有无限诱惑。但面对一个曾经深爱如今仍有感觉的旧情人，很少有男人会说不。

他也是这样！

于是，那晚他绕着洛海城转了一个大圈，把一车同事送回了家。最后一个送的，自然是徐碧婷。

徐碧婷大约是知道他不会上楼的，所以这回她并没有开口。她只是跟跟跄跄地推门下车，结果一下车就被台阶绊了一下，摔倒在地。李长信熄火下车，搀扶着她上楼。

一进门，徐碧婷便吻住了他，手则是熟练地往下去解他的皮带。

李长信靠着最后一丝清醒推开了她："碧婷，我有女朋友的。"

223

虽然他与叶繁枝的交往是心不甘情不愿的，但他从来不是脚踏两条船的人。

"我不介意的，长信。"徐碧婷进入叶氏医院的头一天便知道了这件事。她靠在李长信的肩头，俯在他耳边动情地说，"长信，你知道吗？这些年来，我一直都在想你。我做得最后悔的一件事情就是当年跟你提分手。长信，你原谅我。好不好？"

有那么一瞬，李长信差一点就把一个"好"字脱口而出了。他已经答应叶半农跟叶繁枝交往，并且婚期都已经确定了，再无半点反悔可能。

"碧婷，我有女朋友了。"

"长信，我知道的，你对我依然有感觉。"

徐碧婷却在不停地吻着他。突然，李长信的手机响起，屏幕上闪烁着"叶繁枝"三个字。

"长信，别接。"徐碧婷搂着他的脖子怎么也不肯松手。

李长信骤然清醒，拉开了徐碧婷的手，起身接起了电话。

"长信，你在哪里？"深夜里，电话那头叶繁枝的声音异常清晰，"奶奶跌了一跤，把头磕伤了，刚刚吐了两次，现在在医院，你快过来。"

"哪个医院？"

叶繁枝焦急万分："咱们叶氏医院啊，还能是哪个？！"

"我马上赶过去。"

幸好是自家医院，相关科室和医生都熟稔。影像报告和脑电图检查结果出来，没有颅内血肿，确诊为轻微脑震荡，李长信大松了一口气。

"李医生，你要是不放心的话，今晚就让老人留在医院观察一下。如果没有问题，明天就可出院。清淡饮食，卧床休息几天，应该就没有问题了。要是有什么情况，再过来复诊。"

等把一切安排妥当，两人回到新家已经是深夜两点了。

李长信脱下西服说："我先去洗个澡。"

叶繁枝的目光忽然看向他的衬衫某处。李长信随着她的视线看去，只见肩头处有一抹可疑的红色，显然是徐碧婷红唇上的色泽。他不动声色地解着衬衫扣子，用漫不经心地口气跟她说："你去看看有什么可以做夜宵的？我饿了。"

一听他说饿了，叶繁枝便转移了注意力，去厨房看了一下说："只有米和鸡蛋，我煮点粥吧。"

等李长信慢腾腾洗完澡出来，小餐桌上已经摆好了清粥小菜。她还煎了两个荷包蛋。

李长信端起了粥，默不作声地夹了一个荷包蛋搁到她面前的碟子里。

叶繁枝明显有点受宠若惊："我不吃，我在减肥。"

或许是因为今晚差点与徐碧婷擦枪走火，李长信有一点内疚，便柔声地说："你不用减肥。"

"呃……"

"你的身材很好……不用减。"

叶繁枝瞠目结舌地望着他，半天没说话。

等叶繁枝第二天去浴室找那件衬衫时，发现已经被李长信扔进了洗衣机里洗掉了。她回想起李长信当时镇静自若的神色，好像也不是她想象的那样。

数日后，她在医院看到了李长信和徐碧婷在一起的画面。

当时，李长信刚做完一个手术，到楼顶小憩。徐碧婷上来送了一杯咖啡给他。两人站在医院顶楼，远眺着洛海城。其实两人站得并不是很近，中间的距离甚至可以再站一个人。但两人之间的互动所表现的自然与亲昵，却是怎么也遮掩不住的。叶繁枝更是注意到了徐碧婷的口红颜色，很显然与那晚在衬衫上她看到的是属于同一个色系的。

自此开始，她心头便警铃大作。

第二次见徐碧婷是在医院的走廊里，徐碧婷自信大方地与她擦肩而过。

第三次是与大哥出去吃饭。徐碧婷在医院大楼的大厅见到了他们，停下脚步，客气地打了招呼："叶医生。"

叶繁木淡淡颔首："徐医生。"

她姓徐。叶繁枝突然想到一件事，把目光移向了她的胸牌。当她看到了"徐碧婷"三个字的时候，整个人愣住了。

上了车，叶繁枝才回过神，开口问道："大哥，这位徐医生是不是从美国回来的？"

叶繁木一边发动车子，一边漫不经心地回答了一个"是"字。

叶繁枝如坠冰窟。

李长信曾说过："叶小姐，实不相瞒，其实我有女朋友的。我很爱她。她叫徐碧婷，目前在美国。等她回来，我们就会结婚。"

李长信的前女友回来了，还与李长信在同一个科室工作。对当时的叶繁枝而言，再没有比这更严重的事情了。

叶繁枝开始患得患失，她日夜害怕会失去李长信，于是便着急地开始安排结婚的各种事宜。

后来发生了一系列让李长信误会她的事情，让叶繁枝有一种李长信要离她远去的感觉。有一回，她在家里默默落泪，被叶繁木无意中撞见。

不久后，徐碧婷主动从叶氏医院辞职。

李长信得知消息，震惊不已。他从周毅生那里得知，徐碧婷辞职那是明面上的，私底下则是医院方面要求她离开，若是徐碧婷不识相的话，就会面临着被开除的局面。周毅生表示自己已经极力阻止并再三挽留了，但还是无能为力。

那次事件，对李长信而言，总算是见识到了叶繁枝高冷之外那骄纵跋扈任性野蛮的一面，心想：她果然与他最初想象的是一样的。

与此同时，他也见识了叶家雷厉风行的厉害手段。在叶氏医院，虽然有别的股东，但叶氏一家独大，加上叶半农在整个洛海医学界的巨大影响力，叶家在医院可谓是只手遮天，为所欲为。

徐碧婷离开一个月后，叶半农便要求他按约定与叶繁枝结婚。

李长信自然拒绝不了。

这样迫不得已开始的婚姻如果会幸福的话，那真是见鬼了。

在与叶繁枝的婚姻关系里，李长信每一天都在想着怎么摆脱她，怎么与她离婚。

/第9章/ 无声的抗拒

李长信在车里等了两个多小时，才看见叶繁枝和她花店的同事从鲁自秦家里出来，而后进了路旁停着的白色面包车，离开了。

李长信不紧不慢地跟着发动了车子，尾随着她们。

面包车在叶繁枝的小区门口停下，叶繁枝背着她的蓝色大帆布包下车，与花店的同事挥手告别，而后进了小区。

叶繁枝一进屋，搁下钥匙和帆布包，换上了拖鞋，给自己倒了一杯凉开水，"咕咚咕咚"一口气喝完，然后疲惫万分地倒在了客厅的小沙发上。

大哥早已经睡了，小餐桌上留了江一心做的饭菜。

叶繁枝对江一心真是感激不已，但江一心总是温柔地说："我一个人也是要煮饭煮菜的，现在不过是多煮一点而已，人多反而选择菜的余地更大。真的一点也不麻烦！"配合着她万分诚恳的清澈眼神，叶繁枝每每有种自己好像帮了她忙的错觉。

江一心有个弟弟叫江一意。姐弟的名字合起来就叫作一心一意，又好记又好听。但不知是何缘故，江一心很少提起她这个弟弟。据说她弟弟偶尔会过来小住一两天。叶繁枝因忙碌，从未与他打过照面。

叶繁枝休息了片刻后，起来加热了炖汤，而后就着热汤吃了一小碗饭。洗碗的时候，她忽然想起今天是二十九号，又到了付赔偿款的日子。范太太家那边的赔偿款托简余彦的福最近付了一笔，在年底之前可以稍稍喘息一下。这几个月只需付卢先生一家就可以了。前些日子，医院又给她们美容咨询师提高了底薪，压力总算是比以往减轻了一些。

叶繁枝洗好了碗，从门口的包里拿了手机，然后给卢先生家的账号转账汇款。

片刻后，她接到了卢先生的电话，卢先生在电话里说："叶小姐，钱你不是已经一次性付清给我了吗？为什么还给我转？我把它给你退回去。"

叶繁枝惊讶极了："我什么时候付给过你？"

卢先生告诉她："前些日子有人找到了我，说是你的朋友，他问那笔赔偿款还有多少。我查了一下，把金额告诉他。他把钱一次性付清给我了。而且用的都是现金。"

叶繁枝问是谁付的，卢先生只说："是个男的。我以为是你男朋友呢，不然谁会愿意做这种好事。对了，我还写了一张收条给他。我还把收条拍照了，一会儿发给你看。"

叶繁枝把收条翻来覆去地看了又看，上面的数字确实是所剩的金额，并且还有卢先生的签名。

自打有了江一心的照顾后，大哥再没有在她面前不分青红皂白地乱发脾气。这些天来，她像卸下了一个重担一般，连对未来都有了小小的期许。

她本来想着等卢先生家的赔偿款全部偿还清了，手里再有点余钱的话，她就去进修一些花艺方面的课程，像家希一样，朝着花艺设计师的方向去努力。

以前的她，听从父亲的安排进入基金会，做一些义工性质的慈善工作。但对她而言，这份工作并不是自己喜欢的。

而如今，她每天辛辛苦苦地赚些仅供生活的工资，却找到了自己想要从事的行业，以及自己的目标。

这种阴错阳差，真是叫人感慨。

可如今卢先生告诉她，她的钱付清了。叶繁枝顿时觉得惊愕又不知所措。

凭着直觉，她又联系了范太太，果然，范太太也收到了剩余的全部赔偿款。不过范太太对对方的描述更为具体一些："是一个男士，四十多岁，样子很普通，也不好看也不难看。说是替叶小姐来还清这些赔偿款。你也知道，我家最近换了房，每个月都要还款，一听可以一次性拿到这些赔偿款，我开心还来不及，哪里还会多问。急急忙忙收了钱，写了张收条就回家了。"

范太太又说："叶小姐，你管他是谁呢。他帮你把钱都付清了。以后你就不用再那么辛苦地每个月付我们两家钱了。这几年，我知道你也不容易。可是我们也没法子。我老公啊，车祸后每天都要吃药，又劳累不得，只能做一些轻松的活，赚不了什么大钱……以后啊，你就可以轻松地过你的日子啦！"

范太太知道叶繁枝一个人要工作养家又要照顾她行动不便的大哥，这些年过得很辛苦。但再辛苦，叶繁枝都会在每个月的二十九号这一天准时打钱给她。所以范太太对她的人品是认可和欣赏的，以至于对她的态度也从最初的愤怒到了现在的友好怜惜。

这个人到底是谁呢？叶家早没有什么亲朋故友了。亲近如父亲的秘书汪全林如今还在牢里。再说了，汪叔的年龄也对不上。

叶繁枝茫然地坐了半晌，不知不觉，卧室的时钟便指向十二点，是时候洗澡睡觉了。左右是想不出来是谁，也不能再多想了，否则今夜又要失眠。

明天虽然是星期天，但对叶繁枝而言，却又是忙碌的一天。她和吴家希要守在婚礼现场，随时待命。

她不知道，李长信的车一直停在她屋外。

叶繁枝疲惫万分地仰着脸，任热水当头淋下，而后又慢慢地消失在排水管里。

以前的她也是疲惫的，但那种累，绝大多数是身体上的劳累。因接受了现实的一切，心里头反而平静许多。不像如今，每日与李长信见面，心绪起伏波动，身心俱疲。

想到明天的婚礼，她又要遇到李长信和徐碧婷，甚至还可能会看到两人亲热的画面，只觉得整个人都不好了。

叶繁枝在蒙蒙眬眬似睡非睡的状态下听到手机的铃声，她眯着眼看了下来电显示，困倦着接通了电话：“家希，怎么这个点给我打电话……什么……怎么会这样？！”

叶繁枝被家希电话里说的事情震惊到了：鲁家庭院中布置好的婚礼场地已经被破坏。鲁家现在要求她们马上回去重新布置，且必须赶在明天婚礼前完成。

她无暇多想，立刻掀被而起：“好，我马上过去。”

叶繁枝匆匆忙忙地换了衣服，留了张纸条给大哥，拿了大帆布包便出门拦车。

她一出来，李长信便注意到了。她穿了件宽松的 T 恤和牛仔裤，踩了一双白球鞋，一头长发松散地披在肩头，着急地拦车。

这么晚了，她这是要去哪里？李长信正在思索，新郎鲁自秦的电话已经打了过来。他愕然的同时便明白了叶繁枝着急拦车的原因。

“上车。我送你去鲁家。”李长信对她说。

叶繁枝在看到说话人是他的那一秒，表情仿佛跟见鬼了似的。她抱着大帆布包，绕过了他的车子，继续伸手拦车。

"上车吧。我也要赶去鲁家。"

叶繁枝完全把他当作空气，一言不发地拦了一辆出租车后，绝尘而去。

李长信只好一路跟在出租车后面，两人一前一后抵达了鲁自秦家。

吴家希已经到了，与她一起来的还有荣励华。

鲁自秦家的院子里一片狼藉。已经布置好白纱和白玫瑰的拱门被破坏了，所有的桌布和白纱被剪坏并扯落在地，桌上的银器、骨瓷餐具、水晶酒杯以及花瓶和鲜花坠落在地，而且很多都已被砸碎了。

"这是蓄意破坏。屋子里有监控吗？"李长信问新郎鲁自秦。

鲁自秦用下巴指了指一旁的荣励华："他刚刚问过我同样的问题。我查过了，屋里的电源和监控都被人关了，什么都没有拍到。小区的监控则只是拍到一个戴了口罩和鸭舌帽，从头包到脚的人，连是男是女都看不出来。"这屋子是鲁自秦夫妻准备婚后入住的，所以之前一直都只是空屋子而已。

荣励华沉着冷静地开口说："门窗都没有被撬过的痕迹，要么是最后走的人忘记了关门，要么就是此人对你们家非常熟悉，所以才能轻而易举地进来破坏。不过明天就要举办婚礼了。现在追查肇事者，就算找到也于事无补。目前最要紧的就是把场地恢复原状。深更半夜的，一时间有钱也请不到人手。而我们花店这边现在就三个人，实在不够用。希望你们可以一起帮忙，分工合作。"

李长信额首说："那是自然。"

"家希，你和叶小姐先整理草地上的东西，统计破损物品的具体数字。鲁先生，我需要你们帮忙拆除那个拱门上的白纱和玫瑰。当然，如果你们有别的人手来帮忙则是最好。至于我，我来负责清扫地上的碎片。"荣励华有条不紊地做出了安排，又转头对新娘说，"新娘子，快回家休息吧。你放心，我们一定会重新布置好一切的。你明天只要负责做一个美美的新娘就可以了。"

荣励华双手合掌一击："好，我们大家开始吧。"

此人心思缜密，从容冷静，显然不是个寻常之辈。李长信不由认真打量了荣励华一番，朝他伸出手："李长信。"

那人与他握手："荣励华。"

李长信隐约觉得这名字有几分熟悉，好像在哪里听到过或者看到过。但由于忙着拆除被毁的拱门，便没有再仔细琢磨。突然，李长信猛然记起来了，荣励华是洛海城一个很有名的律师。李长信曾经看到过有关他的一篇报道，说他行事不按常理出牌，但案件诉讼的胜率极高。

鲁自秦一一打电话给伴郎们和几个要好的朋友，没关机的几个都被他叫过来帮忙。

叶繁枝和吴家希分门别类地把从草地上整理出来的银质烛台、餐具等放好，统计损失情况。

李长信远远地听到吴家希的惊呼声："繁枝，你的手指割破了，在流血。"

"没事，我们先统计数字。"叶繁枝的声音远远地传来。

鲁自秦拆着白纱的死结，扯了几下没打开，死结反而更坚固了。他朝身边的李长信伸出手："长信，把剪刀递给我。"然而，并没听见李长信的回应，他转头一看，李长信正往外走。

"喂，长信，你去哪里？"

"去车上拿点东西。"

李长信很快便折返了回来。他来到叶繁枝跟前，默不作声地把创可贴搁在了叶繁枝的脚边。

叶繁枝怔怔抬头，李长信只与她对视了一眼，便离开了。

叶繁枝垂下眼，定定地凝视那几个创可贴，而后整个人往边上挪了挪，仿佛那些创可贴是怪兽，随时会扑上来撕咬她。

"烛台肯定没问题。大餐盘坏了七十四个，小餐盘坏了六十二个，酒杯五十八个，花瓶十二个。"叶繁枝统计好数字，对家希说，"酒杯和花瓶，仓库当时多进了一些货，或许可以凑齐。但我们肯定没有那么多备用的餐盘。"

荣励华问她们："你们有备用方案吗？"

吴家希无奈地说："我们所有的物品都会预算损耗多进货百分之十左右，但从来没有遇到过这种情况。"

叶繁枝沉默了数秒，提议说："家希，我们前些日子进了一批绿色餐盘，不如我们把这次的设计改一下，白色为主，绿色为辅。比如绿色大盘上面摆白色小盘，白色大盘上面摆绿色小盘。如果这样不够搭配，那就用整套绿色瓷盘做点缀。要是不行，还可以改成彩色主题的场地，这样拍摄出来的效果也会很美。"

李长信说："我觉得绿白搭配色调和彩色色调的这两个方案都可行，事急从权。对于新娘来说，只要整个场地效果很美很漂亮就可以了。我想如今的情况，新娘也不会一味执着于一定要一个白色的烛光婚礼。对不对，自秦？"

鲁自秦连连点头："对，这样的设计阿欣肯定也会喜欢的。但你们现在要尽快搞定场地。"

"鲜切花差不多要开市了，我这就去批发白玫瑰。"荣励华转头对李长信说，"李先生，麻烦你带叶小姐去仓库拿所需的物品。家希，你和新郎留下来，安排好人手帮忙布置。"

荣励华并不知叶繁枝与李长信的过往，这个安排显然也十分合理。叶繁枝第一反应是想拒绝。但她刚欲说话，李长信已经一口应了下来：

"好的。"

荣励华双手一拍:"好,就这样分头行动。时间紧迫,请大家抓紧时间。"

大家分头行动。李长信走了数步,见叶繁枝没跟上来,便转过身,说:"走吧。"

叶繁枝不是不识大体的人,虽然内心深处并不愿意与李长信独处,但还是一言不发地跟着李长信,来到了停车场。她踌躇了数秒,低着头拉开了后座的车门。

"坐前面来,我不是你的司机。"

李长信的语气明显有些不耐烦。虽然内心并不想与他近距离接触,但叶繁枝也不想节外生枝,便闷不作声地坐在副驾驶座位上。她正襟危坐,规规矩矩地系好了安全带,把手搁在了膝盖上。

李长信的视线扫过了她的手指,见她的伤口还是裸露着,顿时眉头大皱。他一把推开了车门,在后备厢中取了一个小型的透明医药箱,对她说:"把手给我。"

"谢谢李院,小伤口而已,不用处理了。我们赶时间。"叶繁枝并不想与他有任何的肢体接触。

"你手指的伤口不处理,我们就不走。你是想跟我在这里耗着,还是尽快处理好伤口,去仓库拿东西。你自己决定!"

李长信的声音里饱含着冰凉勃发的怒意。叶繁枝咬着嘴唇,并不说话。

李长信一把抓住了她的手,开始检查她手指上割破的小伤口。下一秒,李长信的目光便凝住了。他记忆中那双柔弱的小手,如今布满了细小的白色疤痕。

这双手是她这几年吃苦的最佳证据。

一时间,李长信的嘴里仿佛被塞了黄连,满满的苦涩。

叶繁枝见他无故愣怔，而被握的地方又灼热至极，仿佛有无数细微的电流从他握着的地方通过。她想躲开这种感觉，便挣扎着想抽出自己的手。

"别动！"李长信脱口而出的命令倒让叶繁枝停止了挣扎。李长信用矿泉水给她冲洗了伤口，又给她做了简易的消毒。

叶繁枝的抗拒，叶繁枝的防备，叶繁枝的闪躲，叶繁枝被酒精消毒时刺激瑟缩，李长信都一一感受到了，他的动作不知不觉变得温柔轻缓。最后，他在她的伤口处贴上了创可贴。

李长信不由想起从前叶繁枝那些欲言又止的接近，如今竟然换成他小心翼翼地靠近她。

小小的空间都是叶繁枝身上淡而好闻的玫瑰清香。当年，她也爱用类似味道的洗漱用品。他值班回家，最喜欢的事情便是钻进软绵被窝，头抵着她的秀发，闻着她特有的味道，沉沉坠入梦乡。

他一直不明白，自己从不喜欢叶繁枝，但为何那些日子闻着她身上的味道会觉得无比安心，只要她在身边，他便会睡得特别沉、特别香甜。

醒来的时候，她多半不在。他拉开门，便会见到她在客厅忙碌。

小家里有一面落地玻璃墙，设计的时候为了合理利用空间，便在墙边摆放了一套原木小桌椅，既可以当他们的餐桌，也可以当他们的工作台和书桌。

李长信有时会看到她在修剪摆弄花束，有时会看到她在看专业的外科类书籍，有时她则会煮一壶咖啡，一边喝一边凝望玻璃墙外。阳光穿过白色的纱帘透进来，洒在她身上。小阳台上晾晒着他和她的衣物，角落里摆放着错落有致的绿色植物。白色的沙发，柔软如棉絮，配上颜色鲜艳的抱枕，叫人一坐下总舍不得起来。

李长信不得不承认，在她的打理下，整个小家都是明净整洁，充满了家的温馨氛围的。

那是他喜欢的氛围。虽然他从未在她面前承认过。

离婚后，他原本想要把房子留给她，但她拒绝了。

堂堂叶家千金，确实看不上这么小的房子。他嘲笑自己的自作多情和自不量力。

既然断了，就断个干干净净。

所以在当年离开前，他毫不犹豫地将那房子处理掉了。

如今一闻到这熟悉的味道，往事全部涌现出来。

现在的她，除了这一喜好之外，其余的都已经改变了。

这是两人再遇后，第一次同坐一辆车子。叶繁枝坐在副驾驶上，侧着头，一动不动地望着外头闪过的景色。

两个人一路上不言不语，但车子里的气氛却好像加了黏合剂一般，渐渐凝成了一团，叫人窒息。

叶繁枝实在受不了这样的气氛，便打开了车窗。清凉舒爽的空气顿时涌入，将她紧紧包裹住。她总算有种重新活过来的感觉。

李长信的车子在路口左转后又右转，最后稳稳当当地停在了花店门口。叶繁枝疑惑不已：为什么他不仅知道她家住哪里，连对花店周围的路况都这般熟悉？

仓库就在花店的后面，因设计得巧妙，又用同色的原木板做了装饰，所以一般进店买花的客人都不会注意到。

一跨入仓库，李长信就眼前一亮。不同于别家仓库的昏暗杂乱，这里光源充足，每个角落都干净整洁。仓库面积不大，定制的铁架充分合理地利用了每面墙和每个角落。所有物品都分门别类整齐地摆在上面，并且都标有名称。别说是员工了，就连李长信这个外人都一目了然。

叶繁枝踮起脚尖取铁架上的纸箱子。李长信靠近她，说："我来。"

叶繁枝却往边上一闪，对他说："谢谢，我自己可以的。"

依然是冷冰冰的语气。如今的她，随时随地都与他保持着距离。

这种闪躲与抗拒，就如同他当年躲避叶繁枝那样。

李长信并未因她的拒绝而停手，他仍伸出双手，把箱子搬了下来。

纸箱里装满了蜡烛，李长信没料到箱子会这么重，只觉得双臂一沉，差点没抱住。李长信把箱子搁在外头店铺里，回来只见叶繁枝已熟练地爬上了小梯子，从最高处的铁架上拿箱子。他一惊，生怕她掉下来，赶忙扶着小梯子，想要帮忙。

叶繁枝利落地爬了下来。然后，她打开了所有纸箱，取出小笔记本，一样一样地核对物品。

"好了，仓库要取的物品都准备好了，可以封箱了。"叶繁枝合上本子，用胶带封箱。

李长信目不转睛地瞧着叶繁枝熟练地用胶带封箱，心口似被刀扎，抽搐得发疼。

如今的她，再不是当年那个养尊处优的叶家大小姐了。这几年，她到底吃了多少苦，除了她自己，没有人知道。

在众人的努力下，终于在宾客到来前完成了这一场惊心动魄的场地布置。婚礼按原定计划准时进行。

风度翩翩的伴郎团随着新郎出场，引得现场一阵轰动。随后，美丽的新娘带着她的伴娘团出现，她们站在一起，像一道亮丽的风景，十分赏心悦目。

叶繁枝第一次看到了乔家轩传说中的前妻——傅佩嘉，只见她眉眼精致，气质清雅。乔家轩一直温柔有爱地看着他的妻子，而傅佩嘉则是表情平淡，好像对周遭的一切都漠不关心。两人之间的互动完全都是由乔家轩主动示好，伏低做小。他举手投足之间都流露着对傅佩嘉浓厚的爱恋。数年前的那些风波，仿若只是旁人杜撰出来的而已。

婚礼按照流程一路很顺畅地走了下来。在抢花束的环节，在场的女士和伴娘团都站到了新娘身后。新娘微笑着闭上眼，往身后抛出了花束。

最后徐碧婷意外抢到了花束。她手握着白色花束，撩着柔顺的垂直长发，对着众人嫣然一笑。

这一瞬间，连叶繁枝都觉得徐碧婷确实美得很撩人。这么多年来，李长信对她情根深种，不是没有原因的。

"李长信，择日不如撞日啊。赶紧求婚。"伴郎中有人把李长信推了出来。

伴郎团的成员都是当年留学时的朋友。他们虽然知道李长信曾经有过一段婚姻，但当年李长信在结婚时异常低调，并未邀请任何人，所以在现场除了乔家轩和徐碧婷两人外，并没有其他人认识叶繁枝。

这拨人如今都是各行各业的精英人士，今日难得因为鲁自秦的婚礼聚首，在故知旧友面前放松地脱去精英的外皮，闹腾起来一个比一个厉害。

"对啊，李长信。求婚。"

徐碧婷身着白色真丝缎面的曳地长裙，婷婷袅袅地站立在李长信对面，歪头瞧着李长信，笑容明媚恍若有光。

众人都知道她在等李长信进一步的动作。于是，起哄声越发热烈了起来。

"求婚，求婚。"

……

婚礼现场引发了第二波高潮。

叶繁枝缓缓后退，将自己隐在了花丛后的角落。虽然这里没有几个人知道她是谁，但她依然觉得难堪不已。

乔家轩和傅佩嘉坐在最前排观礼。乔家轩凑到傅佩嘉耳边轻轻地说了一句话，傅佩嘉露出了诧异的表情，而后她寻到了站在角落眉目低垂的叶繁枝，目光怜惜地在她身上停留了数秒。

李长信示意着大家别起哄了，一副"求放过"的表情，目光也在下意识地寻找着叶繁枝。

新郎鲁自秦见状，便知李长信是不会求婚的，怕再放纵大家起哄下去，场面会闹到不好收拾的地步。他便出来打圆场："唉唉唉，大伙，我想说一句，这是我和我老婆的婚礼，我不应该才是男主角吗？！"

闻言，众人一阵爆笑，这才放过了李长信、徐碧婷两人，进入了晚宴环节。

日月湖畔的大草坪上，几条长桌，烛光晶莹，餐具精致，花束繁复。

新郎与新娘在长桌上的主位，含笑对望，情到深处热吻了起来，满是浓情蜜意。

一切都美到了极致。

每每在这样的时刻，叶繁枝心中总是有一种说不出的满足感，觉得一切的辛劳都是值得的。

犹记得从前，她虽然有一份基金会义工的工作，但是那时的收入尚不够她买一个喜欢的包。那时的她，刷着父亲的附属卡，从不计算自己的花费，一切只凭自己喜欢。而如今的一切，全部都要靠自己去挣，每一分钱里头都有血有汗有泪。

虽然叶繁枝偶尔会怀念过往岁月，但她更喜欢现在的自己。喜欢那个在经历了眼泪和挫折后，为了生存而拼尽全力，独立又健康地活在这个世界上的自己；认认真真地和大哥过着小日子的自己；像一棵小草，只要有泥土扎根，就可以活下来的自己。

叶家出事，父亲猝死，紧接着大哥发生了车祸，昏迷不醒。最后调查结果出来，大哥承担全责，赔偿金近一百万。若是在从前，这对叶家来说也不过是笔小数目，但在那时却是压垮他们的最后一根稻草。

叶繁枝一夜之间被迫长大。当时的她是惊惧恐慌的，在很多个失眠的漫漫长夜，她曾打过李长信的电话，想把这一切告诉他，想听听他的建议。那个时候，哪怕只是隔着电话听听他的声音，对她来说，也是一种安慰。

可是，李长信的电话打不通了。他的号码早已经停用了。其他联系方式也都停用了。他切断了与她所有的联系方式。

她固执地拨了一次又一次，直到一天清晨她擦干眼泪，咬牙出去面对那两位受伤者的家属。她把自家的情况一五一十地坦诚相告，告诉他们如今的自己实在是拿不出那笔巨款。然后跟他们商量是否可以分期，她每个月给他们付一部分。

不知道是她的真诚打动了他们，还是因为叶繁木也身受重伤，令他们觉得如果协商不成把叶繁木这个已经不能行动的废人告进监狱，对他们也没有任何益处，倒不如后退一步，协商解决此事。他们两家暗地里聚在一起商量了一番，最后答应了她的提议。

叶繁枝也是打那时起才开始真正振作了起来，开始面对千疮百孔的生活。

婚宴结束，叶繁枝搬着纸箱走出鲁家大门的时候，突然发现靠在车边等候的李长信。

李长信伸手欲接过她手里的大纸箱："我送你回去。"

叶繁枝则后退了一步，避开了他。然后，她抬手把纸箱搁进了已经快装满的面包车里。

李长信伸手帮她把箱子塞了进去："现在很晚了，而且这里很难叫到车的。"

吴家希很好奇地借着路灯的光线打量着李长信。

"谢谢李院，不麻烦你了。我坐我同事的车就可以。"因有吴家希和荣励华在场，叶繁枝客气但又毫无转圜余地地拒绝了。

李长信瞧了一眼已经塞得满满的车厢，说："前面只有两个座位，怎么坐？我送你吧。"

叶繁枝则是沉默无言地爬上了面包车，把自己蜷缩成小小的一团，挤在堆满杂物的一角，然后当着李长信的面毫不犹豫地关上了面包车的拉门。

吴家希尴尬又不失礼貌地与李长信说了再见。之后，她注意到叶繁枝一路都低垂着头，神色好像疲倦到了极点。

显然刚才那个人与繁枝不只是认识那么简单。荣励华与吴家希对视一眼，彼此都没有多言。

到了叶繁枝的小区，吴家希对她说："繁枝，这两天辛苦你了。明天你在家好好休息，不用来上班了。"

也不知怎么了，好像累积着的所有疲乏都涌了出来，叶繁枝整个人有些昏昏沉沉的。叶繁枝机械地与他们说了再见。在她拉开车门的时候，手上的伤口被碰触到了，隐隐作痛。由于这痛意，她才回过神，这才发现天空中不知何时下起了大雨。豆大的雨点打在地上，泛起了阵阵水汽。

"繁枝，我找把伞给你。车里应该有伞的。"

"不用了，才几步路而已。"车子里堆满了杂物，一时半会儿也找不到。叶繁枝把蓝色帆布包顶在头上，下了车，大步地跑进了小区。

荣励华发动了车子离开，开了一小段路后，说："刚才拦着叶繁枝的那个男人我认识。"

吴家希问他："你认识？是工作上认识的吗？"

"不是。是之前我来接你的时候，好几次发现他的车子停在你们花店对面的转角处。那里没有路灯，光线比较暗，不容易被人发现。我觉得他和繁枝之间的关系似乎并不简单。"

荣励华显然是注意了一段时间。但他是因为关心吴家希，才会特别留意她花店四周环境的。吴家希心头生出一阵暖意。荣励华见她不语，便伸过手来，握住了她的手。这一次，吴家希没甩开他的手。

叶繁枝在垃圾桶附近停住了脚步，目光落在手指上的创可贴上。

此时已是深夜，路灯本就暗淡，如今光线又隔着大雨投来，昏暗不堪。她站在这暗色中，浑然不顾雨水浇在身上，盯着创可贴愣了半天。最后她缓缓地把创可贴撕了下来，扔进了垃圾桶。

忽然，头上雨停了。叶繁枝转过头，看到的是近在咫尺的李长信。

她往后退了两步，躲开了他的伞。

"你发什么疯？！这么大的雨，你不知道打伞吗？你想淋感冒吗？"李长信的口气与他的脸色一样不友好。

叶繁枝转身就走。可才走没两步，李长信就丢了雨伞，追了上来。他一把抓住了她的手臂，用力地把她拽进了自己怀里，然后抱住了她。

这是一件他想了很久的事情。或许自打再遇的那一天起，他就想这么做了，但他一直压制着自己。

他想好好给她一个拥抱，他想对她说以后不用那么辛苦了，以后有他在。

叶繁枝被他这突如其来的动作惊呆了，完全不知道他这是怎么了，一时间忘记了挣扎。

不远处是昏暗的路灯，头顶上是瓢泼的雨水，地上是孤零零的一把雨伞。

李长信就这样抱着叶繁枝。

此时，突然响起了李长乐的声音"大哥，接电话""大哥，接电话"。叶繁枝回过神来，挣脱了他的双臂，转身快步回家了。

这是李长信专门为李长乐设置的来电铃声。长乐肯定是有事情找他。李长信取出了手机，接通电话："长乐，怎么了？"

叶繁枝赤着脚靠在卧室的门上，因李长信的这个拥抱，无声无息地泪流满面。

他这次为什么要抱她呢？叶繁枝不懂。就像她不懂他上次为什么要吻她的眼帘一样！

明明两个人已经毫无关系了。他为什么还要这样呢？！

叶繁枝发现自己从来都未曾懂过李长信。

如今也是。

叶繁枝病了。

夜里的时候她就觉得腰酸背痛，仿佛有人用千斤重的绳索捆了她，把她扔进了深海。叶繁枝连挣扎的力气也没有，只能一直往下沉。

早晨起床的时候，她刚一站立，脚一软便跌坐在床上。可她是不能生病的，一旦生病，医院的全勤奖就没有了，花店这边也要请假几天。叶繁枝强撑着爬起来，去找了药吃。

她头重脚轻地蜷缩在床铺上，不知过了多少时间，直到江一心来敲门。

"繁枝，你怎么了？今天怎么这么晚还不起来。"江一心见她蜷缩在床上，赶紧摸了摸她的额头，顿时惊叫了起来，"繁枝，你额头怎么烫成这个样子。我去拿温度计。"

叶繁枝想说话，可是声音变得嘶哑起来："没事的，我吃了药了。你别告诉大哥。"

江一心取了温度计给她量体温："你今天别去上班了，在家休息吧。

我替你向陈主任那边请个假。"

叶繁枝挣扎着爬起来："没事的。不过是小感冒而已，吃了药就好了。"

江一心知道她心疼那点全勤奖，舍不得请假。她拗不过叶繁枝，只好尽量在医院里照看着她。

叶繁枝游魂似的在医院过了一个上午，但该做的工作并不会因为她生病而减少。

她给客户楚小姐发了一堆术前注意事项，告诉她月经期不能做手术，感冒了也不行，血糖血压高也不能做手术，还有术前一星期不能吃任何抗凝血的药物。

楚小姐问："好不容易才联系好你们医院的徐医生。要是感冒了不能如期做手术，是不是又要往后推了？"

叶繁枝耐心地回复她："那就等感冒好了再做，稍稍推迟几天而已。因为感冒本身就会有炎症，再进行手术会感染加剧，造成不良后果，所以是不可以在感冒的时候做手术的。"

中午的时候，一心问她想吃什么。叶繁枝毫无食欲，只要了一份白粥，然后就着一小碟酱菜强迫自己喝了半碗粥。

午餐回来的时候，她在自己的座位上发现了两盒药。

江一心和章漳一直跟她在一起，而简余彦这两天不在医院。除了这三个人，叶繁枝也不知这个给她感冒药的好心人是谁。李长信？！她嘲笑自己想太多了。

一个下午也在混混沌沌中过去了。

下班的时候，江一心再三劝她别去花店了，请假一晚。但叶繁枝说："我没事，今天晚上家希要上课。我如果不去，花店晚上就只好关门了。"

在公交车站候车的时候，有辆车在她身边停下来："上车，我送你回家。"

是李长信。此刻的他面无表情。

叶繁枝无力地抓着帆布包的带子，茫茫然地后退了一步。

她不知道他为什么要送她回家，就如同他不知道为什么他要吻她拥抱她一样。

她与他之间，早已经没有干系了。

李长信用命令的口气说："上车。"

此时，她等候的公交车"嘶"的一声停在了路边。叶繁枝用力抓紧了帆布包，浑然不顾李长信愤怒的脸色，脚步轻飘地上了公交车。

叶繁枝身上一会儿冷一会儿热，本就难受不已，加上公交车摇摇晃晃，时停时动，车内空气又浑浊难闻，她紧紧抓着帆布包，只觉得胸口发闷，直欲呕吐。

仿佛过了一个世纪那么长，公交车总算是到了下一站。叶繁枝已近窒息，实在无法再多忍受一秒了，便随着人群一起下车。她扶着马路旁的树干站定，正欲好好呼吸几口新鲜空气，下一秒，她的手被人一把抓住了。

她浑浑噩噩地抬起头，竟然还是李长信。咫尺距离的他又是昨晚那副恶狠狠的表情。

"生病了还逞什么强，给我回家好好养病。不许去花店上班，听到了没有？"

叶繁枝挣扎着想要抽出自己的手。

李长信强势地把她按进了座椅，给她系好保险带："给我好好听话，你信不信我把你从医院开除？"

听了这句威胁的话，叶繁枝才总算是安静了下来。医院的工作转正了，前不久又加了工资。她目前是不能没有这份工作的。

一路上，叶繁枝都悄无声息。李长信转头一瞧，只见她侧着脸闭眼休息。很显然，她太累了。要照顾行动不便的叶繁木，还要打两份工，还要偿还叶繁木事故的两笔赔偿款。

李长信把车停靠在路边，取过了后座上的小薄毯，轻手轻脚地给她盖好。然而，刚一盖上，叶繁枝便突然睁开了眼。她没有说话，只是移开了薄毯。

李长信看在眼里，默不作声地发动了车子。

很显然，她并不想与他沾上任何关系，也不愿接受他任何的照顾。如今的她，恨不得离他远远的，彼此不要有任何接触，也不要有任何的牵扯。

一路上，两人一言不发。

送她到小区后，李长信替她拉开了车门："我送你进去。"

"不用了，谢谢院长。"

大约是因为叶繁木在家的缘故，李长信并没有坚持。他只说："记得把那两盒药吃了。病好了再来上班，听到没有？！"

原来这两盒药真的是他悄悄放在她位置上的。他为什么要这么做？叶繁枝有些疑惑。

以前的李长信对她从来都没有过好脸色。可如今，她再不是叶氏医院的小公主了，早已经没有任何可以威胁到他的东西了。她在信安整形美容医院工作不过是生活所迫，不得已而为之的，并不是想要再次接近他或者想要其他。她已经尽量不出现在他面前，更不敢去招惹他。两人如今是桥归桥、路归路，他也和徐医生在一起了，他明明应该很高兴才是。可他为什么还总是对她很恼火很生气？为什么还要刻意地出现在她面前，这般折磨她呢？

叶繁枝是不明白的。

不过如今的她也不想浪费时间和脑细胞去深入探究。现在的李长信对她而言，不过是一个与她毫无干系，且以后也不会再有任何干系的陌生人。

叶繁枝缓慢地拖着千斤重的双腿走向了家门。

"你给我滚……滚出去。"叶繁枝扶着门，摸着包找钥匙，隐隐约约听见家里好像有不小的声响。她以为自己病得都幻听了。

一打开大门就听见的嘶吼声："我让你滚，你耳朵聋了吗？没听到吗？！滚！"

显然不是自己听错了，真的是大哥在发脾气了。怎么好好地突然发这么大脾气？叶繁枝强打起精神，三步并作两步地进了屋，从半敞的卧室门，果然看见大哥在卧室里大发雷霆，浑身上下都是浓重的戾气。江一心红着眼，一副梨花带雨的模样。

"大哥，你这是怎么了？"叶繁枝搁下手里的包，声音沙哑地朝江一心道歉，"一心，对不住。我大哥他脾气不好，我代他向你道歉。你千万别放心里。"

江一心泫然欲泣，低着头去了厨房。

"大哥，你好好的为什么跟一心发这么大的脾气？一心她忙了一天，下班还要过来照顾你饮食起居，还要帮助你进行复健治疗。"

叶繁木显然余怒未消，冷哼说："我们又不是没付她工资。"

"大哥，我们确实是付钱了。但一心才收那么一点钱，她真的是在帮忙而已。她并没有收忍受我们发脾气的钱。"叶繁枝头疼欲裂，但她按捺着难受，柔声细语地说，"大哥，换位思考，如果今天我在做一心这份工作，有人像你一样对我乱发脾气，你看到了，会有什么感受？"

叶繁木倏地沉默了。

见大哥有所触动，叶繁枝便见好即收，不便多说。她已到了筋疲力尽的地步，勉强扶着墙，进了厨房跟江一心赔礼道歉："对不起，一心。我大哥自从车祸之后，我们家又发生了很多事情，所以大哥的脾气有的时候就很暴躁……"

江一心低眉垂眼："没有关系，我明白的。你大哥他是因为腿不好，所以心情不好……"

"一心，谢谢你的体谅。其实自打你照顾我大哥以后，我大哥的身体情况还有脾气明显好转了很多。"见江一心没有怪罪的意思，叶繁枝不觉松了口气，真心实意地向她道谢，"一心，你先回家吧。我跟花店请假了，今晚就由我来照顾大哥。"

江一心着急地说："那怎么行。你看你，虚弱得都快倒下了。吃感冒药了吗？"

叶繁枝点点头："吃了。"

"赶快去床上躺着。我炖了一大锅的松茸鸡汤，饭也快好了，等下就可以吃了。"

江一心扶着她进了卧室，替她盖好了薄被。

叶繁枝感激地说："一心，真的好感谢你。"

"跟我客气什么。我们是同事，现在又成了邻居，应该要互相帮助的嘛。"

江一心文文静静的，虽然比叶繁枝小数岁，却极会照顾人。叶繁枝从她身上感受到浓浓的关爱。这是叶家出事以后，她感受到的为数不多的温暖。

江一心炖好了鸡汤，进了叶繁枝的卧室想唤她，只见她已沉沉睡着，便蹑手蹑脚地退了出来。一转身，便看到了一脸冷漠的叶繁木。

她怯怯地说："繁枝睡着了，你先吃吧。"

叶繁木脸色阴沉，别说回应她了，连正眼都未看她一眼。

自打江一心来照顾他开始，背着叶繁枝的时候，他便从未给过她一分好脸色。今天被叶繁枝撞见的场面，几乎是天天发生的。只是叶繁枝不知道而已。

叶繁枝醒来的时候已经是晚上十点了。睡了一觉，出了一身汗，整个人感觉黏糊糊的，但烧已经退下去了。

叶繁木在窗户旁边，正望着外头出神。他听到叶繁枝开门的动静，便转过了头来："你醒了，好点没有？"

"好多了。谢谢大哥。"

叶繁木操控着轮椅过来："饿了没有？饭菜都在锅里，我去热一下。"

叶繁枝忙说："大哥，我自己来。"

满满一砂锅的鸡汤，显然都未有人动过。叶繁枝加热了一番，盛了一碗给大哥："香吧？这可是正宗散养的老母鸡汤。你看一心炖的汤，又浓又香。"她一天没怎么进食，此时因为烧退了，倒有几分饥肠辘辘的感觉。

叶繁木一直盯着碗里头发呆，片刻后才端起碗喝了起来。

"味道怎么样？是不是很好喝？"

叶繁木闻言，怔了怔看着她，点了点头："你也快喝。"

叶繁枝在他的注视下，一小勺一小勺地喝完一整碗鸡汤。

"大哥，一心炖了一大锅。我刚分出了一小锅，我们一起拿去给她吧。"

叶繁木的脸色瞬间沉了下来："给她做什么？白白浪费了这些好汤。"

叶繁枝越发觉得奇怪了起来，她第一次发现大哥似乎并不喜欢一心，但为何又同意让一心护理照顾呢？

犹记得她带一心来见他的那天，是星期六的清晨。大哥坐在轮椅上，和往常一样不言不语。他没有跟一心打招呼，但也没有表示反对。

她本就跟一心详细交代过注意事项，所以那日介绍两人见面后，就匆匆去花店上班了。之后，她便把叶繁木托付给江一心照顾。一心也未曾跟她反映过两人之间的相处有任何问题。所以她一直想当然地以为两个人之间相处得很好。

"大哥，一心的工作其实并不轻松。时间长，收费又低。除了照顾你，还帮我收拾家里……还有你的脾气你自己也是知道的……如果你把一心气走了，我可再找不到第二个像她这么温柔善良又耐心细心的人来照顾你了。"叶繁枝真怕大哥把一心气跑了，絮絮叨叨地跟大哥沟通了半天。"所以啊，我罚你把鸡汤给一心送去。就当为你今天生气骂她的赔罪。"

"笑话，我为什么要给她赔罪？凭她！也配我赔罪？！"

"大哥，你怎么可以这样子？！"叶繁枝气得搁下了小勺子。

两人默不作声了好久。叶繁木的态度总算是软下来一些了："好吧，我跟你一起过去。你快把汤喝了，凉了就油腻反胃了。"

叶繁枝推着大哥进了一心家。原先吴姐住在这里的时候她就来过好几次。但这次一进去，叶繁枝就觉得眼前一亮。在江一心的巧手布置下，每个角落都有绿植，屋子里所有的物品都摆放得整整齐齐，加上纯色系的软装，这屋子立刻温馨亮丽了起来。

叶繁枝不由赞道："一心，你把家里弄得真好看。"

叶繁木被一心养的多肉吸引住了，一直盯着看。

但是，很奇怪的是一心家里的多肉都是一个品种。或许是一心特别喜欢吧。叶繁枝这样认为。

江一心被她夸得有些不好意思了，羞涩地说："就是搬进来之前，自己把墙壁刷了刷，又买了一些布自己动手做了窗帘和桌布。胡乱布置而已。哦，对了……你烧退了吗？我家里有温度计，我给你量一下温度。"

"退了退了。现在整个人舒服多了。"叶繁枝把小锅搁在了餐桌上的漂亮餐垫上，"一心，快来喝鸡汤。你炖足了火候，很香很好喝。"

江一心应了一声，目光却望着叶繁木，并没有什么动作。

叶繁枝见状，便借机说："对了，我大哥有话要跟你说。"她转头，看到大哥还在望着多肉架子默默出神。

叶繁木如常地面无表情。江一心咬着红唇，有些不知所措。

"一心，我大哥就是这样一张木头脸。请你别介意，你们聊。我就先回去休息了。"她素知大哥的傲气性子，向来是不跟人服软的。他肯跟她一起过来，已经是极难得的了。

她并不知，她一走，叶繁木便拉下了脸，对江一心不耐烦地说："过来，喝你的鸡汤。别仗着繁枝不知情，你就随便利用她。"

江一心嗫嚅地说："我没有利用她……"

"你还没有利用她？你不是最会利用人吗？表面上长着一张可爱无辜的好人脸，内里是一副蛇蝎心肠……"叶繁木吐出的每一个字都刻薄恶毒。

这些话显然刺伤了她。江一心的眼圈一点点地泛红了起来，哽咽地说："我说过很多次了……我真的只是在医院面试的时候跟她偶然遇到而已……我不是故意接近她的……"

叶繁木冷哼了一声。

"真的只是这样而已。"江一心的声音又低了数分，"照顾你的事情也是繁枝提的……"

她这番话不说还好，一说，叶繁木顿时觉得气不打一处来，生气地说："你给我闭嘴！"

江一心无措地垂手站着，一副"不知道自己哪里做错了"的模样。

好半晌，叶繁木才总算是压下了些许怒意，说："还不快喝你的汤？"

江一心望着他，怯生生地说："你喝过了吗？"

叶繁木冷冷回道："喝了，难喝得要死。"

江一心咬着唇又不说话了。

"还不过来，难道要我喂你不成？"

江一心好像小女仆一般，丝毫不敢违背叶繁木的命令，乖乖地盛了一碗汤，小口小口地喝了起来。片刻后，她轻轻嘟囔说："骗人，明明很好喝。"

与叶繁枝的美艳大气不同，江一心是温顺乖巧类型的女生。此时红唇微嘟，光泽丰润，别有一番不同平时的动人韵味。叶繁木忽然觉得口干舌燥，他忍了忍，最后还是沙哑地开口说："过来。"

江一心睁着小鹿一般大大圆圆的眼，不解地望着他。数秒后，她明白了过来，耳朵瞬间绯红了起来。

叶繁枝回到家，便听见自己的手机在响。她从包里找出了手机，上头显示的是一连串的数字。虽然只在医闹那次通过一次话，但这号码她却一直记得。

她并不愿接。但对方显然很有耐心，一连拨了三次过来。

叶繁枝最后只好接通了电话。李长信熟悉的声音随即传了过来："是我。"

叶繁枝不说话，两人对着电话各自沉默。

良久后，李长信方说了一句："你好好休息。"

叶繁枝正准备挂断，李长信忽然又说："别忘记吃药。"

叶繁枝又沉默了一会儿，挂断了电话。

城市的另一头，李长信握着手机，远眺着绚烂明丽的夜景，许久才搁下。

叶繁枝从包里取出了李长信的那两盒药。她盯着药，坐在床头发了半天的呆。最后，她把两盒药扔进了垃圾桶。自己则从家里的常备药箱里取了药服下。

叶繁枝平躺在床上，把薄被拉到脖子处，静待药效和睡意的到来。

她睡了沉甸甸的一觉，所以她并不知道当晚大哥留宿在了江一心家，并没有回来。

叶繁枝再度醒来已经是第二天的中午时分了，叶家小屋里充满了米粥的香甜味道。

她打开了微信，看了一圈，并没有客户留言。然后却在通讯录这里发现了一个红点，显示有新朋友加她。

叶繁枝一打开，一张熟悉的照片却叫她一愣——竟然是李长信。

在她和一心三个月的试用期满，成为信安整形美容医院正式的合同工后，陈越便把她们拉进了医院的工作大群。所以她知道他的头像用的是身穿白大褂的照片。

再往下看，申请文字简简单单地打着"李长信"三个字。

叶繁枝默默地看着，又出神了良久，最后决定当作没看到。

她揉着脖子，出了卧室。江一心听到动静，微笑着从厨房出来："繁枝，你醒了啊。"

她探手摸叶繁枝的额头："不烫了，快去洗漱一下。我给你盛粥。喝点粥，你再吃点药，今天在家好好休息一下。"

"一心，你怎么没去上班？"

"我也请假了……"江一心昨晚忘记设定闹钟，早上醒过来的时候已是上班时间了，叶繁木不许她上班，命她在家照顾繁枝。她便找了个借口请假。此时叶繁枝问起，她不免心虚得脸红耳热。

叶繁枝并没有怀疑，还以为江一心是为了照顾自己特意请的假，正想道谢，忽然闻到了一股怪味，皱鼻说："什么味道？好像什么东西煳了。"

江一心手忙脚乱地跑进厨房："哎呀，菜烧干了……"

　　叶繁木坐在轮椅上专心致志地举哑铃，锻炼身体。江一心在厨房忙碌地准备午餐，两人之间的气氛……平静古怪但又好像十分和谐……

　　看来昨晚大哥是真的跟一心道歉了。

　　当然，叶繁枝绝对想不到叶繁木昨晚根本没有道歉，反而极为恶劣地欺负了江一心大半夜，把一心都欺负哭了。

　　"对了，繁枝。你这药怎么扔在垃圾桶里。这两种药据说对感冒很有用的。你记得吃。"

　　这是叶繁枝昨晚睡前扔进垃圾桶的，她并不想吃李长信给的药。江一心不知其中原因，一再盯着她吃药。

　　叶繁枝不得已，只好在一心的监督下乖乖服药，上床休息。

　　但在睡前，她又打开了微信，把李长信的微信头像看了又看。最后，她把手机关机，搁在了床头柜上。

　　这几年的心力交瘁导致身体都在抗议了。叶繁枝在家里睡足了三天觉后，整个人才又有种活过来的感觉。

　　上班的清晨，她和一心从公交车上下来，走去医院。一到大门口，便遇到了驾驶着车子而来的李长信。

　　两人的视线在空中交汇了短短一秒钟的时间，叶繁枝就迅速移开了。

　　每一次与李长信接触，哪怕仅仅是这样打一个照面，都会叫叶繁枝心中波澜起伏，压抑难受。

　　但是，在同一间医院工作，很多时候，避无可避。

　　上午的时候，叶繁枝去了五楼，在走廊里遇到了李长信。

　　两人擦身而过的时候，李长信突然停下了脚步，探了手过来。

　　走廊两侧都是各个医生的办公室。叶繁枝一时愣住了。

　　李长信摸了摸她的额头，低声说了一句："不烫了，看来是好了。

为什么不多休息两天？"

叶繁枝瞠目结舌地看着他，完全呆愣住了。

幸好此时丁翔医生的办公室门打开了，有人从里头出来。叶繁枝猛然回过了神，便趁机匆匆离开了。

丁翔问："李院，你找我？"

"哦，不是。我要下楼。"李长信假意咳嗽了一声，装作没事发生过一样，去了电梯。

下午时分，平安妈带着平安和一对母女来到医院。她把那对母女介绍给了叶繁枝："叶小姐，她们是我们村的邻居，现在也在洛海打工。这女娃叫孔茜。她妈知道我今天要来医院让李院长瞧瞧平安的恢复情况，就再三央求我带着她们来医院看看。"

事实上，这对母女一进来，叶繁枝便注意到了。这对母女都用长发半遮着脸，女孩子更是用口罩遮住了脸，只露出两只黑黑的眼睛。孔茜妈把孔茜拉到面前，一把撩开了女儿的长发，拉下了口罩，给叶繁枝看女孩的脸："叶护士，你看看我们家小茜。"

这是一张非常奇怪的脸，前额突凸，双眼深凹，鼻梁坍塌扁平，但下颌又往外凸。

"我女儿一生出来就遗传了我的脸形，但情况比我的还严重很多。因为长得丑，她打小就被人叫作'猴面女孩'，从小到大受尽各种歧视和欺负。这么多年来，我女儿的脸一直是我的一块心病。我带着她四处求医，希望可以给孩子一张正常人的脸。但因为整形费用实在太高，所以我和孩子她爸一直努力工作，努力攒钱。可是，在她八岁的时候，她爸爸在打工时因为一场意外，瘫痪在床。此后，家里就剩我一个人赚钱……如今她都十八岁了，我还是没有能力给她一张正常人的脸……"小茜妈说着说着便泣不成声。

"叶小姐，你就帮小茜妈联系一下李院长，让他给小茜看看呗。

我是从小看着小茜长大的。这孩子啊，真是命苦。李院长是个好心人，医术好，医德又好。他要是能把她的脸给做好，让这孩子以后的日子过得好一些，你们也是积福积德啊。"

事实上，叶繁枝一点也不想见到李长信。但她知道平安母子对李长信很信任，便耐心地安抚她们："别急，我这就联系我们李院长。但他平时特别忙，预约特别多，今天不一定会有空。"

"你帮忙给问问呗。"

"好。"

叶繁枝拨打了李长信助理许诺的内线电话："许助理，我是美容咨询部的叶繁枝。"

"繁枝，你好。"

"请问李院下午有空吗？李院有个老客户带了顾客来，想要请李院面诊。不知你可否帮忙安排一下？"

"李院正在做手术。你稍等一下，我查一下他今天的预约情况。"许诺翻查了一下预约本，"今天下午都满了。"

叶繁枝问："都满了吗？"

"李院这个手术估计半个小时能结束。如果客户不赶时间的话，你可以先把情况跟我大致说一下。等李院手术结束，我把情况转告他，再跟你联系。"

有一回，叶繁枝离开后，许诺敲门进了李长信的办公室，却见李长信正站在窗口发怔。她唤了数声，他才回过神。

又有一回，许诺与李长信一起在食堂用午餐。叶繁枝进来的时候，她无意抬头，便看到了李长信望着叶繁枝的方向，有数秒的失神。虽然李长信很快收回了视线，但那抹古里古怪的眼神，许诺印象深刻。

还有一回是在电梯里。电梯门一打开，李长信看到了等候电梯的叶繁枝，瞬间，他整个人仿佛突然僵硬收缩了一样。叶繁枝也明显地愣了下后，才犹豫着跨了进来。之后，她就一直站在距离李长信很远的角落。

医院的人见了李长信都会恭敬客气地打声招呼，叫一句"李院"，但叶繁枝却没有。她与叶繁枝互相点了点头后，叶繁枝便默默地站到角落里，仿佛隐身了一样。

大家都不说话，电梯里的气氛安静到了诡异的程度。许诺受不了这凝重压抑的气氛，低头呼出了一口长气。然而，她这一低头，却看见了李院的手捏握成拳。很显然，李院极力抑制着什么。

许诺从医院成立起便做了李长信的助理，见惯了李长信的温和、谦逊、睿智和从容，却是从未见过李长信如此怪异的模样。

显然李长信和这个叫叶繁枝的美容咨询师之间有些不对劲，应该并不像他们表现得那么陌生，甚至曾经有过交集，发生过一些故事。此后，许诺更是留心观察李院、徐碧婷和叶繁枝三人之间的互动，一来二去，她的这些揣测慢慢得到了印证。

医院里的很多人都以为李院和徐碧婷是一对，但许诺却清楚地知道不是这样。不可否认，李院曾经与徐碧婷有过一段感情，但目前两人之间却绝对不是情侣关系。徐碧婷利用这段过往，刻意给医院众人造成两人依然旧情未了的错觉。

不过，这些事情都与她无关。她不过是个做一天工作拿一天薪水的助理而已，并没有表现得太明显。

但此后在与叶繁枝的工作接触中，却是很重视的。今天也是这样。

"好的，谢谢你，许助理。"

许诺有种直觉：李院哪怕手术下来再累，他也会给叶繁枝带来的这个客户面诊。

事实果然如此。

　　她转述的时候，李长信正倦怠地捏着眉间，试图缓解疲劳。但她一说完，他便果断吩咐说："你让她把客户带上来吧。哦，对了，下一个预约是几点？你打电话通知客人推迟一个小时过来。另外，再帮我冲一杯双份特浓咖啡，谢谢。"

　　等敲门声响起，李长信已经收敛了所有的疲惫。

　　他接待了孔茜母女，耐心地询问情况，检查面表特征，对孔茜的病情做了分析："从她的面部特征来看，她所患的是一种叫作 Treacher-Collins Syndrome 的下颌骨发育不全疾病。这是一种罕见的先天性颅面畸形疾病，属于常染色体显性遗传，但病因仍不清楚。据目前了解的情况，这种疾病的临床表现为颧骨发育不全，下颌骨发育不全，眼睑反垂等一系列特征。而这些与她的情况均符合。"

　　其间，李长信数次抬头扫向了叶繁枝。叶繁枝一直低头认真地在做笔记。

　　李长信给孔茜设计了一个手术方案，用 3D 影像展示给她们看，并加以解释说明："如果要动手术的话，整张脸都要动，但主要对眼睛、颧骨和下颌这三个部位动手术。每个部位恢复的时间在 4 周到 3 个月不等。具体改造估计需要一年的时间。改造成功后，孩子的外貌和现在相比应该会有很大的改观。我们会力求她和正常小女生没有什么大的区别。"

　　"真的吗？"孔茜母女喜出望外，但小茜妈突然想到了一件事，兴奋之色随即减去了不少，"那个……李院长，我想问一下手术费用是不是特别高？"

　　李长信点了点头："确实不便宜。"

　　"那大概要多少。"

　　李长信算了算，报了一个最低的金额。孔茜母亲一听，虽早有准备，但也面露难色。

平安母亲跟她们知根知底，便把她们的家庭情况又说给了李长信："李院长，小茜这孩子命苦。一生出来脸就这样，从小就被人歧视嘲笑。她爸又瘫痪了。她很早就辍了学，跟她妈妈一起打工赚钱，给她爸看病治疗。她们两个都没文化，做的都是苦力活，赚不到什么钱。每个月刨去吃喝开销和给她爸看病的钱，手头根本剩不下几个钱。她们实在是拿不出这么大一笔费用，所以才会一年拖一年拖到了如今。"

平安母亲踌躇半天，支支吾吾地开口说："李院，我问一句不大好意思的话，这手术费能让她们分期付吗？"

李长信听后，沉默了数秒，对孔茜母亲说："她的情况也属于很罕见的案例。这样吧，我这两天在医院召开一个会议，就这孩子的情况一起讨论讨论。到时候看看有什么办法能帮你们减免部分费用。当然，我不能保证一定可以，但我可以试试。"

孔茜母亲喜不自禁："真的吗？太感谢李院长了。"

"这样吧，你们留个联系方式给叶小姐。有什么情况，我会让她第一时间通知你们的。"

"好的，谢谢李院长，谢谢您。"

平安母亲带着千恩万谢的孔茜母女离开。临走时，她拉着叶繁枝的手说："叶小姐，李院说平安的情况恢复得很好，照这种情况可能不需要再做修复手术了。叶小姐，真是太感谢你了。我们无以为报，想请你来家里吃顿便饭。"

"不用，这是我分内的事。而且我工作很忙，真的没有时间。"

"叶小姐，我们真的是发自内心地感谢。孩子他爸的菜做得不错，所以就想做顿饭菜，表示一下我们的感谢。你可一定要来啊。"

叶繁枝一再推拒。

"叶小姐，你可一定要来啊。你不来就表示你嫌弃我们。"

话都说到这份上了，叶繁枝不好再推拒，只得应下。

"那就这样说定了啊，具体时间我会跟你再联系的。"说罢，平安母亲好像怕她反悔一样，带着平安和孔茜母女快步走了。

/第 10 章/　醉酒之后

　　星期一早上的例行会议上，李长信把孔茜的案例情况作为重点，在会议上与大家讨论。他首先用 PPT 给大家做了一番详细说明，然后说："她这种情况属于少见的发育综合征。因其颧骨、腮弓、下颌等多处部位存在畸形，所以如果要动手术的话，根据我设计的方案，要分三期进行。第一期进行隆颧骨、隆下颌、下颌外侧畸形矫正术。第二期进行颧骨、颧突眶外侧壁畸形矫正术。第三期进行面部自体脂肪填充术、自体脂肪移植注射隆鼻。但鉴于这个孩子家庭的经济情况，是负担不起这三期的医疗费用的。所以我想由医院出资给她免费做整形手术，帮助她实现像普通人一样生活的愿望。大家觉得是否可行？我想借今天的例会跟大家讨论一下，各位有什么意见或者建议，都可以提出来。"

　　众人沉默了片刻，没有人想要率先表态。

　　李长信便点了名："瞿医生，说说你的想法。"

　　瞿医生说："我个人赞成免费给她做整形手术，就当作一次公益手术。"

　　谢医生附议："对啊，我们医院甚至还可以做一波宣传，来提高我们医院的知名度。"

　　"我反对。"徐碧婷则持不同意见，"大家都是医生，都知道无论是什么整形手术都存在一定风险。这个免费手术，不仅不赚钱，还要承担未知的各种风险。做好了，我们医院也很难利用其进行宣传，搞不好还会有不少人说我们沽名钓誉。而且万一手术有什么问题，还会砸了医院的招牌。甚至还存在医闹的可能性。"

　　上次的医闹后来虽然得到了妥善解决，但想起当时的情况，众人依然是心有余悸，于是纷纷点头。

　　对此，李长信很是意外。他本以为徐碧婷会第一个赞成做免费整形的提议的。在李长信的印象中，徐碧婷一直是个心地善良、同情弱小的人。当年两人在一起的时候，她对公园里的流浪狗、流浪猫都充满了怜爱，时不时拿食物去喂它们。但李长信又不能说她考虑得不对，甚至应该说徐碧婷在这个问题上考虑得很详尽周全。所谓不做不错，多做多错。这个女孩的手术确实存在多种未知的风险。

　　李长信沉默着，最后抬眼望向了简余彦："简医生，你的意见呢？"

　　简余彦是个对周遭漠不关心的人，平日里他只做好自己负责的相关工作，从不介入医院的其他事情。但今天很出乎意料地表示同意，并表示如果医院需要，他也可以负责手术。

　　其余像丁翔医生等人的表态，赞成和反对各占一半。

　　一时也确定不下来。

　　为了慎重起见，会议一结束，李长信在会议室便打电话询问乔家轩的意见，并请他征询一下简贤同。

　　乔家轩让他全权拿主意，跟他说："简先生太忙了，决计是不会管这个的。钱不是问题，如果有需要，我可以个人捐助这笔钱赞助这个孩子。"

李长信失笑："行了，知道你什么都不多，就钱多。"

挂断电话后，李长信便下意识地按下了一连串的数字，准备拨出。等他看清备注的时候，却是愣住了。

他无意中按出的竟然是叶繁枝当年的手机号码。

这个号码，他当年在婚姻期间并没有记住，只是存在手机里而已，连备注都懒得打上她的名字，只是简简单单地用了一个"Y"代替。到了国外后，在一个人的空寂公寓，他经常翻出通讯录，望着里头那个"Y"和一串数字，良久失神。他从未刻意去记，然而某一天，却发现自己竟然熟悉到可以倒背如流了。

曾有过一回，他喝多了，醺醺然之中想起她，便不受控地拨出了这个号码。直到提示音传来，才知道她的手机号码早已经停机。

可他未曾想到，时至今日居然也未曾遗忘。

医院倒是有一个微信大群，医院的所有工作人员都在里面。叶繁枝在成了医院的正式合同工后，便被陈越拉进了这个工作群。

进群那天，大家照例要求他发红包："院长，今天有两位新人进来，快发两个大红包。"

"坐等院长大红包。"

他得了空，看手机的时候才看到这一连串的信息。这才发现是叶繁枝和江一心进群了。

叶繁枝的头像用的是她的工作照。常规的证件照，通常都将人拍得灰头土脸的。但她却眉目如画，好看得很。李长信点了进去，发现她的朋友圈是被设置过了，陌生人是无法查看任何信息的。他又把头像重新点开大图，怔怔地看了许久。之后，他发了两个大红包来欢迎新员工进入医院这个大家庭。

在午休时间或者下班后，群里经常也会聊一些与工作无关的事情，也会发红包，大伙一起抢红包。但李长信注意到，她从来都不会参与其中。

现在的她，任何时候都无声无息，仿佛不存在一般。

从那一天开始，他就很想加她微信。但加她做什么呢？她是决计不会跟他聊天的，但是看看她会在朋友圈发些什么也好。

可是，这仅仅只能是想想而已。他知道她也不会通过他的好友申请的。

但自打那以后，李长信只要有空就会点开她的头像，这成了他每天的习惯。特别是在睡前，他一定要看一下才会安心睡下。

医闹那次也是这样，他点开了她的头像，看了很久。他很想添加她。可他清楚知道最后的结果是什么。最后，他大费周折地调了员工档案才知道她现在的手机号码。

上次叶繁枝生病，他只打通了一次电话。后来再拨，电话那边就是忙音了。他想了又想，最后申请添加微信好友，果然不出所料被拒绝了。

李长信怔了片刻，放下手机，拿起了内线电话，拨给了叶繁枝："叶小姐，你通知孔茜母女，就说医院愿意免费给她做手术。请她们来医院签一下合同，走一下程序。如果有什么需要的话，许诺会协助你的。"

"好的，李院。"

李长信的每个字都很公式化，叶繁枝也以此相对。

叶繁枝告诉了孔茜一家医院愿意给她们免费手术的消息。

孔茜妈在电话那头喜极而泣："谢谢，谢谢你们。我娃有救了。"

这天下班前，医院门口停了一辆黑色豪车，白奶奶搀扶着简老太太下了车。

叶繁枝正在接待客户，远远地便听到有人唤她："哎呀，这不是我们繁枝吗？"

这慈祥又温柔的声音……叶繁枝猛地抬头，赫然便看到了坐在轮椅里的简老夫人和她身后推着轮椅的白奶奶。她顿时惊住了。直到简老太太来到了她面前，她才回过神，起身上前："奶奶，白奶奶，你们怎么来了？"

中午的时候，简余彦还与她和一心、丁翔医生一起用了午餐。但他半句都未提及今天需要她扮演角色的事情啊。

自打寿宴后，叶繁枝并没有再扮演过简余彦的女朋友。此时突然相见，还是在自己工作的地方，叶繁枝不免有些手足无措。

庄依林看见这老太太穿了一件米色暗纹的真丝缎手工旗袍，通身水绿的翡翠挂件，便知此人非富即贵。

白奶奶对着叶繁枝微笑解释："老夫人今天趁着天气大好，去了一趟律师楼办手续。刚路过医院，想你和小少爷了，就说要来看看你们。"

简老夫人拉着叶繁枝的手，打量着四周，轻声细语地问："繁枝啊，阿彦呢？他办公室在哪儿呢？我这还是第一次来到他工作的医院呢。我老说要来看他，但他总不让……"

咨询前台的众人不明就里，只觉这位坐在轮椅上的老太太气质雍容端庄，衣着精致华贵。直到此刻听到了"阿彦"两个字，庄依林等人才听出了蹊跷。这人莫非是？下一秒果然便听到叶繁枝说："简医生他……他在五楼。"

"那你带我上去吧。"

"好。"哪怕四周眼刀相逼，叶繁枝也不得不应下。

"本来今天也不想来打扰你们的，但奶奶就是想繁枝了，也想来看看我们家阿彦……"

"老夫人啊，天天在家里念叨你和小少爷。打了小少爷电话，他总是说忙……"

三个人絮絮低语着搭了电梯上楼。

还说跟简医生没任何关系，都跟简医生的奶奶这么亲热了，一口一个"奶奶"。这都没关系？！那什么是有关系？！真是个绿茶！庄依林瞪着叶繁枝的背影，几乎要把牙齿咬碎了。

李琪翻着白眼："就说了她是个有心机的女人，你们有的人还一直不信。"

"太有心机了。还总是口口声声说，我跟简医生是清白的。这如果都是清白的话，黄河的水都清澈见底了。"这些人本就对叶繁枝有意见，现在更是将她说得一文不值。

面对庄依林等人的咄咄逼人，江一心和章漳两人低头不语。但她们说得实在太过分了，江一心忍了又忍，最后实在忍不住了："繁枝不是这样的人，或许里头有什么误会……"

李琪怒气冲冲地截断她的话："误会？都这样子了，还有什么误会？！"

"她不是这样的人！江一心，那你倒是给大伙说说，她是怎么样的人？"李琪素来就是庄依林前锋，早就想找叶繁枝和江一心的碴儿了，这时便拿住了江一心的话头不肯放。

"是啊，做人要厚道。哪怕她不懂得尊敬前辈，也要懂得先来后到的道理啊。"

"真是头白眼狼。亏依林姐这么费心地带她，还教她这么多东西。"

真是会歪曲事实。庄依林她们什么时候真正教过她和叶繁枝什么。名义上虽然是庄依林带的繁枝，李琪带的她。但她们什么都藏着掖着，生怕教会了她和繁枝，会挤掉她们的位置。古话说"教会徒弟，饿死师傅"，江一心能够理解她们的心理，所以也从来不计较不生事。

但此时此刻，江一心也不准备忍下去了："就算叶繁枝真的跟简医生在一起，那也是他们两个人的事。简医生没有女朋友，而叶繁枝也没有男朋友……他们既没伤天害理，也没犯法……"

庄依林冷厉地扫了她一眼，哼了一声，踩着高跟鞋走了。

李琪"怜悯"不已地瞧了她半晌，皮笑肉不笑地扔下了一句话："小江啊，我看你是翅膀硬了，不想在这里混了。如今连依林姐你都敢明着得罪了。"

简余彦从手术室出来，换下了衣服，一打开办公室的门，便看到了奶奶拉着叶繁枝的手说话："怎么不戴奶奶送你的那个翡翠戒指……是不是工作的时候不方便？回头奶奶再去首饰盒里找几个适合工作时候戴的戒指给你……"

简余彦吃惊不已："奶奶，你怎么来医院了？"

"你瞧瞧，他要责备我了。"简老夫人温柔地对着叶繁枝嘀咕了一句，才抬起脸对着简余彦说，"奶奶我又不是来看你的，我是来看我们家繁枝的。我已经让人在洛海会馆订好了位子，等下请繁枝吃饭。当然，看在繁枝的面上，我也就顺便把你捎上吧。"

简余彦不由大笑："是是是，我沾光了。感谢繁枝带我蹭饭。"

他笑的时候露出了一排整齐好看的牙齿，一扫往日的阴柔忧郁，露出了难得一见的阳光帅气。叶繁枝看在眼里，第一次察觉到了简余彦的俊气不凡，心想：怪不得庄依林会爱上简医生，又做出那种势在必得的样子。

一群人从简余彦办公室出来的时候，在走廊上与李长信撞了个正着。

李长信停下脚步，颔首招呼："简老夫人，您好。"

简老夫人在寿宴那天见过李长信，听儿子简贤同介绍说是阿彦医院的院长，当时便记下了。此时一见，她自是客气万分："李院长，可真是巧啊。下班了吗？"

李长信如实回答："正准备下班。"

"我在洛海会馆订了位子要跟阿彦和他女朋友一起吃饭。李院不嫌弃的话，跟我们一起用个晚餐？"

李长信的目光轻轻掠过了简余彦身旁的叶繁枝，停顿了一秒后，说："谢谢老夫人，那我就恭敬不如从命了。"

叶繁枝不免一愣。李长信平时待人接物虽然温和有礼，但实际上却是个不喜欢交际应酬的人。从前，他连去叶家吃饭也是能推就推。今天居然一口应下，实在让人觉得惊讶。

到了洛海会馆，餐厅已经预留了最佳的观景位子。

简老夫人热情地招呼李长信，又柔声细语地与叶繁枝说话，亲自给她夹菜："繁枝，这是他们这里最出名的手剥虾仁，很鲜嫩的，你尝尝味道。阿彦爷爷在世的时候，最爱的便是这道菜……繁枝，你尝尝这个狮子头。还有这道菜心，瞧着普通，但是只用最精华的一小撮菜心，每根都两叶一心，用山泉水烫过，然后浇上大师傅秘制的酱汁。"

叶繁枝依言尝了，果然每一道都十分美味。

简老夫人一手把简余彦带大，对这个孙子的性子最是了解不过。因为上一代的感情纠纷，让他对感情和婚姻产生了严重不信任。所以简余彦从小到大，从未带过任何一个女孩子来见她。简老夫人日渐老去，知道自己时日不多，生怕自己去后，这个孙子会孤单一辈子，便希望在她走之前，能看到他结婚生子，拥有一个美满家庭。于是，她安排了一次又一次相亲。结果，简余彦没一个看中的。她正失望不已的时候，简余彦却在她大寿这晚，给了她叶繁枝这份大惊喜。

那晚宴会，她和白奶奶暗中观察，发现叶繁枝举止大方，言语间也应对得体，一看便知是个好人家出来的女子，心中不免中意万分。

自打那天后，简老夫人隔三岔五地打电话让简余彦把叶繁枝带回家吃饭。简余彦天天说忙。白奶奶知道她的心思，便对她说，山不来就你，你就去就山嘛。小少爷不带女朋友来，咱们就找上门去。他们两个都在医院工作，跑得了和尚跑不了庙，还怕找不到吗？简老夫人一听，觉得有道理，便趁今天去律师楼办理手续，来了医院。

此时，简老夫人见叶繁枝乖巧听话，又扫过坐在她身旁长得玉树临风的孙子，真是越看越觉得般配，越看越觉得满意，连食欲都比往日好了数分。

最后的一道菜是八宝鸭。简老夫人说："这道菜材料多，工序复杂，现在很少有餐厅做了。他们家虽然有这个菜，但要预约，让大师傅提前准备。"

从李长信的角度望去，只见叶繁枝眉眼低垂，仿佛很认真地在听简老夫人的介绍。

"阿彦，你给繁枝盛一点八宝鸭里头的料啊。这么大一个人了，连女朋友都不会照顾。"

简余彦忙接过服务生手里的勺子给叶繁枝盛了两勺八宝糯米，其余则交给服务生分与众人。

简余彦注视着叶繁枝，目光温柔地问："味道怎么样？"

叶繁枝回以微笑："很赞。"

"长信，这次的八宝鸭味道怎么样？""长信，今天的菜怎么样？"她曾经坐在餐桌一头，期待着他的回答。而他只要点个头或者简简单单地说一句"还好""不错"的话语，她便会开心得不得了。

那时候，她望着他的眼神从来都是含情脉脉的。哪怕默默无言，那些爱意都会偷偷地从眼底跑出来。

而如今，她的眼神里是一片平静，波澜不惊。

这说明什么？说明她早已经不爱他了。

李长信心头一阵突如其来的闷痛。

"李院，你也尝尝。"

"哦……好的，谢谢老夫人。"

一顿晚餐下来，年迈的简老夫人明显精神不济了。三人送简老夫人和白奶奶到大门口上车。

简老夫人是旧时人，对待客人最是尊敬不过，就怕招待不周，失了自家礼数。离开前，她还不忘客气地对李长信说："李院，今天晚上匆匆忙忙的，招待不周。下次有机会一定要到我们家里来小坐片刻。我们家厨子做的洛海本地菜不比这里差。"

李长信欠身说："有机会一定去叨扰老夫人。"

简老夫人细心温柔地替简余彦理了理领子，又从白奶奶手里接过了一个文件袋递给了他，款款地说："我和你白奶奶先回去了。今天这么好的日子，你陪繁枝再好好逛逛。这个袋子里的东西，你回家再仔细看。"

简余彦乖乖地点头说好，搀扶着简老夫人上车，亲吻了一下她的脸，跟她说再见。简老夫人被他哄得心花怒放，欢欢喜喜地回家了。

之后，简余彦客气地跟李长信道别："李院，那我们先走一步。明天医院见。"

李长信眼睁睁地看着叶繁枝上了简余彦的车子，消失在了自己的视线里。

车子里，简余彦抱歉地说："不好意思，繁枝，我没想到我奶奶竟然会来医院。给你造成不必要的困扰。"

"没关系，你也是事先不知的。"事已至此，也只好随它去了。

事实上，简老夫人对她的关爱，总令叶繁枝不由自主地想起李奶奶。当年她与李长信分开后，她便再也没有见过她。曾有过一次，她搭公交车经过李奶奶和长乐住的小区，曾冲动地下过车。但她站在那扇老旧的铁门外，扬起手想敲门的那一刻，却又胆怯了。见了又能如何呢？又能说些什么呢？不如不见。于是她惆怅地离开。

想必这些年来，他们应该过得不错吧。毕竟如今的李长信事业有成，经济宽裕。

简余彦说："对了，我想要买束花。先去花店，再送你回家。"

叶繁枝回过神，点了点头。

简余彦缓缓地说："我从小是跟着我爷爷奶奶长大的。在我的记忆里头，他们是这个世界上最疼我的人。而我，一直都是一个多余的人。在整个简家里，除了我爷爷奶奶，根本就没有其他人爱我。当然，白爷爷白奶奶对我也很好。不过，那种好，又是不同的。"

叶繁枝也不知如何劝慰，只好说："有人关心就是幸福，很多人可能连一个关心他的人都没有。"

简余彦笑了笑，又说："你在花店见过我妈。在那晚的宴会上，你也看到了现在这个所谓的简太太。想来你也看出了我家庭的不对劲，所以我也就不瞒你了。我妈与简先生是上一代人指腹为婚的，两人也算是青梅竹马。后来，简先生和他的女秘书——就是现在这个简太太就不清不楚了……只是我妈妈并不知情，她还一直以为嫁给了自己的初恋，欢天喜地地备孕，想要和她的简先生有个孩子。在我五岁的时候，我妈发现简先生在外头另外有一个家，甚至简先生和那个女人生的一子一女都比我大。至于是怎么发现的，我一直觉得里面有蹊跷。但最后的结果是我妈无法接受事实，受刺激过度，此后便有些精神方面的疾病，需要在疗养院有专人看管照料。几年后，简先生便以简家需要一个可以正常出席不同场合应对各种应酬的女主人为由把那个女人和她的一子一女接到了家中。这一子一女就是我现在所谓的大哥大姐，而那个女人就是现在大家看到的这位简夫人。而从那时候开始，我就一直跟我爷爷奶奶住在一起。在我十二岁那年，我爷爷去世，就只剩下我和奶奶相依为命了。"

简余彦淡淡叙述着往事，仿佛在说别人那些不相干的故事，语调平静，波澜不惊。

叶繁枝终于明白了为什么简余彦会住在她花店附近，为什么经常会来花店买花。因为花店附近有一家老牌的私人疗养院。若是没有猜错的话，简余彦的母亲便是住在里头。所以那晚她会穿着怪异，误打误撞地进入花店。

叶繁枝觉得自己应该说点什么缓和一下车内气氛，但她发现自己并不知道说些什么来安慰简余彦。

简余彦仿佛看穿了她的心思，对着她云淡风轻地一笑："不用安慰我。我已经成年了，早不需要任何人的安慰。"

简余彦虽然这样说，但叶繁枝却在他眼里看到了一抹苍凉微苦的神色。

"我奶奶现在唯一放心不下的就是我，她希望在她走之前看到我成家立业。我也算学有所长，所以工作方面她是不担心。但个人生活方面一直没有达到她的期许……于是，她就不停地给我安排相亲，想给我介绍女朋友。"

"所以……这就是你付钱让我假扮你女朋友的原因？"

"是啊。一来，我可能受原生家庭的影响，不相信婚姻这种东西；二来，婚姻这种事情，都是可遇不可求的。我又不是一个可以将就的人，自然不可能为了结婚而结婚。"

叶繁枝知道简余彦的确不是那种能将就的人。

简余彦接着说："假如人这一辈子一定要结一次婚的话，那我一定要找一个我自己很爱的、不舍得错过的那个人，跟她一起慢慢地享受光阴，共度余生。"

吴家希不在花店，她在门口挂了一个"店主有事外出，很快回来"的牌子。叶繁枝便打了电话给她，说自己已经到花店了，让她忙自己的事情就行，不用再回店里了。

简余彦扫了一圈花店，双手一摊，说："我要买两束花。你帮我选吧，只要你觉得好看就可以。"

叶繁枝想了想，弯下腰从铁桶中取了百合、小菊、白鹤芋和水晶草等几种花，用剪刀修去了根部和多余的枝叶，以最大的百合花为中心，将其余花围绕百合花聚集起来，花中间又插入了尤加利叶。最后整理了一下花束的弧度和高度，用麻绳将茎部捆绑固定好，做出了一个造型，然后她用银灰色的油纸包装，最后用白色缎带捆绑好。

做造型的时候，叶繁枝整个人沉浸其中，脸上的表情生动又丰富，偶尔蹙眉凝思，偶尔嘟嘴沉默，偶尔微笑点头，仿佛身旁根本没有另一个人存在。

简余彦的视线被她吸引住，一直没有移开。

"好了。"叶繁枝微笑转身，把花束双手捧到了简余彦面前，"简医生，这样可以吗？"

简余彦倏然回过神："很好看。"

叶繁枝随即去了角落，低下头又取了粉色洋桔梗，用自然色的包装纸和粉色的缎带包扎好。

叶繁枝的脸很好看，身材也玲珑有致。就算是用整形医生的专业眼光来审视，她也绝对经得住检验。可这么好看的人为什么会没有男朋友呢？！简余彦百思不得其解之余又觉得无边欢喜。

突然简余彦转身就出了门。几分钟后，他高高兴兴地捧了一个小蛋糕回来："蛋糕店要打烊了，又听说我是隔壁花店介绍过去的，所以给我打了对折。"

花店隔壁是一家蛋糕烘焙店，虽然不是有名的牌子，但店主制作的每个品种的口味都很赞。虽然才开了几个月，却已是这附近小有名气的烘焙店铺了。

明明是个不差钱的主。却因为这点小折扣就乐得没心没肺的。叶繁枝不免摇头失笑。

"喂。你笑什么？"

"不告诉你。"

"真是个小气鬼！"

叶繁枝整理好手里的花，抬头的时候，简余彦已点燃了一根蜡烛，插在蛋糕上："来祝我生日快乐吧。当然，你如果愿意唱一首生日快乐歌的话，我也不介意。"

叶繁枝瞠目结舌地看着他。

"今天是我农历生日。这个世界上，大概也只有我奶奶记得我的生日了。所以我奶奶才会来医院找我们一起吃饭。"

叶繁枝目瞪口呆之余，赶紧送上了祝福："简医生，祝你生日快乐。"

"太失望了，居然没有生日歌。不过幸好有蛋糕安慰我。今天是我生日，所以我吃大块的。"简余彦切了超大一块蛋糕给自己，只给了叶繁枝小得可怜的一块蛋糕。

"我不喜欢上面的草莓，都给你。哇，夹层里面有我喜欢的杧果。你把杧果小块都给我，今天我是寿星，我最大。"简余彦二话不说，把她蛋糕里的杧果丁拨到了自己的盘子里。

叶繁枝有点小小的呆愣。她见过阴柔冷漠的简医生，看到过颓废浪荡的简医生，如今又见识了他如孩童般可爱单纯的一面。不知哪一个才是真实的他？

"喂，你这么看着我干吗？我好怕。"

"怕什么？"

"我好怕你会看上我。"

叶繁枝哑然失笑："简医生，你想太多了吧。"

她都不记得自己上次笑得这么开心是什么时候了。不可否认，与简余彦在一起的时候，她感到很轻松很快乐。

"对了，我发现你们隔壁的蛋糕店有一个女生长得很漂亮。"

"你说的应该是徽儿吧。她是洛大的学生，才大一，在店里做兼职的。"叶繁枝顿了顿，补了一句，"她还是个小妹妹。你可千万别去祸害她。"

简余彦津津有味地吃着蛋糕，欣赏着叶繁枝好看的侧脸。只见她水润的粉唇微张，咬住了蛋糕上红艳艳的草莓，他也不知怎么了，便脱口而出："那我来祸害你，好不好？或者你来祸害我也行，我很愿意让你祸害。"

叶繁枝惊住了，然后她就因为草莓卡在了喉咙里而剧烈咳嗽了起来。简余彦赶忙递上水杯，又帮她拍背顺气。

叶繁枝咳嗽了好久，瞪着又黑又亮的眼睛："简医生，你别这么吓人，好不好？"

"我没吓你。我只是问你要不要来祸害我，做我真正的女朋友？我们彼此祸害，怎么样？这个主意不错吧。"

叶繁枝再度咳嗽。她后知后觉地想：简余彦这不会是在撩我吧？

简余彦给她拍背，愤愤不已："我有这么差吗？你这么嫌弃我！"

"你不是刚说不想将就。这才短短大半个小时而已，怎么会转变得这么快？所以简医生，你的正身是变色龙吗？"

"是就好了。"简余彦不死心地自吹自擂，"其实我觉得我各方面都很不错。据说在医院男医生排名中，我一直是占据第一名的。你真的就不考虑一下？"

叶繁枝迅速摇头，一脸"敬谢不敏，无福消受"的表情。

"考虑一下下也不行？"

叶繁枝说："简医生，你并不了解我，我也不了解你，我们也不知道彼此的过去。两个互相不了解、不相爱的人是不可能在一起的。"这是她那几年"偏要勉强"得出的唯一经验。

"既然是过去就表示已经过去了，我何必要费尽心思去了解。对了，你要了解我什么？工作你肯定了解。情史？资产？还是什么？情史的话，我可以一段一段讲给你听。不过真的蛮多的，可能要讲到天亮。资产的话，我也不知道到底有多少，都有专人在打理。反正我爷爷留给我的不少。如果你需要具体数字的话，我明天让人整理给我。"

叶繁枝竟无言以对。顿了顿，她才问道："简医生，我能问你一个问题吗？"

"你问。"

"为什么选择让我假扮你的女朋友？为什么不找别人？比如庄依林、李琪她们。医生里有很多人都很乐意做你的假女朋友的。"

简余彦搁下了蛋糕，很认真地回答她："因为你的眼睛干干净净，没有一点杂质。"

叶繁枝有点疑惑，心想：这算是什么答案？

"在你的眼里，没有对物质金钱的疯狂欲求。简而言之，从以前到现在，哪怕在你知道我来自什么家庭后，你自始至终对我这个人没兴趣，也对我身后的所有东西都没有任何兴趣。"简余彦说，"你看吧，我都提议我们相互祸害了。你还嫌弃我？要是换了别的人，恐怕早就飞扑而上了。"

叶繁枝失笑："简医生，你肯定是眼神有问题。我怎么可能有你说的这么高尚。我这么一个俗人，怎么可能对钱不感兴趣。我打两份工，假扮你女朋友就是因为我缺钱、需要钱啊。"

"这个世上缺钱的人太多了。很多人会为了钱和利益奋不顾身，但是你不会！"简余彦看着她的眼睛，很认真很缓慢地说，"你从来不知道自己真的很与众不同吗？我好像真的开始有点喜欢你了。怎么办？"

叶繁枝再度被蛋糕卡喉。

简余彦送她到家，停车后，忽然很奇怪地看着她："你这里有蛋糕。"

"哪里？"叶繁枝正欲抬手擦拭，简余彦迅雷不及掩耳地凑过来吻了吻她的额头，然后又迅速移开。

叶繁枝来不及躲闪，被他亲了个正着。她双手捂着额头，又惊又窘："喂，你干什么？！"

简余彦像孩子似的露出了一个得逞后的满足微笑："就当送我的第二份生日礼物。今天我是寿星，我最大！"

他把她精心设计的白色花束塞到了她怀里，表情郑重万分："记住了，这是我送你的第一束花。以后还会有很多。叶繁枝，我决定了：我要追你。"

叶繁枝目瞪口呆地摸着被他吻过的地方，抱着自己用心包扎的花束，目送着简余彦跟她挥手离开，连"再见"两个字都忘记说了。

她转身准备进小区。忽然，她在一棵大树底下看到了一辆不应该看到的车子。

四周骤然安静下来，本就暗沉的夜色越发深沉了。

叶繁枝抱紧了花束，仿若并没有看见似的走进小区。

叶繁枝不知道，她与简余彦在花店的所有互动都早已落入一直跟随着他们的李长信眼里。

如今的叶繁枝避他如避蛇蝎，偶尔接触的时候，整个人都处于不自然的紧绷状态。而她和简余彦在一起时，整个人十分舒适自然。

叶繁枝和简余彦两人在一起的每一个画面都刺痛着李长信。他忍了又忍，忍无可忍，又重头再忍，本就已至极限了。

而刚刚简余彦的吻，此刻叶繁枝对他的视若无睹，便如同在他的怒火上浇了一桶油，他只觉脑中轰然一响，等意识到的时候，已推门下车，追上了她。他一把将她拉住，夺过了她手里的花，然后往地上一掷。

李长信抓着她单薄的肩头，怒气冲冲地吻了下去。

如今的他日日夜夜想她。

以前每天都恨不得摆脱她的李长信第一次知道自己竟会如此受不了她和旁人在一起的画面。不管那个人是简余彦还是旁人，他都受不了。

单单是想象那些画面都叫他几乎发狂，更别说亲眼瞧见简余彦吻她。

面对李长信的强吻，叶繁枝挣扎推拒，但李长信根本不让她动弹分毫，她挣扎不过，只能受着。她被他牢牢禁锢着，吻得舌根僵硬发麻，到了疼痛的地步。

李长信终于喘息着从她的唇上稍稍移开："不许和简余彦在一起。"

叶繁枝猛然抬手，打了他一巴掌。"啪"的一声，李长信一时被她打得怔住了。

叶繁枝看着他，一字一顿地说："李长信，你看清楚了。我不是徐碧婷医生，我不是你的女朋友或者是你的任何人，请别再对我做这种事情了。还有，我和谁在一起，那都是我的事情。"

李长信目送着她的背影远去。良久，他抬手摸了摸自己被掌掴的脸，在自己的舌尖上尝到了难以言喻的苦涩味道。

以前的他，从来都恨不得离她远远的。

可如今，一再纠缠的人却换成了自己。今晚，竟还挨了她的打。

第二天早上，李长信路过咨询台的时候，旁人纷纷起身打招呼，叶繁枝则借故忙碌，只做未见。

李长信的目光不着痕迹地在叶繁枝身上停留数秒后，摸了摸自己的左脸，进了电梯。

李长信一离开，那种强大的压迫感便也消失了。叶繁枝轻轻地呼出了一口气，又沉默半晌，才冷静下来，投入了工作。

中午时分，有个意想不到的人来到了医院。叶繁枝听见有人唤她，抬头后怔了怔，才从他的锅盖头和黑框眼镜认出他是之前的那个博士生。

他恢复得很不错，如今已经是一个五官端正俊朗的帅小伙。

博士生开门见山地说明来意："叶小姐，我即将要离开洛海，去五福工作了。以后也不知什么时候才有机会再到洛海来，所以想请你和简医生一定要赏光来吃个饭。"

"不用这么客气，这是我们医院应该做的。"

"不，不，要不是你们，我现在还处于自卑之中，是你们让我看到了生活的阳光和希望……"博士生憨厚诚恳地站在咨询台前，一副"你们不让我请客吃饭，我就不走"的架势。

简余彦从外头进来就看到了这一幕，便迈步过来。博士生见了他欣喜不已，扶了扶眼镜，说正要找他。他把要请他们吃饭的事情又说了一遍。简余彦默不作声地听完后，扫了一眼叶繁枝，便应了下来："好吧，我们接受你的邀请。"

"太好了，简医生，你们什么时候有空？"

"择日不如撞日，就今天晚上吧。我今天下午难得没有手术，可以准时下班。"简余彦转头询问叶繁枝，"你可以吗？能跟花店请假一个晚上吗？"

"我问一下家希。"

吴家希很快回复了，欣然应允。

"太好了，我知道有家不错的餐厅。我来订位子，晚上见。"博士生背着双肩包欢喜雀跃地离开了。

“好的，晚上见。”

在工作方面，尽管叶繁枝采取息事宁人的态度，但庄依林等人依然对她咄咄逼人，不依不饶。如果说以前是暗地里的话，如今已经是明面上的挑错找碴。

叶繁枝把这情况告诉了蘅慧，蘅慧宽慰她：“繁枝，这年头不遭人妒的是庸才。”

“我只是想做好自己分内的工作，从来没有想过要跟她们抢什么。”

“繁枝，你长成这样，工作又认真负责，就算你什么错都没有，但对她们来说，你的存在便是最大的错。记不记得以前我们在一起工作的时候，那些人不也是因为你漂亮，所以嫉妒你恨你陷害你。就算没有简医生的事情，也可能会有张医生赵医生的事情，她们也一样不会喜欢你。难道你在学校里没遇到过女生小团体排斥别人吗？性质都是一样的。物以类聚，人以群分。所以根本不用放在心上，做好本职工作就好。”

叶繁枝有种醍醐灌顶豁然开朗的感觉。做人做事，但求问心无愧。她跟简医生之间根本不是她们以为的那样。就像蘅慧所说的，就算她真的跟简余彦在一起，也是她和简余彦的事情，完全跟她们无关。

下班前二十分钟，众人一如往常，一起去更衣室换衣服，只剩下叶繁枝一人在咨询台坚守。李琪转身前狠狠地白了她一眼，对众人说：“她就是让我们突出她工作认真是吧？”

“可不是。”有人附和地啐了一口。

她们一群人才离开，便有个抱着孩子的胖太太走了过来，张口就对叶繁枝说：“喂，你们下班没有？我想要整容。”

叶繁枝忙起身：“你好，我是医院的美容咨询师叶繁枝。请问你需要咨询什么项目？”

胖太太盯着她的脸，眼睛一亮，脱口而出：“我想整成你这样。”

"我要是能像你这样漂亮，我家老公就不会出轨了……"胖太太把怀里睡着的孩子轻轻地搁在会客沙发上，开始朝叶繁枝大倒苦水。

"我与我老公结婚后，就有了一个孩子。由于我老公收入还不错，足以养活我们一家三口，他便让我辞职回家专职带孩子。他对我说，我们两个这么辛苦努力地奋斗，一切还不都是为了我们的孩子。说什么现在的保姆素质参差不齐，我们自己带总比保姆带好，并且我本身学历也不差，可以兼职学前教育这一块。我一听，也觉得在理。于是，我就辞去了工作。一带就带了好几年，本来想着等孩子上小学了，我就出来工作。但前几年，国家开放了二胎政策，我公婆他们老家信奉多子多孙多福气，就一个劲儿地催着我们再生一个。我老公是个孝顺儿子，凡事都以爹妈为重，一来二去地，被他们说动了，就来做我的工作，我犹豫着同意了。于是，前年我们生了这个孩子。本来已经准备工作的我，在家里彻底沦为了保姆、洗衣机、洗碗机。但凡夫妻两个人吵个嘴，我老公总是说我是黄脸婆，说是他一个人在养这个家。可是我也是很累的，虽然在家不工作，可是我要买菜、做饭、打扫卫生，做家里的很多家务活。还要带两个孩子，既要给大的辅导作业，又要负责小的吃喝拉撒睡……"胖太太说到这里，双眼泛红，哽咽不已。叶繁枝默默倾听着，递给了她一张纸巾让她擦眼泪。

胖太太接着说："夫妻两人过日子，没有人不是吵吵闹闹过来的。我知道那是他吵架时候说的气话。吵架的时候哪有好话，要是有好话，两个人也吵不起来。所以我虽然听了难受，但也尽量告诉自己，他工作很累，压力很大，别跟他计较。我们辛辛苦苦的，都是为了这个家好。可是……渐渐地，我发现很多不对劲的地方……比如他回家的时间越来越晚，也经常出差；比如他嫌弃我身材走样；比如他说两个孩子影响到他的睡眠，要求分房睡……其实不对劲已经有一段时间了，但是我后知后觉地，直到最近才注意到。我悄悄地跟着他，发现他有外遇了……对方是一个职业女性，很年轻很漂亮。"她低头看了看自己已经蹭掉皮的鞋尖，继续说着，"是我这种黄脸婆完全不能比的。"

"我很伤心。可这些天来，整夜整夜地失眠。我也没有其他办法，所以只好当作不知道。希望他能回心转意，回归家庭。上个星期，他竟提出了要跟我离婚，还搬出了家，把我和两个孩子扔在家里不管不问……我一心为了这个家，可到头来却是得到这样的结果。我……"说到这里，胖太太捂住了脸，泣不成声。

"所以我想要整容，把我的脸整一下。我想吸脂减肥，把我体形变瘦了。我就想像你一样漂亮，让男人看一眼就移不开目光。这样我老公就不会离开我了。"

事实上，一个人长得如何，跟老公会不会出轨没有任何直接关联。否则，当年的李长信也不会和徐碧婷有各种暧昧了。

家家都有本难念的经。叶繁枝也不知如何安慰，等胖太太平静了些许，才说："高太太，虽然我是整形医院的工作人员，但是我必须要告诉你一点。希望你慎重考虑整形美容这件事情。一来，整容解决不了你和你老公之间存在的婚姻问题。二来，任何整形美容手术都是存在一定风险的。"

"我知道。关于整容这个事情，我其实已经考虑一段时间了。每天晚上，我睡不着的时候就会想，如果我变得苗条一点，如果我变得漂亮一点，我老公或许就不会出轨了……今天来到你们这里，我是下定了决心的。"她仰起头看着叶繁枝，"我已经没有后路可退了。很多时候，我们每个人除了自救，没有人可以救我们。我真的想改变。从容貌开始。"

"高太太我理解你的心情。但希望你先别冲动。请你回家再好好考虑一下。这是我的联系方式。要是你回家考虑一段时间后，还是决定要做整形手术的话，你再来找我。到时候我一定推荐我们这里最棒最专业的整形医生给你。"

虽然身为美容咨询顾问，每签下一个客户，她们都可以有提成收入。但叶繁枝做事情向来将心比心，她觉得眼前的这位高太太只是一时情绪冲动，并不是真的需要整容。相反，她更多的是需要一个倾诉对象和婚姻咨询方面的专家。

送走了这位高太太，叶繁枝在自己的笔记本上留下了她的个人资料，然后合上了本子，疲惫地抬起头，忽然看到了不远处双手抱胸靠在一旁的简余彦。他目睹了刚刚整个咨询过程。

上了车，简余彦才说："很少看到像你这样的美容咨询师。大家都恨不得多拉一个客户是一个。毕竟每单都有提成，直接跟自己的工资奖金挂钩。"

"是啊，我还被人打过几次小报告。说我把客户往外推。陈主任都找我谈过话了，让我不能再这样。"叶繁枝坦承不讳。

简余彦侧过脸，不可思议地看她："那你刚才还建议她别冲动……"

"但这位高太太她真的只是一时冲动。她更多的是想要跟人倾诉自己的委屈和苦楚而已。等她冷静下来，她如果还是想改变自己的外貌的话，那我就会欣然接受她这个客户，并给她最中肯最专业的建议。"

简余彦摇头叹息："你啊！真是个傻子。"

"性格就这样，一时半会儿改不了了。怎么办？"

"其实很好，但是也很不好。"简余彦轻轻地补了一句，"因为会吃很多的亏，受很多的伤。"

简余彦的话令叶繁枝眼眶莫名一热。

"你跟我妈妈一样，心地善良、单纯。可是你看她现在，却是一个人待在疗养院。"

"阿姨她还好吗？"

　　"她生活在自己的小宇宙里，并不知道还有我这个儿子。所以我也不知道她在那个小宇宙里生活得好不好。"简余彦说完后，沉默片刻，才说，"你有没有发现，生活中，很多善良的人心肠都软，最后都没有那些心硬心狠的人过得好。"

　　简余彦对她说："一辈子太短了，所以人有的时候啊，要自私一点，要对自己好一点，不要太傻。知道吗？毕竟在这个世界上，对我们好的人不多。"

　　叶繁枝也不知怎么就愣怔了，数秒后，她认真地点点头："好，我知道了。我会对自己好一点的。"

　　博士生早已经到了餐厅，正在座位上张望，看到他们进门，便腼腆微笑，朝他们招手。

　　"简医生和叶小姐，谢谢你们的赏光。你们尽管点菜，别跟我客气。"

　　简余彦说："客气我们就不来了。"他果真毫不客气地点了餐厅里最贵的菜和最贵的红酒。叶繁枝都忍不住出声制止他："够了。"

　　博士生略显紧张地抓着餐巾："我下个星期就去研究所报到了，没事的。"

　　"看吧，他都说没事。"

　　叶繁枝也只好不言语了。

　　博士生的视线却不断地停在叶繁枝身上。简余彦端起酒杯，漫不经心地喝了一口，心想：这个书呆子莫非看上叶繁枝不成。

　　果然，在接下来的时间里，博士生不时地扶着眼镜，找着话题想与叶繁枝说话："叶小姐，你怎么会去美容整形医院工作的呢？"

　　"医院待遇比较好……"

　　"叶小姐，你长得这么好看。在美容整形医院工作会不会担心别人说你是整出来的呢？"

"不会，我们每个人都会梦想着成为更好更优秀的人，去遇见未知的美好。所以不管是不是后天的美丽，只要能够让我们的人生变得更好，就去欣然接受。再说了，这不过是我的一份工作而已。我用心努力工作，赚我应得的报酬，别人怎么以为怎么说，都与我无关。"

博士生凝视着叶繁枝的眼底深处是有微光闪烁的。

简余彦作壁上观，静静地看着这一幕，心中出现了一种极其幽微怪异的感觉。他很不喜欢博士生的这种眼神，恨不得用块布遮住他的眼睛，不许他这样看叶繁枝。他被自己这个突如其来的想法惊着了，拿起酒杯灌了一大口酒。

博士生总算是注意到了简余彦锋利的目光，好像被瞧破了心里的秘密一般，他耳朵一红，羞涩地说："简医生，其实我很想成为像你这样帅气自信的人。"

"你完全可以。"简余彦双手抱胸，说，"首先，请你把身上的这一类衣服全部丢了。买几件有品质感且适合你自己的衣服。男人的衣服，贵精不贵多。其次，你可以把你的黑框眼镜换成隐形眼镜。还有，自信一些，你现在已经是个大帅哥了，请昂首挺胸，不要畏畏缩缩……对，就是要这样。如果有时间，我建议你每个星期去健身两次……怎么样？这一次请客，你不亏吧。"

"不亏不亏，是我赚翻了。"博士生招来了服务生埋单。

不料，服务生过来却对博士生说："这位先生已经买过单了。"

叶繁枝一愣，简余彦挑着眉毛朝她微笑："你不会真以为我点那么贵的酒会让他埋单吧。"

博士生手足无措地说："简医生，这怎么好意思呢。说好我请你们吃饭的。"

"好好工作，下次回洛海，再请我们吃饭。到时候我绝对不会跟你抢账单。"

"好，我一定好好工作。"博士生与他们依依不舍地告别。

简余彦看了下腕表，说："现在还很早，反正你跟花店请假了。要不我请你看部电影？最近刚上映的这部大片，我还蛮想看的。"

"我还有事。"叶繁枝委婉地拒绝了。事实上她很久没有好好陪陪大哥叶繁木了，难得今晚可以早点回家。

简余彦打断了她的话："你多久没有看电影了？"

叶繁枝怔住了，一时竟回答不了。

"刚刚才答应我说对自己好点，合着你就是喊喊口号啊。"

叶繁枝被他说得无言以对。

"那就这样决定了，我们去看电影。"

叶繁枝发现简余彦霸道起来也很霸道，并不容她拒绝。

电影并不难看，但也并不好看，是超级英雄拯救全世界系列的第五部，用的是好莱坞的常规套路。男主英俊女主美貌，特技效果很精彩。

不过，这却是叶繁枝这几年来第一次看电影。每天忙着赚钱养家，忙着照顾大哥，既没有闲钱也没有闲暇时间看电影。

但叶繁枝很清楚地记得数年之前她曾看过这个系列电影的第一部。当时坐在身旁的人，是李长信。

那次约会也是李长信提议的，这是从未有过的事情。

当时的她意外至极，又惊喜不已。

那是婚后两年里，他第一次安排了约会。与她在家附近的西餐厅吃饭，安排了看电影，甚至还在进场前，为她排队买了水和爆米花。

叶繁枝候在一旁，看着他排队的样子，就觉得那是她一直以来期望的李长信，很是幸福感动。

两人如同电影院的一对普通情侣，一起看电影，一起吃爆米花。

叶繁枝的心里就如同有一尾鱼，整个放映期间都在里头游来游去，雀跃不已，欢喜不尽。

出了电影院的时候，她偷偷地挽住了他的胳膊，他也没有拒绝。于是，她又偷偷地高兴了很久。

外头不知何时开始下起了大雨，两人站在商场门口躲雨，看着马路对面的家，一时也无可奈何。

"下雨了，没带雨伞怎么办？"

"要不要去咖啡店坐坐？"

对于李长信的提议，叶繁枝简直不敢置信："好啊。"

两人又去商场的咖啡店，点了巧克力蛋糕和两杯饮料。两人面对面坐着，分享了一块巧克力蛋糕。

雨一直不停，两人便在咖啡店坐了很久。但叶繁枝却很开心，只觉得有种梦想成真似的快乐欢喜。

她只盼着雨可以一直不停，让这个画面永远持续。

老天好像听到了她的祈求，遂了她的心愿。

最后直到商场关门，两人不得出来。李长信默不作声地脱了外套，披在两人头顶："走吧，跑回家。"

两人挤在一件外套下，冒着大雨，狂奔回家。大雨滂沱，哪怕只是穿过了一条马路，进屋的时候，两人都已淋了个半湿。叶繁枝想打开灯，换下鞋子去拿毛巾给他。可她的手刚触摸到墙壁便被他一把抓住了。她不解地抬头看他。黑暗里两人四目相对。他的手，冰凉潮湿，一点点地摸上了她的脸。他用指尖抚摸她的眉、她的眼、她的鼻，最后停留在了她的唇上……

四周仿佛骤然进入了真空地带，安静的玄关只剩彼此越来越急促的呼吸声。

数秒后，他像一只野兽般沉默而又粗暴地将她推在了冰冷的门上。他急不可耐地寻到了她的唇，又急又重地吻了上来。与他湿漉漉的衣服截然相反，他的体温火热如炭。

第二天醒来，床边空无一人。想起昨晚李长信对她做的各种事情，叶繁枝把发烫的脸埋进枕头，一直到冷却下来，才掀开薄被起身。

她赤着足找遍了家里都没有发现他的踪影。最后在冰箱上看到了他留下的纸条，他在上头寥寥地写了几个字：我去出差了，要一个星期之后回来。

叶繁枝用指尖缓缓地抚过他的娟秀字迹，嘴角缓缓上扬。

然而，当时的她并不知那是他留给她的最后几个字，也不知道从此两人便会分开。

两天后，她被父亲叫回了家，得知父亲当时已经被调查。

她一个人在家里哭了又哭。最后，她拨出了那通让她心碎欲绝的电话。

可后来按时间推算，他当时早已经联系好了美国方面的工作，准备和徐碧婷一起离开。

这第五部电影到底放映了什么内容，一直处于回忆状态的叶繁枝完全不知。

观影结束，她浑浑噩噩地摘下 3D 眼镜，跟着人流出去。昏暗中，简余彦抓着她的手臂，拉着她。叶繁枝明白他的好意，便没有抽开手。

忽然，简余彦脚步一顿。与此同时响起的是徐碧婷的声音：“简医生……怎么这么巧？下班了都还能在这里遇到……”

下一秒，徐碧婷便看到了简余彦身后的叶繁枝，停顿了一下，意味深长地微笑说：“原来简医生是和女朋友一起来看电影呢，好甜蜜啊。”

简余彦说：“原来徐医生和李院也来这里看电影。”

徐碧婷身旁站着的赫然便是高挑挺拔的李长信。而此时的他面无表情，目光直直地落在简余彦那只握着叶繁枝手臂的手上。

叶繁枝整个人骤然绷紧。

"我和你们李院正准备去吃火锅呢。"徐碧婷笑吟吟地说，"难得今天这么有缘，简医生也一起去吧。火锅就是要人多才热闹。再说了，明天大家都不用上班。"

盛情难却，加上简余彦本就存了私心想要与叶繁枝有更多的相处机会，便转头对叶繁枝说："去吧，今天难得这么巧遇到李院和徐医生。火锅配冰啤酒，也别有风味。"

紧张的叶繁枝发现自己一时找不到合适的理由来拒绝，沉默数秒后便点了点头。

"走吧。"简余彦甚为高兴，牵着叶繁枝的手臂往前走。

李长信的锐利目光又看向了简余彦的那只手。

他们搭乘电梯来到商场的火锅店。四人入座后，徐碧婷问："简医生，你在国外念书的时候有没有自己做过麻辣火锅？"

"当然有啊，那个时候疯狂地想吃一切辣的食物，特别想吃麻辣火锅、麻辣烫。"

"我和长信在国外念书的时候也是这样，有的时候会特别地想吃辣。所以那个时候，我们就经常去华人超市买了火锅底料，在家里自制麻辣火锅。"她边说边转头，把脸对着李长信说，"说起来，我和长信当年还发生了一件糗事。有一回我们在家里自制麻辣火锅，吃得正欢的时候，警察来敲门了。我们大吃一惊，问了才知道，原来楼上楼下的邻居觉得我们这里异味严重，所以报警了。"

李长信的目光默不作声地扫过对面的叶繁枝，只见她为了迎合气氛，配合地露出了一个安静的笑容。

徐碧婷在一旁不依不饶地追问："长信，你还记得吗？"

李长信点了点头："记得。"此话一出，他注意到了叶繁枝垂着的睫毛微微一动。

徐碧婷甜蜜地说："长信一直很宠我的，舍不得让我干活，于是他把所有的活都包了下来。烧菜做饭是他，打扫卫生也是他。"

叶繁枝的睫毛又是一动，但嘴角仍保持着微笑。她骤然想起李长信昨晚的吻，很有一种想要呕吐的感觉。

"记得当时我们在公寓，吃得最多的是咖喱，咖喱鸡咖喱牛肉，拌饭就无比美味。长信很能干，做什么都是一把好手。"徐碧婷有滔滔不绝的架势。

幸好不久后，服务生把菜一个个地端了上来。

"这个？还是这个？"简余彦旁若无人地把煮好的菜搁进叶繁枝的碗里，"才出锅，小心烫着。"

叶繁枝侧过脸，对着他一笑，之后便把煮好的菜不停地往嘴里塞，仿佛饿极了。

李长信冷眼旁观地看着这一幕，顿时觉得胸口处的邪火又开始"噌噌噌"地往上冒。

徐碧婷不动声色地将一切瞧在眼底，然后举起酒杯对简余彦说："来，简医生，这杯酒我敬你。祝你心中所想，皆能如愿以偿。"

简余彦很是喜欢这句话："谢谢，借徐医生吉言。"

李长信一口气喝完了一罐啤酒，又打开了一罐。叶繁枝则一直埋头吃菜。

"长信，你别顾着自己喝啊。来，我们一起来敬简医生和叶小姐。"

在徐碧婷的催促下，李长信缓缓地拿起了酒杯，与他们相碰。

简余彦叮嘱叶繁枝说："你酒量不好，喝一口就可以。李院和徐医生都不是外人，不用客气的。"

李长信自然不知道这话是两人刚才与博士生一起用餐时，叶繁枝说的。简余彦这是现学现卖。李长信听完，立刻皱起了眉头。

叶繁枝果真听话地只喝了一小口。李长信见状，胸口越发气闷不堪了。他又无法发作，只好一口气喝光了自己的啤酒，起身说："不好意思，我去一下洗手间。"

好巧不巧，叶繁枝正好抬眼，与他凶狠的目光相撞，顿时喝了个岔气，咳嗽了起来。简余彦给她拍背顺气："你没事吧？"

李长信只觉得有根针扎入了自己的眼睛，疼得都要滴血了。在洗手间，他泄愤似的把手翻来覆去地洗了又洗。可心里就像是有东西堵着，怎么也顺不过来！

回来的时候，徐碧婷又约他们一起去看芭蕾舞："正好我有朋友送了我四张俄罗斯芭蕾舞剧团的演出票。是下个月 17 号，星期天晚上，也不知有没有这个荣幸邀请你和叶小姐一起去看？据说这个歌舞团特别受欢迎，一票难求。"

简余彦调出手机里的日程表，正欲核对。叶繁枝突然说："谢谢徐医生，我晚上有兼职的，平时很难请假。"

"这样啊，那真是太遗憾了。"

李长信看着叶繁枝，说的却是："那正好，我们两个去看。"

徐碧婷闻言，露出了一个甜甜笑容："好。"

结账离开的时候，李长信喊住了徐碧婷："你转过去。"

徐碧婷不明所以，但还是听话地转过了身。李长信弯腰给她解开围裙，并且替她脱下了围裙："可以了。"

叶繁枝冷眼旁观，将李长信和徐碧婷两人之间的一举一动尽收眼底。

徐碧婷挽着李长信的手，笑盈盈地与他们挥手道别。

大约是她吃得太津津有味了，简余彦送她回家途中对她说："原来你这么爱吃麻辣火锅。下次我带你去一个地方，那里的辣油是老板自制的，你肯定会很喜欢。"

叶繁枝无声地笑了笑以做应答。

下了车，叶繁枝背着蓝色帆布包往家里走。到了自家门口，她伸手在包里翻找着钥匙。

黑暗中，有人从后面拽住了她的手，重重地把她按到了墙上，随即便吻了上来，把她的惊声尖叫都堵在了喉咙里。

叶繁枝剧烈挣扎。竟然又是李长信。

他好像一头压抑了许久的野兽，吻得又重又狠。叶繁枝只觉得自己即将窒息而亡。她摇头挣扎，想要挣脱他，但李长信怎么也不肯放开她。

这个吻持续了很长时间。然后传来有人下楼的脚步声。

黑暗的空间，声控灯突然亮了起来。

刺眼的光把李长信弄清醒了。他喘息着从她的唇上稍稍移开，又将吻落在了她的耳畔。这回他极尽温柔，蜻蜓点水般地落下一个又一个绵密的吻。

叶繁枝不知道这个吻持续了多久，隐约只知道似乎有人上楼，有人下楼。楼梯间的灯一时明明暗暗，一时又暗暗明明。

"你真的和简余彦在一起了？"她看不清李长信的表情，可是他吐露在耳边的声音，有种咬牙切齿的感觉。

"你回答我！"

"这是我私人的事情。"

李长信只觉得额头上的青筋突突直跳，因为刚刚的热吻才被压下去的怒火又一点点冒了上来："跟我无关是吗？为什么跟我无关？！叶繁枝，明明是你先来招惹我的。"

"我没有。"现在的她，每天都在想方设法地避开他。

李长信咬牙切齿地说："以前……是你来招惹我的，你忘记了吗？"

那时候的自己本来生活很平静，只想简简单单地工作，简简单单地生活。可是她偏偏要来招惹他。

这不是最可恨的。

最可恨的是，她明明招惹了他，后来又不要他了。

如今亦是。

他差一点就可以把她忘记了。

真的只差一点点而已。

可是，她却偏偏到他的医院工作，再度来招惹他。

李长信一开始并不在意，他仅仅想要在能力范围内帮助她一下而已。可是，随着两人在医院的接触，他便渐渐地感觉到不对劲。他每次只要见到叶繁枝身边出现了男性，便会莫名恼怒。

另外还有种很奇怪的情绪，藤蔓似的紧紧缠绕着自己，而且一日比一日缠绕得紧。这里头，有对叶繁枝的，也有对自己的。他恨自己怎么就这么受不了她的"撩拨"。而如今的她根本就没有撩拨他。她天天避他如避蛇蝎，生怕与他沾上任何关系。

可她越是这样，他越是烦躁不已。

更别说现在的她与简余彦出双入对了，他每每见到便有种想要发火的冲动。

叶繁枝低着头，所有的神情都隐在暗色中，李长信看不清。不知过了多久，只听她的声音轻轻地在黑暗里飘荡："李院……一直以来，我都很想向你道个歉。"

李长信眉头大皱："道什么歉？"

"对不起……当年确实是我不对，是我太任性了，硬生生地拆散你和徐医生。我知道错了，真的很对不起……希望你能原谅我。不要再恨我了。我现在在你的医院工作，是因为我真的需要这份工作。不是因为我想要再接近你或者想要再度拆散你们。请你相信我。过往的一切都是我的错。我们大家都把过往的那些事情忘记了，好吗？现在的我……衷心地祝你和徐医生早日成婚，早生贵子，白头到老，每一天都开心快乐。"

李长信只觉太阳穴处"突突突"地跳动，仿佛全身的血液在下一瞬就要从这里喷涌而出了。他咬着牙，喝道："你给我闭嘴！"

叶繁枝木头人一样地呆立着，不知自己又做错了什么。

李长信胸膛起伏不定地瞧了她片刻，最后冷冷地转身离开。

叶繁枝远远地听到"砰"的一声大力关车门的声音，之后便是汽车发动，绝尘而去的轰然声响。

整个世界再度归于沉寂。

叶繁枝在门口又站了良久，才开门进屋。

屋内一片漆黑，她疲累万分地进了卧室，坐在自己的小床上。

蘅慧曾问她，为什么不尝试着开始一段新感情呢？或许另外有更适合她的人也说不定。

叶繁枝总是默默摇头："我不会喜欢的。"

"你不试怎么知道？就像商店里的鞋子，你不穿上走几步路，又怎么知道这双鞋适不适合自己呢？"

蘅慧不知道，她从来没有忘记过李长信。

从来没有。

哪怕他从来未曾喜欢她，哪怕他一直很讨厌她，哪怕他心里一直都只爱着徐碧婷，但她却还是对他念念不忘。一个人如果心里一直住着一个人的话，怎么可能还有空间分给别人呢。

多傻啊。她也不想这样的。

可是，她自己也控制不了自己啊。

此后，两人一直在医院不可避免地遇见，但李长信都对她视若无睹，仿佛她不存在一般。

这样的情况，叶繁枝明明觉得自己应该松一口气的。

但是没有。每一次远远地看到李长信，或者擦肩而过的时候，她总是有一种几乎要窒息的感觉。

这天上午，客户楚小姐有一个下颌骨磨骨手术，叶繁枝在手术前一直陪着她。

楚小姐有些心神不定，一再对她说："叶小姐，也不知道为什么，我的心里七上八下的，有些害怕……"

叶繁枝温柔地宽慰她："可能是术前恐惧症。没事的，一般人都会这样，在面临手术时或多或少会产生一种莫名的紧张情绪，离手术开始越接近，越是紧张。放松一点。徐碧婷医生做过很多面部磨骨手术，很有经验的。"

"可是我还是很害怕……"

楚小姐是新洛海人。从昨天住院到现在都是一个人，没有任何人陪同，文件都是她自己签署的。

一个人孤零零地躺在手术台上面对着冰冷的器械，叶繁枝能体谅她的心慌，便与她聊了些别的事情，分散她的注意力，又说了笑话给她听，缓解她的焦虑。楚小姐似乎安心了一些。

进手术室前，楚小姐握着她的手说："谢谢你，叶小姐。"

而后，她被推进了手术室。

这一天的午餐时分，叶繁枝并没有在餐厅遇到李长信，她顿觉大松了口气。

下午刚一上班，便有个客户来咨询面部祛斑。叶繁枝负责接待，给她介绍了光子祛斑、激光祛斑，并详细分析了两种祛斑方式的优缺点。

"光子祛斑就是将色素颗粒利用强大的脉冲光'冲散'，达到祛斑的效果。又因为强光里含有多种光源，所以光子祛斑也会产生多方面的作用，有着非常不错的美容效果。比如除了能使皮肤中的各种色素斑减淡，增强皮肤的弹性，还能消除面部的细小皱纹，改善其毛细血管扩张、毛孔粗大，以及面色发黄等。但由于光子的能量并没有激光的能量高，所以针对一些顽固色斑的治疗，效果可能没有激光祛斑好。激光能够穿透皮肤的表层，将色素颗粒分裂成极小的碎片，最终达到祛除斑点的效果。"

客户咨询了一个多小时，说再考虑考虑，留下了联系方式之后，便离开了。

叶繁枝抬头看了一下时间，已经是下午两点多，她拿起杯子想喝水，可不知怎么的手一滑，杯子竟然掉在地上，摔了个粉碎。

"繁枝，你怎么了？一副坐立难安的样子。"江一心忙打扫了起来，"是不是困了想睡觉？要不要去洗手间洗把脸清醒一下？"

叶繁枝点了点头。

洗手间里，叶繁枝把手搁在水龙头下清洗："一心，有件事情我觉得很奇怪。"

江一心问她："什么事情？"

叶繁枝说估算着时间，楚小姐的手术早就应该结束了。但她上去了两次，又打了两次电话，手术室那边一直说没结束。刚又打了电话过去，都没有人接电话。

她说出了心中的疑惑："照理说，手术时间不会这么长呀。"

江一心也觉得蹊跷："那你再去手术室那边看看。"

两人回到咨询台，碰巧章漳从五楼下来，凝重地凑过来对她和一心说："你们知道吗？我听说刚刚有个客户在手术中大出血，连李院都进手术室了，幸好抢救及时，现在已经脱离生命危险了。"

叶繁枝突然紧张地问："是哪个手术？是面部磨骨的手术吗？"

"好像是，但我也不确定。现在医生那层楼如临大敌，我也不好多问。"章漳喃喃自语地说，"怪不得中午的时候，好几个医生都没有下来用餐。"

叶繁枝急匆匆地去了手术室那边询问情况，但无论叶繁枝问什么，他们只说不清楚。叶繁枝越发觉得不对劲起来。

到了快下班的时候，陈越主任打了内线电话过来："叶小姐，你马上来一趟五楼的医生会议室。"

叶繁枝跟一心打了声招呼，便搭电梯去了五楼。

会议室里的大会议桌旁坐满了一排的医生，李长信坐在最中间，简余彦、徐碧婷等人都在，陈越则坐在角落，大家的表情都十分严肃。叶繁枝一踏入，便感受到了会议室的凝重气氛。

李长信第一个开口："叶小姐，请坐。叫你上来是想咨询你一件事情。今天上午接受面部磨骨手术的楚小姐是你的客户吗？"

"是。"

"请问你有按照医院规定，在手术前两周关照她所有的术前注意事项吗？"

"有，我经手的每个客户在手术前两周都会详细告诉他们所有的术前注意事项，如感冒、血压血糖高、手术部位存在炎症情况、有血液疾病或凝血机制异常等都不能做手术。还有术前两周不能服用类固醇激素、活血化瘀、抗凝血类药物，特别举例了阿司匹林这个药物。女士的话，还会特别关照月经期和妊娠期是不能做手术的。也还问过她有没有对麻醉剂过敏，如果有的话，我告知她要提前跟医生说明……"

徐碧婷冷冷地打断了她的话："叶小姐，你确定你把这些注意事项一一告知了今天做手术的楚小姐了吗？"

"是的。"

"是吗？那为什么楚小姐告诉我你根本没有关照她不能吃阿司匹林？假如你详细关照过她，告知过她服用这个药物有可能会导致在手术中或者术后出现大出血，严重的话会导致死亡，她还会服用吗？"

叶繁枝着急地说："我在微信里跟她联系的，我有聊天记录。"

李长信沉声说："你把微信聊天记录找出来。"

叶繁枝赶忙打开了微信，找出了楚小姐的头像，但一打开聊天页面，她整个人蒙了。整个聊天页面空空如也，所有的聊天记录都不见了。

徐碧婷双手抱胸，好整以暇地说："找到了吗？找到了就拿出来给我们看看。你不会是找不到吧？"

简余彦说："徐医生，你让她好好找一下。"

事出突然，又面对着咄咄逼人的徐碧婷，叶繁枝不免心慌意乱："我真的有交代她的。可是不知道为什么都不见了……楚小姐的手机上应该还有聊天记录……"

"楚小姐刚清醒过来，说我们并没有交代清楚，而且我们无权查看楚小姐的手机。叶小姐，既然你拿不出证据，现在双方各执一词。这件事情我们只能按照你没有给客户交代清楚处理。"徐碧婷转头咨询在座的所有医生，"大家有什么异议吗？"

大家都没有表态。李长信环顾了一圈，说："叶小姐，请你先回工作岗位。"

叶繁枝失魂落魄地回了咨询台。

江一心着急地等着她："繁枝，到底是怎么回事？"

叶繁枝把情况大致说了一遍。

江一心简直无语了："你都已经告知得这么仔细了，她怎么还私下乱吃阿司匹林呢？还有，聊天记录好好的怎么就没有了？实在太奇怪了！"一心打开了她的手机一再查看。

她的手机显然被人动过，她与楚小姐之间所有的聊天记录也被删除。

工作忙碌的时候，大家的手机都会随随便便放在办公桌上。想来是有人趁叶繁枝不备，偷看到她的手机解锁密码，并删除了聊天记录。

但事到如今，说什么都没有用。叶繁枝默默地开始收拾自己的物品。

江一心说："你收拾东西干吗？又不是你的错。你该关照该叮嘱的都已经关照叮嘱了。客户不当一回事，不重视，我们也没有任何办法啊。"

叶繁枝苦笑。这样的失误，这样的机会，徐碧婷是绝对不会轻易放过的。

事实也是如此。此时五楼的会议室里，徐碧婷极力提议开除叶繁枝："出了这么大的事情，咨询前台的叶小姐必须要负责。"

简余彦开口说："李院，还有在座的各位医生，关于楚小姐服用阿司匹林的这件事，我个人有些疑惑，所以想问几个问题。希望大家不要介意。"

李长信看着简余彦说："简医生，你请问。"

"第一个问题，关于楚小姐服用阿司匹林的这件事，我们在手术前的各项准备和各项检查中为什么没有查出来？第二个问题，按照我们医院的严格规定：手术前，负责手术的医生以及麻醉医师必须亲自查看病人，向病人咨询情况，向病人履行告知义务，并让病人及其家属或者授权代理人签字。那么手术前一天的医生在查房中为什么也没有问出来？是医生查房不够仔细？还是客户忘了说，或者故意隐瞒？第三个问题，我想先在此说明一下，我以下的话是对事不对人。在座的各位都知道，磨骨手术在我们美容整形手术中是相对风险比较高的，最容易出现的危险就是面动脉受到创伤，从而出现大出血的情况，严重时会引发死亡。所以这次大出血的真正原因到底是什么？真的是因为客户在手术前一星期服用了这个药呢，还是因为手术过程中操作不当？我建议要详细地查一查。综上所述，个人觉得，如果在事情没查清楚之前，随随便便将叶小姐开除，我想医院里很多人都会不服。"

会议室里一片安静。

徐碧婷面色阴冷，却无法反驳一句。

叶繁枝觉得自己这样被冤枉开除，很不甘心，但她被禁止接触楚小姐。江一心偷偷去过楚小姐的病房，但楚小姐一口咬定叶繁枝没有把术前注意事项告诉她，甚至在江一心的请求下打开手机，给一心看了她和叶繁枝的聊天记录，上头所有有关术前注意的聊天记录都已经消失不见了。

叶繁枝觉得自己这次肯定是要被开除了，也做好了随时离开的准备。

但等了一个星期，她居然没有接到任何通知。

江一心都忍不住了，拉着她去问了陈越。

陈越见四周无人才说："那天医生们在会议室争论得很激烈，不过后来简医生和李院都帮繁枝说话了。最后讨论下来的结果是没有结果，所以现在大家都不提这件事。"

陈越偷偷地给她们两个兜了个底：这件事情医院还在调查中，现在没有消息就是好消息。

江一心大松了一口气。

这晚，简余彦来买花的时候，叶繁枝跟他道谢。

简余彦故作不知："谢我什么？我什么也没有做。"

叶繁枝见他如此，便说："反正还是要谢谢你。"

"那你用行动来表示吧。"简余彦见叶繁枝有些呆愣，便拿着花在她面前一晃，"比如星期天请我去美术馆看展吧，顺便请我吃饭。"

"呃……可是我要工作。"

"难得请一天假。你老板肯定会同意的。"

有一回，店里忙碌，简余彦来光顾，还主动帮忙搬东西。吴家希便对他留下了极好的印象，一再"意有所指"地对叶繁枝说："繁枝，这个简医生很不错哦。"

"刚不是说要谢谢我，合着你就是嘴上随便说说啊？"

叶繁枝词穷了。

"那就这样说定了，星期天见。"简余彦心情极好地拿着花走了。

在医院，李长信和叶繁枝纵然偶然遇见，都会刻意躲避彼此的目光。如今的两个人，比陌生人还陌生。

而叶繁枝并不知道，李长信曾去过楚小姐的病房，与楚小姐单独聊过几句话。"楚小姐，叶小姐真的没有叮嘱过你不能在手术前两周吃任何活血化瘀、抗凝血类药物吗？特别是阿司匹林。"

楚小姐一口咬定说没有，之后便对李长信下了逐客令："不好意思，我很累，我要休息了。"

然而，李长信心中已经有了答案。

最后医院和楚小姐达成赔偿协议，这件事情总算平息了下来。

周末的美术馆，人不多，也不少。叶繁枝在其中一幅画前站了良久。

简余彦说："你喜欢？要不买下来？"

叶繁枝摇头："这世界上美好的东西多了，并不是每一件都要拥有。这样远远欣赏也是很好的。"

"这个世界上我们很难遇到自己很喜欢的东西了，如果在能力范围之内，当然是能拥有就拥有。毕竟会给自己带来不少快乐。"简余彦说得很有道理。

但叶繁枝还是摇头："我只是觉得这幅画虽然寥寥数笔，但意境无限。可能这幅画的画境正与我现在的心境契合吧。"

接着叶繁枝转头对他说："其实我以前有学过画画。"

这是叶繁枝第一次对他提起过往，简余彦不免欣喜万分："是吗？那后来就没有要进一步发展吗？"

　　叶繁枝不愿多聊，言简意赅地说："这一行是需要天赋的。我天赋不够……后来就放弃了。"

　　"说起天赋，我觉得你在花艺方面很有天分。"简余彦说，"其实你有没有考虑在花艺方面好好进修一下？"

　　"有。"叶繁枝坦承不讳，"不过得再等段时间。"

　　"为什么要等？你想的话，现在就去做啊。"

　　等她多存点钱，有足够的经济能力了再说。但这方面她无法跟简余彦明说。毕竟大家只是很普通的朋友。

　　"繁枝，我是不是你的朋友？"

　　"当然是啊。"

　　"那……如果你有什么困难的话，可不可以告诉我，让我有机会帮你？"事实上，简余彦很想跟她说做我女朋友吧，让我来照顾你。但以他对叶繁枝的了解，他知道这事不能急，要循序渐进。

　　"可以啊。"叶繁枝随口应下。

　　"繁枝，我是说真的。如果你有什么困难，请一定要告诉我好吗？"简余彦很郑重地望着她的眼，又说了一遍。

　　这一回，叶繁枝很认真地点点头："好，如果我真有困难的话，一定会告诉你。"

　　画展另一侧，李长乐不经意转身，看到了一抹熟悉身影，他愣了愣后，又确认了一番，才惊喜万分地扯着李长信的袖子："繁枝……大哥，是繁枝……"

　　此时，叶繁枝和简余彦已经看完了画展，正在往外走。李长乐想要疾步追上去。但才走了两步，便被大哥拉住了。

　　李长乐回头，只见大哥面无表情地对他说："你认错人了。"

　　"我没看错！"李长乐着急地说，"真的是繁枝，是繁枝。"

　　"走吧。跟林馆长约好的时间到了，我们去她办公室。"

"我要去找繁枝。"

"都说了你认错人了。"

李长乐再转头时，门口已经没有叶繁枝的踪迹。他快快地说："好吧，可是这个人真的跟繁枝好像。"

李长信今日来展馆是与林美妍馆长商讨李长乐的画展事宜。此前，李长信一直是与林美妍的助理联系的，并未见过林美妍。但林美妍对李长乐的情况有所了解，也正因为如此，她对李长乐很是爱护怜惜。所以，今天的这次见面，双方聊得很是愉快。

李长信便借机邀请了林美妍一起吃晚餐，林美妍欣然应允。三人去了美术馆附近的一家幽静的私房餐馆用餐。

林美妍对李长信谈到的医疗美容方面的话题很是感兴趣，也询问了一些相关的问题。在一旁一直默默吃东西的李长乐忽地推开椅子，骤然站了起来，指着餐厅门口对李长信说："繁枝，大哥，真的是繁枝。真的是……"

李长信望去，果然再次看到了叶繁枝和简余彦。很显然，他们也在这个餐馆用餐。

他淡淡地说："应该只是长得像而已。"

"没有！那明明就是繁枝，就是繁枝。"李长乐反驳着，大步朝叶繁枝追去。

"长乐。"李长信喊不住他，只好对林美妍说了句"不好意思"，便跟了过去。

此时，叶繁枝和简余彦已到了门口，按了电梯。电梯门缓缓开启，两人跨了进去。

"繁枝，繁枝。"等李长乐追到的时候，电梯已经下行了。

"长乐，都说了是你认错了。"

"没有，我没认错，那明明就是繁枝。"李长乐大力地甩开了大哥李长信的手，沿着楼梯追了下去。

"繁枝，繁枝。"李长乐站在马路边环顾四周，但再没有找到叶繁枝的踪影。

李长信柔声宽慰弟弟："长乐，说了是你认错人了。世界这么大，有长得相似的人也很正常。对不对？"

李长乐闷闷不乐，低着头不肯说话。

"长乐，别这样了。林馆长还在等着呢。我们这样很没有礼貌的。"

李长乐伤心委屈地说："大哥，都是你不好，是你把繁枝弄丢了。"

"是，是我不好。把她给弄丢了。"

"你快点去把繁枝找回来，我和奶奶都很想很想繁枝。"

"好，我会快些把她找回来，以后再不会把她弄丢了。"李长信坚定地说。

"不许骗人，骗人是小狗。"

"好，我保证！"

"我们来拉钩。"

"好。"

电视上报道说有台风过境，可白天一直风和日丽，到了下班时分，天空却跟变戏法似的，骤然风雨大作。叶繁枝极力稳住伞，步行到了医院附近的公交车站候车。说是在医院附近，但事实上有将近一公里的路程。

她忽然停住了脚步。一米之外，李长信撑了一把伞站在车旁，似在候人。豆大的雨滴噼里啪啦地打在他的伞上，溅起了团团水汽，将他包裹其中。就算是在这般情形下，李长信的英俊身姿依然吸引了很多过路人的目光。

李长信的目光投了过来："上车。"

叶繁枝木然地垂下眼："谢谢李院，不麻烦您。我坐公交车就可以了。"

李长信不再说话，面色很阴沉。她与简余彦一起去看画展、吃饭的时候，放松愉快。而面对着他，却一直是这副如见毒蛇般的紧绷戒备表情。

公交车缓缓行驶而来，在站台停下了车，"嗤"的一声车门开启。叶繁枝取出了公交卡，被拥挤着刷卡上车，再没有多看李长信一眼，恍若他根本不存在。

因是下班时分，公交车上挤满了人。车厢里湿漉漉的，各种难闻的气味交织在一起，叫人窒息。叶繁枝早已经习惯了这一切。数年前有豪车接送的日子，于她而言仿佛是梦里的情节了。她尽量挤到了一个小角落，然后把蓝色帆布包抱在胸前，握着把手，闭眼休息。

公交车在一个多小时后终于到达了终点站。

叶繁枝排在最后一个，随着人群依次下了车。车外依旧是倾盆大雨，但空气却是湿润新鲜的。叶繁枝呼吸了好几口，才觉得自己仿佛又重新活过来似的。

她撑着伞，打开手机，正想按平安母亲给她的地址找过去，一抬头却看到了一辆熟悉的车子停在路边。怎么会这么巧？下一秒，叶繁枝反应过来：想必是平安父母也一起叫了李长信吃饭。

李长信推开车门，又大力地甩上车门，黑着一张脸走近了她。

叶繁枝忽然有种想要折返的冲动。

事实上，她有过很多的借口想要推掉这次的邀请。但平安妈妈太热情，一个星期打了三个电话过来提醒她别忘记来吃饭，令她实在是难以推却。

就在此时，平安妈妈兴奋的声音已隔着马路和潇潇雨声传来了："李院，叶小姐，这里，这里……这里都是自建房，门牌很乱，很难找。

你们第一次来，找上大半个钟头也不一定能够找到。屋里简陋，李院和叶小姐千万别嫌弃。"

小而破旧的出租屋，厨房和吃饭的客厅相连，挨着墙摆了一张小桌，上面堆满了小吃零食。

"叶小姐，快坐快坐。"平安妈妈拉着她在李长信对面坐了下来，"叶小姐，你先陪李院喝点茶水。"

餐桌很小，比两人当年家里的那张更窄小。李长信穿了衬衫，入座后，便解开了袖口，把袖子卷至了手肘。数年不见，连这习惯都一如当年。叶繁枝默默地垂下眼，让自己的注意力集中在桌面上。

"这都是我和他爸准备的，都是我们老家常吃的一些食物。这是炸芝麻米糕，这是桂圆红枣糕，这是炒瓜子。李院，叶小姐，你们尝尝看，合不合口味？这是蜂蜜水。蜂蜜也是我们从老家带来的。我们老家山清水秀空气好，种植的东西用现在流行的话说就是无污染的有机食品。"

平安妈妈纯朴好客，沏茶倒水，恨不得把家里所有的好吃食都堆到两人面前。

"李院，叶小姐，你们吃。千万别客气。平安，给李院还有你叶姐姐把水果端过来。"

平安爸爸显然是个厨艺高手，一边招呼他们一边在厨房里煎炸炖煮。屋子里充满了食物的香味。不多时，平安爸爸便做好了满满一桌菜，上下三层地叠放在了一起。

"也不知李院和叶小姐喜欢吃什么，所以胡乱准备了一些。这是俺们从家乡带过来的腊肉腊肠，这是山里的溪鱼干、笋干……"

平安爸妈挨着坐在餐桌一头，李长信和叶繁枝坐另一头。因餐桌实在太小，两人坐在一起，李长信占据了大半的位置，让彼此之间没有任何空隙。叶繁枝坐在里侧，哪怕她尽量拉开距离，贴着墙壁坐，但是只要李长信拿杯子或者夹菜，手肘便会碰触到她。

307

平日里但凡遇到，叶繁枝都觉得是一场煎熬。此刻这样直接相触，虽然只是蜻蜓点水般轻轻地触碰，但每一次都仿佛带了电流一般，总叫叶繁枝全身痉挛似的难受。

叶繁枝觉得自己随时会窒息。

她不是李长信，所以并不知道李长信是不是故意的。他亦被她的气息、举止影响，同样不好过。

平安爸爸粗壮老实不善言辞，他把所有的感激都无言地用酒菜来表示。他热情地给两人倒满了一杯又一杯的酒。

米酒入口甘甜，后劲却极足，加上杯子又大。叶繁枝是知道自己酒量的，喝了两杯后，就觉得有些晕晕的了。之后，无论平安妈妈怎么劝，她再不肯多喝一口。

李长信一把取过她面前的酒杯，对平安爸妈说："我帮她喝了。"说罢，他一口喝光了杯中的酒。

平安妈妈一愣，随即说："既然叶小姐喝不了酒，那就喝蜂蜜水吧，还可以解酒。平安，拿个干净的杯子给姐姐倒一杯蜂蜜水。"

平安妈妈则把各种好菜都夹到他们的盘子里："李院，叶小姐，这个糯米藕是我早上买了新鲜的藕做的。叶小姐尝尝，要是觉得不够甜，可以再蘸一点白糖。"

李长信知道叶繁枝是喜欢吃这个的。果然见她蘸着少许的白糖吃了一片后，又夹了一片。

这么多年来，李长信一直活在自己设定的条条框框内，除了被迫娶叶繁枝这件事情外，他一直朝着自己的目标一点点努力，一步步接近，从未有过任何意外。

这样的日子过久了，他仿佛变成了一个机器人，每个步骤都好像是被设定过指令一般，不会出错，亦毫无任何乐趣可言。

如今的他，年纪轻轻，便拥有了自己的整形医院，也在整容医学界有了一定的地位。这样的成就，在很多人眼里，可谓是成功的。

可他这几年真的过得快乐吗？李长信自己都回答不上来。

这么多年来，李长信从未有过这样想刻意放纵自己喝醉的时刻。

这几年来，他总是会刻意压抑自己，明天还有很多预约，明天还有几个手术，不能喝醉，不能影响明天的工作。所以他总是浅尝即止。

但今晚，他突然很想把自己灌醉。在叶繁枝身边，好好地醉一场。

李长信最后到底是如愿以偿了。他喝得酩酊大醉。

"叶小姐，真是不好意思，要麻烦你把李院送回去。孩子他爸今晚实在是太高兴了，所以才会跟李院喝那么多酒。"

外面的雨不知何时停了。

叶繁枝搀扶着李长信上了出租车。

叶繁枝问了他好几遍住哪里，李长信醉糊涂了，自然是毫无反应。叶繁枝真想把他扔在街头算了，但又怕他出事。显然她终究还是不忍心。她不停地给自己做各种心理建设：哪怕身边的这个人仅仅是医院的新进员工，与她不认识，在这种情况下，她也不可能把他扔在街头啊。

"小姐，你们到底要去哪里？"

无奈之下，叶繁枝给司机报了一个记忆里的地址。

铁门已经被重新油过了。叶繁枝确认再三，在门上敲了几下后，她便闪躲到了角落。

"谁啊？"里面有人粗声粗气地拉开门，却不是长乐或者李奶奶，是一个从未见过的陌生人。那人看了看醉靠在墙上的李长信，嫌恶地捂着鼻子骂道："奶奶的，哪儿来的醉鬼，喝成这个样子，还跑来乱敲门。喂！我警告你，你要是再乱敲门，我就报警啊。"说罢，那人"砰"的一声甩上了门。

很显然，长乐和李奶奶已经不住这里了。

想来也是，如今的他有了自己的美容整形医院，日进斗金，自然不可能再住在这样的老旧小区。

可要怎么安置他呢？

就算去宾馆开个房间也要带身份证。她没带，而他全身上下似乎除了手机别无他物。

送他回医院也不行。医院里有同事值班，一个简余彦已经惹来无数闲言碎语了，若是再加上一个李长信，叶繁枝简直无法想象那流言蜚语的猛烈程度。

叶繁枝想了许久，也想不出一个办法，最后只好硬着头皮打车回家。

天空又下起了滂沱大雨，子弹般"啪啪"打在了车顶，显得车内越发静谧安宁。李长信一上车便抓住她的手，霸道地与她十指相扣。叶繁枝抽不出手，又怕他醉酒后闹事，便只好任他扣着。

"繁枝……"旁边有道很轻的声音响起。叶繁枝骤然回头，发现是李长信无意识地唤她的名。

她终于是正眼看向了他。剑眉高鼻，一如从前般的英俊好看。这是再遇后，她第一次有这样奢侈的机会可以好好地看看他。

叶繁枝不知道自己这样怔怔地看了多久。直到车子停下，司机说："到了。"

自家屋内一片漆黑，显然大哥已经睡下，叶繁枝不觉大松了一口气。她蹑手蹑脚地开门，进屋，费了九牛二虎之力才把李长信安置在自己的卧室。

关上房门并反锁后，叶繁枝总算是松了口气，整个人松懈了下来。但这一放松，她突然发现由于雨太大，加上她一路上搀扶着李长信，短短的一小段路，两人的衣服都已经被淋透了。如今湿漉漉地裹在身上，难受得很。

可她到底是不方便给李长信脱去衬衫。最后，只能自己去浴室换了衣服。

叶繁枝放轻了脚步，所有动作都跟做贼似的，生怕惊醒大哥叶繁木。要是大哥在家里看到李长信，估计会气得从轮椅上跳起来，把他打出去。

以前大哥便不喜欢他。哪怕是婚后，大哥还总是挑他的刺，甚至当着她的面警告过李长信："你可千万别欺负我妹妹，不然我打断你的腿。"

在得知她和李长信离婚一事后，大哥先是呆了呆，然后拿起车钥匙便暴怒地往外冲："李长信这个王八蛋！居然敢这么对你！居然敢跟你离婚？真是吃了熊心豹子胆了。我不好好教训他，我就不是叶繁木。"

叶繁枝死死地抱着他的手臂，怎么都不让他去："大哥……大哥……不是你想的那样。是我提出来的离婚，跟他没有任何关系。"

"我不信。你那么爱他，怎么可能自己提离婚？！"

叶繁枝抿着嘴，强忍着不让自己哭出来："是真的。"

"为什么？"

"没有为什么，就是不想在跟他在一起了。大哥，我现在终于懂了：勉强是真的没有幸福的。所以我放过他，也放过自己。不想再继续勉强下去了……"她说着半真半假的话，说到一半的时候，就再也说不下去了。

叶繁木摸着她的头，顿了一会儿，说："是不是因为爸爸被调查这件事情，你怕连累他？"

叶繁枝咬着唇，别过了头，无论怎样就是不肯再多说一个字。

叶繁木心疼万分地骂她："叶繁枝，你这个傻子！"

然后，又哄她："没事的，没事的。繁枝，你这么漂亮又这么好，以后会遇见比李长信那个王八蛋好一百倍一千倍的人。"

那些人再好她也不想要，她只要李长信。可是李长信从来就不喜欢她不要她……叶繁枝终于是没忍住，在大哥叶繁木的安慰声中，落下了一串又一串泪水。

大哥后来大约是去找过李长信的，但当时李长信已经离开洛海去了美国，大哥最后也只好不了了之。

湿透的衣服紧紧贴在身上，喝醉的李长信显然也察觉到了不舒服，他下意识地去摸衬衫的扣子，想把湿衣服脱掉。可是他摸索了良久就只解开了衬衫最上面的一个纽扣。他又热又烦躁不耐，便用力一扯，把纽扣都扯脱落了，然后三下两下脱光了所有的衣物。被褥间的气息是如此熟悉好闻，李长信蹭着枕头，往松软的薄被里钻。

叶繁枝拧了热毛巾回来准备给李长信擦脸，一推开门，她便呆住了。地上一堆湿衣物。李长信已经霸道地占据了她的被褥，头挨着枕头，睡得甚是香甜满足。

叶繁枝怔怔地瞧了半晌，最后蹲下来，把散落一地的衣服和纽扣一一捡起来，收拾好。

两室一厅的屋子，面积不过五十多平方米。大哥住的是主卧，面积稍大一些。她这间是次卧，靠墙摆了一张小床和一个极小的书桌，再无多少空余地方了。

这么小的空间，如今多了李长信这么一个大活人，越发显得狭小。

外头风雨大作，豆大的雨点噼里啪啦地砸在窗户上，杂乱的节奏与响动反而让卧室里越发悄无声息。

叶繁枝在地上铺了条旧毯子。她坐在上面，一动不动地凝视着李长信，静静听着他平缓的呼吸声。屋内没开灯，窗帘又拉得严实，所以她看得并不真切。

也不知过了多久，屋外雨势渐收。李长信在床上翻了个身，呢喃似的唤了一声："繁枝……"

叶繁枝骤然一惊。李长信喊得并不大声。但在如此寂静的卧室，这声音在叶繁枝听来便犹如骤然炸响了炮仗。

她怕他再喊叫，被隔墙的大哥听见，便去捂他的嘴。这回，李长信倒是乖乖的，不再言语了。

可不过片刻，李长信一把拽住她的手臂，想把她拉上床。叶繁枝用尽全力往后拉，想抽回手臂。醉死的李长信骤然一松力，反被叶繁枝的力道拉了过来，整个人跌在了叶繁枝身上。

叶繁枝最初是被他撞蒙了，等回过神，她才意识到两人的姿势有多暧昧不堪。她被他赤裸肌肤烫得面红耳赤，几欲惊叫。偏偏此时，李长信已凭着本能把她的衣服往下拽……

大哥就在隔壁，只隔薄薄的一堵墙。惊慌失措之下，叶繁枝咬住了唇不让自己出声。她使劲推开他为非作歹的手，挣扎着想从他身下出来。偏偏她越是这样挣扎，越是点燃了李长信的火……她高估了自己的力道，也低估了酒醉后的李长信……

只听"砰"的一声，她踢到了小书桌，上面的闹钟等物撞到了墙上，发出了好大一声响动。

李长信低下头在她耳边喘息："繁枝……你别动……"他的话音才刚落，门外也传来了一道声音："繁枝，你还没睡吗？"

是大哥叶繁木。这声音如平地惊雷，吓得叶繁枝心惊胆战。她借着微弱的光线看着李长信皱着眉头转过了头，似乎想要应答。她惊慌失措之下，只好仰起身用嘴去堵他的嘴，尽可能地去吸引他的注意力。李长信被她"诱惑"了，再不去管叶繁木在外头的声音，沉浸在她主动的吻里头……

"繁枝？"叶繁木在外头等了良久，也没见屋内有人回应他，便以为是妹子睡着了不小心把东西踢下了床，便操控着轮椅回了房。

那一晚，李长信在似醉非醉、似醒非醒中做了整整一晚上的美梦。

星期一早上，叶繁枝打卡上班，她刚换好工作服来到工作台，便接到了一个电话："你好，这里是信安整形美容医院咨询前台。"

"是我。"

李长信的声音温柔地从电话那头传来，叶繁枝一惊，条件反射般地捂住了话筒，做贼似的环顾左右，发现同事们都在各自忙碌，并没有人留意她。

简简单单的两个字，叶繁枝却感受到了自己的唇在一瞬间热辣得发疼了起来。抹了两天的消炎药膏，仿佛毫无半分作用。

李长信那天是被叶繁枝赶出屋子的。

叶繁枝在睡梦中隐隐约约听见大哥叶繁木和一心在客厅的交谈声："繁枝今天怎么还没起来？"

"你别叫她，让她睡个懒觉。"

"好。"

叶繁枝也不知为何，只觉得心头大慌，便醒了过来。但当时的她昏昏沉沉的，一时也不知自己为什么惊乱。随着意识一点点清醒，她渐渐感觉到了身体的不舒服，唇上更是火辣辣地疼。腰和腿也感觉奇怪得很，好像压了一块温热的石头，令她动弹不得。

腰上怎么会有温热的东西？她猛然睁开了眼，然后整个人愣住了。

狭窄的床上，李长信用了条薄毯霸道地裹搂着她，睡得甚香。

昨晚的记忆全部回笼。她甚至清晰地记得为了不让他说话，她只好吻着他，最后被他为所欲为的画面。

现在这可怎么办？叶繁枝顿时惊出了一身冷汗。

她小心翼翼地挪开了李长信搁在她腰上的手，手忙脚乱地起身想找衣服穿。可才一动，李长信的一只手又一把搂住了她的腰，把她揽了回去。

叶繁枝僵硬地转过脖子，坠入了李长信深邃的目光中。

李长信无声无息地凝视着她，眼神那么浓郁认真，仿佛要把她印刻下来一般。等看够了，他又俯了过来，想要吻她……

叶繁木和江一心就在客厅，一门之隔。叶繁枝咬着衣服，不敢发出半分声响。中午时分，叶繁木和江一心左等右等也不见叶繁枝起来，便来敲门。叶繁枝只好说自己困，想多睡一会儿。

一心说："好吧，那我和你大哥先吃了，等下我带你大哥去复健。"

"好。"叶繁枝无力地回了一声。

也不知过了多久，一心又过来敲门："繁枝，我和你大哥去康复中心了。你起来的时候，把汤热一下再吃。"

叶繁枝凭着本能应了一声。

听到大哥他们出去的关门声，叶繁枝推搡着李长信，赶他走。

李长信低头吻住了她。一吻结束，他才放开了她："以后再不许和简余彦在一起，听到没有？"

叶繁枝侧身闭眼，气息不稳，并不答他。

从叶繁枝家出来，李长信一路观察，生怕遇到叶繁木。他做贼似的离开了叶繁枝的家。

他倒并不在意被叶繁木知晓，甚至巴不得把自己和叶繁枝的关系昭告天下，好让简余彦等人知道叶繁枝已经名花有主，识相地知难而退。但叶繁枝不想让她大哥知道此事，那他也只好暂时保密。

他在浴室洗澡的时候，想起两人的行为，竟然有种"偷情"的感觉。

李长信不知不觉便微笑了。

这是几年来他最轻松畅快的一次微笑。阴沉沉的天气，在他眼里胜过晴空万里。

但他显然是高兴得太早了。之后，他一直打不通叶繁枝的电话。很显然，她依然把他的号码设置为拒接，也依然不肯通过他的微信好友申请。

晚上的时候，他特地去了一趟花店，没见她来上班。

星期天他来到这里，花店依旧关着门，她们大约是接了单子，去布置现场了。

夜里，他又去她家的小区等。一直等到了深夜十二点多，叶繁枝还是没回家。也或许，她根本就没有出门，一直在家里。星期一是早就安排好了的行程，要去 N 城出差，根本无法临时修改。而且还是大清早的飞机，李长信只得快快而回。

如今一听到叶繁枝的声音，李长信一扫这两天联系不到她的阴郁烦躁，心情瞬间愉悦了起来。

"我已到 N 城，要四天后才能回来，要开会，还要研讨……一大堆的事情……"李长信话都未说完，便听到"嘟嘟"的声音。叶繁枝显然是挂了他的电话。

隔着电话，李长信的声音又低又沉。她也不管他在那头说什么，反正两个人之间也没什么可以聊的，便迅速挂断了电话。

叶繁枝双手捂脸，一时间又觉得一团乱麻，不知接下来该怎么办！

然而，这种烦乱只持续了短短几个小时。午餐时分，叶繁枝从许诺那里得知李长信是和徐碧婷一起出差的。

许诺一说出口，便见叶繁枝明亮的眼睛蓦地暗淡了下来，仿佛里面有什么东西在一瞬间被吹灭了。许诺敏锐地察觉出是与她刚才所说的有关，内心隐约不安起来。

许诺并不喜欢徐碧婷。事实上，自打徐碧婷进医院起，就对她小恩小惠笼络不断。但她对徐碧婷却一直喜欢不起来。她说不出为什么。只是有一种不想与徐碧婷走得太近的直觉。

　　而叶繁枝则相反，这些日子相处下来，她觉得叶繁枝善良单纯，是个可以长久结交的朋友。

　　于是，她赶紧解释般地补了一句："这些行业内大会议的名单都是提前两三个月就定下来的，李院不能不去。"

　　四天后，李长信并没有如期返回。

　　徐碧婷倒是回来了，第一天上班便拨了办公室内线电话给她："叶小姐，你来医院这么久了，我们都没有好好坐下来叙叙旧。不如中午一起吃个饭吧？"

　　善者不来，来者不善。叶繁枝直接拒绝："徐医生，我们之间并没有什么可以叙旧的。有什么话你就在电话里说吧。"

　　"叶小姐，我不会耽误你很多时间的。我想和你聊聊长信和你之间的事情而已。你想让我和你在医院聊这件事情，还是在不认识任何人的咖啡店聊？"徐碧婷并不给她再次拒绝的机会，直接说了一个咖啡店地点给她，便挂了电话。

　　叶繁枝踌躇再三，到底还是去了。

　　徐碧婷早就在等候她了。叶繁枝隔着干净清透的落地玻璃窗，可见衣着精致的徐碧婷优雅地端着咖啡杯，缓慢地喝了一小口。一举一动，皆可入镜。怪不得如今医院的人都对她来自富裕家庭的说法深信不疑。

　　徐碧婷好似笃定她会来一般，见了她，淡淡地点了点头："请坐。"

　　叶繁枝并无任何食欲，只是点了一杯咖啡。

　　徐碧婷风情万种地撩着自己的长发，叶繁枝顺着她的动作，目光顿时停留在了她晶亮的钻石戒指上。徐碧婷大大方方地把手伸向了她，甜蜜微笑着说："怎么样？好看吗？长信还嫌钻石不够大……说一辈子一个的戒指，怎么也要买大一点的……"

　　就算叶繁枝极力控制自己，脸上的神色还是变了。徐碧婷见状，脸上的笑意更浓了几分。她开门见山地表示自己和李长信已经有了共识，准备携手共度一生。希望她能尽快离开医院，如有需要，她可以帮忙介绍工作。

叶繁枝垂眼缓慢地说："徐医生，这是你们的事情，与我无关，不必特地告诉我。"

徐碧婷说："我知道长信他前几天……一时失控与你发生过——"

叶繁枝猛地抬头望向了她，脸上血色尽数褪尽。

徐碧婷迎视她的目光，随意地耸了耸肩，笑着说："我和长信之间一直都是没有任何秘密的。长信很坦白地告诉了我，他只是一时冲动，玩玩而已，并且求我原谅。"她一直盯着叶繁枝，说到这里，停顿了数秒，"我也已经原谅他了，并接受了他这个求婚戒指。所以……叶小姐，我希望你能离开医院。因为你的存在，对于我和长信而言已经是一种困扰了。我今天约你来就是想说这些。我想叶小姐是个明白人，知道接下来应该要怎么做的。"徐碧婷说罢，便拿起了包起身离开。

叶繁枝并不知道，徐碧婷一出咖啡店后，原本自信的笑容便消失了，脸上露出了狠厉阴毒表情。

事实上，徐碧婷趁这次与李长信一起出差，便做好了要勾引李长信上床的打算，试图与他旧情复燃。

当晚，她借故去了李长信的房间，脱去了衣服，一丝不挂地从后面抱住了李长信。

但李长信竟然一把推开了她，并把衣服扔给了她："碧婷，你穿上。我们谈谈……我有喜欢的人了。"

徐碧婷做出一番楚楚可怜之态："谁？叶繁枝吗？"

李长信坦诚地说："是的，我想跟她复合。"

徐碧婷瞬间意识到了什么，脱口而出："你跟她在一起了，你们上床了？"

李长信并不否认。

徐碧婷整个人骤然冰冷。很久以前，李长信就跟她说过，他不会随便喜欢一个人，也不会随便和一个人在一起，更不会随便和一个人上床。除非他爱那个人。

从前，她是不懂的。因为她接触的所有男人都是赤裸裸地想要睡她。可是现在，她是真的懂了。世上有那些只盯着女人身体想要睡她们的男人，也真的会有李长信这样的男人，因为爱一个人才会想着和她一起做那些快乐的事情。

可是，她即将永远地失去李长信了。她不甘心！

"你怎么可以喜欢叶繁枝呢？"

李长信看着她，反问说："我为什么不能喜欢她？"

徐碧婷脱口而出："因为你父亲的死。"

李长信面色倏变："你怎么知道这件事情的？"

事已至此，徐碧婷便索性说："不仅如此，我还知道叶家当年资助你和长乐，也是这个缘故。因为叶半农心中有愧！正是因为知道了当年这件事情，所以你才会想要离开洛海去国外工作。"

确实如此。当时他从周毅生那里得知了父亲的死与叶母的那桩连环车祸有关，本就被逼迫结婚的李长信在那一刻忍受到了极限，他选择了离开洛海去国外工作，离开叶繁枝和叶家的所有人，他想冷静一段时间，然后再决定到底要拿叶繁枝怎么办。

但当时的他，并不知叶半农被调查一事。于是，在不知情的情况下，他在叶繁枝最需要自己的时候，阴错阳差地离开了她。

叶繁枝不知道自己是怎么回到医院的，也不知道自己接待了几个顾客，说了些什么。

一整个下午，她的状态都不佳。

江一心瞧出了她的异样，问她怎么了。叶繁枝只说没事。

那天晚上，叶繁枝翻来覆去地想着徐碧婷和李长信，一夜无眠。

可再怎么失眠，第二天还是要爬起来工作。

她强打着精神度过了一天。

晚上的时候，简余彦含笑推门进了花店，给她带了些甜品："卖花小妹，我要买两束花，其中一束要玫瑰，品种你决定就行了。"

"这个绿柠檬怎么样？产自厄瓜多尔，是为数不多的天然淡绿色玫瑰，颜色清新。我们店里一直卖得很好。"

"好啊。"简余彦欣然应允。

叶繁枝从花器中取了花，开始修剪。简余彦忽然说："你别动，头发上有东西。"

叶繁枝不明所以，便低下了头。简余彦的手伸了过来，替她取走了头发上的一片小叶子。他人高腿长，刚刚帮叶繁枝取叶子的姿势从店外看来仿佛是在亲吻叶繁枝的发顶。

叶繁枝后退一步说："谢谢。"

"你看着好像很累的样子，是不是打两份工太辛苦了？"

"还好啦，我都习惯了。"

叶繁枝很快便包扎好了两束花。简余彦双手捧起了其中的绿柠檬，递给她："送你的。这是你的绿柠檬！"

叶繁枝愣住了。怪不得他刚才答应得那么爽快。

简余彦把花塞到了她怀里："我去疗养院看我妈，等会儿再来接你下班。"

"不用。我自己回家就可以。"

"不行，我要送你。就这么愉快地说定了。"简余彦拿着另一束花，潇洒地微笑而去。

叶繁枝正在给花浇水，听见"欢迎光临"的门铃声响起，以为是简余彦折返回来，便笑吟吟地转身："是不是忘记什么东西了……"
她嘴角的笑意在看到李长信的那一秒，便凝结住了。

李长信因在 N 城的交流会议上遇到了当年在国外留学时的教授，
便在 N 城多待两天招待教授，以尽学生之礼。他下飞机的时候，已
经是晚上六点多了，正值洛海城的下班高峰，他足足开了两个多小时
的车，才到了她工作的花店。这般紧赶慢赶，只是为了能尽快见到她
而已。

他开会这几天，忙碌异常，偶尔有时间打她座机，都是由旁人接
起的。每晚回到酒店房间，也会拨打她的电话，想听听她的声音，想
与她聊天。哪怕她什么都不说，在电话那头就好。但电话一直不通，
可越是这样，他越是想她。

然而，他心情亢奋地停下车，看到的却是她和简余彦在花店里有
说有笑的亲昵互动画面。

他明明有告诉过她的，不许再与简余彦在一起了，但她却置若罔闻。

他在外头目睹了简余彦和她的一举一动，早就心火四起，如今见
她这般冷淡僵硬的表情，自然更是恼怒异常。

两人静静对视了一秒甚至更短的时间，叶繁枝便触电般地收回了
视线，如招呼一个普通买花客户一般地招呼他："您好，请问您需要
什么？"

李长信面无表情地说："给我包一束花。"

"请问您想要什么花？"

"玫瑰。"

"我们这里有进口和国产的几种玫瑰，您挑选一下需要哪一种？"

李长信指着简余彦送给她的那束绿柠檬说："我要这种。"

"请问您要几朵玫瑰？"

"一般都送几朵？"

"没有一定标准。具体要看客人要向那个人表达什么。"叶繁枝的所有回答都不过是条件反射而已。

李长信目光锐利地盯着她，不依不饶地问道："比如呢？"

"比如一朵代表我心中……"叶繁枝突然止住了口，取过了一旁的一个资料夹，从里面取出了一张打印好的纸张，"这是不同朵数玫瑰花所代表的不同花语。您可以看看再决定。"

李长信翻了翻，最后说："十一朵。"

"好的，请稍候片刻。"一心一意。看来是要送给徐医生的。只是叶繁枝弄不懂，洛海那么多的花店，他何必大老远地到自己这里来买花呢。

李长信双手抱胸，一言不发地站在一旁，凝视着叶繁枝熟练地修枝剪叶，熟练地摆好花朵造型，熟练地用自然色的纸张包扎，最后用缎条打了一个漂亮的蝴蝶结。

叶繁枝报了一个金额给他："您好，请问你是现金还是手机付款？"

"手机。"李长信付了款。叶繁枝双手把花递给了他："谢谢您的光临，欢迎您下次再来。"

从头到尾，叶繁枝的眼神没有跟他有过多余的接触，她说的每个字都公式化，仿佛他只是进来买花的普通顾客一样。

她在躲避他，李长信一直是知道的。但他隐约觉得今天的她，比以往更为冷淡古怪。他此时已经冷静了下来，并不接她手上的花，慢慢地开口说："那晚的事情，我们谈一谈……"

闻言，叶繁枝好像被人在脸上狠狠甩了一巴掌，苍白而又迅速地截断了他的话："那完全是个意外。没什么好谈的，一切到此为止。我不希望有更多人知道这件事情。"

李长信脸色骤变，他目光冷峻地盯着她，最后缓慢地吐出了几个字："更多人？你是特指简医生吗？"

叶繁枝垂眼凝视着手里的绿柠檬，不说话。

但这种沉默在李长信看来就是一种默认。

"好，很好。"李长信咬牙切齿地扔下了这几个字，一把抓住了她手里的花，狠狠地扯过，转身就走了。

花店外，李长信把花狠狠地砸进了垃圾桶，发动车子轰然而去。

花店里，叶繁枝一直保持着眉目低垂的姿势，良久未动。

/第11章/　期待的温度

那天之后，两人单独相见时（当然，这种机会也不多）李长信的脸色更冷了。若是以前仅仅只是面无表情，对她视若不见的话，如今则到了毫不掩饰怒意和厌恶的地步。

叶繁枝在无人深夜，不止一次认真地考虑了辞职这个问题。自打手术中大出血的事件后，徐碧婷、庄依林等人在医院大肆宣传"她没有仔细关照客户术前注意事项，对客户不负责任"的言论。很多人不明就里，难免会戴有色眼镜看她。

她甚至问询过吴家希，要不要她辞职回来，全天候工作。家希闻言，连声说好，说自己每天忙得脚不沾地，实在是需要再招一个人。若是繁枝能回来，她求之不得。

蘅慧则让她自己考虑清楚再做决定。

叶繁枝开始准备辞呈，并把手头客户的资料整理了一番，准备到时候一并转交给江一心。

但她与李长信之间还有好几个相关的客户和手术，又不能不见。

比如，孔茜在这个时间段进行了第一期手术。术后住院观察了一个星期。

叶繁枝一直跟进手术，不得不与李长信接触。

这天，叶繁枝趁着空当上楼去看望孔茜。她一推开门，却看到李长信等一群人在病房里。她不由得一怔：查房时间明明已经过了啊。

李长信背对着她，正在拆纱布检查伤口："恢复情况不错，等下你们继续给她换药……过两天拆了线后，就可以出院了。注意回去要饮食清淡，不能吃辣以及海鲜等，要严格按照……"

叶繁枝正想后退，避开李长信，孔茜妈却看见了她，跟她打了声招呼："叶小姐。"

听到这个名字，李长信的背脊骤然一僵。

"我不打扰医生们查房了，等下再过来看小茜。"叶繁枝赶忙退了出去。

他们也经常会在医院的餐厅遇到。不过通常李长信都会对她视而不见，取了菜去徐碧婷所在的餐桌坐下。偶尔他们与一群人有说有笑地用餐，偶尔两个人单独用餐，但最后都会一起离开。

今天也是这样。叶繁枝与江一心坐下，正准备用餐，便看到了相伴而来的两人。

徐碧婷先取了菜之后，扫了一圈餐厅，在叶繁枝的邻座入座了，远远地朝正在跟鲍医生交流的李长信招手："长信，这里。"徐碧婷显然是故意的。

李长信闻声转头，回以微笑。他又与鲍医生说了几句，便端着餐盘走了过来，拉开徐碧婷对面的椅子坐了下来。

虽已入秋，但太阳热辣如夏。哪怕餐厅开足了冷气，叶繁枝依然觉得闷热不已。她这两天本就食欲不佳，所以今天只取了一份凉拌面。餐厅的大厨另配了鸡丝、牛肉、黄瓜丝、豆芽、葱蒜香菜，以及辣椒酱、醋、酱油等各种调味料，让每个人自行搭配。江一心为她拿了一些食材搭配，用调味料拌匀，甚是入味爽口。

叶繁枝不由得称赞说："一心，我以前觉得自己是个会做菜的。但是在你面前，真的是完完全全甘拜下风。"

"没有啦，我只是随便弄弄而已。"江一心一如既往的低调温柔。

"不用谦虚。我大哥最近胖了不少，你是最大功臣。"

江一心脸热心虚地说："我就是随便做些菜啦。"

"好啦。你不用谦虚。"

如今李长信的到来，仿佛抽走了空气中所有的氧气，叶繁枝只觉得呼吸困难，食欲全无。她挑着面条往口中塞，希望尽快吃完离开。

隔壁桌的徐碧婷托着腮，吃了几口沙拉，便搁下了叉子。

李长信体贴地问道："怎么了，没胃口？"

"明明是秋天了，怎么还这么闷热。热得人什么都不想吃。"

"今天的番茄意大利面好像不错，我去给你取一盘。"

徐碧婷眼睛一亮，撩着头发，露着手指上大而闪烁的钻石戒指，开心地说："好啊。"

李长信起身去了食物区，取了一小盘番茄意大利面，搁到了徐碧婷面前："来，尝尝看。"

叶繁枝只觉得刚才所有吞咽下去的食物都仿佛卡在了喉咙里，甚至因为她强行吞咽，胸口处泛起了一阵阵呕吐之感。

徐碧婷用叉子卷了面条，送进嘴里，酸酸甜甜的口感瞬间在口腔里蔓延。她优雅地吃完，微笑着说："果然很不错。"

"喜欢就把这盘都吃完。"

徐碧婷应了一个"好"字，嗓音甜腻黏稠，仿佛蘸了蜜一般。

"这里有点番茄酱。"李长信指了指她的嘴角。

"哪里？你帮我擦一下。"

李长信伸了手过来，用纸巾替她擦去嘴角的番茄酱。

　　餐厅里的所有人都默默地注视着这一幕，这可是李院第一次当众与徐医生如此不避嫌地秀恩爱。加上突然出现在徐碧婷无名指上的钻石戒指……每人各自臆想了数万字的剧情。

　　江一心腾地站了起来："繁枝，我吃完了。咱们走吧。"

　　"等一下，我还没吃完……"

　　江一心从未有过的坚决："不要吃了。我们走。"

　　"好。"叶繁枝缓缓地吞咽下嘴里的面条，又用纸巾擦了嘴，最后端起了托盘起身。

　　叶繁枝与江一心来到了对面的购物中心，进了洗手间，叶繁枝用冷水洗了脸后，之前的恶心才稍稍压制了下去。

　　"繁枝，你没事吧？要不，我们去咖啡店坐坐？反正离上班时间还早。"

　　"没事。我们去逛一下男装楼层吧。我想给我大哥买一些换季的衣物。"

　　"好。"

　　叶繁枝在一个男装牌子那里给大哥挑了两套衣服。她自己省吃俭用没有问题，但大哥的吃穿方面，她还是尽可能地提供她能力范围内的最好品质。

　　"一心，下班你帮我先带回去，让我大哥试穿一下。要是不合适的话，你记得告诉我一声，我明天带回来换。"

　　江一心一口应下。

　　下班后，江一心用钥匙打开了叶家的大门。叶繁木正在阳台上练哑铃，听见有人进屋的动静，也没有转身，自顾自地在练习。

　　江一心换上了拖鞋，柔声说："今天我没买菜。"

　　"附近新开了一家咖啡店，这几天所有消费都打对折。有个芝士焗通心粉看着很好吃的样子。我们等下去吃，好不好？"

叶繁木恍若未闻，沉浸在自己的运动中。

江一心却不以为意，取了小水壶给角落木架子上的绿植浇水，依旧温柔细语地与叶繁木交流："今天医院餐厅的凉面很不错，繁枝好像很喜欢。我明天也给你做，好不好？"

接着又说："今天我接待了一个老客户。这个人真的好奇怪，她觉得自己的嘴巴不好看，一会儿要求做成安吉丽娜·朱莉的性感嘴唇，一会儿又要做成李英爱的那种，说知性优雅。微调来微调去，都已经是第四回了。都不知道她到底想要做成什么样的。"

……

两人到了新开的咖啡店里，在靠街道的落地玻璃墙边入座。江一心把菜单递给了叶繁木："你想吃什么？"

叶繁木冷着一张俊脸，并不接话。江一心一点也不介意。如今叶繁木不在意别人看他的目光，愿意和她到公共场合来吃饭，已经是一大进步了。

"那我来点菜。我给你点个牛排，五分熟，好不好？"

叶繁木依然还是那副冷漠模样。

"好吧，那就这样决定了。我来一份芝士焗通心粉。"

叶繁木把自己的牛排都吃光了，应该是中意这里的口味的。江一心分了一半的通心粉给他，问他味道怎么样。叶繁木不说话。最后大约是被问烦了，皱着眉头不耐烦地扔给了她一句话："烦死了。还可以，行了吧？"

"那我们下次再来这里，好不好？"

叶繁木是不会回她的。但这一次，在她期待的目光里，叶繁木居然板着脸轻轻点了一下头。这样的一点小回应已让江一心欢喜不已。她又唤来服务生点了两份蛋糕："先上一份蛋糕，另一份我们要打包。"

她转头对叶繁木说："这里主打红丝绒蛋糕。等下我们带回去给繁枝尝尝。"

叶繁木端着咖啡杯，优雅地喝了一口，目光落在人来车往的街道上。

咖啡店的音乐轻柔婉转，甚是动听。两人又坐了许久。哪怕是这样安静地坐着，江一心已觉得满足至极了。

"要不要回家？我先去埋单，好不好？"江一心柔声问他，也做了他不会回应的准备。

谁知，叶繁木竟然又点了点头。江一心不免又惊又喜："我这就去埋单。"

叶繁木喝完了杯中的咖啡，正准备去门口等江一心。忽然，一道刺耳的讥讽声传来："哎哟喂，这不是我们当年叶氏医院的太子爷叶大医生吗？听说你下半身不能动，瘫了。耳听为虚，眼见为实。来来来，走几步路让我看看我们的叶大医生是不是真瘫了？"

是当年叶氏医院心脏科的罗士勋，叶繁木与他在工作方面曾经有过一次小过节。当时他是叶氏太子爷，罗士勋当然不敢与他对着干，之后回回见了他还都不得不赔尽笑脸。

如今回想，当年的他恃才傲物，加上父亲是叶半农的缘故，年轻气盛，得理不饶人，待人接物方面不够面面俱到。父亲数次提醒他，但他桀骜不驯，听不进去。

今日的罗士勋显然依旧怀恨在心，摆明了是来找碴儿的。

罗士勋双手抱胸，目光放肆地打量着在吧台结账的江一心，露出一个不怀好意的微笑："你女朋友？这么清汤寡面，身材如一块平板，难为叶大医生你吃得下。"

他一手扶着轮椅背，一手搁在桌面上，缓缓地俯到叶繁木的耳边，恶毒地羞辱他说："不过，今时不同往日，还有女人愿意跟着你，已经很不错了。但是，你这个瘫子能满足她吗？"

叶繁木面色铁青，双手捏握成拳。

"要是不行的话，我可以来帮你忙。虽然姿色身材都太普通了，但只要是你叶大医生的女人，我就很有兴趣想玩一玩……"

叶繁木一拳挥了过去。罗士勋早有防备，往边上一侧，便轻巧地躲过了他的攻击："啧啧啧……都已经是个残废了，脾气还这么差。怎么，你还以为自己是当年叶氏医院的太子爷吗？知道什么是落魄的凤凰不如鸡吗？"

罗士勋左一句废物又一句瘫子地嘲笑了许久，最后畅快淋漓地大笑起来，也去吧台结账。

"她早晚会离开你这个残废的。你等着吧！"

他故意撞上了江一心，把她的手机撞掉了，又连声道歉，装模作样地捡起来，递给了江一心："哎呀……实在是对不住……手机屏幕被我撞裂了。你放心。这是我的错，我愿意全额赔偿。"

江一心不明就里，稀里糊涂地与罗士勋交换了联系方式。罗士勋一拿到，转头便耀武扬威地朝叶繁木挥了挥手机，用口形无声无息地说："你等着吧，瘫子！"

回家的路上，叶繁木一直阴沉着一张脸。明明结账前还好好的。江一心不知道发生了什么事，只好小心翼翼地不敢再触怒他。

"哦，对了。这是繁枝给你买的新衣服。你试试。若是不合身的话，明天去换。"江一心柔声细语地在他的轮椅前蹲下来。

叶繁木拿起衣物搁在自己毫无知觉的腿上，冷着脸回了卧室。江一心早已经习惯了他阴晴不定的脾气，径直去了阳台收拾衣物。

片刻后，"咚"的一声重物坠地的响动声从叶繁木房间里传来。她赶忙扔下手里收了一半的衣物，急匆匆地推开了叶繁木的卧室门，只见叶繁木衣衫不整地倒在了地板上。

江一心忙搀扶他："没事吧？有没有摔到哪里？"

她被大力一扯，整个人趴在了叶繁木身上。

"把衣服脱了。"叶繁木冷冰冰地对她说。

江一心一动不动，恍若未闻。

"你没听见吗？把衣服脱了。"他见江一心不肯脱，气不打一处来。

江一心脸上苍白，慢慢地解开了衣襟上的扣子……

今晚的叶繁木戾气极重。

设定的手机闹铃一如往日在深夜十点准时响起。

叶繁木这才一把推开了她："赶紧收拾干净。繁枝要下班回来了。"

洛海初秋的天气依然闷热，但江一心的心里觉得很冷。她不知道这样下去自己可以坚持到什么时候。叶繁木在最初的时候就对她说得很清楚："无论你做什么，我都不会原谅你的。"

江一心一直是知道的，她也一直在努力，觉得或许有一天叶繁木会原谅她也说不定。但在今晚，在此时此刻，她却是从未有过的心灰意冷。

这一晚，叶繁枝过得也不好。

她有个布置生日派对的任务。下班后，叶繁枝按照家希给的地址，直接去了客户那里。在输入客户给的大门密码后，门便应声打开了，入眼的便是一个干净整洁的大面积原木色客厅，白色的沙发以及上面松软的抱枕，还有角落青葱蓬勃的绿植。所有物件都摆放得整整齐齐。

这明明是一个陌生人的家。但很奇怪的是，叶繁枝有一种莫名其妙的熟悉感。

根据客户要求，她只需要布置客厅和餐厅即可。

这是一个小型的庆祝派对，叶繁枝觉得蓝色更适合这次的派对。

蓝色的桌布，蓝色的气球，蓝色的花，以白色的摆件做点缀，将客厅布置成一个蓝色的海洋。

叶繁枝将最后一个气球系在落地窗旁边。客厅有整面的落地窗，因为位于顶层，站在窗前，抬头可见晴空如碧、白云如絮。低头则是林立的各种高楼。可以说将洛海城的风光尽收眼底。她甚至可以想象在深夜时分，满城夜景的风韵是何等的旖旎动人。

因为最后要清理杂物，叶繁枝打开厨房门，寻找扫把和拖把。她的视线停留在了燃气灶上的那个红色炒锅上。

这个牌子的厨具，是她当年最喜欢的牌子，价格不菲，她曾买过这个红色系列的一整套厨具，每天费尽心思地为李长信做各种美食。只因奶奶说他不喜欢吃外面的东西，他觉得里头搁了太多调味料，觉得不健康。

事实上在嫁给他之前，她从未真正下过厨房。但为了李长信，她做什么都心甘情愿。那种傻傻地一心只为他只想着他的心情，现在想来依旧叫她心口发酸。

叶繁枝苦笑着移开视线，但下一秒，却又再度怔住了。一双蓝色斑点的隔热手套和配套的围裙出现在她的眼前。

如果没有记错的话，在那个曾经的小家里，她曾经有过一模一样的物件。

叶繁枝疑惑地打量着厨房，忽然发觉这个设计与当年小家的厨房设计十分相似。唯一的不同是面积大了很多，所以增加了好几个橱柜。

她试探性地打开了最右手边的抽屉。下一秒，她呆立当场。

剪刀和刀具果然是在这个抽屉里。

叶繁枝一个一个地打开了所有的抽屉和柜子。

她踉跄地后退了一步。

所有物件都有条不紊地排列着，一一呈现在她的面前，一如当初的那个家里的布置。

　　她有些明白了过来，为什么家希说这家顾客指定要她来布置，也终于明白了为什么这个屋子一进来便有种莫名的熟悉感。

　　叶繁枝退出了厨房，匆忙地整理了一下客厅，将垃圾装袋准备离开。

　　但她还是晚了一步。

　　此时，只听"嘀嘀"声响起，叶繁枝拎着垃圾袋，眼睁睁地看着大门在她面前一点点地打开。

　　李长信出现在她的眼前。

　　两个人隔着门框，四目相对，静默无言。

　　李长信跨了进来，门"啪嗒"一声，在李长信的背后被轻轻关上。他身上有她熟悉至极的淡淡的消毒水味道。

　　叶繁枝垂下眼，侧过身，公式化地说："你好，这里已经布置好了。请看一下，如有不满意的地方，我会马上改进。"

　　李长信不声不响地望着她，眼底深水静流。

　　"如果没有其他要求的话，那我就先告辞了。"她说的每一句话，都把他当作一个普通客户，言辞有礼，公事公办。

　　李长信依然不说话，叶繁枝转过身便走。李长信抓住了她的手臂："明天是长乐的生日，我给他开个小派对，另外一个目的是庆祝他下个月即将在洛海美术馆开办一个小型画展。"

　　就算是叶繁枝极力地控制着自己，听到长乐开画展的这个好消息的时候仍忍不住眼睛一亮。在与李长信结婚的那两年里，她是真心把长乐当成了自己的弟弟，用心地呵护。如今听到长乐有这样的好成绩，她也是发自内心地为他高兴。

　　李长信停顿了下来，好像在斟酌字句："这几年，长乐一直很想你，一直都提起你……还有奶奶……她也很想你……如果你明天能来的话，我想奶奶和他一定都会很高兴的。"

叶繁枝很想问一下奶奶的情况，这几年来，她总是会不时地想起她和长乐，想起奶奶对她的关爱。可是话到了嘴边，终究还是没有说出口。

"不好意思，店里有规定，我们是不能参加客户派对的。"

"长乐和云瑶在一起了……对不起，当年是我误会你了。我当时情绪太激动了。对不起。"

当年的李长信，对她从来都是冷冷淡淡的态度。唯一对她发过的一次大火，是因为李长乐和纪云瑶。

叶繁枝有一回无意中撞见了他们接吻的画面。她惊愕不已，考虑再三，最后把这件事情告知了李长信。但李长信不肯相信，说云瑶和长乐从小在一起长大，两人之间是很单纯的姐弟之情，并警告她不要乱造谣。哪怕如今回想起来，当年他的话仍旧很伤人。

"既然您没有其他要求，那么我就先告辞了。"叶繁枝冷漠地抽出了自己的手臂。

李长信不肯放，看着她的眼神怪异到了极点。

下一秒，他便俯了过来。叶繁枝侧着避开，但玄关处就这么一点地方，她退了两步，背后已经触碰到了墙壁，避无可避。李长信的手撑在墙上，吻落在她侧脸，而后落在脖子上……

叶繁枝又惊又惧，胡乱用手去推他，手里的手机和垃圾袋不小心跌落在了地上："李长信，你弄错人了。我不是徐医生，要亲，亲你的徐医生去……"

明明在医院里与徐碧婷如此蜜意情浓，明明要跟徐碧婷结婚了，可他为什么要一再地这么对她？！

"徐医生？你这是在吃徐医生的醋吗？因为我中午和她在一起？"李长信俯在她上方，若有所思地盯着她，呼吸不稳地发问。

叶繁枝脱口而出："我没有。"

"你确定你没有？当年你可是个大醋坛子。"李长信的声音里有几分隐约的轻快笑意。

"我没有，我为什么要吃她的醋。当年是当年，现在是现在。我们已经没有半点关系了。我为什么要吃一个跟我毫不相干的人的醋？！"

显然两个形容词说的都是他。李长信的脸色一点点地沉下来，重复地说："没有任何关系？！毫不相干的人？"

"不错。"

李长信显然被她激怒了，口不择言地说："想不到几年不见，你缺男人到这种地步，随随便便就跟一个毫无关系的人上床了吗？！"

"这是我的事情。我爱跟谁在一起，爱跟谁睡，都是我的自由。"

李长信轻声笑了笑："是吗？"

整个房间仿佛有一个点燃的炸弹，随时都会炸裂开来。

"跟简医生睡，是吗？"李长信笑意微微加重，里面却有种莫名的凝重意味。

他这是在质问她吗？叶繁枝这些天来压抑到了极点，被他这么一逼，实在是忍无可忍了："李长信，你是我的谁？你管得着吗？请你让开。"

李长信轻笑一声，整个人又压了下来，似笑非笑地说："我管不着。我确实管不着……"

叶繁枝闻着他身上散发的气息，只觉得又恼火又战栗又暧昧不堪。她推又推不开，正在不知如何是好的时候，门铃声忽然响起来。

由于周围太安静了，这个声响显得特别突兀。李长信和叶繁枝同时把视线移向了门铃显示器处，只见徐碧婷站在楼下大厅。

叶繁枝顿觉脸上好像被人打了一巴掌似的热辣不堪，她迅速地拿起地上的手机，转身便打开门跑出去。

这一回，李长信并没有追上来。

为了避免遇到徐碧婷，叶繁枝特地走楼梯下去。

空无一人的楼梯安静极了，往下望只见一段又一段的盘旋台阶。她走了一半，忽然觉得鼻酸，便抱着膝盖坐了下来。

叶繁枝把头埋在膝盖上，良久后才起身。

一个晚上，叶繁枝心情起起伏伏，似睡非睡。

第二天一早，叶繁枝给大哥熬了一大锅排骨粥。她又去对面敲了一心家的门："一心，我熬了粥。你过来一起吃点。"

"好。"

江一心穿了一件白色的长袖衬衫裙，扣子端端正正地扣到了最上面，虽然化了点淡妆，但依然看得出神色疲惫憔悴。

"一心，你是不是昨晚没睡好？黑眼圈怎么这么重？"叶繁枝问完，便折进了厨房盛粥。

江一心抬眼，便与叶繁木的目光撞在一起。一时间，两人都像是被烫到一般，瞬间移开视线。

对此一无所知的叶繁枝把盛好的粥搁到大哥面前，又招呼她："一心，快坐啊。"

大哥一如往常地默默用餐。江一心低头着，无声拘谨。

两人之间的气氛好像有点怪异，莫非大哥昨晚又发脾气了？！

为了缓和气氛，叶繁枝便主动说起了医院团建活动的话题，今天在统计最后人数。事实上，叶繁枝并不想参加。一来，她要照顾大哥；二来，还要在花店兼职；三来，她在躲避李长信。

叶繁木开口说："繁枝，你去参加医院的活动吧，不用请假。反正江小姐有事情不去，就请她这几天帮忙照料我一下。"说罢，他抬起头，目光移向了江一心，"江小姐，这几天就麻烦你了。"

江一心似在发呆，因他的这句话，骤然回了神："不麻烦，不麻烦。"

"哥，你怎么知道一心有事？"

"她跟我提起过。"

江一心忙附和说："是啊，我弟弟一意在这边有点事情，我必须要留在洛海处理。我本来就打算今天跟陈主任请假的。繁枝，你就别请假了，医院难得的福利，虽然说是团建，其实就是旅游，好好去山里待几天，放松放松。"

江一心有个弟弟叫江一意，叶繁枝只闻其名，却从未见过真人。一直以来，江一心似乎也并不大愿意提及这个弟弟。叶繁枝见状，也就不再多问下去。

"我本就有事不能去，你就不用特地为了照顾你大哥留下来。"江一心这般说。

如此一来，叶繁枝倒是不得不去了。

中午休息的时候，她和陈越主任聊起，得知因为人多要分两批进行团建，所以李长信每年与副院长各参加一批。听到这里，叶繁枝心中便稍稍轻松了些许，至少只有百分之五十的概率会遇到李长信。

叶繁枝在医院集合上车的时候，默默地打量了一圈，发现并没有李长信。她顿觉大松了一口气，一路上也颇为放松愉快。

丁翔在车上一再追问叶繁枝："江一心怎么没来？"

"一心有事。"

"有什么事情啊？大伙难得出来一趟。"

丁翔神情失望，有种生无可恋的感觉。叶繁枝有点同情他，看来丁医生这段日子的努力是白费了。

大巴车到达度假村后，叶繁枝才知道李长信已经到了。他与徐碧婷两人是驾车来的，甚至比他们这批人早到了一个小时。

每个组分到一幢三层的木屋，中间的广场是公用的，有凉亭有水井。叶繁枝和庄依林、李琪等分到了简余彦所在的 2 号小组。而徐碧婷则与李长信在 1 号小组。章漳则分在其他的小组。

叶繁枝得知自己与李长信不在一个组,大松了一口气。

当天下午有两个活动:一个是小组篮球对抗赛,各组派出人员上场;还有一个就是每个小组的组员利用度假村配备的食材做晚餐。

度假村给每个组都准备了一模一样的食材。各组派出组员在自己的木屋自力更生,做好自己小组的饭菜。

简余彦是组长,集合众人,结果问了一圈下来,自家 2 号小组报名篮球赛的人数倒是够的,但举手说会做菜的人竟然只有叶繁枝一人。

有人弱弱地问了一声:"组长,会泡泡面算不算?"

"算,等下你就负责吃泡面。"

"组长,不要这样狠心嘛!"

众人哈哈大笑。

简余彦给组员做了分配:"丁翔,你带队去打球赛,我不在球队就由你全权负责。叶繁枝,做饭的重任就交给你了,你留下来做菜。另外球队需要啦啦队 2 人,做菜需要帮手 2 人,剩下的组员大家可自选参加。"

其中两个女同事见状,默契十足地表示愿意做啦啦队。庄依林举手说,想和李琪去摘野花美化居住环境。

反正庄依林两人留下来也使唤不动她们,这两尊菩萨想干吗就干吗吧!简余彦双手一拍:"好,那就这样决定吧。大家分头行动。"

说罢,他不忘叮嘱丁翔:"不能拿第一,也别给我垫底啊。否则,回来不给饭吃。"

"要是拿了第一呢?"

"给你加道菜。"

"我们不要加菜。我们要简医生晚上给我们跳脱衣舞。"一个新来的实习医生提议道。

众人在大笑声中纷纷说"好"，说为了简医生的"艳舞"，拼了老命也值得。

"那你们得要好好加油了，3 组可是一块难啃的骨头。要是真拿第一，脱衣舞就脱衣舞吧。"

"好，那就这么愉快地决定了。"

李琪与庄依林拿了草帽往外走，走到广场便看见了远处群山连绵，苍翠青葱。李琪不解地说："依林姐，干吗给她创造和简医生独处的机会？"

庄依林连连冷笑："我可不愿意给她打下手。她这么爱显摆就让她显摆去吧。这么多人的菜……呵呵……不累死也忙死她！"

叶繁枝不得已之下担起了大厨的职责。度假村走的是返璞归真路线，所以厨房里头的灶火是已经很难见到的大土灶，要用柴火烧。幸好木材都已经劈好了，否则单单劈柴就是一项大难题。

"一只鸡，排骨，五花肉，牛肉，鱼，虾，西红柿，鸡蛋，黄瓜，青菜，土豆，干丝……葱、香菜、蒜、辣椒若干……这么多，要怎么做？得做到什么时候？"看到这一桌子的食材，擅长手术刀的简余彦蒙住了。

叶繁枝想了想说："鸡炖汤或者做辣子鸡，红烧土豆五花肉，清蒸鱼或者广式鱼……凉拌黄瓜。排骨的话，前面已经有红烧了，我们做蒜香排骨……至于干丝，如果我们炖鸡汤的话，就做一道鸡汤干丝，怎么样？"她一口气报完了所有菜品。

简余彦目瞪口呆地望着她，然后露出了一副无比钦佩的表情。

叶繁枝问他："简医生，你会生火吗？"

简余彦忙不迭地点头："会，我以前在留学时参加过野外生存俱乐部，有过一些训练。"

"好，那你就负责生火，然后看管土灶。"

"遵命，叶大厨。"

简余彦很快把柴火燃了起来。叶繁枝见状，不由得夸赞："不错嘛，简医生。"

简余彦显摆说："钻木取火也难不倒我。何况这里有打火机，柴火又干燥。"

叶繁枝准备把所有菜都洗了，然后该切块的切块，该切丝的切丝。

"等一下，我给你系上，省得弄脏了！"简余彦不知从哪里找出了几条围裙，他拿了一条，给她套上，这个行为有些过于亲昵。叶繁枝僵着身体，任简余彦弯下腰细心地给她系好了后面的带子。

"谢谢。"

"叶大厨，还有什么要我做的吗？"

"把我刚洗好的鸡剁了，我先下锅炖起来。然后，我们先把食材处理好。"

"是，叶大厨。"

简余彦拿起了菜刀，掂了掂重量，然后又上下左右地端详了一番，似在琢磨怎么下手。叶繁枝见他这番样子，不禁莞尔："是不是觉得比做手术还难？"

"可不是。我正在找比较好下手的部位。"

"我来吧。"

"不用，我可以的。"说罢，他手起刀落，"砰砰砰"地在案板上剁了起来。剁完，他搁下刀，得意扬扬地转头"求赞"："第一次。怎么样，还不错吧？"

"块状大小均匀，赞一个。对了，等下我们组在篮球赛真拿了第一，你真准备跳脱衣舞？"叶繁枝有一点点好奇。

"跳，当然跳！"

"你会跳吗？"

"不就是把衣服一件件脱了吗？放心。这点小事难不倒我。"

叶繁枝想象着那个画面，一时又忍俊不禁了。

"喂，你笑什么？这么开心。"

叶繁枝坚决不承认自己有笑。

简余彦哼了一声："不说我也知道你笑什么。再说了，我能答应他们跳脱衣舞就说明我们肯定拿不了第一。也不看看 3 组那几个年轻医生，个个都是长腿'欧巴'，平时轮休的时候就去球场打球健身。我们 2 组能赢，那真是奇迹了。"

叶繁枝顿觉失望："真的吗？"

简余彦凑了过来，一脸狐疑："看你的样子，莫非你真的在想象我跳脱衣舞的画面？"

"啊……菜好了，我要盛出来……"

第一道出锅的菜是蒜香排骨。一掀开盖子，整个厨房便充满了香气。

"好香啊。"简余彦忍不住取了一小块，美其名曰：先替同事们"试毒"。他咬下第一口便惊呼起来："天哪，叶大厨，这也太好吃了吧。看不出来啊，你居然还有这等手艺，太让人吃惊了。"他吃完后不顾形象地舔了舔手指，又取了第二块排骨。

若是白奶奶在这里，估计要摸着心口哭了。简余彦小时候身体很虚弱，整个人瘦得只剩骨架子，她为了让简余彦多吃几口饭菜，那真真正正是用尽了心思，绞尽了脑汁。但好像所有菜都是一个味道似的，简余彦吃什么都是浅尝即止。

简余彦直到啃完手中的排骨，才想起问她："你这么好的厨艺是在哪儿学的？"

叶繁枝淡淡地说："熟能生巧而已，多做做就会了。我以前还在早餐店帮过忙。"她说得那般云淡风轻，仿佛从来就没有过那段为了谁认真学习做菜的日子一般。

"真的假的？"

"当然是真的啊。"

简余彦有些心疼，一时竟说不出话来。

"别发呆，有空就帮我打蛋……"

"遵命，叶大厨。"

两人配合默契。很快地，一道道香气扑鼻的菜就出锅了。每道菜简余彦都会试吃一口，每每竖起大拇指，赞不绝口。

李长信所在的 1 号木屋在他们 2 号木屋隔壁，厨房与厨房是相对的，只要抬头便能从对着的窗户看见两人之间所有的举动。比如简余彦刚才给叶繁枝系围裙的亲昵举动；比如两人絮絮低语，叶繁枝开心的笑容；比如简余彦站在叶繁枝身后看她做菜，站得那般近，偶尔从叶繁枝肩上探头过来，很是亲热；比如叶繁枝端着盘子，简余彦低头从盘子里取菜试吃，两人不时交流，仿佛一对鸟儿，亲昵不已；又比如，此刻的简余彦大约想要试着做菜，拿着锅铲，也不知发生了什么事情，叶繁枝在一旁摇头叹息加失笑，一副无可奈何的样子。

这样明媚的笑容，自从再遇后，李长信从未在她脸上看到过。可她现在都一一展现给了简余彦。她在简余彦面前无比放松自然，怪不得她不让他提那件事情。因为她怕耽误和简余彦的发展。

且不说简余彦是简家三少这个身份，单单就整容医生的工作，以及简余彦不亚于当红偶像的五官，就已经令很多女生中意了。若是易地而处，他是她的话，也会牢牢把握这个机会。

叶繁枝一通忙碌下来，晚餐的菜总算是做了十之七八。她正准备在炖煮着的鸡汤里加佐料，许诺突然出现在了厨房门口，打断了两人："繁枝，李院让你到我们 1 号组帮忙做个凉拌干丝。"

骤然听到这个，叶繁枝愣了愣，没有反应过来："什么？"

"李院让你帮忙去做凉菜。他说你会做,让你过去帮他忙。"

简余彦也觉得莫名诧异。他疑惑转头,一眼看到了正站在窗口望着他们这边的李长信。他蹙眉问道:"李院怎么知道她会做凉拌干丝?再说了,我们这儿还有好几个菜等着下锅呢。"

许诺撩起了袖子,自告奋勇地说:"简医生,剩下的菜,我来帮你吧。但李院让繁枝过去帮忙。我就一传话的,繁枝不去,我交不了差啊。"

叶繁枝只好去了 1 号组的木屋。李长信见了她,不言不语,依旧是那副冰冰冷冷的疏离模样。

叶繁枝只想着把凉菜做好早点回去。于是,她闷头用油盐酱醋调汁,而后将调好的酱汁倒入了大盆中,再放入干丝拌匀。

为什么李长信那晚决然离去后,又要在她们花店下订单,并指定她去他家布置呢?她不明白他已经如愿以偿地和徐碧婷在一起了,为什么还要这样对她?

叶繁枝每每想起,总是叫她心潮起伏,难受不已。但她却总是想不明白,弄不懂。

如今李长信默不作声站在不远处,看着她的一举一动。两人单单是这样的相处,叶繁枝已然觉得胸口发闷发涨到了疼痛的地步。

"给我尝一下味道。"

叶繁枝一时以为自己听错了,抬头见李长信走近,才意识到刚刚确实是他在说话。她看了看四周,厨房里还有人在切菜,叶繁枝迟疑了片刻,用戴了一次性手套的手取了一点递到他嘴边。她的眼神则无措地移到了别处,根本不敢看他。事实上,自打她进来到现在,两人的眼神都没接触过。

手上的食物没有动。叶繁枝一直举着,觉着手酸不已,便转头看向他。只见李长信正一错不错地看着她,叶繁枝被他看得莫名心惊,正欲收回手。就在这时，李长信张口咬住了她的手指。

他咬得很重，恶狠狠地仿佛要把她的手指咬断吞下一般。

叶繁枝差点叫出声，可她怕引来注意，硬生生忍住了。她做贼似的环顾了一下四周，另外一人不知何时离开了。此时的厨房里头，只剩她和李长信两人。

叶繁枝用力扯着手指，李长信总算是松了口。一次性的塑料手套已经被他咬破了，可见手指上的深深牙印。李长信细嚼慢咽地吃了口中的干丝，面无表情地说：“太淡。”

叶繁枝也不说话，默默地拿起盐瓶又撒一点盐拌匀。

隔着两重玻璃窗，简余彦把一切看在了眼里。因两人背对着窗户，他看不到他们具体的动作与表情。但他敏感地察觉到了两人之间的怪异……这种感觉非常奇怪和不对劲。

“长信，这花好看吗？”徐碧婷的声音骤然打破了这个画面，下一秒，她看到了叶繁枝，没好气地说，“她不是 2 组的吗？怎么在这里？”

“她过来帮我们做道凉菜。”

叶繁枝低头默默装盘。她装好了一盘凉拌干丝，脱下了一次性手套：“李院，凉拌干丝做好了。这盘我给我们 2 组端去了，算是我们 2 组过来帮忙的报酬。”说罢，她端着菜越过徐碧婷，头也不回地离开了。

当晚，叶繁枝的菜获得了一致好评，最后一碗鸡汤被简余彦抢到了。

丁翔大为不服：“我们球队流了那么多汗，怎么也得让我们补补啊。”

简余彦则是赶紧捧起碗，“咕咚咕咚”地喝了起来：“我等下要跳脱衣舞，不仅需要体力更需要勇气，所以我更加要补啊。”

想到饭后有脱衣舞的福利，大伙也就忍了。

瞿医生尝了一块土豆，连呼好吃："想不到叶繁枝做的菜这么出色，我好想把她娶回家，这样我以后就不用顿顿叫外卖了。"

简余彦被鸡汤呛到了，好大一阵咳嗽："瞿医生，先来后到。要娶的话，怎么也应该先轮到我娶吧？什么时候轮到你了？"

众人一阵哄堂大笑。男同事们争先恐后地起哄说："对啊，怎么也应该是我排在简医生后面啊？瞿医生，你排在最后头。你慢慢排！"

一顿晚餐美味丰盛又轻松愉悦。庄依林和李琪嫉妒得咬碎了一口的牙，但偏偏又无可奈何。

度假村在晚上有一个篝火晚会，这是他们这里的特色之一。2 组吃完饭，来到广场的时候，度假村的工作人员早已经将篝火点燃了。众人打开了音乐，在此起彼伏的起哄声尖叫声中，简余彦潇洒地把薄外套脱了。这一吵闹，顿时把另外两组的人都吸引了过来。简余彦的好身材引来了阵阵喝彩。

"想不到简医生身材这么棒，六块腹肌。"

"真正的穿衣显瘦，脱衣有肉啊。"

"你看咨询前台的那个庄依林，感觉恨不得扑上去了。"

"听说咨询前台的那个叶繁枝就因为简医生得罪了她，一直被她整呢。"几个小护士凑在一起八卦。

"怎么得罪她的？她为什么这么厉害？"

"为什么这么厉害？因为她手上客户多，业绩好。咨询前台的人拼的就是客户和业绩啊。至于为什么得罪她，不就是 A 喜欢 B，B 喜欢 C 啊。"

新来的小护士一脸疑惑的表情。

有人不卖关子，道出了实情："哎呀，就是庄依林喜欢简医生，简医生喜欢别人。"

"那个别人就是叶繁枝！你知道我们医院的男医生统共就那么几个，能力又强又有型的就更少了。所谓僧多粥少，竞争激烈啊。"

新来的小护士终于露出了"恍然大悟"的表情。

另一头，大伙看热闹不嫌事大："简医生，继续脱啊。继续啊。"

简余彦脱了一件薄外套和一件 T 恤后，坚决不再继续了，表示剩下的要留给女朋友私享。众人起哄了一阵也不起作用，只好围绕着篝火开始跳舞。

医院里大都是年轻人，三三两两地拖着伙伴，手牵手地跳了起来。

徐碧婷也拉着李长信要去跳："长信，我从来没有跳过这个呢。"

另一头，简余彦正兴致勃勃地过来邀请叶繁枝："繁枝，走，我们一起跳。"

叶繁枝摇头说："我不会。"

"来嘛，很简单的，一学就会了。你看，大家跳得多开心。"简余彦抓住了她的手臂，拉她进了跳舞的人群。

音乐节奏欢快，舞步简单易学，两人很快融入其中，随着节奏与大家共舞。

"你看，舞步多简单。"

火光中，简余彦看到了叶繁枝唇边那抹浅淡的微笑。哪怕在这样欢快的时候，她眼里也是没有任何涟漪的。哪怕有快乐，也是非常稀薄的，仿佛一阵微风吹来，便会把它吹散了。

简余彦有种奇怪的感觉：叶繁枝过得很不快乐，这也并不是她真正的样子。

那么叶繁枝真正的样子是怎样的呢？开心的时候，她会眉眼弯弯地大笑吗？难过的时候，她会号啕大哭还是会呜咽哭泣？到底是什么让她变成现在对什么事情都无动于衷的样子的呢？

简余彦有一种很想了解的冲动。

也是在这一瞬，简余彦知道自己是真的完了。

他不知从何时开始已经爱上叶繁枝了，所以无时无刻不想着接近她，想知道她所有的过往，也想走进她的内心。

李长信看着彼此对视微笑的简余彦和叶繁枝两人，片刻后，收回了视线，对徐碧婷说："走吧，一起去跳舞。"他与徐碧婷手牵手，径直走向了叶繁枝和简余彦。

叶繁枝一直跟着简余彦的步伐。忽然间，右手边同事松开了她的手，显然是有人加入了跳舞队伍，叶繁枝不以为意。

下一秒，那人很用力地抓住了她的右手，仿佛泄愤一般的力道，令叶繁枝察觉到了不对。她转过头，赫然发现扣着她右手的这个人是神色冰冷到了极点的李长信。

叶繁枝想要抽手离开，换来的却是李长信更用力地扣紧。他不让她离开。她的右手被他捏握到了疼痛的地步。

李长信似乎很生气。至于为什么生气、生什么气，叶繁枝就不知道了。就像她不懂这么多的同事都围着篝火在跳舞，他为什么非要在她身边。虽然夜色昏暗，火光亦不可能照到每一个角落，但叶繁枝也不好强力挣扎，怕把众人的目光引来，便只好任他用力捏握着。

简余彦不知内情，还隔着叶繁枝与李长信颔首打了一声招呼："李院。"

叶繁枝如提线木偶一样僵硬地被他拉着跳了一圈，在李长信另一侧察觉到异样的徐碧婷不乐意了："长信，我不想跳了。"

"好，你去休息一下。"李长信并不愿离开，紧扣住一再试图挣扎离开的叶繁枝。

"你陪我去休息，好不好？"

"我再跳几圈。"李长信拒绝了她。徐碧婷快快不乐地离开了。

又跳了数圈后，是简余彦拉着叶繁枝说要休息了，叶繁枝才得以逃脱。她一离开队伍，便逃也似的离开了火光冲天的大广场。

度假村西北角有好几个秋千架。此刻，度假村所有的人都在参加篝火晚会，这里空无一人，静谧安宁。

叶繁枝坐在秋千上，低头看着右手。仿佛被那人捏着的胀痛之感还依然残留其上。

她出神了半晌，而后，默默地仰望无垠天空。

天上，无数星星闪闪烁烁地缀满黑蓝苍穹。篝火晚会的热闹声音遥遥传来，将这里衬托得越发静谧。

"你在这里赏月还是赏星？"简余彦的声音在身后响起。简余彦拧开水瓶盖，把水递给她，随即在对面的一个秋千上坐了下来："真是羡慕你，现在还可以赏美男。"

叶繁枝靠在秋千绳索上，不觉莞尔："美男是指你吗？"

简余彦一副"废话，舍我其谁"的表情。

叶繁枝哑然失笑，喝了口水。

"要不要再去跳一会儿？大伙很难得这么开心放松。"

叶繁枝摇头。简余彦无声地凝视着她，好一会儿后，他才轻轻开口说："繁枝，我不知道你过去经历过什么，让你变成现在这样子。但事实上，你还是可以对有些人、有些事情有所期待的。请你一定要相信，并不是所有的人和事都会辜负你，让你失望的。"

事实上，简余彦站在角落很久了。他看着叶繁枝落寞地坐在了秋千上，又看着她愣神了好久，深觉自己再不能这样下去了。

叶繁枝目光渐怔。

"比如我。如果你愿意，你可以对我有所期待。真的。你要不要试试看？我会很努力很努力地不让你失望的……叶繁枝，我喜欢你。"

叶繁枝愣在那里，不言不语。整个世界仿佛静止了一般。简余彦等了良久，等到的却是叶繁枝缓缓摇头的画面。

"那我等。好不好？"简余彦伸出手，慢慢地触碰到了她的头发，"如果有一天，你愿意走出你的小天地，重新想要对生活对未来有所期待，希望你第一个想到的人是我。"

叶繁枝垂下眼帘，轻轻地说："简医生，人与人之间的感情真的是一种很奇怪的东西。很多时候，我们自己也无法控制。就像我们无法强逼自己去爱上一个人，也无法控制自己不要去爱上一个人。"

"那么现在……在你的心里是不是还住着人？"

叶繁枝不答。但这样的不答却仿佛是欲盖弥彰。

"没关系，你不要有压力。就像你说的，感情的来去都不是人为能控制的。我也一样无法控制自己，让自己不去喜欢你，对不对？说实话，我也不知道自己为什么会喜欢你。我真的很认真地思考过这个问题。毕竟我这么帅，条件这么好，身边的女生，个个也都不差。"

最后一句倒是大实话。叶繁枝忍不住微微一笑。

"大概是因为你让我觉得未来可期吧。我唯一知道的是我喜欢和你在一起时的那个快乐放松的自己。那是跟别的女生在一起时从未有过的感觉。所以，你不要急着拒绝我，好好考虑一下。好吗？"

李长信来到角落的时候，看到的就是这一幕，简余彦无比温柔地抚摸着叶繁枝的头发，对着她絮絮低语。

叶繁枝并没有躲避。她只是怔怔地望着简余彦。两人之间的气氛温馨美好。

叶繁枝虽然身材性感面容妩媚，但内心却是极其保守的。她从不轻易跟人接近，也不会让人随便碰触。如当年的房俊、董博文等人，她从不曾给过他们任何暧昧的机会，更别说暧昧的肢体接触了。

除非是有心。

她有心让简余彦接近。

第二天下午的团建活动是竹筏漂流。

医院的每个人都是一样的白 T 恤、藏青色短裤，加上都穿上了救生衣，密密麻麻的一大片橙红色。李长信却一眼看到了叶繁枝。她身旁站着的又是简余彦，他低头正帮着她调整救生衣的带子长度。

"好了。"

叶繁枝道谢："谢谢简医生。"

待工作人员讲解了注意事项后，所有人便按所在小组的秩序依次上了竹筏。

山清水秀，两岸青山夹道欢迎，一路繁花相送。众人欣赏着美景，时不时还与另一竹筏上的同事挥手问好，遥相问答。

"竹筏上的各位朋友，我们的竹筏马上要到山溪的激流处了。这一段水路很危险，请大家坐稳了，不要随便乱动。那一带经常有人掉下水。每年都会出事。"竹筏上撑着竹竿的工作人员细心叮嘱大家。

不多时，便到了水流湍急的地方，竹筏在激流中左右摇摆，颠簸起伏，甚至连方向都稳不住。

"这里很危险……大家坐稳了，不许乱动，也不要起来……"竹筏上工作人员再三提醒，可他的话音还未落下，只听到"啊"的一声惊呼以及"扑通"一声，竟真有人落水了。

工作人员急得大喊大叫："抓稳……大家抓稳了……我下去救人。"

竹筏上的其他同事也看到了这番动静："天哪，前面竹筏有人落水了……"

"谁掉水里了？"

"是咨询前台的叶繁枝。"

"叶繁枝掉水里了！"

水流湍急，叶繁枝随溪流而下，转瞬便离落水处数米之遥。

只听"扑通""扑通"两声响动随之传来，左右的竹筏上有人跳下了水。

一片惊呼声传来："又有人落水了吗？"

"有人跳下去救人。"

"谁啊？"

"是李院……还有简医生。"

强大的暗流将李长信和简余彦两人一直往下冲，李长信试图接近叶繁枝。有几次，都只差寸许之遥，但湍急的水流一冲，便又将两人冲散了。

叶繁枝随着溪水载浮载沉，已然是意识迷糊了。显然刚掉下去的时候，喝了不少溪水。

又是一个手臂的距离。李长信估测着距离，脚在溪石上用力一蹬。脚底板传来了一阵钻心剧痛，显然蹬到了尖锐石头，被尖石所伤，但李长信无暇他顾，一借力，终于是抓住了叶繁枝的救生衣。他用尽了全力拽着，生怕一松手，她便会随着急流而下。

简余彦奋力游了过来，一起帮忙拉住了已然昏迷的叶繁枝。此时，另外两个救生员也游靠了过来，四个人合力拖拉着叶繁枝游向了岸边。

李长信将怀里的叶繁枝轻轻地放倒在溪水边的草地上，跪下来查看她的口鼻是否有异物。

简余彦看着青草上的血滴，说："李院，你的脚在流血。你先处理一下脚上的伤口，我来急救。"

"不用，我来。"李长信忙解开叶繁枝的救生衣，抬高叶繁枝的下颌，并进行胸外按压。

简余彦在一旁，有种很想拉开李长信、自己亲自动手急救的冲动。电光石火之间，他忽然察觉到了不对劲：在医院与李长信共事这么久，无论多重要的手术，他都是从从容容、冷静理智面对的。唯一一次见过他这般紧张的是在医闹那次，叶繁枝被人挟持的时候……这次亦是叶繁枝。难道真的只是巧合不成？！

他又想起昨天傍晚两人在厨房的气氛，晚上跳篝火舞……分明有一种很怪异的感觉。但两人之间的接触平常得很。到底哪里怪异，具体他又说不上来。

叶繁枝一直没有动静。工作人员怕担责任，急得团团转："确定不用打120吗？万一出事，我们和度假村可都承担不起这个责任啊。"

简余彦本就心急如焚，被他们问烦了，便直截了当地说："我们就是医生。如果我们两个都不能把人救醒的话，急救赶来也没用。"

李长信低下头准备给她做人工呼吸。

简余彦一把抓住了他的手臂："李院，我来。"

"你走开！"李长信不容分说地推开简余彦，捏住了叶繁枝的鼻孔，开始给叶繁枝做人工呼吸。

简余彦被李长信这一把推得后退了一步。他若有所思地看着李长信，内心涌起了一个隐隐约约又有点莫名笃定的念头：莫非李院也喜欢叶繁枝？

叶繁枝吐着水，渐渐醒了过来。

"繁枝，繁枝，你醒了吗？"是简余彦的声音。叶繁枝努力地睁开眼，映入眼帘的却是李长信紧张焦急的一张脸。

叶繁枝眨了眨眼，缓慢地侧过头，目光寻找到了简余彦，虚弱地开口："简医生，可不可以请你扶我回去？"

听到这句话，李长信整个人僵在了那里。

"当然可以啊。"简余彦搀扶起她。

李长信湿漉漉地站在原地，目送着两人远离。

半晌后，他才察觉到脚底传来的阵阵疼痛。

李长信匆匆洗了个澡，自己草草地给受伤的脚消毒包扎了一下。之后，他站在窗前静默了良久。最后，他来到了2号组的木屋。其余人员还在进行着活动，整幢木屋很安静。

李长信在叶繁枝的房门前站了片刻后，才抬手敲门。

"是李院啊，请进。"是简余彦开的门，他转身对房里的叶繁枝说，"李院来了。"

简余彦这是把自己当成了叶繁枝房间的主人。就算李长信早料到简余彦会在房里，但此时都忍不住表情一僵。幸好简余彦早已转身，并没有看清他脸上的细微表情。

叶繁枝已换上了干净清爽的衣物，湿淋淋的长发也已经被吹干了。她坐在沙发上，身旁的木质茶几上有一个托盘，上面搁了一碗热气腾腾的姜茶。

"叶小姐，你好点了吗？"因有简余彦在场，李长信说的每个字都很公式化。

"谢谢李院关心，我没事。"叶繁枝垂着眼，恭恭敬敬地回他。

这番客套话后，两人之间便再无任何可交谈的了。

简余彦端起了姜茶，递给了叶繁枝："快趁热把姜茶喝了，凉了效果就打折扣了。"

叶繁枝道谢后，乖巧地喝了一口。姜味又辣又冲，她一下子被呛得咳了起来。简余彦一直留心着她的举动，见状，抢先她一步抽出了纸巾，体贴地塞到她手里："是不是太辣了？我把厨房剩下的姜全部放进去了。姜茶就是这样的，不辣就没有效果……"

"没事，我只是呛了一下。"

"你小口喝……就不会被呛到。"

"好。"

两人之间这般旁若无人的对话，叫李长信觉得自己在这里就是一个多余的人。

之后，叶繁枝果真听话地一小口一小口地喝了起来。

李长信越发胸闷气急了。

幸好叶繁枝喝完后说累想休息，简余彦识相地与他一起离开了。

叶繁枝是个进医院不久的小咨询师，本应该是与其他女生合住一间的。但她们组就五个女生，其余四人已经两两约好了要住同一房间。最后她阴错阳差地独享了一个单间。

晚餐的时候，又有人来敲门了。这回竟然是李琪。

"呃……也不知你喜欢吃什么，我去酒店大堂买了蛋糕和鲜榨的橙汁。"她见叶繁枝不说话，便垂下头，讷讷地说，"真是对不起，我真不是故意的。当时水势急，我没坐稳，滑了一下……所以才不小心把你撞下去的……"

李琪这般开门见山地说明了情况，直认错误，又跟她道了歉。叶繁枝也只好说："如果事实真的就是这样的话，我接受你的道歉。"

"谢谢你接受我的道歉。我当然不是故意的啊。你如果吃不下蛋糕，就喝点橙汁，补充维生素 C 的，对身体好。我给你拧开……你现在估计还打不开这瓶盖呢。"

"谢谢。"

"那我不打扰你了。你早点休息。"

也不知李琪的这番道歉是真心的还是假意的，但在生活工作中多一个朋友总比多一个敌人好。

叶繁枝早早地就睡了。梦里像是装了一块大屏幕，不断地播放着过往的一切。父亲叶半农，大哥叶繁木，与李长信的初见，与李长信的初次亲吻，曾经的婚礼，婚后的日子，父亲出事，大哥车祸，深夜时分她握着电话哭泣，她排在长长的人群后面等待面试，工作中被人陷害开除，大哥朝她大发脾气，与李长信再相遇，与李长信一起工作，李长信的热吻，李长信一声声地唤她的名字……

叶繁枝被热醒了过来。

手机显示的时间已是深夜两点多，四周很安静。叶繁枝只觉口干舌燥，拿起李琪带来的那杯橙汁喝了起来。她睡前本就喝了小半杯，当时随手就搁在了床头柜上。由于此时太燥太热了，便"咕咚咕咚"一口气喝了个精光。

可是越喝越热，整个人不明所以的灼热难受，怎么也无法让自己平静下来。叶繁枝披了件开衫，准备到厨房去找水喝。

"怎么？半夜三更地，准备去简医生的房间吗？"

叶繁枝一打开门便被这道突如其来的冷厉声音惊吓到了，倏地转头望向了楼梯处。那里是个死角，一团漆黑，根本看不到任何东西。有道暗影从里头出来，一步一步走近她。

是李长信。叶繁枝后退回房，想关门。李长迅速伸手，一把抵住了门。叶繁枝踉跄后退的同时，李长信已经进来了。她想逃已来不及，被他用双手扣在墙壁上。

他的呼吸中有薄而清凉的酒意："为什么不来找我？"

叶繁枝不敢置信地看着他，恍若看着一头怪兽。

"你只要大喊一声，你的简医生肯定会过来。你喊啊！你怎么不喊呢？你怕你的简医生知道吗？"

"你就不怕你的徐医生知道？"

"徐医生？我为什么要怕？"他继续说，"怎么？你真不叫你的简医生过来？他就住在二楼。"

此时的叶繁枝根本无法抵抗李长信的攻势，只觉自己被燃成了一团大火，随着他燃烧殆尽。

而外面的黑暗大厅内，有个男人压低了声音问："徐医生，我们现在怎么办？"

徐碧婷面目狰狞地瞪着紧闭的房门，眼里满是恶毒。

徐碧婷等人在橙汁里下了药，暗中做局要设计她。但她们怎么也没料到最后拍到的是李长信与叶繁枝的照片和视频。

简余彦一早就来到叶繁枝的房门前，敲了许久的门，发现里面毫无动静。于是，他便去度假村的自助餐厅草草地吃了早餐。

回来的时候，叶繁枝的房门大开着，有工作人员的打扫推车停在门口。简余彦看见，便上前敲了敲门。

有个工作人员从洗手间探头出来："你找谁？"

"住在这里的客人呢？"

"那个客人已经退房了。"

"退房？不可能啊。我们是一个团队的，还有两天才回去呢。"

"不好意思。我只负责打扫，不清楚具体情况。我只是接到前台通知，说这里退房了，让我来查房并打扫。"

再问也问不出个所以然来。简余彦在广场的凉亭里远远地看到陈越，便追了上去："陈主任，叶繁枝怎么退房了？"

陈越说："叶繁枝感冒发烧了。碰巧李院有事，要回洛海，所以他顺便带叶繁枝一起回去了。"

"一起回去了？"简余彦一时愣了。他在原地站了一会儿后，拨打了叶繁枝的电话。

然而，叶繁枝的电话一直处于关机状态。

这一关，就关了好几天。

叶繁枝其实是被李长信胁迫着回去的。

凌晨时分，李长信三下两下帮她整理好了私人物品："走吧，我们回洛海。"

"我不回去。"叶繁枝昏昏沉沉地掀开眼皮。

"你敢不回去，我就打开门告诉所有人我们两个人昨天晚上发生了什么。再说了，就你现在的样子，明天怎么参加团队活动。"

李长信这般霸道不讲理的样子是叶繁枝从未见过的。他也不怕被徐医生知道，结不成婚吗？可是他不怕，她怕。就算她要离职，也不想在漫天的桃色绯闻中离开啊。

叶繁枝目瞪口呆地望着他，张了半天的口，却是什么也说不出来。

李长信替她穿好了衣服，趁着微亮的天光，离开了度假村。

叶繁枝累极了，裹着薄毯在副驾驶座上沉沉睡去。她觉得身体一会儿发冷一会儿发热，整个人晕眩不已，在车子里睡了一路。

隐约记得李长信中途停了车，唤她："我们在这里吃个早餐再走。"

叶繁枝口干舌燥，喉咙处像是燃了一把火，火烧火燎地发疼，想说不吃，但一开口，发出的却是难受的呻吟声。

"怎么了？"李长信觉得不对，探手摸了她的额头，顿时一惊。

好在后备厢里备着常规药物，他也不知去哪里弄来了一杯热水，耐心地吹了吹后，小口喂她喝水，又喂她吃药。

"都是我不好。"李长信愧疚地向叶繁枝道歉，可惜叶繁枝难受地侧着头，早已经昏沉沉地睡去了。

叶繁枝是在一片安静中醒来的。陌生的卧室，陌生的家具摆设。这是一个全然陌生的地方。

这是哪里？她怎么来到这里的？她最后的记忆应该是在李长信的车上。

叶繁枝赤着足拉开了门，熟悉而又宽敞的客厅便映入眼帘。

这里是李长信的家。

李长信拉开厨房的移门，看到的便是她站在客厅茫然四顾的模样。

"你醒了？头还晕吗？"他匆匆地把手里的白瓷盘放在餐桌上，便过来摸她的额头，"已经不烫了。"

"怎么没穿家居鞋？别又着凉了。"他进了卧室，取了一双崭新的家居鞋，蹲下身给她套上。

"我熬了点粥，做了两个开胃小菜。你尝一下，我很久没做了。"

"喝了粥，过半个小时再吃药。"

……

这样温柔絮叨、细心耐心的李长信是她从未见过的。

"过来。"李长信拉着她的手来到了餐桌边，把她按坐在餐椅上。此时的餐桌上已经摆好了粥与两个开胃小菜。

"吃吧。"

从头到尾，叶繁枝一直迷迷瞪瞪地瞧着他，迷迷瞪瞪地任他摆布，好像完全不认识他这个人一样。

"快吃。"

叶繁枝依言拿起小勺，盛了一勺白粥送进了嘴里，动作极缓地吞咽了起来。半晌后，她骤然放下了勺子，一把推开了椅子，站了起来，如大梦初醒般说："谢谢……谢谢李院。我应该回家了……"她一边说话，一边慌慌张张地往门口走去。

"给我把粥喝完。"李长信命令地说，语气很轻，但却有一种说不出的凝重。

叶繁枝置若罔闻，来到了门口，握住了把手。李长信敏捷地追上了她，按住了她的手："你穿成这样，能去哪里？"

叶繁枝缓缓地低头，这才发现自己穿着一套男士睡衣。深蓝的颜色老旧暗沉，仿佛蒙了一层很厚的灰。

这款式……似曾相识。数秒后，她终于认出来了：这是当年她为他亲自挑选的睡衣。

他倒是传承李奶奶的节俭，居然这么多年了还没扔掉。

"把粥喝了，等下还要吃药。"李长信又重复了一遍。

"我要回家。"

"在你身体完全康复之前，我是不会让你回家的。"

叶繁枝愕然不解地抬眼望着他，似在问他"为什么"。

他目光深深地盯着她的眼，一字一顿地说："叶繁枝，从今天开始，我不会再克制我自己了。"

克制什么？！叶繁枝全然不明白他在说什么。就像她不明白为什么李长信已经要跟徐碧婷结婚了，还要这么对她。印象中的李长信是最理智也是最绝情的，他从不会多花一分钟在他不爱的人身上，比如当年的她。

李长信强势把她拉回餐桌，端起粥碗，用勺子盛粥，递到她嘴边喂给她吃："张嘴。"

叶繁枝不动。

李长信将粥送进了自己口中。下一秒，他便凑了过来，用嘴抵住了她的嘴。叶繁枝猝不及防，整个人愣住了。

李长信用嘴把粥一点点喂给了她。叶繁枝抬手推他。她生病无力，落在李长信身上便如小猫抓痒似的。

李长信最后放开了她，很认真地问她："你自己喝粥还是我喂你？你决定。"只见话音未落，涨红了一张脸的叶繁枝便飞速地拿起了勺子，仿佛有人要跟她争食一般，一勺紧接着一勺地往嘴里塞。

"你好好休息，恢复得越快，便能越快回家。"

叶繁枝以为自己会睡不着的。但在充满着李长信味道的卧室里，她环抱着一个床头的靠枕，很快便沉沉睡着。连李长信进来、坐在床边一直陪着她，她都不知道。

她的睡颜，一如当年纯净美好。

只是当年的她睡觉的时候是不会在怀里抱着东西的，而且还抱得这么紧。

可见，如今的她极度缺乏安全感。

李长信抚摸着她的脸，低声说："繁枝，对不起。当年我得到消息就应该不顾一切回来的。"

当年的李长信到了美国后便更换了所有的联系方式。后来在街头偶遇一个朋友，才得知叶半农出事的消息。那时，他刚刚融入新工作。他是想过回来的，可是他以什么身份回来呢？是她主动要求结束的，那就表示她已经不需要他了。

结婚两年，日夜相对。她性子单纯倔强，外柔内刚。就算他根本不想主动了解，但七百多天的接触下来，也不可能不知道。她若是决定不需要了的话，那是真的不需要了。

那个时候的他，也对她种种幽微古怪的感觉还没有清晰明确的认知。

所以，他犹豫了。

加上想到违反工作合同的大额违约金，以及从周毅生那里得知的父亲去世真相，李长信最终还是留在了美国。

"繁枝，我要一切从头再来。"

李长信不知自己凝望了多久，用手机拍了数张照片，而后发到朋友圈，但设定为私密可见："我的繁枝，我的老婆。"

李长信设定为自己可见的微信朋友圈，上面有很奇怪的发言，最久远的一条是"克制自己第 1 天"，最近一条是"克制自己第 236 天"。

"叶繁枝，我再也不会克制着自己，再也不会克制自己不去接近你，去爱你。我要和你在一起。"李长信的手慢慢地摩挲着叶繁枝的眉眼，在她耳边低如蚊蝇般地呢喃。

手机"叮"的一声，收到了一条短信："李院，我是江一心。请问繁枝是不是跟你在一起？"

"是。"

"请你一定要好好照顾她。"

李长信回道："我会的。"

"这几年，她过得很辛苦，很不容易。"

"我知道。谢谢你，江护士。"江一心曾经在叶氏医院工作过。在信安整形美容医院第一次见到江一心的时候，李长信便一眼认出了她。后来，见她与叶繁枝走得近，李长信更是调出了员工档案，再次确认过。

那头顿了好半晌才回复过来："原来李院还记得我。"

"不错。我还记得我当年在叶半农的书房门口见过你。"

当年，李长信在叶家留宿的次数寥寥可数。那一晚是叶繁木生日，他陪叶半农喝了白酒，因为不胜酒力，喝醉了，便留了下来。后半夜的时候，他口渴醒来，便到二楼的起居室倒水，结果看到了江一心偷偷摸摸地从叶半农的书房出来，又慌慌张张地进了叶繁木的房间。

在医院，医生与护士很多都是成双成对的，李长信司空见惯，也不以为意，装作未见。

叶繁木会在生日当晚私下带她回叶家，看来两人之间的感情必定是进展到了一定阶段。一直以来，李长信素不关心叶家的任何事情，对叶繁木这个大哥更是避而远之，所以也没有想太多。后来叶半农因账本爆出贪腐一事，他才意识到了江一心可能有问题。能进入叶家的人本就不多，能进叶半农书房的人更是少之又少。

那边再没有任何信息传来。但李长信不依不饶地发问："所以……当年的账本是你给周毅生的？"

江一心如断了线的风筝，再没有发来任何消息。

第二天的清晨，叶繁枝亦是在浓郁的食物香气中醒来的。

早餐是李长信亲自做的小馄饨。薄如蝉翼的小馄饨一个个漂浮在清汤之上，小葱青翠，虾肉鲜香，看着就让人食指大动。

从昨天到现在，每一顿饭都是李长信亲自下厨做给她吃的。清淡又有营养。

很奇怪，医院那么多的事情，他每天有那么多的预约客户，还有徐碧婷这个女朋友，竟然能如此悠闲地陪她在家看电影，给她做美食，陪她白白浪费时间……

"奶奶这几年来一直念叨你，长乐也是。"

叶繁枝低着头默默地吃着，对他的话恍若未闻。

偶有空闲或者夜深人静的时候，她也会不受控地回忆起从前，想起奶奶和长乐。可是这样的事情，她永远不会告诉他，也不会告诉任何人。就如同她会想起他，会想起与他一起度过的两年一样。那是她一个人的秘密，比伤口还隐秘。

叶繁枝确实是想见李奶奶和长乐的。可是以什么身份见呢？见了面除了问好外，又能说些什么呢？所以，她能做的不过是无言以对而已。

回到洛海，李长信就没收了她的手机，不肯还她："等你病好了，我再给你手机。这几天你给我好好休息。"

她说要跟大哥报平安。李长信说："你放心。我已经告诉江小姐你在我这里了。她现在在照顾大哥，如果大哥问起，江小姐不会让他担心的。"

大哥？他现在居然叫得这么顺口。记得从前，他每次去她家，见她的家人，都是不情愿的。对此，他甚至毫不遮掩。

叶繁枝在李长信这里待了几天。她每天都是悄无声息的。无声无息地休息，无声无息地吃饭，无声无息地躲在李长信的书房看书，偶尔也会无声无息地站在落地玻璃窗前，看满天云来云去，倏忽如电。

李长信从不会来干扰她。仿佛她能留下来，无论在屋子里的哪个角落，对他来说已经是一件极奢侈的事了。

叶繁枝怔怔地站在落地窗前，身后传来了李长信的声音："在发什么呆？"

叶繁枝骤然转头。

"怎么了？被我吓到了吗？"李长信神色温柔地对她说，"我要下去拿个快件，顺便去对面的超市采购一点食材。你有什么特别想要吃的吗？"

虽然已经过了好几天了，叶繁枝依然不习惯这样的李长信。

而李长信却好像很习惯这样沉默不语的她，自顾自地说："没有吗？那我就随便买了。厨房炖着虫草鸭，我开了小火，你记得看一下。"

大门才刚关上，屋里便响起了一阵手机铃声。叶繁枝找了一圈，终于在厨房看到了李长信的电话。他忘记带走了。

她看着电话声停止，然后又响了起来。对方连续拨打了三个电话过来。会不会有急事？想了想，叶繁枝接通了电话："不好意思，李长信医生……"

"叶繁枝！怎么是你接的电话？长信呢？"也不知道是怎么回事，徐碧婷的声音听起来急促又紧张。

"他出去了……"

徐碧婷是聪明人，立刻反应了过来："你在他家？！"

"我……"

"叶繁枝，你真的把我的话当成耳旁风吗？我限你马上离开长信家里，否则就不要怪我不客气。"

叶繁枝这几天每天都有想着离开的，可是她又舍不得，舍不得李长信对她的那些好，舍不得李长信对她的温柔。那是以前他从未给过她的，也是从前的她盼望已久的东西。

如同浓雾退去，早先被萦绕掩盖的一切终于露出了真实的面目。

徐碧婷的这个电话打破了叶繁枝的贪念。

这几天不过是她偷来的。她是个小偷。如今被主人捉住了。

叶繁枝在书房的抽屉里找到了自己的手机。

她没料到的是一开机便有人打电话进来："繁枝，是我。你总算是开机了。可否请你帮我一个忙？有点急。所以没有提前跟你联系。"

李长信家的斜对面有个大超市，里面的水果蔬菜都特别新鲜，品质也好。但就算如此，他还是精挑细选了好久，直到选到自己最满意的食材为止。在路过水果区的时候，他挑选了几种记忆中她曾多次购买的水果，又购买了几个澳橙，准备给叶繁枝榨汁补充维生素 C。

李长信兴冲冲地回家，兴冲冲地打开家门："我回来了。"

阳光透过落地的玻璃墙倾洒在地板上，铮亮光洁。

然而，屋内空无一人。

灶上的火已经关了。叶繁枝早已经离去。

叶繁枝一下车，在医院门口等候她的简余彦便迎了上来："麻烦你了，繁枝。奶奶一直提起你，所以不得已要麻烦你一趟。"

"奶奶她怎么样了？身体没事吧？"在这种时候，作为简余彦的女朋友是必须要出现的。叶繁枝是理解的。

"在洗手间突然滑倒，小腿骨骨折，幸好没有移位，所以打了个石膏，要固定三个月，每个月要复查 X 光片……"

"这几个月奶奶要受苦了。"

简老夫人正在读佛经，见到叶繁枝进来，便庄重地合上了佛经。叶繁枝上前问候。简老夫人笑眯眯地握住了她的手："繁枝，谢谢你来看我。"

"老了，腿脚不中用了。也不知怎么，好好的就滑倒了。"

"看护给老夫人倒水，我正好有事下了趟楼。她也不唤人，自己一个人去了洗手间，结果就……"白奶奶念叨完后又连声祷告，"菩萨保佑，还好没撞到头。真是不幸中的万幸。"

"反正也一直坐轮椅。这不，打了石膏也一样坐轮椅。"

简余彦眼眶微红，难过不已。简老夫人轻声细语地安慰他："奶奶老了，腿脚不中用了。人这一辈子啊，生老病死，谁也逃不过的。"

两人在医院待了两个小时，简老夫人明显疲累了，叶繁枝便开口告辞。她婉拒了简余彦吃饭的提议，只说很累，想要回家休息。

简余彦于是体贴地送叶繁枝回家，问出了这几天来一直牵挂于心的问题："你身体都好了吗？"

"谢谢简医生。都好了。"

"是因为生病，所以这几天一直关机吗？"

叶繁枝怔了怔，而后努力维持着微笑，点了点头。

车子来到了叶繁枝家楼下，简余彦看到了一辆熟悉的车子，他愣了愣，不由得视线下移，确认了一下车牌。

李长信显然也看到了他们，推开车门下车。

简余彦打了一声招呼："李院，想不到在这里都能与你遇到。"

但李长信并不看他，他的目光直勾勾地落在叶繁枝身上，嘴巴线条紧绷，两侧咬肌清晰可见。

这样愤怒古怪的李长信是简余彦从未见过的。

李长信盯了叶繁枝片刻，终于开了口："你从我家里离开就是去见他？"

这句话里面的信息量巨大。简余彦倏然抬眼扫向了叶繁枝，李长信怒不可遏，而叶繁枝则是别开头，一言不发。

四周气氛诡异至极。

"好，很好。"说完，李长信便冷漠地转身上车，扬长而去。

叶繁枝一直沉默地站在原地，静静地望着李长信发动车子离开。

简余彦忍不住还是问出了口："李院他和你……你这几天都住在他家？"

叶繁枝垂着眼帘，没有回答。数秒后，她向简余彦道谢："简医生，谢谢你送我回家。我很累了，先回家休息了。"

她的神情疲惫至极。简余彦只好说："你好好休息。我这几天申请年假陪奶奶，你有事就随时联系我。"

叶繁枝点了点头，缓缓地转身进了楼。

叶繁枝实在是需要一个人倾诉，便拨了蘅慧的电话，聊起了徐碧婷一事。

蘅慧问她："你有什么把柄被徐碧婷拿捏着吗？"

叶繁枝想了许久，摇头说："没有，我与她没有任何私人来往。工作方面的事情我都是严格按照医院的规章制度来操作的。"上次的大出血事件后，她每次与客户沟通好后，都用截图的方式保存下来，以防万一。

"那就行了，你并不需要怕她。为什么做得好好的要辞职。再说了，一时半会儿去哪里找这样的工作。"

"蘅慧……我真的想离职。"叶繁枝坦承不讳。

"因为李长信吗？"

叶繁枝沉默了数秒，慢慢地说："蘅慧，我不应该再对他有感觉的。我一再告诉过自己，可是我还是控制不住……我真的好没用……"

她把上次醉酒、这次度假村和住在李长信家里的事情一一告诉了蘅慧。

"我每次只要看到他，都会觉得又好受又难受。"这两种感觉不停地交替冲击，上班的每一天对她来说都是一种煎熬。她根本无法想象自己要怎么面对和徐碧婷结婚后的李长信，光想想都觉得受不了。叶繁枝觉得自己再无法这样下去了，不如趁早离去。

蘅慧惊住了：原来繁枝竟一直深爱着李长信。

一时之间，蘅慧不知自己可以说些什么。

"所以……蘅慧，我真的要辞职了。"

/第 12 章/　漫长又值得

　　说是休假，简余彦的脑中却一直盘旋着李院和叶繁枝的事，根本无法好好休息。

　　这天下午，陈越打来了连环电话："简医生，医院出事了，有警察来医院带走了李院和叶繁枝。"

　　他才休假了两天而已，怎么会发生这种事情。简余彦猝不及防之下，惊呼出声："什么？！这到底怎么回事？"

　　"具体我也不知道。好像是说有个整形的客户死了，警察现在将他们带走，协助调查……副院又带队去团建，现在医院一团乱……简医生，你来医院看看吧。医院现在需要一个人来主持大局……"

　　简余彦挂了电话后，二话不说，拿起车钥匙便往外冲。

　　医院群龙无首，已乱成了一锅粥。简余彦一把抓住了丁翔："到底怎么回事？"

　　"有个在我们医院咨询过隆胸的客户死在了手术台上。手术地点是在一所普通民房。卫健委的相关领导和工作人员已经赶往现场……据说……"丁翔吞吞吐吐，不肯再说了。

"据说什么？快说。"

"医院里的人都在传，说是叶繁枝私下把人介绍过去的。"

"绝对不可能。她绝对不会做这种事情。"

"警察应该是已经掌握了一些证据，才会把她带走的……"

"她绝对不会做这种事情的。"简余彦对叶繁枝深信不疑！

"很多整形美容医院的医生和美容咨询师私底下都做这种拉皮条的事情，提成特别高。一个月介绍两个就超过上班收入了……"

简余彦厉声打断了他的话："就算所有人都会，叶繁枝她也不会这么做！"

简余彦的表情从未有过的锐利严肃，丁翔没有再继续说下去。

简余彦终于是拉下了脸，打电话找了父亲简贤同，并通过父亲联系了洛海城的一位名律师，约好了在公安局见。

那律师姓荣，见了面，听了简余彦一报叶繁枝和李长信的名字，便怔了怔："叶繁枝？"

李长信倒是只做了笔录便出来了，见到简余彦急匆匆地开口便问："叶繁枝呢？"

"她还在里面协助调查，荣律师已经去询问情况了。"简余彦又向李长信问起了具体情况，"这到底是怎么回事？"

"死者是一个大二的女学生，是个兼职模特，平时有接不少平面和淘宝的活。由于她收入不错，所以隆胸这件事是在父母不知情的情况下进行的。大概是为了平时工作方便，死者从大一开始就住在校外，独来独往，加上个性冷傲，与学校的同学联系不多。只有一个关系稍好的女同学知道她隆胸的事情。手术当天，死者也是一个人前往手术地点的，并没有任何人陪同。之后，她的女同学就再也联系不到她，去了她的出租屋也找不到人，最后才选择报警的。"

"这么说来死者确实来我们医院进行过美容咨询吗？"

李长信点头："不错，确实在我们医院咨询过。不过警方现在已经掌握了不少证据，能证明这件事情与我们医院无关。"

"死者来我们医院咨询时接待的人是叶繁枝吗？"

"警方确实有证据证明当时接待的这个人是叶繁枝。报警的那个女同学也说看到过死者在微信里与叶繁枝联系。因为叶繁枝的名字很特别，所以她一下子就记住了。"

简余彦说："绝对不可能，繁枝她不会这么做的。"

李长信坚定地说："我也相信她。"

"卫健委这边怎么说？"

"尸检报告未出，但此事已经超过了卫健委的能力范围了，警方已经介入调查，他们暂时也无法做任何处理。现在警方正调查租民房的人，以及做手术的医生等人。现在也只有等警方的调查结果。"李长信顿了顿，说，"应该是手术中麻醉出了问题。"

"为什么不抢救，不报警？！事实上有的时候，去正规医院进行抢救还是来得及的。"简余彦狠狠地说。

公安局位于长街一角，对面是清一色的店铺。简余彦去对面的咖啡店买了两杯咖啡。两人无味地喝着咖啡，在大厅又等了良久，直等到天色渐暗，才见有警官和律师陪同着叶繁枝出来。

警官客气地说："谢谢你配合我们的调查。如有需要，我们会再请你过来的。"

叶繁枝神色疲倦地应了声"好"。

"繁枝。"

叶繁枝闻声转头，看到了快步而来的简余彦和他身后的李长信。

"你没事吧？"两人同时出声。简余彦的关切溢于言表，而李长信则只是默默地站立一旁，只用一双深不见底的黑眸牢牢地锁着她。

叶繁枝摇了摇头："没事，只是问了我一些问题。可是我什么都不知道。”

叶繁枝身边的律师却是李长信认识的。正是叶繁枝花店老板吴家希的男友——荣励华。

荣励华伸手与他相握：“李院长。”

“荣律师，今天麻烦你了。”

简余彦很是讶异：“你们认识？”

荣励华言简意赅地说：“我与李院长曾有过数面之缘。”

简余彦对叶繁枝说：“放心吧，现在的警察工作能力强，效率特别高，很快便会把事情调查清楚的。你在里头待了这么久，饿了吗？我们先去吃个饭吧？”

“我很累，我想回家了。”

李长信此时才开了口：“那走吧，我送你回家。”

简余彦说：“李院今天也辛苦了一天。就不麻烦李院了，我送繁枝回去就行。”

李长信目光深邃地迎视着简余彦，缓缓地说：“我一点也不觉得麻烦。”

到了这个地步，就算是简余彦再傻，也能清楚感觉到李长信散发出来的明显敌意了。很显然，一直以来他感受到的那些隐隐约约的敌意都是真的，并不是他的错觉。

最后，是荣励华打破了两人的对峙：“还是我来送繁枝回家吧。”

两人异口同声说：“不用，坐我的车就行。”

“那就谢谢荣哥了。”

荣励华对简余彦说：“简先生，接下来若是需要我出面，随时给我电话。我先告辞了。”而后又与李长信握了个手，“李院长，下次再见。”

车子行驶了几百米，荣励华宽慰叶繁枝说：“你放心，你把你所知道的情况据实告诉了警方，警方会根据你提供的线索进行调查……"

叶繁枝的手机响了起来，是李长信。叶繁枝望着手机屏幕上闪烁的名字，按掉了电话。

一秒后，电话又响了起来。这一次是简余彦，叶繁枝挂掉电话，并且关机。

叶繁枝不肯接他电话。李长信只好发信息给江一心告知叶繁枝正在回去的路上了，让她帮忙好好照顾一下她。

江一心焦灼不安地在家等待了一天，她为了怕叶繁木看出异样，便开始打扫整理房间来使自己忙碌起来。现在收到李长信的信息，整个人便稍稍放松了些许。果然不久后，便听到门口处有动静，她急急忙忙地打开了门，果然是繁枝。

叶繁木不知内情，正在阳台上举哑铃，见繁枝回来，诧异地问道："怎么这个时间点回来？"

叶繁枝说："我有点不舒服。所以就跟家希请了个假。"

叶繁木一听，便放下了哑铃，关心地问："哪里不舒服？"

叶繁枝被问住了，支支吾吾地说："没事，我就是觉得累，想回家早点休息。"

江一心忙帮着掩饰："女孩子每个月总有那么几天会很不舒服的……"

"哦。"叶繁木明白了过来，"那你快去睡一会儿。"

叶繁木心疼妹子，把她赶回了房间休息。江一心给繁枝倒了杯热水，借着送水的机会进了房间，问起了整件事情："那死者真的是你接待过的客户吗？"

"是，她来医院咨询过，当时是我接待的。她很感兴趣，说回去考虑一下，然后再决定。但后来，她就再也没有联系过我。"说到这里，叶繁枝惋惜地说，"她是一个很漂亮很有气质的女生，不是时下流行的那种锥子脸，但眉眼很有自己独特的神韵，所以我印象很深。"

"那她怎么会去那种民房做手术呢？消毒设施都不一定过关，怎么就没有一点安全意识。任何整形美容手术都一定要在正规的医院由专业的医生做。"

江一心亦说起了咨询前台的事情："对了，庄依林和李琪今天又没来上班。今天我们咨询前台的美容咨询师是一个人顶三个人用。听陈主任说，她们两个人的手机一直都打不通……对了，听说徐医生从团建回来就没来上过一天班……"

李长信很是锲而不舍，拨了一个又一个电话，但是叶繁枝的手机都是关机状态。他只好发短信给她。

他又拨出了一个电话："简医生，如果你现在有时间的话，我们找个地方喝一杯吧。"

这是李长信有事要谈的意思。简余彦简短地回复了他一个"好"字。

简余彦按照约好的时间在酒吧等李长信。曾经有一段时间，他习惯下班后流连于酒吧。今日一推开门，素来熟悉的环境竟令他觉得有种奇怪的陌生感。

他知道李长信找他是为了叶繁枝。李长信对叶繁枝表露了极强的占有欲。他的直觉告诉他：他们两人之间有可能并不仅仅是同事这么简单。

李长信从门口进来，目光游移，正四下寻找他。

李长信点了杯酒，开门见山地说："简医生在追叶繁枝吗？"

"李院觉得我一直以来表现得还不够明显吗？"简余彦笑着喝下了一口酒后，缓声说，"莫非李院想要跟我一争高下？"

李长信把杯子里的酒一口喝完："我是来劝你撤退的。"

"至少从目前看来你我两人胜负未分，我为何要轻易退出？这个世界上，要遇到一个自己喜欢的人是很难的。这么多年来，我只遇到了一个叶繁枝。"

"简医生，我今天来就是想要告诉你：叶繁枝是我的。"

"不知李院哪儿来的这种错觉？李院的女朋友不是我们医院的徐医生吗？"

"我和徐医生之间只是朋友和同事的关系。"

简余彦淡淡一笑："李院解释的对象弄错了吧？我相不相信并不重要。"

"我确实要跟繁枝好好解释一下。我和她之间浪费太多时间了。"

浪费太多时间。简余彦似乎抓住了一个重点，露出若有所思的表情："李院今天约我出来，想必是有很多话要跟我说个清楚。既然这样，不如大家就开门见山，直接说吧。"

"想来简医生还不知道我与叶繁枝之间的关系吧？"

"那你们到底什么关系？"

"你问的是从前还是现在？"李长信好整以暇地反问他。

简余彦被他问住了，不由愣了愣。

此时，李长信搁在桌子上的手机骤然跳出了"许诺"的来电显示。李长信拿起手机接电话，对方也不知道在电话那头说了什么，他面色立变，腾地起身，对简余彦说："不好意思，我有点急事要走了。下次再聊。"

几分钟后，简余彦的手机也响了起来。

简余彦一坐进车子，便第一时间滑开了手机，翻来覆去地看丁翔刚刚传过来的视频，一时觉得自己五脏俱焚，都快要疯了。

叶繁枝和某个男子在房间里待了一整晚的视频已经在医院私下被传开了，现如今医院里的好多人都看到了这只有短短两分钟的视频。

视频里的地点一看便知是团建的木屋，女主角是叶繁枝，男主的脸部被刻意地打上了马赛克，加上光线较暗的原因，从目前的视频来看，只能从短头发这一点瞧出不是简余彦。但按时间点来算，怎么也应该是医院里的某个男同事。

背着"男友"简医生和另外的男同事偷情，这简直是无耻下贱，十恶不赦！所以整个医院都沸腾了，各种针对叶繁枝的流言蜚语四起。

但简余彦一眼便认出了，这个人是李长信。怪不得刚才李长信会说"想来简医生还不知道我与叶繁枝之间的关系吧"这种话。

叶繁枝很是疲累，明明是想睡的，但在床上翻来覆去了许久，却怎么也无法入睡。她索性就把手机开机了。

一开机，突然跳出了李长信发来的信息："繁枝，别怕。无论发生什么，都有我在。你要好好吃饭、好好休息。"

叶繁枝怔怔地瞧着这几个字，鼻子一点点地泛酸了起来。

"繁枝，你别怕，一切都还有爸爸在呢。爸爸会保护你和你大哥的。"当年叶家出事之前，父亲把她叫回家谈话，临走之时，就曾经对她说了类似的话。

那夜凌晨，天色将明未明之际，她接到了"父亲猝死"的电话通知。那头冷冰冰的每个字仿佛都幻化成了一把又一把的锋利长剑，划破她的整个世界，也生生地穿透了她的整颗心。

言犹在耳，可父亲却不在了。那个说保护她的父亲永远不在了。

爸爸，你不在了，我怕，我好害怕。

哪怕过了这么久，我依然还是害怕。

此时此刻，李长信对她说了几乎一模一样的话。可是，她能相信他吗？

从前的李长信对她弃如敝屣，从来没有什么好脸色。如今也是，依然忽冷忽热，古里古怪。

她实在是弄不懂他的。

比如这两天上班，他明明对她视而不见。可是，警察在医院把两人带走调查，一坐上车，他却又伸手过来，牢牢地握住了她的手，强行与她十指相扣，直到下车才肯松开。

临下车时，他一把揽住了她的肩："放心，没事的。"

这般温柔款款，小心呵护，仿佛她是他的爱人一般。

与此同时，江一心接到了章漳的电话："一心姐，一心姐，又出大事了。"

"什么事？你别急。慢慢说。"

"是关于繁枝姐的。我发你，你自己看了就知道。"

数秒后，江一心惊住了。

叶繁枝从一心手里看到视频的时候，只觉脑中"嗡"的一声，一时便蒙了。

怎么会有这样的视频？谁拍的？下一秒，她便想到了李琪、庄依林、徐碧婷等人。

当时李琪给她拿来的饮料肯定有问题，所以后来她才会出现那般异样……

叶繁枝可以肯定的是，这视频是徐碧婷放出来的。

她本就打算好了要辞职，如今这件事一爆出，倒是直接促使她下了决定。

她打电话向陈越提出了辞职。陈越说自己做不了主，表示要请示上头。

才挂断电话，简余彦的电话便进来了："繁枝，明天一早我来接你。听说有一家网红三明治店特别棒，我们一起去打卡吧。"

简余彦半句不提视频之事，好像不知道这件事一样，但叶繁枝知道他为何要这么做。他在用自己的方式表达对她的支持。她真心实意地向他道谢："谢谢你，简医生。不过不用。你放心，我没事，我很好。"

简余彦自然是不信她所说的话。

就像李长信自然是不会批准她的辞职一样。

"不许辞职！你明天一早必须给我来上班。你要是敢不来，我就去你家里把你拖到医院。"

叶繁枝握着手机一直不说话。

不知过了多久，有人敲了敲她的房门。她不应答。那人锲而不舍地继续敲。

"是我。"

怎么会是李长信？！叶繁枝愣了愣后，慌慌张张地拉开了门。她环顾四周，发现大哥和一心都不在家里。她松了一口气，推着李长信说："你怎么在这里？你赶快走。"

"我陪你。"

"你走。我不要你陪。"

"你再不让我进去，你大哥随时会回来。你若是想让他知道如今我们的关系的话，我不介意站在这里跟你一直聊下去。"

叶繁枝咬着嘴唇，看着他，终于后退了一步。

事实上，李长信能进来，自然是得到了江一心的帮助。他打了江一心的电话，向她再三保证之后，江一心才答应了下来。她把叶繁木带去了对面自己的屋子，美其名曰：让繁枝好好休息。所以，叶繁木一时半会儿是绝对不会回来的。

但李长信太了解叶繁枝了，若不如此胁迫她，她定不会让他进去。

本就狭小的房间，李长信一进来便越发显得狭小了。

"你哭了。"

叶繁枝别过头，并不想让他看到自己狼狈无助的模样。

李长信的手伸了过来，触碰到了她的眼角。叶繁枝条件反射地往后一避，想要躲开。李长信只是温柔无声地擦去她眼角残留的泪痕，之后他双手捧起她的脸："不许辞职，听到没有。以后无论有什么事，我们都要一起面对。再不要像以前那样，总是一个人擅自做决定。"

叶繁枝怔住了，她觉得应该是自己幻听了。李长信怎么可能用这般温柔的口气对她说这些话呢？

"你是不是觉得当年叶家出事，我一定会离开你？！但你不是我，为什么要替我做决定呢？"

那不是显而易见的事实吗？！这样的话，他不就可以摆脱自己吗？可李长信为什么这般愤怒？！叶繁枝不懂。

"你以为自己是我肚子的虫吗？你以为自己什么都知道吗？"

李长信越说越咬牙切齿："要和我在一起的人是你，要跟我结婚的人是你，要跟我离婚的人也是你。一直以来，你把我当作什么了？！叶繁枝，你有考虑过我的感受吗？！你以为我是你的人形大玩偶，没有任何感觉的吗？"

叶繁枝愣愣怔怔地望着他，脑中浮起了一个难以置信的念头。她第一次鼓起了勇气，勇敢地问出了口："你为什么这么生气？那时候的你一直最想做的事情不就是摆脱我，跟我离婚吗！？"

"我哪里生气了？对！你说得太对了！……我一直就想摆脱你！你跟我离婚，我终于如愿了，我高兴还来不及，巴不得放鞭炮来庆祝……"李长信气急败坏，口不择言起来。

他看到了叶繁枝的眼眶一点点地红了起来，看着她咬着唇倔强地别过了脸。他止住了口，凝望着她，轻轻地说："可是我居然没有，我很愤怒很生气很暴躁很伤心很难过，恨不得跟所有的人都吵一架打一架……我觉得我自己就是一件玩具，被人玩旧了玩坏了就丢掉不要了……"

叶繁枝完全不敢相信自己听到的，她摇着头后退了一步。她退一步，李长信就进一步。房间狭小，数步之后，叶繁枝的背便靠在墙壁上，被李长信圈在了方寸之间。

他温柔地吻住了她，令叶繁枝有种李长信"真的很爱她"的错觉。

最后，李长信放开了她，双手捧着她的脸说："叶繁枝，我当年不知不觉地爱上了你。"只是当时他自己也不明白，加上年少气盛，一直憋着被逼成婚的那口窝囊气，所以一直不愿意承认这个事实。

叶繁枝似乎一下子无法接受，傻呆呆地愣了良久，才轻轻地问道："那如果当年我不替你做决定，你的决定是什么？"

李长信毫不犹豫地说："我会与你一起面对。"

"那徐医生呢？"

"我们之间的事情跟她有什么关系？"

"她一直以来不都是你女朋友吗？你当年不是恨我拆散了你们吗？"

"那都已经是八百年前的事情了。我跟她在美国求学期间确实是谈过恋爱，但我在回国之前已经和她分手了。我当初跟你那么说，只是不想被你们叶家威胁着结婚。这世上哪个男人愿意被逼着结婚！可那只是我们刚刚开始的时候，后来……总而言之，学成归国后，我和她之间便只是朋友关系，从未再进一步。"如今细细回想，他当初对叶繁枝并不是毫无感觉的，但只是对被她胁迫着结婚这件事耿耿于怀，以至于后来一直被这种情绪所左右而忽略了被掩盖的真实。

过了不知道多久，叶繁枝出声说："你不是都跟她求婚了吗？"

李长信一副莫名其妙的表情："谁求婚了？我跟徐碧婷吗？我怎么会跟她求婚？我和她现在只是朋友和同事的关系。再说要求婚早求了，怎么会等到现在？！"

"她说……"叶繁枝反应了过来，她又被徐碧婷设计了。

"她说了什么？"

"她说你跟她求婚了，说你们准备结婚。她让我离开医院，否则……"叶繁枝第一次在李长信面前坦诚地说出了一切。

李长信面色突变："视频背后的人是她？"

"那爸爸出事的账本呢？是你交给周家的吗？"叶繁枝问出了心底最在意最害怕的事情。

李长信摇头："不是我。"

在信安整形美容医院里，咨询前台的章漳慢慢地啃着面包。这是她昨晚做的，松软可口，但此刻吃在嘴里，却味同嚼蜡。

华诗妍不怀好意地凑过来："章漳，面包好吃吗？"

章漳瞪着小兔般圆溜溜的眼睛戒备地看着她，而后"噔噔噔"地后退了数步。华诗妍畅快地大笑："好吃你就多吃点，你的靠山倒了，以后有的是你啃干面包的日子。"

章漳默默地用嫌弃的眼神瞪着她。忽然，只见华诗妍露出了一个极为吃惊的表情，随即又转为厌恶："她居然还有脸来上班，真是佩服。这脸皮莫非比树皮还厚？"

章漳顺着她的目光望去，一眼便看到了相伴而来的叶繁枝、江一心和简余彦。章漳放下手里的面包片，喜滋滋地跑上前去："繁枝姐，一心姐，你们吃早餐了吗？我昨晚做了蜂蜜面包，可好吃了……"

咨询台的其他人嫌恶地附和华诗妍说："终于明白了什么是水至清则无鱼，人至贱则无敌！"

"依林姐和李琪姐这几天怎么就不在呢……"

李长信在天色微亮的清晨，再一次被叶繁枝"扫地出门"了。

"今天一定去医院，听到了吗？"一副她不答应他就不离开的架势，叶繁枝不得不点头。

"我去找徐碧婷谈一下。"

昨晚，两人都没睡。李长信一直抱着她不肯放。

"在那两年里我就是这样一点一点地喜欢上你了。但你让我爱上了你，你却不再爱我了。我不准你这样子。我不准你不爱我！"

他一再问她和简余彦之间的事情，叶繁枝实在受不了他的连环追问，终于是如实相告了。

"以后不许再扮他女朋友，更不许与他牵手，更别说拥抱了。上次我看到他牵着你、搂着你，你知道我想什么吗？"

"想什么？"

李长信再也不掩饰自己的醋意："想把他的手剁成肉酱。"

……

"从今天开始，你要牵手只能牵我的手，要抱只能抱我！别的人谁也不许！"

叶繁枝也是第一次知道原来李长信冷静理智的另外一面是如此霸道无理。

江一心一早做了她最爱的早餐。叶繁枝并没有什么食欲，但是为了不辜负一心的一番好意，拼命地往嘴里塞。两人用完早餐，装作什么都没发生一样与大哥叶繁木道别出门。

"繁枝。"有人唤住了她。叶繁枝转过头，看见了推开车门下车的简余彦。

简余彦扬了扬手里的纸袋子："我买了昨天电话里说的网红三明治，还有咖啡。快上车，我送你们去医院。"

简余彦很想问叶繁枝视频里头的那个人是不是李长信。事实上，简余彦有很多问题想问，但很多话他都无法问出口。但他知道，有些事情若是说破了，便到了无可挽回的地步了，还不如不问。

一整个清晨，所有经过大厅打卡上班的医院员工都忍不住向咨询台的叶繁枝投去了或好奇或八卦或讶异或厌恶的目光。

李长信的进展并不顺利，他并没有找到徐碧婷。徐碧婷的家里没人，手机亦关机。

整个上午，咨询台非常"平静"。大约是庄依林和李琪两个领头人不在，其余人哪怕再针对再鄙视叶繁枝，也没有人跳出来挑衅。

午餐时分，叶繁枝、江一心、章漳三人一进入餐厅，原本喧闹嘈杂的偌大空间骤然安静了下来。江一心只做不知，拉着叶繁枝如常地排队取菜入座。

简余彦说："繁枝，今天食堂的蟹不错，个大饱满……"

"她吃螃蟹会过敏，会起疹子，然后会发痒。她忍不住就会把皮肤抓破，弄得全身都是小红斑……"李长信不知何时端着食物来到了他们桌边。

他这番话让叶繁枝瞬间脸红耳烫。

附近餐桌的同事将这番话听得一字不漏，顿时面面相觑。

餐桌四周的气氛亦古怪到了极点。

李长信把吸管插进了酸奶里，递到了叶繁枝面前。

众人渐转为震惊不解，一时不明白剧情的起承转合。

"李太太，你有告诉大家，你是有老公的人吗？"

叶繁枝瞠目结舌地望着李长信，这就是他所说的解决之道吗？！

"跟老公在一个房间待一晚有什么好害羞的。这只能说明我们夫妻感情好而已。"

此话犹如深水炸弹，在医院食堂轰然炸开。

叶繁枝竟然是李长信的妻子！

一整个晚上加一个上午的猜测终于揭晓了谜底。整个餐厅陷入了鸦雀无声，众人的脸上都带着不敢置信的表情。

李长信拉起了叶繁枝，落落大方地给大家介绍说："各位同事，大家都来重新认识一下，这位是我太太——叶繁枝。至于你们看到的视频里的男主角，自然就是我本人。身材不好，加上半夜三更黑漆漆的，根本没有任何可看性。请大家多多见谅。"

众人的下巴都掉了一地，回过神后，又频频向简余彦投去了"无限同情"的目光。

至于简余彦，他则保持着惊讶的表情，再没有动过分毫。

叶繁枝实在受不了餐厅的怪异气氛，挣脱了李长信的手，落荒而逃了。

整个餐厅，只有江一心从从容容、平平静静地用餐，似对这一切早已经了如指掌了。

凌晨时分，李长信接到了江一心的电话："李院，繁枝是和你在一起吗？"

"没有。"他意识到了不对劲，脱口而出，"发生了什么？"

李长信黏着叶繁枝一起吃了晚饭，送她去花店。最后叶繁枝实在受不了他了，把他从店里赶出来，说他打扰她工作了，让他回家休息。

李长信深觉委屈。他不过是在一旁看着她而已。她整理订单的时候看她，她修剪花枝的时候看她，她包扎花束的时候看她……还抢着帮她浇水、搬花材……他哪里打扰到她了？

可如今把多年的心迹说清后，李长信已然成了妻奴。他小心翼翼诚惶诚恐，对叶繁枝的话莫敢不从。

他又磨蹭了片刻，照旧是被叶繁枝不留情面地"扫地出门"了。

江一心说："繁枝到现在还没有回家，手机也关机了。我联系不到她。"

"什么？！"此时已经是近子夜一点了。

"我和花店老板吴家希联系确认过了，繁枝早已经从花店离开了。但是，她似乎离得很匆忙，并没有像平时一样把第二天要跟花圃订购的清单发给家希……家希也觉得奇怪，繁枝从来没有这样过。她做事情从来都是有交代的。家希见她没有发清单过来，从十一点多就开始发信息问她，但繁枝一直没有任何回复……"

如此说来，十一点之后叶繁枝就发生了什么，令她无法回信息。

十一点到现在已经一个多小时了，一个小时中可以发生很多很多事。李长信脑补了无数的可能和场面，立时便出了一身冷汗。

李长信随即拨打了简余彦的电话，在得到简余彦并没有和叶繁枝在一起的确认回复后，他便意识到了一个事实：叶繁枝失踪了。

他立刻驱车来到了叶家。

叶繁木见他疯了似的冲进来，面色十分不虞。他怒道："李长信，你还有脸来？你这个没良心的东西。你早去哪里了？看我们叶家垮台了，就抛弃繁枝。你给我滚！枉费我爸对你这么好，尽心尽力地培养你……你这个白眼狼！滚出去……"

叶繁木劈头盖脸就是一通大骂。李长信自知心中有愧，便一声不吭地任他骂。

江一心拉了拉叶繁木的袖子，弱弱地劝道："别骂了，现在是找繁枝最紧要！"

李长信说："等找到了繁枝你再骂我，到时候怎么骂都行。"

叶繁木恶狠狠地瞪了他一眼，这才收了声。

所有人都到了花店，这是叶繁枝最后出现的地方。

简余彦见了与吴家希一起来的荣励华，这才露出恍然大悟的表情："怪不得荣律师早就认识繁枝了。"

他随即对众人坦承说："我在晚上九点左右的时候来过花店，我与繁枝说了几句话就离开了，离开的时间大概在九点十分到十五分之间。"

简余彦当时是特地过来找叶繁枝的："怪不得李院知道你会做凉菜，怪不得团建那几天我打不通你的电话，怪不得李院说你是他的，怪不得很长一段时间以来，我一直觉得李院对我有敌意。"

一整个下午，简余彦把所有的信息和疑惑之处都结合在一起细细地想了一遍，便知道李长信所说的话都是真的。但他没听到叶繁枝的回答，总是不甘心。

"繁枝，那个让你变得再没有任何期待的人，就是他吗？你是不是一直都爱着他？"

叶繁枝背对着他，不说话。

这样的沉默其实就是默认。简余彦是懂得的。

"繁枝，我跟你说过我喜欢那个和你在一起时的自己，所以我不会放弃的。你也可以试试和我在一起。或许你会发现，和我在一起更快乐呢？你不用急着拒绝，也不要现在回答我。你考虑一下，好吗？"简余彦害怕她当场说出拒绝的言语，说完这句话不等她回答便迅速离开了。

此时回想起来，简余彦自责不已："当时如果我待在花店，送她回家的话，就不会发生这样的事情了。"

"我们来的时候，和往常一样，灯关了，门也是锁上的。只有这个很奇怪……"大伙顺着荣励华的视线，看到了散落在地上的花，"这说明叶繁枝走得很匆忙，她连这些花都来不及收拾……"

"家希查过订单，这是明天一早要送出的生日花束……很可能就是繁枝在包扎的时候，发生了什么……但这里没有任何打斗挣扎的痕迹。如果有的话，木架子上的这些花不会这么整齐。那么说明当时有两种可能：一种是繁枝认识那个人，跟他走了；第二种是繁枝在被胁迫的情况下，被带走了。但如果是第一种情况的话，繁枝的手机不会处于关机状态。那么很明显属于第二种，繁枝是被胁迫带走的。换而言之，她被绑架了……"

众人都觉得荣励华沉着冷静的分析十分有道理。

"等一下，这是什么？"简余彦在工作台下看到了一样东西，捡了起来。

众人定睛一看，是一颗精致的纽扣。但李长信发现这并不是叶繁枝今天所穿的衣服上的。江一心也说："这个不是繁枝的。繁枝没有这么好的衣服。"

吴家希仔细看了看，说："这个纽扣我也没见过。我今天傍晚在繁枝来之前做过一番打扫清理的，当时把地上扫得干干净净，绝对不会有这么一颗纽扣。"

那么有可能是后面买花的顾客掉落的。也有一种可能性是带走叶繁枝的那个人身上的。

李长信心急如焚地拨出了一通电话："祝安平……"

"好。我马上吩咐下去。"

半个小时后，祝安平那边给了回应，说查到了一段街头的监控视频，带走叶繁枝的车子如今停在海边的某个仓库。

李长信一打开视频，便愣住了。视频里头除了叶繁枝，另一个戴着口罩和鸭舌帽的女子他亦熟悉不过。

赫然便是徐碧婷。

一群人报了警并匆匆赶去了仓库。然而，他们没有在仓库找到徐碧婷和叶繁枝。

大家折腾了一晚上，并没有找到叶繁枝。李长信急得团团转，但却无能为力。

　　祝安平为了此事连夜从三元赶到了洛海，他又拜托在洛海的朋友蒋正楠出面。可谓是倾全城之力寻找叶繁枝。

　　李长信打电话给所有能联系到的朋友，询问他们是否见过徐碧婷，是否知道徐碧婷在哪里，并去了所有徐碧婷可能出现的地方寻找，但都没有找到徐碧婷。

　　时间一分一秒地过去，很快便到了第二天的深夜时分。众人一天一夜守在花店，早已经疲惫不堪。

　　荣励华提议大家先回家睡一觉，明天一早来花店，再商量如何寻找。李长信邀请叶繁木和江一心去他家，叶繁木冷漠地拒绝了，让李长信有消息第一时间通知他。

　　李长信知道叶繁木的傲气性子，便也不多勉强，只好说："那我送你们回家。"

　　他见叶繁木要拒绝，便说："你们早点回家，早点休息。明天也可以早点来花店守候。我知道你讨厌我。但是我们此刻的心情是一样的，都是想尽快找到繁枝。对不对？"

　　叶繁木这回没再拒绝，任李长信搀扶着自己上了后座。

　　下车时，李长信把江一心拉到一旁叮嘱说："你好好照顾大哥，繁枝最紧张她大哥了。"

　　江一心见他这一天一夜对繁枝失踪的事心急如焚，显然是真情流露，便关切地说："我会的。李院，你放心，繁枝吉人天相，一定会平平安安的。"

　　李长信知道江一心在安慰自己。繁枝失踪已经将近 24 小时。这 24 小时里，可能会发生任何事情。李长信每次想到这些，就会出一身冷汗。在这样惊慌不安的情绪下，江一心的话不过只是给彼此打气鼓励而已。

　　屋里子依然是昨夜匆忙赶去花店的模样，小餐桌上还搁着昨晚留给叶繁枝的夜宵。江一心进了厨房准备给叶繁木倒水，她目光忽地凝住了，厨房的大理石台上搁着一个用过的水杯。

这个粉色的马克杯平日里就是繁枝专用的。她的是白色的，而叶繁木的是蓝色的。三人的颜色各不相同，所以彼此从不会用错。

江一心顿时惊喜万分，转身便急匆匆地出了厨房："繁枝，繁枝，你在家吗？"

叶繁木闻言，表情错愕地说："怎么回事？繁枝在家？"

只听见"啪嗒"一声，叶繁枝的房间门打开了。

下一秒，两人惊呆了。开门的人居然是徐碧婷。视线再往后移动，只见叶繁枝倒在床上，情况不明。

叶繁木勃然大怒："徐碧婷，你居然敢来我家？！"

江一心紧张地问："徐医生，你把繁枝怎么了？"

徐碧婷拿着一把明晃晃的手术刀，搁在叶繁枝的脖子上，微笑着说："叶医生，你觉得到了现在这个地步还有什么我不敢的吗？你也不看看谁在我手里。做医生这么多年，莫非叶医生质疑我连颈部大动脉的位置都不知道吗？"

江一心小心翼翼地说："徐医生，现在所有人都在找你，警察也在到处抓你。你逃不掉的，快去自首吧。"

"我为什么要去自首？我明明什么都没做错。可那个人全麻后一上手术台就呼吸心搏骤停，所有能做的急救措施我都做了，可她还是没有呼吸，血氧血压测不出来……"

叶繁木冷声说："你根本就不应该私自做手术，遇到这种情况为什么不打 120，为什么不第一时间送到正规医院急救？你这是在草菅人命！"

"现在哪个整容医生不私下给人做手术？大家都这么做，凭什么他们能做，我就不能做？"

“做医生要有最基本的道德和良知。你不顾客户死活，一心想着赚钱，你不配做医生！”

“良知？叶医生你有良知又如何，现在还不是个瘸子？！”

“你！”

江一心的手放在兜里，一直试图拨手机。徐碧婷立刻察觉到了她的意图，喝道：“把你们的手机扔过来！快！别让我说第二遍。”

两人把手机放在地上，江一心把手机踢了过去。

徐碧婷扔给了叶繁木一个针管：“自己扎一针。”

“这是什么？”

“镇静剂！”

到了此时，两人终于明白徐碧婷是如何在花店带走叶繁枝的了。她在繁枝没有防备的情况下给繁枝用了镇静剂，所以花店里才没有任何打斗挣扎的痕迹。

徐碧婷把手术刀搁在了叶繁枝的脖子上，做了一个“轻轻一割”的动作：“叶大医生，这刀的锋利程度你应该不陌生的吧？你不是最疼这个妹子的吗？你到底是扎还是不扎？”

“不要。不能扎！”江一心焦急万分，对着叶繁木拼命摇头。

叶繁木转过头，目光中闪过了一抹温柔。他看了她数秒，然后毫不犹豫地把针头扎进了自己的手臂。

“不！”江一心落下泪来。

“哭什么哭？你放心。只要你好好听我的话，一时半会儿的，我不会让他们死的。赶紧去给我做饭，我饿了。”

没有人会料到徐碧婷就躲在叶家。江一心受到了徐碧婷胁迫，不得不听命行事。李长信但凡有电话过来，她都是按徐碧婷的指示接听电话，并按指示旁敲侧击地打听事情的进展、警方掌握的情况等。通话途中，徐碧婷手里的刀不是架在叶繁木脖子上，便是架在叶繁枝脖子上。江一心根本不敢有半分妄动。

当然徐碧婷偶尔也有不顺利的时候。比如她趁叶繁木昏迷，想打他泄愤，以报当年之仇。谁知，她才抬手打了叶繁木两巴掌，江一心疯了似的不顾一切地扑了过来："不许你打他。"

徐碧婷没料到看似娇小玲珑的江一心竟有这么大的胆量和力气，要不是她有利刃在手，最后把刀架在了叶繁木的大腿动脉处，她还不一定制服得了她。

"不许你打他，不许你羞辱他。你若是再敢动手，我就不会再听你一句话。你不信的话，可以试试看。"

江一心比她想象的更倔强。也因此，徐碧婷发现了一个秘密，大笑不已："原来你喜欢叶繁木这个瘫子，怪不得舍不得我打他！"

这件事情后，徐碧婷倒是打消了羞辱叶繁木、叶繁枝的念头。所谓小不忍则乱大谋。为今之计，要找到路子离开是最紧要的。

第二天，李长信在花店又与一心通了电话。才挂了电话，便见荣励华皱眉说："我觉得有一件事情很奇怪。"

李长信说："什么事很奇怪？荣律师，请直说。"

"江小姐说叶繁木生病了……叶繁枝已经失踪这么长时间了，叶繁木却在这个时候突然生病，我觉得这其中有蹊跷……我听家希说，叶繁枝这几年来一直与叶繁木相依为命，兄妹两人的感情极好。现在妹妹失踪，哥哥就算生病了也会来找妹妹的。"

李长信如醍醐灌顶："你是说？"

"我们马上去叶家。"

此时的叶家，徐碧婷接到了一个电话，电话那头的人告诉她，她要他办的事情已经办妥了，但是要加钱。

徐碧婷气急败坏地说："加钱？价格我们不是早就说好了的吗？

而且我已经付了一半的钱给你了。"

"徐小姐，你到底捅了什么大娄子？为什么现在整个洛海城的警察都在找你？警方悬赏二十万寻找你的线索。这件事情，我担了那么大的风险，让你加五十万的跑路费不过分吧？"

徐碧婷一听整个洛海城的警察都在找她，一时之间蒙了。为今之计，走为上策。她着急地说："行，就按你说的办，五十万就五十万。"

那头见她答应了，便爽快地报了一个地址给她："你现在到这里等我，今晚午夜就出发。保证你明天这个时候已经在公海了。"

徐碧婷找了一根绳子，扔在了江一心面前："给我把叶繁木绑在床头。"

江一心说："你想干什么？"

徐碧婷不客气地甩了她一个巴掌："废话这么多！赶快去给我绑！"

江一心被她逼着把叶繁木绑在了床头。末了，竟还要求一心用胶带把叶繁木的嘴巴封住了。

"你封他嘴巴干吗？"

"你封不封？"徐碧婷拿起刀在叶繁木的脸上一划，顿时一道鲜血顺着他的脸颊流到了脖子。

江一心立时心疼地红了眼，急得满屋子找胶带："我封，我封，我立刻封。"

"给我动作快点。否则我给他左边脸也划上一刀。两边对称，看起来也好看。"

江一心手忙脚乱地撕开透明胶带贴在叶繁木嘴上，又用手一点点地擦去叶繁木脸上的鲜血。她准备去拿医药箱。

"别磨磨蹭蹭的，给我把叶繁枝扶起来弄到车子里去。"徐碧婷命令江一心将昏迷中的叶繁枝扶上了车。

"你要带繁枝到哪里去？"

"废话那么多！给我动作快点！要不要我在叶繁木脸上再划一刀？"

江一心见她发了狠，不得不听命行事。她与徐碧婷一起把叶繁枝扶进了车子，安顿好。这一过程中，徐碧婷手里的刀藏在风衣的袖子里，刀锋却不离叶繁枝的脖子半分。

徐碧婷喝道："你一起给我上车。"

江一心愣住了："那叶医生呢？"

"他就留在家里吧。"

"你把他绑起来了呀，他就算醒过来也出不去……而且连嘴巴都被封住了。"江一心不肯上车。

"我数三二一，你要是不上来，我就在你叶医生的脖子上轻轻地划一刀，让他慢慢地流血……血什么时候流完就什么时候死！"

"你！"江一心欲扑上去跟她拼命了。

"给我上车。你再磨蹭下去，我就真的不客气了！"

江一心被迫上了车。

她不知徐碧婷开去哪里，但从车窗外越来越荒凉的风景可以知道是出了市区，到了海边一带。

叶繁枝在迷迷糊糊中渐渐清醒了过来，试图从绑着的绳索中挣扎。

"繁枝，繁枝……你醒了吗？"江一心压低了声音说。

"这是哪里？"

"是个海边废弃小屋。"

"你怎么在这里？"叶繁枝的记忆停留在了花店，她听见有"欢迎光临"的声音，便转头，但紧接着脖子一痛，有冰凉的液体被注射了进来，她在跌倒的时候看到了徐碧婷的脸，之后便意识全无了。

江一心简略地说了一下事情的经过。叶繁枝听完之后整个人惊住了。

顿了顿，江一心忽地开口说："繁枝，我有件事情一直想要跟你说声对不起……我怕……我现在不说就没有机会了……"

"什么事这么严重？你说。"

"其实在信安整形美容医院你认识我之前，我已经认识你很久了。"

叶繁枝诧异："你在哪里认识我的？"

"我当年从学校一毕业就进了叶氏医院，在叶繁木医生手下工作。"江一心的声音渐低，"可是后来我弟弟犯了事，被周院拿住了把柄，他以此威胁我，让我给他去偷你父亲书房里的账本……我……"

叶繁枝蓦地沉默了。

"真的对不起。可是我明明有修改过，也没有给他全部的……可最后还是害了院长……"江一心向叶繁枝坦承了当年的事。

叶繁枝一直不说话。

"繁枝，对不起。都是我的错，是我害了你们叶家，是我害了你和你大哥。对不起，我知道我说一千遍一万遍都弥补不了我的错。可是我真的觉得很内疚很抱歉！"

叶繁枝想起了吴姐曾描述过来找大哥的那个女孩子：小圆脸，大眼睛，中等个儿，头发刚过肩。

那个女孩的模样与眼前的一心重叠在了一起。叶繁枝此刻才明白过来：为什么一心一直以来对她这么好，为什么大哥的态度那么恶劣，她也总是默默忍受，因为她一直想要弥补他们。

不知道是命在旦夕的缘故还是对于此事思虑过无数次的原因，叶繁枝沉默了好半晌后，轻轻地说："基金会和医院的账目确实存在着问题，并不是诬陷。所以就算不是你，周家也会处心积虑用各种方法来对付我父亲的。周家想要医院不是一天两天了。至于我父亲的死，那只是一个意外。"

江一心几乎不敢相信自己所听到的，眼睛一瞬间晶亮了起来。她怯怯地确认说："繁枝，这么说来，你肯原谅我，是不是？"

叶繁枝叹了口气："我们马上要没命了，还谈这个做什么？！"

"不，繁枝。这个对我来说意义重大。"江一心想着叶繁木，急忙解释说，"你大哥说过，如果你肯原谅我的话，他也会考虑原谅我的。可是我怕，我一直怕，我怕你知道了，就会远离我，不会再让我照顾你大哥了……我想来想去，想了很久，都不敢开口告诉你。"

江一心的话里饱含了浓情厚谊。

大哥叶繁木当年是叶氏医院最出名的医生，不仅业务能力好，长得也很英俊，是叶氏医院很多女生心中的黄金单身汉。一心在他手下工作，朝夕相处，日夜相对……

这一刻，叶繁枝反应了过来：一心对大哥的感情不是内疚，不是弥补，而是爱。哪怕大哥残废了，对她态度恶劣至极，可是她却一直无怨无悔不离不弃地想要陪伴在他身旁。

一心一直深爱着大哥。

而大哥呢？抗拒所有人，暴躁易怒渐渐自闭，却因为一心的到来，一点点地改变，一天天地变得更好。这中间……难道没有任何的爱吗？

叶繁枝很郑重地说："一心，我原谅你。"

江一心如释重负，她的脸上带着微笑，眼角却缓缓地流出了泪："谢谢你，繁枝。你不知道，你这句话对我有多么重要。"

后来，叶繁枝才知道一心就是为了大哥学的复健，大哥也在一路关心一心照顾一心。一心和大哥之间的感情纠葛远比她想象的更浓更深更复杂。

仓库门忽然被打开了，灯光在同一瞬间亮起，叶繁枝和江一心下意识地闭上了眼。徐碧婷和船老大上前，一把扯起她们就往外拖。

江一心和叶繁枝两人惊慌失措，挣扎地说："你们想干吗？"

　　徐碧婷和船老大把她们塞进了面包车里。徐碧婷这才转头说："那我今晚怎么坐船走？"

　　"你傻啊！已经被警察查到这里了，今晚还怎么坐船？你赶紧跟这两个人质离开这里。"

　　"你可别耍我！"

　　船老大猥琐地一把捏住了她的脸："我要耍你的话，直接把消息放出去就可以了，还可以拿到警方的赏金呢。不过我不缺钱。你赶紧走，我过几天会再联系你的。到时候咱们再好好地快活快活……"

　　徐碧婷"啪"地打掉了他的手，坐进了车里，迅速地发动车子，消失在了黑暗里。

　　红灯，前方的大车，徐碧婷的尖叫。江一心扑到了繁枝身上，她记忆的最后片段是爆炸声，一片火光……

　　江一心昏昏沉沉地在黑暗中隐约听见叶繁木在对她喃喃细语，声音是从未有过的温柔。

　　她想睁开眼看一下他，一眼就好。可是眼皮怎么也睁不开。全身也绷得紧紧的，仿佛被什么东西牢牢绑着，动也动不了。

　　她想起了两人的初见。那是她第一天在叶氏医院上班，便看到了叶繁木由于手下医生出问题而在骂人。

　　叶繁木经常在科室里发脾气，但他是叶氏医院的太子爷，加上能力了得、业务精湛，旁人自然让他数分。

　　但凡叶大医生脸色阴沉的时候，科室里的众人都会识相地避开这个炸药桶。

　　她是新来的，被护士长派去找他。

　　江一心敲了敲门，叶繁木不耐烦地抬头瞪她："我在忙，你没看到吗？"

一张英俊桀骜的脸瞬间闯进了她的眼。江一心愣了愣后，才怯怯地说："叶医生，07床的病人要会诊。那边刚刚打电话过来催了，说人都到齐了，只缺叶医生你了。"

"我知道了。"叶繁木"啪"地盖上了资料，起身而去。

又有一回，有个小病人为了感谢他送了他一小盆多肉。他接过，出了病房随手就塞给了她："给你。"

看她瞪着大大圆圆的眼睛愕然不已，他粗声粗气地说："我一个大男人，又不会侍候这些花花草草。你要不要？不要我就扔了！"

"我要，我要。"她紧紧地抱在怀里，生怕他抢过去真给扔了。

此后，她便侍弄珍宝一般地侍候那盆多肉。后来从一盆变成了两盆，最后便有很多盆。

这一天，昏迷中的她又听见了叶繁木的声音，温柔动听。

她用尽力气强迫自己睁开眼，耳边是叶繁木激动到发抖的声音："护士，护士，你看，她的睫毛在动，她的眼皮在动……"

"一心，一心，你醒了吗？你醒了吗？"

昏迷数日，醒来的第一眼便看到了叶繁木，他的眼底满是欣喜，又有着心疼不舍以及一些她不懂的东西。

但她很快懂得了，在她看到自己被层层包扎的身体后，她知道自己的身上发生了什么。她大喊大叫着让叶繁木走开，不想让他看到自己丑陋的样子。

叶繁枝日夜守在江一心的病房，看着她，怕她发生意外。叶繁枝絮絮叨叨地与她说话："徐碧婷现在重伤昏迷，在ICU，至今没有醒过来。幸好那车里的爆竹已经卸得差不多了，不然的话……警察经过调查，发现徐碧婷用他人身份证租了个房子做手术地点，出事后便逃走了。她一直与庄依林、李琪等人合作，将来医院咨询的客户拉出来私下做手术，如今庄依林、李琪等人已经被抓起来了……"

"一心，你放心，你一定会好起来的。"叶繁枝安慰着江一心，"听说祝安平当年的烧伤程度比你更严重，最后还是治好了。现在这几年，医疗技术更发达了。你放心，肯定会治好的。"

一心一直不愿说话，自打醒来，她发现自己的伤势后，便自我封闭了起来，不愿见到任何人，特别是叶繁木。

每一天，叶繁枝带着大哥来到医院，但叶繁木只能在走廊上，隔了一道墙，远远地守候一心。

江一心手术前一晚，叶繁木去见李长信，说的第一句话是："李长信，你一定要把她治好。"

这对于高傲不驯的叶繁木来说，已是求人之语了。

"我自当竭尽全力。"李长信如此回答。他为了这个手术，动用了所有关系请来了最顶尖的手术专家。

彼此都知道这是一个承诺。

叶繁木和李长信之间就此和解。

李长信亦问出了一个埋藏在心中多年的问题："我听说过一个传闻，想跟你求证一下。"

"你说。"

"听说繁枝的母亲是因为连环车祸而亡的，是吗？"

叶繁木说："不错。"

"在那次的交通事故中，还有一个骑着三轮车的李姓男子被撞死了，叶院和你都知道吗？"

叶繁木沉默地点了点头。最后他直言不讳地说："我知道你要问什么，想必你也查过所有的资料。"

"事实上，我并没有查到任何资料，所有的资料已经被人为毁掉了。"

叶繁木露出了十分愕然的表情："不可能啊，谁会这么无聊去做这种事情？"

"所以我想问你，我父亲的死是因为你们家的司机吗？叶院当年赞助我和我弟弟读书，是不是就是因为他心中的内疚？"

"谁跟你这么说的？"

"周毅生。"

闻言，叶繁木失笑了："周家真是处心积虑，想来他当年还煽动过你来偷账本。"

"不错。"

"我把当时的情况告诉你，但我只说这一次，信不信随便你。"叶繁木顿了顿说，"那桩连环车祸的肇事者并非我们叶家的司机。我母亲那天不过是凌晨从国外回来，司机接了她途经那个路口而已。而你父亲也是这样。那时候繁枝年幼，对母亲离去的事尚懵懂不解，天天跟我父亲嚷着要妈妈。我父亲心疼不已。有一天，汪叔汇报了你们家情况，我父亲得知你和你弟弟年幼，又知道你弟弟的特殊情况，将心比心之下，他提出了要赞助你们。我父亲一直不愿见你，是因为怕见了你，便会想起我母亲，触及伤心往事。绝对不是你说的什么内疚。我父亲确实在账目方面出现了问题，但他和我们叶家从来没有对不起你们。"

"我信！"

"李长信，这么多年来，我叶繁木做过几件很后悔的事情。其中一件便是帮繁枝说服我爸，让他同意让繁枝在高中毕业的那年暑假，跟几个同学一起去旅行。"

不知叶繁木为何会说起这个，李长信屏息静气地等待他说下去。

"因为就是在那一次的旅行，繁枝第一次见到了你。"

李长信不明所以，愕然至极。

"那次旅游回来，繁枝就经常跟我提及，说飞机上有个托管的小朋友突发高烧，当时飞机上有个医生给他诊治，一遍一遍地给他做物理降温，直到飞机安全着陆，相关工作人员接走孩子为止。她说她第一次见识到了医者仁心。"

李长信露出了不敢置信的表情。因为他确实做过这件事情！

"几年之后，她在我们的叶氏医院又看到这个医生，一眼便认出了他。"

怪不得当年在电梯里的初遇，房俊看出了异样，问他是否认识叶繁枝。

原来她就是在那时认出了他。

"那是她第一次坐经济舱，谁知竟会遇到命中的一个劫难。如果早知道的话，我绝对不会帮她说服我父亲。李长信，你可知道为什么繁枝的卧室里会放一瓶消毒液？我想，那是因为你身上有那种味道。她习惯了，一旦没有这种味道，她便会失眠。她很爱你，比你认为的更爱你。"

"还有，你知道徐碧婷的过往吗？你居然为了她这种人，这么对繁枝。"叶繁木把知道的一切告知了李长信，"如果你不信，随时可以叫人去查一下。徐碧婷或许可以销毁一些资料，但人走过必然会留下痕迹，她抹不掉所有信息的。"

李长信从震惊到麻木，最后笑了。

那是一个无比讥讽的微笑。

他在最美好的年华，花了那么多时间和力气，真真切切爱过的徐碧婷，竟然是这样的。

而他从前每天都想要逃离的叶繁枝，才是他值得爱的。

人不经历一番世事成长，又怎么会知道。

有的人有千面，如徐碧婷。

而有的人却从来都只有一面，如叶繁枝。

他的叶繁枝。

他的李太太。

信安整形美容医院手术室门口，叶繁枝拉住了李长信的袖子："你一定要救一心。"

"好。"

"你要把她变得跟以前一样漂漂亮亮的。"

"好。"

"你保证！"

"我保证！"

"你发誓。"

"我发誓。我会竭尽全力把她变得跟以前一样漂亮，让她做一个完美新娘。如果我没做到，罚我以后再不能亲你抱你。"

空气瞬间像凝固了一般，正路过的助理医师护士等人愣了一下，然后纷纷做出"忙碌中，没有听见此话"的样子。

"看李院平时一副一本正经的模样，撩起老婆来很有一手嘛！"

"这是我认识的李院吗？"

"李院，这么秀恩爱，有考虑过我们的感受吗？"

叶繁枝面红耳赤地松开了李长信的袖子。

这么多年了，还是这么面薄。但这就是他的李太太。李长信露出了愉悦微笑，转过身大步走进手术室。

一秒，一分钟，一个小时，两个小时，三个小时，四个小时，五个小时……

良久，手术室的门终于打开了。

李长信和请来的专家缓缓地从里面走出来。李长信远远地望着叶繁枝，疲累的目光里饱含着笑意。

四周仿佛陷入了一片柔软安静之中，叶繁枝的心轻轻地落了下来。

这场等待是如此辛劳，又如此漫长。

但是，她知道，那是值得的！

正文完

/ 番外一 /　退敌妙招

叶繁枝正式从医院辞职后，开始与吴家希一起经营花店。

对此，李长信是满意又不满意的。

满意的原因，是因为她从医院离开，和简余彦的见面机会就几乎没有了。

李长信也是第一次知道自己的醋劲竟然这么大，虽然追妻之路还很漫长，但是能击退简余彦这个劲敌，实属不易。

李长信向叶繁枝提出了复婚，并一再对她说不要再工作了，他会养她。

叶繁枝却坚定地对他说了"不"字。

"如果是几年前你对我说这些话，我想我会喜极而泣。因为这表示你在乎我、爱我了。可是，这几年的经历告诉我，一个女人要经济独立，买得起自己喜欢的东西，去得起自己喜欢的地方，不爱了就离开。这些都需要靠自己努力工作、努力赚钱获得，而不是靠别人。好好工作，好好爱自己，比什么都重要！这样，才会有人来更好地爱我。"

李长信确实更爱她了。但也因此更害怕失去她。

因为如今的叶繁枝渐渐恢复了往日的神采，举手投足自信美丽、光芒四射。

果然，不久后又有一个劲敌出现。

蘅慧帮叶繁枝介绍了一个活，说是她的老板要在别墅里办一场私人宴会。蘅慧说："我们关总要求很高。你们先设计一个方案，我帮你转交他。再找机会帮你多说几句好话。"

叶繁枝与吴家希一起努力，最终拿到了这个项目。

蘅慧说："我们关总很欣赏你们的方案。你们好好做，我们年底还有款待客户的餐会、公司的晚宴……关总说如果你们做得好，接下来的几个活动都交给你们。"

叶繁枝发现蘅慧说起老板的时候，眼里满是盈盈脉脉，分外动人。

叶繁枝不由对这个关总有几分好奇。

布置的那两天，吴家希另有婚礼方案要谈，所以大小事宜都是叶繁枝在处理。她指挥工作人员布置场地，因为人手不够，她亦穿了工作服亲自上场。

有花掉落了下来，路过的关岭南一手接住。叶繁枝坐在架子上，连声道歉："不好意思，不好意思。有没有砸到你？"

关岭南抬头看她，数秒后，他把花递给了身后的助理，不发一言地离开了。

上车后，他问助理："这家场地布置的联系人叫什么名字？你把名片找出来给我。"

宴会当天，关岭南身穿合体的三件式西服，执着酒杯，向来宾敬酒。叶繁枝站在角落，看着他，忽然觉得有些面熟。

第二天，叶繁枝在拆东西，身后忽然传来了一道声音："你可是姓叶？"

叶繁枝骤然转头，看到了蘅慧的老板——关岭南先生。

"你的名字是不是叶繁枝？你有个大哥叫叶繁木？"

叶繁枝点头："是的，我是叶繁枝。"

关岭南从容的脸上露出了少有的激动："我果然没认错，你是繁木的妹妹。可算是找到你们了。你大哥现在在哪里？"

关岭南与叶繁木是洛海私立高中的同班同学，两人性格相投，感情极好。后来关家移民国外，叶繁木则走上学医道路，又进了自家医院。由于各种原因，两人联系渐少。

"关总……"随之而来的蘅慧看到眼前的状况，惊诧万分，"你们认识？"

之后，便顺理成章地联系了起来。

关岭南不时地来叶家探望叶繁木。后来，又专程来花店关照叶繁枝的生意。

来得多了，两人也渐渐熟悉了起来。

"我记得以前你哥带着你来看我们打篮球。一般我们打球结束就会去吃汉堡喝可乐，可是只要你一来，你哥啊，就从不带你吃这些垃圾食品，都带你去吃牛排。他最疼你这个妹子了。"

叶繁枝忆起往事，温暖微笑。大哥年长她好几岁，从小便亦父亦兄，待她如珍宝。

"我知道在环湖路有家牛排很赞。繁枝，你哪天有空？我们去尝尝。"关岭南提议说。

关岭南忙碌地天天要按日程表行事，最近却经常来看大哥，也经常来她的店里买花，还帮她介绍了好几桩生意。

就算叶繁枝再愚笨，也知道这邀请里头的含义。

她拒绝说："关大哥，下次吧。我最近很忙。"

"好的。"关岭南绅士般地微笑着。

但凡喜欢一个人，想约她的话，总是有法子的。关岭南最后通过叶繁木约她去那家餐厅。

"大哥，我不想去。"

"为什么不想去？为了李长信吗？"叶繁木反问她。

叶繁枝不答。她简直无法想象被李长信知道她与别的男子约会的画面——她亦是最近才了解到李长信是个多么爱吃醋的人。再说了蘅慧似乎暗恋着关岭南。

"繁枝，你现在是单身，为什么要这么死心眼，在一棵树上吊死。多给自己一些机会。或许你会发现岭南比李长信更适合你呢！"

叶繁枝以为大哥已经原谅了李长信，同意她和李长信在一起了呢。

"是。我承认我现在没那么讨厌李长信了。但是我对关岭南知根知底，我更希望你和他在一起。"叶繁木对此坦言不讳。

"去吧，尝试一下。就当陪大哥和一心一起吃顿饭。"

关岭南定了这家餐厅最佳的位子，三面环湖。灯火微明的黄昏时分，日月湖上薄雾蒙蒙，袅袅如烟，别有一番风味。

叶繁木跟一心吃完便说去看电影，把她和关岭南单独留在了餐厅。叶繁枝明白大哥这是在给她和关岭南制造机会。

可是她不知为什么单单跟关岭南这样面对面坐着，就会有种"做了对不起李长信，也对不起蘅慧事情"的感觉。她如坐针毡，很想快点结束。

但关岭南很享受，刻意地拖延晚餐时间。

叶繁枝收到了李长信的信息："你在哪里？"

"在吃饭。"

"在哪里吃饭？我过去找你。"

"不用了。我马上回去了。"

"你确定？"

叶繁枝看着"你确定"三个字，只觉有种莫名怪异的感觉。她正准备回复，忽然身后响起了一道熟悉至极的嗓音："这位是你的男性朋友吗，叶小姐？"

李长信说这一句的时候，双眉微挑，饶有兴趣地打量着关岭南。

关岭南亦同时在打量他，自信友好地伸出手："你好，关岭南。"

李长信恍若未见，好整以暇地把视线移到了叶繁枝身上："叶小姐，作为你老公的我怎么不知道你有这么一个男性朋友？"

他又来这一招！

偏偏这一招极管用。

叶繁枝眼睁睁地看着关岭南脸色大变。

不久后，关岭南向叶繁枝坦承心意，但叶繁枝心里一直住着李长信。

后来……自然是没什么后来了。

/番外二/　我想与你一起做的事

这日，李长信在咖啡店等叶繁枝的时候，无意中遇到了隔壁桌的一对小情侣吵架。

男生也不知说些什么，女生生气了，甩开男生的手便跑了出去。男生慌慌张张地追了出去，在门口处抓住了女生的手，着急地解释了起来。女生怒意渐消，转怒为笑。片刻后，两人又和好如初了，回到了刚才的位置，甜甜蜜蜜地喝咖啡、刷手机，还互喂蛋糕。

真是好幼稚，好矫情。李长信不屑地摇着头。

可是他们好像真的好快乐。

李长信疑惑不解，便不动声色地观察了他们良久，最后才起身离开。

那天晚上，面对着漫漫的追妻之路，李长信开始狂刷手机，他刷到了"我想和你一起做的100件事"这个页面。

1. 我想和你一起手牵手闲逛。

他和繁枝没做过。

2. 我想和你来一场说走就走的旅行。

他和繁枝没做过。

3. 我想和你一起穿情侣装。

他和繁枝没做过。

4. 我想和你一起分享一个冰激凌。

他和繁枝没做过。

5. 我想和你一起去寺庙为对方祈福。

他和繁枝没做过。

6. 我想和你一起在下雪天堆雪人打雪仗。

他和繁枝没做过。

……

从前对这些觉得幼稚无聊的他，把这 100 件事认认真真地从头看到尾，并把它保存了下来，准备一件一件地和叶繁枝一起完成。

当天晚上，他便强拉着叶繁枝，手牵手逛马路。

两人一起穿过了人潮拥挤的街道，一起走过昏暗静寂的小巷，去奶茶店买奶茶，在路边摊吃烤串。

李长信忽然理解了为什么咖啡店里那对恋爱中的少男少女会如此幼稚，如此矫情，却又如此快乐。

就跟如今的他和繁枝一样。

一起漫无目的地浪费了一个夜晚。

那么欢喜，那么快活，那么美好。

好到他已经别无所求了。

只因身边的这个人是叶繁枝。

不是旁人！

/番外三/　求　婚

　　某一年，叶繁枝与李长信出国度假。

　　在贵宾休息室，有人带着一个灿烂友好的微笑走了过来与叶繁枝寒暄："叶小姐，好久不见了。你还认识我吗？"

　　叶繁枝怔了怔，才认出眼前这个一表人才、气宇轩昂的人竟然是当年整容的那位博士生。

　　"石先生，你好。最近一切都好吗？"

　　"自从认识了叶小姐，我就像中了锦鲤一样，人生一路开挂。工作和生活都比过去的二十多年顺利了不知多少倍。"

　　"真好。"

　　两人聊了数句，博士生与叶繁枝加了彼此新的联系方式，博士生一再说如果叶繁枝去五福的话，务必要联系他。

　　李长信在角落打完电话回来，便看到这一幕，待博士生告辞后，他不动声色地问："这个人是谁？"

　　叶繁枝叶随口说："一个朋友。"

　　李长信没有再多问。

飞机平稳飞行后，李长信问她："你们怎么认识的？"

叶繁枝顿了片刻，才意识到他没头没脑问的是博士生。她知道李长信又打翻醋坛子了。

因为她一直未答应他的求婚，所以现在没有安全感的人变成是他了。

那段旅程，李长信隔片刻，便会问到博士生的情况。

过了一段时间，叶繁枝发现她手机里博士生的联系方式不知什么时候不见了。

事实上，她并不会联系博士生，他们也不会再有任何交集。

所以就一直装作不知。

就如同她无意中发现的那两张收条，才知他曾为她付清了大哥的赔偿款。

他不想让她知道，那她就一直装作不知道吧。

至于何时会答应他的求婚？

再说吧。

/ 作者的话 /

大家好。

时隔两年多，又一次与大家见面了。

此文的灵感完全来自某天梅子突然想到《似曾识我》这个故事，只是一个大事件的发展方向不同，整个故事的走向便会完全不一样，而后就会成为两个故事。（PS：这是不是很像我们的人生？在某个关键的节点，我们的选择不同，就会造就我们不同的人生。）

于是乎，梅子尝试着把这一天的灵感写下来，用乔家轩的好友李长信作为故事主角，展开了整个故事。

事实上，此前的梅子曾经给李长信构思过一个故事，与此完全不一样。甚至连配对的女主也不是这个名字。可到了最后，写成的却是李长信与叶繁枝的爱情。

这大约就是梅子自己常说的：每个故事、每本书到最后都有它自己的命运。

另外，李长信在《亲爱的路人》里也出现过，虽然是医生，但不是整形美容，方面的专家。所以日后如果《亲爱的路人》再版的话，梅子会把这个地方修改过来。大家再看的时候，就跳过这个吧。

梅子也不知自己为什么总是喜欢写女主处境很悲惨，在挣扎着求生存，然后通过自己一点点的努力和进步，最后获得幸福的故事。纵观这几年写的小说，《有生之年，狭路相逢》里的许连臻如此，《如果这就是爱情》里的沈宁夏如此，《亲爱的路人》里的苏微尘如此，《似曾识我》里的傅佩嘉如此，这本书里的叶繁枝也是如此。梅子偏爱这样的女子，让她们历经世事，经历种种不完美，最终却获得幸福美好的结局。

这个故事最初很想设定为男女主上一代有恩怨，比如男主的父亲因女主母亲而亡这样的情节。因为这样的设定之后，会更容易产生共鸣。如果没有恩怨矛盾的话，怎么虐心呢？但最后还是修改了设定，因为梅子觉得实在是太狗血。但就算不写这个情节，此书的情节依然常规，设定依然如此老土，没有新颖和脑洞大开的构思。（梅子实在是想不出来了！）在此，不得不再次吐槽一下，都市言情小说的梗实在是太难写了。请大家原谅。梅子真的已经尽力去写这个故事了。

特别感谢嘉兴曙光整形医院的高峻院长、唐已堞经理和何梦佳女士在本书写作前接受我的采访，让我对整形美容有了一个大体了解。

也不知你们会在何时何地看到梅子的这个故事，看到梅子的文字。但这本书无论在何时何地与你们遇见，梅子都深深地感激。

有人曾说过："时间早晚会揭开人生的意义。每个相遇，都隐藏着祝福。"

最后祝福大家，也祝福自己，都能做着自己喜欢的事情，去自己喜欢的地方，吃着自己喜欢的食物，穿着自己喜欢的衣服，以自己喜欢的方式、没有任何遗憾地过一生。

我们下本书再见！

梅子黄时雨于浙江嘉兴

2020 年 6 月 27 日